El último en morir

Xavier Velasco

El último en morir

ALFAGUARA

El último en morir

Primera edición: octubre, 2020

D. R. © 2020, Xavier Velasco
c/o Schavelzon Graham Agencia Literaria
www.schavelzongraham.com

D. R. © 2020, derechos de edición mundiales en lengua castellana:
Penguin Random House Grupo Editorial, S. A. de C. V.
Blvd. Miguel de Cervantes Saavedra núm. 301, 1er piso,
colonia Granada, alcaldía Miguel Hidalgo, C. P. 11520,
Ciudad de México

www.megustaleer.mx

ISBN: 978-607-319-635-2

Impreso en México – *Printed in Mexico*

El papel utilizado para la impresión de este libro ha sido fabricado a partir de madera
procedente de bosques y plantaciones gestionadas con los más altos estándares ambientales,
garantizando una explotación de los recursos sostenible con el medio ambiente y beneficiosa para las personas.

Para Adriana,
con todo el corazón

Eu sou poeta e não aprendi a amar.
CAZUZA, *Malandragem*

I. Un día fuimos dos

¿Por dónde ha de empezar uno el relato? Por donde más le duele, si es posible. Esas horas de llanto mal tragado que le echaron de bruces a la edad adulta.

Uno escribe siempre contra la muerte.
ROSA MONTERO, *La loca de la casa*

Tengo veinte años y a mi mayor aliada tendida en una cama de hospital. Es el día de mi santo, de modo que nos toca ir a comer porque también es santo de mi padre y jamás perdonamos el ritual. Hace ya varios días que mi mamá no duerme con nosotros, desde que Celia salió de la casa entre dos camilleros, habituados a oír sin escuchar las quejas de un paciente adolorido. Entiendo que es el fin y soy cobarde. Sé que Celia no volverá a la casa, pero finjo ante el mundo que no me he dado cuenta porque ella todavía me llama "niño" y yo he encontrado asilo en su candor. Alguna vez me dijo que no quería morirse en nuestra casa, para ahorrarme la pena y la impresión, y ahora que estoy delante de esta cama no encuentro qué decirle, ni sé si podrá oírme, de lo enferma que está. Cuando llega el momento de irnos a comer, la tomo de una mano y siento su respuesta. La aprieto ya, me aprieta, y es como si nos diéramos un abrazo secreto porque los dos sabemos que estamos despidiéndonos y entiendo sus palabras sin palabras, ya me voy, muchachito, pórtate bien y acuérdate de mí. Ella, que siempre me lo perdonó todo, me está diciendo con este apretón que otra vez me perdona por no estar a la altura del momento y correr a esconderme de su adiós. Por una vez me dice, nos decimos, sin que nos hagan falta las palabras, cuán importantes somos en la vida del otro, por más que yo sea un nieto sacatón y me esmere en negar el abismo que está a punto de abrirse.

Alguien dentro de mí quiere que esto suceda de una vez, con tal de no tener el tiempo suficiente para asumir entera la aflicción. Me niego a ver el miedo, el desamparo, la nada que se acerca, y entonces me comporto como si el hombre lobo no estuviera asomado a la ventana de mi cuarto de niño. Me digo que ya es hora de mostrar la madurez que jamás he tenido, que estas cosas suceden todo el tiempo y ya Celia me dio lo que podía darme, pero no profundizo para no echar por tierra un autoengaño que en los próximos días me hará sentir tan fuerte como ingrato. Me gustaría desear que se mejore, pero me he abandonado a un derrotismo que de alguna manera me consuela, o mejor: me anestesia. Voy y vengo con el humor de siempre, traigo la música a todo meter y busco a mis amigos por teléfono con la frecuencia de todos los días. Hay tantas cosas nuevas en mi vida reciente que no me queda tiempo para poner en duda el porvenir glorioso que según yo me espera, porque hace ya dos meses que soy coordinador de un suplemento cultural y de aquí a unas semanas empezaré a estudiar una nueva carrera.

Esto último, por cierto, sólo Celia lo sabe, pues nadie más se cree ese disparate de que espero algún día vivir de hacer novelas. ¿Quién más, si no mi abuela, sería capaz de permitirse el lujo de entusiasmarse con semejante proyecto, cuyos primeros trámites han consistido en botar la carrera de Ciencias Políticas y Administración Pública? Nada más de nombrarla me acalambro. Después de un par de años de resignarme a medias a un futuro que al fin encuentro inaceptable, preferiría ir a dar a un hospital psiquiátrico antes que formar parte de un partido político. Ahora sólo me falta figurarme cómo le voy a hacer para evitarme el drama familiar. ¿No dije acaso que soy un cobarde? ¿Y qué tal si empezara por las buenas noticias? "¿Qué les parece que a partir de enero voy a ser yo quien pague mi colegiatura?"

Es viernes, muy temprano, y ya suena el teléfono. Mi papá debe de estar en el baño, pero antes saldrá él enjabonado a que yo deje de hacerme el dormido. ¿Quién, que no sea mi madre con las peores noticias, va a llamar a la casa a estas malditas horas? Por supuesto, es la peor de las noticias, y mi padre-tocayo no la disimula. Me quedo tieso, helado, hueco, impávido. No abro los ojos para no tener que ir hasta el teléfono y decirle no sé qué cosa a Alicia, hija de Celia y hermana de Alfredo: mi mamá, que a partir de este día y a lo largo de demasiados meses llorará como niña desamparada. Nadie que yo conozca sabe entregarse como ella al dolor, mientras que yo lo niego y ando por ahí chiflando canciones pegajosas, igual que un carterista principiante. Oigo venir los pasos de Xavier y abrigo la esperanza inoperante de que espere a más tarde para "despertarme".

—Tu mamita se acaba de morir —me lo suelta de lejos, sin dar un paso dentro de la recámara, y yo sólo sepulto la jeta en la almohada, escupo unos murmullos ininteligibles, me revuelvo debajo de las sábanas porque no me imagino qué debería hacer y por más que me esfuerzo no consigo llorar. ¿Y cómo, si he logrado convencerme de que no es a mí a quien le pasa esto?

Vista así, desde afuera, la muerte de mi abuela parecería un mensaje de los tiempos. Tengo al fin un trabajo y una nueva carrera, nada va a ser igual de aquí al próximo mes. Pienso en eso a intervalos, en el camino de la casa al hospital, mientras mantengo viva una conversación insulsa con Xavier. No sé por qué me esfuerzo en que parezca que éste es un día como cualquier otro y me siento perfectamente bien. O tal vez sí lo sepa: no soporto la compasión de nadie. Prefiero que me odien a que me tengan lástima y estoy haciendo todo lo que puedo por no tenérmela en estos momentos. Nada que sea muy fácil, una vez que la he visto tendida en la camilla y me he negado a descubrirle la cara. Nunca quiso que yo la viera muerta y tampoco yo quiero recordarla así. Tanto que se arreglaba, dudo que me dejara mirarla en esa facha.

Mi mamá sí que llora. No solamente acaba de perder a su madre, también le tocó ver a los médicos salir del cuarto y abandonar su cuerpo sin molestarse al menos en recomponer su última postura. La orfandad de mi madre se inaugura delante del cadáver de la suya, cuya cabeza cuelga de la orilla derecha de la cama. No deja de contarlo, tiene el espanto impreso en la mirada y un dolor que no logro compartir porque estoy ocupado en demostrar que no me pasa nada. Si pudiera, estaría de regreso en la casa. Solo, de preferencia, con la música puesta. Intuyo que lo saben y por eso deciden que sea yo quien vaya a casa de mi Celita y le traiga un vestido color negro. Uno muy elegante, ilustra Alicia, búscalo en el armario de la recámara.

Al fin solo, enciendo el autoestéreo y echo dentro el *cassette* que sin mucho pensarlo supe que me hacía falta. Eberhard Schoener, *Video Magic*. Si estuviera escribiendo uno de mis artículos para el suplemento diría que es *un idilio romántico-electrónico, salpicado de dulces tonalidades tétrico-vampíricas que elevan el espíritu aun en casos de grave frigidez*, pero yo sé que es música de funeral. Llego al departamento de mi abuela, le doy vuelta a la llave y la puerta no se deja empujar. Algo la está trabando desde el piso. Empujo con más fuerza y logro abrirme paso por la rendija que he podido agrandar unas cuantas pulgadas. Miro entonces al suelo, todavía sin prender la luz del *hall*, y descubro una alfombra de periódicos bloqueando el movimiento de la puerta. "Ya no los va a leer", me repito, atontado, y esa pura certeza me encoge las entrañas. A veces lo que duele no es lo que sucedió, sino lo que ya no va a suceder, y de eso está repleto este departamento. El único lugar en el planeta donde yo, cuando niño, era invencible. Mi reino desde siempre. El comedor, la sala, las jaulas de los pájaros (hace ya años sin pájaros), la cómoda en cuyo primer cajón guardaba la baraja española, el parkasé, la tabla que de un lado era *La Oca* y del otro *Serpientes y Escaleras*. Llego hasta la recámara dando pasos de autómata y me siento en el lado derecho de la cama, junto al buró, que es donde ella dormía. Prendo la lámpara, miro hacia el tocador y salta mi retrato, escoltado por dos muñecas de porcelana. Nada más despertar, se topaba de frente conmigo cada día. ¿Adónde se va el orden de las cosas, una vez que se ha ido quien las ordenaba? ¿Qué sentido ya tiene que una figura esté aquí y dos más allá, quién sabría explicarme por qué estos frascos estaban afuera y esos otros guardados en el cajón, a quién le importa ahora que ella fuera la dueña de todas estas cosas que acaban de perder su lugar en el mundo? ¿Me habría imaginado mi Celita, mi Mana, mi Mamita, llorando como un huérfano junto a su buró? ¿Alguien sabe la cantidad de duendes que se me están muriendo aquí y ahora, los cientos de secretos que compartí con ella en este cuarto, las historias, las risas, el privilegio de mirar al mundo desde una inmensa cima donde ningún peligro podría haberme alcanzado? "No te tardes", me han dicho allá en el hospital, pero me quedan varias lágrimas más y no pienso guardármelas, no ahora. Las muñecas, las fotos, la lámpara, el cajón, todos estos objetos que mi Celia ya nunca volverá a tocar, ¿quién va a llorar por ellos si me voy?

Me digo que me espera un día espantoso, pero regreso al coche y siento que la máscara recobra su dureza. Para mejor probármelo, seré yo quien avise a parientes y amigos, de modo que estaré colgado del teléfono en las horas que vienen. En lugar de informarles que Celia se murió, hablaré de complicaciones médicas y concluiré que "ya no se pudo hacer nada", sin siquiera un amago de nudo en la garganta, llegada la noche procuraré escaparme al carro cuanto pueda, encender el estéreo y oír la voz de Sting cuando aún no era famoso y trabajaba al lado de Andy Summers, acólitos los dos de Eberhard Schoener. "Rézale a mi mamá", suplica Alicia, que nunca escucha música cuando está así de triste, pero a mí eso se me da tan poco que mañana, en la misa de cuerpo presente, no habrá quien me convenza de comulgar.

—¿Ni por ella? —me orillará Xavier, con la vista en la caja.

—¿Ser hipócrita? Claro que ni por ella —me entercaré, jugando al tipo duro.

Necesito estar solo. Me canso de poner esta cara de *business-as-usual* y tener que lidiar con tanta gente amable, comprensiva y católica que haría mejor largándose a la mierda. Por lo pronto, aprovecho para informar a Alicia y a Xavier, que están por un momento solos en un rincón, que Celia y yo teníamos un secreto. Mucha astucia, la mía. Tendría que darme un poco de vergüenza venir a aprovecharme de estas horas tan negras para soltar la sopa de la nueva carrera. "Una buena noticia y una mala", les ofrecí y empecé por la buena. A partir del mes que entra, yo pago mis estudios. La otra noticia es que me cambio de carrera. No quiero ser político, decidí estudiar Letras. Puesto en otras palabras, desde enero me voy a mandar solo. "Mamita lo sabía", les recalco, y lo aceptan con tanta mansedumbre que de vuelta me siento un abusivo. Necesito salir, digo que voy al baño y me esfumo hasta el coche. Me hace falta mi música de funeral. Volver a hablar con ella, sin rezos ni sollozos. Regresar a esas madrugadas largas, tenderme al lado izquierdo de la cama y escuchar otra de esas historias que Celia me contaba cada viernes, como si desde entonces supiera cuál sería mi vocación y abriera el cofre lleno de mi herencia.

—Celita… —le confieso, sin más testigo que la voz cantante— lo logramos. Voy a ser novelista.

II. Metamorfosis ambulante

De por qué no hace falta más que tinta y papel para construir la máquina del tiempo.

Todos tenemos algún lado macabro, por no decir algunos o quizá demasiados. Un traidor intrigante nos habita y nos empuja a ratos hacia el precipicio. En mi caso una corte de intrigantes, entre los cuales no es cosa infrecuente que mis hadas resulten minoría. No sé si eso me alcance para explicar cómo y cuánto me gusta, desde niño, coleccionar problemas, o si quepa atribuir una astucia especial a las mentadas hadas, que sin así decirlo encuentran productiva esta lujuria por el entuerto, el punto es que trabajo fabricando verdades mentirosas y tengo en el armario docenas de camisas de once varas.

Cito esta zona turbia tan temprano porque una cosa es que seas profesional de la mentira y otra muy diferente que no acabes contando la verdad. Y si he de hacerlo así, no está de más empezar por decir que escribo estas palabras a escondidas del mundo, como si fuera algún crimen moral cuya pura mención tendría que fulminarme de vergüenza, y para colmo lo hago sin necesidad, por el puro placer de abrirle un frente más al novelista. Me explico: este proyecto subrepticio nace a espaldas de mis seres queridos y hasta del Dúo Dinámico (Bárbara y Willie, mis agentes literarios) que espera en Barcelona a que al fin se me antoje terminar de escribir la próxima novela. Yo diría que no es cuestión de antojo, pero tampoco estoy en posición de negar que hace tiempo se me antojaba mucho escribir estas líneas, y si hasta hoy me había contenido era porque me consta que no hay en este mundo amante más celosa que la novela en curso. Adriana, mi mujer, se ha enseñado a tratarlas como hijastras simpáticas y esquizofrénicas. Sé, pues, que si le contara de este libro haría cuanto pudiera (es decir, cualquier cosa) por celebrar mi giro intempestivo, pero entonces ya no estaría jugando, y en realidad mi única razón para escribir un libro es perderme en un juego solitario del que no sé cuándo podré salir, o me dará la gana tan siquiera. Por lo demás, éste será su libro, tal como lo confirma la dedicatoria, y por eso disfruto como una travesura viéndola ir y venir sin formarse una idea de lo que realmente hago aquí sentado.

Fue así que empezó todo, en la escuela primaria donde ya desde entonces era yo ducho en procurarme líos. El secreto, la fuga, la invención, los constantes simulacros, todo eso y más hacía parte de un juego tan absorbente que terminé jugándolo mañana, tarde y noche dentro de mi cabeza. Concebir las historias, dejarte hipnotizar por tramas inasibles, gozarlas y sufrirlas como una fechoría, engarzar las mentiras que la solaparán, mirar con cierta lástima callada a todos esos niños a cuyos juegos nunca fuiste invitado y de pronto parecen ya no sólo aburridos sino estorbosos, ¿existió alguna vez un juego mejor que éste? ¿Ves cómo hasta la fecha no paras de jugarlo?

Ya sé que es de mal gusto entre los idealistas, y acaso un desprestigio para quienes suponen que un autor ha de ser desdichado para escribir bien, pero cabe aclarar que vivo muy contento. Escribo en el jardín, todos los días —un trabajo que nunca me ha sabido a trabajo—, me rodea una jauría de gigantes de los Pirineos y en momentos me escapo a intercambiar cariños terapéuticos con una tapatía tan espectacular como entrañable, ¿qué más puedo pedir? Exactamente: la fruición de meterme en un problema, ocultarlo y armarme con una doble vida, que en este caso vendría a ser triple. Una mujer, dos obras en proceso: la idea me entusiasma lo bastante para hacerme pensar que puedo con las tres. Bien lo decía Morrissey: *Trouble loves me.*

Hace un par de años ya que me compré el cuaderno naranja marca *Leuchtturm* que ahora estoy estrenando. Antier llegó el paquete con la tinta *Iroshizuku* rojo bermellón que desde hoy participa en este juego. James Bond solía iniciar sus aventuras con una visita al taller del científico Q, quien procedía a surtirlo de armas ultra secretas a la medida de la nueva misión. ¿Y no empiezan así los juegos entre niños, "yo era James Bond y tú eras Moneypenny"? Pues bien, hoy he elegido ser el otro: ese que se escapaba volando del pupitre, el colegio, la niñez y la época en dirección a un mundo de mentiras que parecía más verdadero que el suyo, mientras yo pretendía, con escasa verosimilitud, que era un niño estudioso y dedicado. El que jamás dejó de jugar y hablar solo y todavía hoy lidia con la acechante sensación de ser en todas partes extranjero. ¿Pero de qué me extraño, si hasta mi propio oficio me delata como un ensimismado?

No fui quien lo eligió, sino al revés. Mientras creí que aún estaba a tiempo, me resistí a este raro destino laboral cuya materia prima es la incertidumbre. No es verdad que uno deba vivir triste, aunque sí, todo el tiempo, atribulado. Vale decir que lo he probado todo, y de pronto obtenido ingresos más o menos aceptables, pero tengo este vicio testarudo cuya práctica me hace abandonarme al gozo de ser otro sin que nadie termine de enterarse qué es lo que en realidad ocurre en mi cabeza. Paso al fin tantas horas encerrado en mi propia máquina del tiempo que vivo permanentemente turulato. En cualquier situación, cuando menos lo pienso me transformo en el vago taciturno que va por la banqueta peleando con fulanos que no existen, por el momento al menos. No sé si es para lo único que sirvo, pero ya la experiencia demostró que no me da la gana servir para otra cosa.

He perdido la cuenta de las veces que dije —a amigos, periodistas, editores, familia— que nunca escribiría un libro como éste. Luego de dos novelas autobiográficas —una de infancia, otra de adolescencia— creía tener claro que mi vida perdía interés literario a partir de ese punto, si bien ya hemos quedado en que los buscadores de líos acostumbramos llevar más de una vida, así sea por meras cuestiones prácticas. Y esa otra, la segunda, seguramente la que más me desvela, es la que me he propuesto contar en estas páginas. La que le cuadra al demonio en jefe a quien sirvo día y noche, por cuyo mal ejemplo me reservo el derecho a contradecirme. Lo dice la canción de Raul Seixas: *Prefiero ser esa metamorfosis ambulante, a tener aquella vieja opinión formada sobre todo.*

Escribo sin nostalgia, y si vuelvo al pasado es por esta cosquilla de explicarme lo que de cualquier modo sé que es inexplicable. No entiendo por qué escribo, ni para qué, ni sé decir en qué preciso instante se hizo tarde para cambiar de idea y llevar una de esas vidas saludables para las que siempre hay un manual de instrucciones. No se es una metamorfosis ambulante siguiendo los dictados de la razón, como prestando oídos al runrún chocarrero del instinto.

Hoy, el segundo día del nuevo juego, miro a Adriana pasar a unos metros de mí, le hago una broma boba y pretendo que todo sigue igual, aunque seguramente ya pudo darse cuenta de que ahora estoy usando tinta roja. En unas pocas horas, cuando haya retomado la novela y este cuaderno vuelva a su escondite, verá que escribo con tinta morada. No suelen escapársele esas cosas. Pienso en el dramaturgo perturbado que encarnaba Jack Nicholson en *El resplandor* y me divierte imaginar a Adriana temiendo en un suspiro por mi salud mental. Dudo que lo haga, al fin, porque ya me conoce y está habituada a montajes como éstos. De pronto me hago el muerto, o me pongo una máscara y salto de la nada para darle un sustazo, o le escondo sus cosas sin motivo, o me invento una falsa desazón tan sólo por el gusto de envolverla y arrebatarle una de las sonrisas sin las cuales sería ese escritor adusto y amargado que me he negado a ser desde que empezó el juego, o más exactamente desde que descubrí que no había marcha atrás porque el oficio ya me había elegido y el juego acabaría con la muerte.

Mientras eso sucede, tengo algo que contar.

III. *Idilium tremens*

De cuando el "compañero paracaidista" todavía estudiaba para ser presidente de la República, pese a las estruendosas evidencias en sentido contrario.

Desde la alta montaña del idilio, el menor paso en falso topa de frente con un acantilado. Como si la hechicera de la sonrisa angélica despertara chimuela, gruñona y halitosa. Pero de eso se trata justamente este oficio. Claro que hay papanatas que al paso de los años no encuentran nada chueco ni inservible en las líneas de amor que una vez pergeñaron, sólo que esos jamás llegan a novelistas. No releemos lo que ya escribimos con el ánimo de aplaudirnos solos, sino al modo del ingeniero aeronáutico cuyo quehacer consiste en rastrear uno a uno sus probables errores. Cuestión de vida o muerte, pues al igual que ocurre con los aviones, un solo desperfecto puede ser suficiente para que una novela se nos venga abajo. Para colmo, lo que hoy es un acierto bien puede parecer más tarde lo contrario. Mañana, en dos semanas, el año próximo, eso nunca se sabe y menos todavía si se halla uno al principio, ya sea de la novela o, ay, de su carrera.

Lo cierto es que al principio no hay novela, ni quizá novelista. Existe, en todo caso, la desproporcionada presunción de que esas pocas páginas son el inicio de una larga historia, igual que a los románticos perdidos les toma diez minutos vislumbrar los hijitos que tendrán con el enésimo amor de su vida. A la imaginación le gustan los atajos, tanto como le estorba la realidad. La usamos cuando niños, sin el menor escrúpulo, y es un poco más tarde que le da por pasarnos la factura, no bien caemos prendados de nuestra fantasía y ésta nos hace ver como unos tristes cándidos. Digo "nos hace ver" porque en mi caso, al menos, tenía la costumbre de andar por ahí ventilando mis idilios presuntos. "¿Ves a aquella guapota de la blusa verde?", le preguntaba a algún amigo cercano. "Pues vela respetando, porque va a ser mi esposa", disparaba enseguida, con aplomo de viejo meteorólogo. Y algo no muy distinto hacía con las primeras páginas de las novelas que luego terminaba por abandonar. Torpe y cobarde para la seducción, esperaba que la futura madre de mi prole cayera enamorada del autor de esas líneas en principio "perfectas", y al paso de los días enclenques, paticojas, blandengues, crecientemente dignas de ir a dar a la hoguera junto con mi amor propio.

Hasta donde recuerdo, nunca obtuve de aquellas consultas imprudentes una reacción que me satisficiera. Elogio, duda, queja, risa o indiferencia terminaban sabiéndome a lo mismo. Quiero decir que me sentía un pelmazo, y muy probablemente se notaba. ¿Qué esperaba que viera mi prospecto de novia detrás de aquellos párrafos que quizás escondían más de lo que mostraban? ¿Los primeros ladrillos de la casa donde seguramente nos reproduciríamos? He perdido la cuenta por igual de las páginas truncas y las futuras madres de mis hijos que dejé en el camino del delirio, sólo sé que unas y otras se peleaban dentro de mi cabeza por ganar el total de mi atención. Cosa muy complicada para quien rara vez lograba concentrarse cinco minutos en el mismo tema. Ni lo intentaba, aparte, y eso bien lo sabían los profesores, que todavía en la universidad debían lidiar con mi entraña de niño malcriado, pues no sólo vivía distraído de pizarrón y clases, sino además hacía cuanto podía por robar la atención de mis compañeros, y más exactamente la de mis compañeras.

Jamás fue la Universidad Iberoamericana el sitio ideal para estudiar una carrera como Ciencias Políticas, pero en mi personal escala de valores la excelencia académica iba siempre detrás del magnetismo propio del sexo opuesto, y en tal renglón la Ibero nunca tuvo rival. Por si eso fuera poco, la fortuna me había hecho objeto del honor de formar parte de una generación rebosante de mujeres hermosas. Fue por ellas, también, que devoré y glosé con absoluta entrega las primeras lecturas. De *El príncipe* a *El estado y la revolución*, dediqué a mis trabajos escolares un esmero que habría rivalizado con aquellos embriones de novela que venía intentando, según yo formalmente, desde que empecé a usar rasuradora. Durante el primer mes de la carrera estuve —cosa nunca antes vista— entre los cuatro o cinco alumnos destacados del salón. Tal como me propuse algunos meses antes de inscribirme, conservaba la sincera intención de hacerme presidente de la República. Me imaginaba hablando ante las multitudes, y unas horas más tarde trabajando en otra de mis novelas, pero no había llegado al tercer mes cuando esa fantasía comenzaba a hacer agua. Me seguía llamando la atención la idea coquetona de adueñarme de un podio, no así la perspectiva de tener que enfrentarme a un escritorio y alquilarme como administrador. Sólo cuanto cupiera en una gran película merecía una pizca de mi atención, y de eso se encargaba también mi amigo Morris.

Nadie mejor que aquel compinche de la prepa había tenido una vida —es decir, una infancia— digna de ser filmada. Era, además, un vagazo irredento. Hijo de un millonario mundialmente famoso, aspiraba asimismo a ser magnate y emular las hazañas de Rico McPato. Para su desconsuelo, sin embargo, el padre había muerto un par de años atrás y la mamá le soltaba el dinero a cuentagotas. Se le veía a diario lejos de sus salones de clase y con frecuencia de visita en los míos, por aquello de las compañeritas. Fue él quien tuvo la idea de hacer algún dinero plantando una ruleta en la cafetería de la universidad. "La casa siempre gana", decía, con certeza de *wise guy* de Las Vegas. Por mi parte, en honor a los jesuitas que administraban la institución, me permití bautizar el garito como Casino de Jesús. Y así empecé también a faltar a las clases, amén de irme ganando la fama disoluta que muy dudosamente ayudaría a proyectarme entre mis compañeros como ese mandatario que todavía ocupaba un lugar en mis sueños.

A lo largo de tres gloriosas semanas, los ingresos del Casino de Jesús fueron más que bastantes para llevar vida de sibaritas. Ello, más la experiencia que habíamos ganado pagando una bicoca en los supermercados a cambio de incontables botellas de champaña (yo les cambiaba el precio, Morris iba por ellas diez minutos después), nos permitía alimentar el guión de la *road movie* que día a día protagonizábamos. "Vida de novelista", me decía yo en secreto, como quien lanza un guiño a la fortuna y da la espalda a sus hechos y dichos. Porque a decir verdad nada rivalizaba con la adrenalina que te invadía el cuerpo cuando venías huyendo de una patrulla y haciendo buches de Dom Pérignon, entre emoción, horror y risotadas. Ninguno de los dos habría confesado que la universidad, y de paso el mañana, le importaba una cáscara de pepino, ante tantos semáforos en rojo que era urgente brincarse sin el mínimo asomo de contemplación.

—¿Qué diría tu mamá, si supiera la ficha de hijo que tiene? —me burlé un día del prospecto de magnate—. Déjame adivinar: "¿Cuándo te ha faltado algo?".

—Exacto, eso diría —concedió, muy sonriente—. Pero se me hace feo pedirle así nomás veinte mil dólares.

Alguna vez, en la preparatoria, el director previno a la madre de Morris contra el peligro de mi amistad, y lo mismo hizo luego delante de Xavier: ese tal Morris era una mala influencia. Temo que en ambos casos el profesor Coyoma tenía razón. Si a alguno de los dos le quedaba un escrúpulo, el otro se encargaba de quitárselo. Albergábamos planes tan exóticos como viajar a un pueblo al norte de Calcuta, que mi amigo juraba conocer, para traer un contrabando de esmeraldas, de modo que hacía falta ingeniar una fila de atracos variopintos para reunir los cuantiosos recursos que la película nos exigía. Pero antes de eso estaba el sibaritismo.

Recién había salido el Sol de un lunes de septiembre cuando llegué a la clase de Teoría Política con media botella de vodka dentro y un ánimo festivo que saltaba a la vista del salón entero. No era que por entonces los presidentes gozaran de una fama edificante, pero es verdad que alguien dentro de mí pedía a gritos que lo rescataran de ese destino idiota que no podía ser suyo. Diez minutos más tarde, ya empezada la clase, salí trastabillando del salón al baño, me senté en el retrete y vomité en el piso. Luego llegué a la calle y crucé el camellón con la ayuda de un par de empleados compasivos (supongo que esperé a que se esfumaran para tirarme ahí a dormir la mona). Varias horas más tarde, a mediodía, me vi despatarrado sobre el camellón, lejos de adivinar que varios condiscípulos habían ya pasado por ahí y me tenían por borracho perdido. Lo cual no era verdad, pero le iba bien al protagonista del filme imaginario que improvisaba junto a mi compinche.

Los sueños megalómanos de Morris se explicaban tras visitar su casa: un palacete pasado de moda que hacía las veces de museo conservado en memoria del papá, aunque también —tal como años después comprobaríamos— era una sede ideal para las fiestas más desmesuradas. Ventanales de diez metros de altura, muros repletos de memorabilia y una inmensa pintura de Frans Hals (que según la leyenda familiar fue descubierta al derribar un muro del castillo francés propiedad del señor) bienvenían a los recién llegados igual que una película de los años cincuenta, donde nada de raro habría tenido toparse con Liz Taylor y Frank Sinatra. Pululaban las fotos memorables, una de ellas del presidente Nixon departiendo allí mismo y otra junto a su amigo el Sha de Irán, amén de numerosos príncipes y potentados con y sin turbante, salidos de una época en que el pequeño Morris viajaba en helicóptero por las provincias indias con el mismo inocente desparpajo que esperaba al papá comiéndose un helado, sentadito en el trono imperial de Persia. Por eso en su película no éramos solamente dos gamberros sin verdadero oficio o beneficio, sino que estábamos llamados a seguir los pasos de Michael Caine y Sean Connery en *El hombre que sería rey*. No olvido su pregunta recurrente: "¿Qué esperamos para irnos a Kafiristán?".

Todo parecía fácil, por entonces. Tanto así que al momento de inscribirse, justo en la ventanilla, Morris había lanzado al aire una moneda para decidir entre estudiar Administración de Empresas y Economía. ¿Era yo más sensato con esa fantasía de hacerme presidente de la República? ¿No solía opinar, con insolencia histriónica, que "para defender los derechos de los demás hay que pasar primero por encima de ellos"? ¿Qué otra cosa buscaba con esos exabruptos, como no fuera hacer reír a mis amigos? Y sin embargo no todo era broma. Por más que entre el primero y el segundo semestre mis calificaciones cayeran en picada y faltara a las clases con gran asiduidad, libros y profesores me habían ido dejando un nuevo sedimento de rebeldía. Tenía que haber una contradicción entre leer a Engels y Bakunin y disfrutar a diario del desfile de modas que engalanaba la cafetería, y yo la resolvía tapizando los muros de mi recámara con carteles saturados de rojo, donde la hoz y el martillo brillaban con luz propia. Morris, naturalmente, se reía de mí, que ya me defendía mediante una amenaza juguetona:

—Cuando llegue al poder, voy a expropiarte hasta los calcetines.

Creer que la respuesta a las penas del mundo estaba toda en manos del comandante Castro era un modo eficaz de resistirse al ambiente imperante en la carrera, donde lo común era perorar sobre lucha de clases, modos de producción y superestructuras, al tiempo que se hablaba de sumarnos en grupo a las filas del partido oficial "como agentes de cambio en favor del progreso de las clases subalternas". *Bullshit,* pensaba yo, y me dejaba asquear por el futuro que al menos en teoría me aguardaba. Una noche, me le planté a Xavier con la noticia de que estaba considerando seriamente ingresar a una célula comunista. *Ingresar,* así dije.

—¿Qué es lo que estás buscando? —pegó un brinco mi padre, de por sí afecto a las teorías conspirativas—. ¿Que te desaparezcan o que un día de estos vengan por tu madre y por mí?

Persecución, intriga, clandestinidad... ¿Cómo iba yo a explicarle que tales amenazas eran a su manera un atractivo más de aquel radicalismo intempestivo? ¿Le había servido acaso prevenirme contra los peligros del paracaidismo, cuando ya había resuelto inscribirme en el curso y saltar bajo el cielo de Tequesquitengo? Si había logrado volar a sus espaldas, unirme a la pandilla de la hoz y el martillo no era sino otro paso hacia adelante en ese viejo empeño de caber en el pellejo de un aventurero. Quería pintar paredes, repartir propaganda, declararle la guerra al *statu quo* que tantas maldiciones merecía de mis nuevos autores predilectos, pero antes que todo eso buscaba demostrarme que era capaz de cambiar de piel.

Son así los idilios. Entre más complicados se insinúan, mayor es su poder de desafío. Y si el resto del mundo piensa que no podrás con el paquete, tanto mejor será para izar la bandera de la soberanía. "A mí nadie me dice lo que tengo que hacer", alzaba yo la voz cuando me prevenían contra algún peligro, pues si de niño fui cobarde y apocado ya era tiempo de probar lo contrario.

"¿Cuántos de tus amigos prometieron que iban a tomar el curso contigo?", me había preguntado el instructor, a bordo del avión destartalado del cual iba a saltar dos minutos más tarde. ¿Dónde estaban, por cierto, esos amigos? ¿Por qué era siempre yo el único dispuesto a llegar a las últimas consecuencias? ¿Sería también por eso que terminaba solo con mis planes, o era que lo buscaba desde el principio? De una u otra manera, veía en la extrañeza de los otros un aplauso para mis entusiasmos, más todavía si esos otros tenían mi edad y me plantaban ojos de papás. Su desaprobación era un deleite para mi autoestima, y si encima opinaban "estás loco" me sentía invitado a confirmarlo. Había chocado el coche cinco veces, cada una en extremo aparatosa, y seguía recreándome en espeluznar a mis pasajeros. Elogios como "cafre", "suicida" y "salvaje" me hacían reír hasta el punto del llanto, al tiempo que invadía parques y camellones aduciendo que vida sólo había una. Pese a las evidencias, no buscaba morirme sino jactarme de sobrevivir.

Un escritor, pensaba, no le puede tener miedo a la muerte, y ello incluía el compromiso de reírse en su cara una y otra vez, sin seguir más consejo que el del instinto. La pura condición de hijo único, por toda la niñez sujeto a una atención extraordinaria y todavía sobreprotegido, me hacía sentir inútil y ridículo, en especial si pretendía escribir y contar algo más que niñerías. ¿Cómo no iba a amistarme con la gente menos recomendable, de acuerdo a la opinión de mis mayores, si el primer paso para hacer lo mío era ignorar sus recomendaciones? Fue así que una mañana llamé a la puerta de un tal Pepe O., que la tarde anterior, en su oficina, me había aceptado como "simpatizante". Tendría unos treinta años, barba tupida y mueca de conspirador. Acomplejado por la jeta de burgués que estaba yo seguro de tener, más el estigma de estudiar en la Ibero y no atreverme a mentir al respecto, no tardé en informar al anfitrión y sus tres *apparátchiks* —una mujer, dos hombres, veinteañeros vehementes— que además de estudiar Ciencias Políticas era afecto a la práctica del paracaidismo. "Soy un hombre de acción, estoy dispuesto a todo", decía el mensaje del hijo de familia resuelto a hallar lugar en la pandilla. ¿Cuál no sería mi satisfacción cuando al cabo de un rato ya me llamaban "compañero paracaidista"?

La chica no era fea, pero hablaba con un resabio de cautela que me pareció raro en ese contexto. ¿Se cuidaba de mí, que era un perfecto extraño, sabría el diablo si un infiltrado más, o de sus contlapaches, de repente no menos tiesos que ella? "Choqué ayer con un niño bien y tuve que pagarle", se lamentó e hizo gritar a Pepe, súbitamente fiero y terminante. "¡Tendrías que haberlo mandado al carajo! Pinches juniors de mierda, ¿qué se creen?". De muy poco sirvió que Esmeralda explicara que había sido ella la culpable. "¿Y eso qué? ¡Que se joda!", volvió Pepe al ataque y en seguida le vino a la memoria su coche descompuesto. Para colmo, tenía que pasar al taller "a recoger dos libros que dejé en la cajuela, más la ametralladora de mi hijo". Solté la risa, junto a los otros tres, y el de la voz se apresuró a aclarar que la ametralladora era un regalo, "no vayan a pensar que yo le compro al niño juguetes bélicos".

Esperábamos a otro convidado, antes de dividirnos para ir a repartir unos cuantos alteros de propaganda. Había mucho trabajo, ojalá que ninguno fuera a desmayarse, dijo en broma Pepe O., haciendo un guiño raudo en dirección al compañero paracaidista, que apenas atinó a soltar una insulsa risa de suficiencia. Luego, ya relajado, el de las barbas se lanzó a cabulear a la del accidente. "Qué se me hace que acá la compañera anda enamoradita de cierta persona…", disparó, juguetón, y al instante Esmeralda procedió a deslindarse: "Por supuesto que no. Mi único amor es El Partido".

Pensé en salir huyendo, pero al instante hube de reprenderme porque eso habría sido un síntoma inequívoco de mi entraña burguesa y despreciable. ¿Quería de verdad cambiar de piel? Entonces me tocaba aguantar vara, por más que la evidencia me indicara que no había ido a dar con una célula revolucionaria, sino con un grupúsculo de hipócritas. Ya en la calle, cargados de volantes, fui informado de la estrategia de lucha, consistente en armar parejas mixtas para dar buena imagen a la causa. "Compañera Esmeralda, llévate al compañero paracaidista", dio Pepe O. la orden y sin otro preámbulo nos lanzamos los dos, yo no diría cómodos, a exacerbar la lucha de clases y las contradicciones del sistema. Una labor ingrata, en realidad, puesto que tres de cada cuatro puertas se nos cerraban, nada más mencionar la procedencia, pero la compañera ya estaba acostumbrada a esos desdenes, tanto como a lidiar con la coquetería de incontables viejos embarradizos, decididos a hacerse comunistas durante el tiempo estrictamente necesario para que fecundara la empatía. Pasamos varias horas bajo el rayo del Sol recorriendo vecindades del centro, cada una cuajada de escalinatas inmisericordes, sin cosechar más éxito que la satisfacción por el deber cumplido, pero ya las novelas de José Revueltas me habían preparado para aquellos trajines, de modo que al final —cuando la compañera resolvió que era tiempo de pausar el combate— volví al coche sintiéndome algo menos burgués que el día anterior, y sin duda acreedor a los reproches de mi padre exbanquero, quien ya se imaginaba mis andanzas y muy astutamente había dejado un sobre en mi buró. "Este dinero te lo manda la URSS, para que te diviertas", escribió en la carátula, y por toda respuesta me fui solo al boliche. Trece líneas más tarde, me había asegurado de tornar realidad el pronóstico de la compañera Esmeralda: "Vas a ver que mañana no te vas a poder ni parar de la cama".

Por más que lo he intentado, no sé andar en manada. Huelga decir que nunca más volví a saber de Pepe y su pandilla. Me parecieron cursis, solemnes, pagados de sí mismos y atormentados por el resentimiento. Para colmo, uno de ellos había osado sugerir que pintara, en el centro de mi paracaídas, nada menos que una hoz y un martillo. Sí, cómo no, pendejo. Cierto es que no tenía paracaídas propio, ni alcanzaba a cranear de dónde iba a sacar los dos mil dólares que costaba una de esas gloriosas "alas" de siete celdas, por mucho lustre histórico que ello me proveyera. Los lobos solitarios no cabemos en clubes, ni desfilamos juntos, ni nos gusta seguir la huella de un pastor. Tampoco es que sepamos engañarnos siempre que algún idilio da de sí. Sonaba bien la idea de ser parte de un partido político, más aún si gozaba de un aura respondona y clandestina, pero hacía falta una miopía severa para no darse cuenta de que ello equivalía a ir a postrarme en una nueva iglesia cuyos fieles tenían piedras de sobra para lanzarlas a un individualista reacio a la obediencia y los antifaces. Solo eso me faltaba: convertirme en un beato de la Historia, con todos los demonios que invadieron mi infancia bajo la sombra del malvado catecismo.

Me gustaba, eso sí, decir "soy comunista" y recrearme en las jetas de espanto o aversión que el desplante solía provocar. Era, además, el arranque perfecto de discusiones ácidas y esquinadas donde ponía a prueba mi arma predilecta: el sarcasmo. Creía tener respuesta para todo, y desde luego toda la razón. Ya se hablara de música, política, literatura, religión o repostería, poco tardaba yo en sacar el cuchillo de la sátira y clavarlo en el pecho de cualquiera que osara opinar diferente. Aunque tal vez no fuera eso lo que más irritaba a Alicia y Xavier —que llegado el momento siempre tenían la opción de recetarme un raudo soplamocos— sino la letanía cotidiana a cargo de mi nuevo repertorio de trovadores revolucionarios. Unas cuantas canciones empalagosas y plañideras, repetidas hasta la indigestión con propósitos claramente adoctrinadores. A seis meses del diario bombardeo, Alicia renegaba de las misas cantadas tanto como Xavier empezaba a extrañar a The Clash, Nina Hagen y Siouxsie and the Banshees. Aun las más destempladas estridencias tenían que resultarles preferibles a soplarse por enésima vez el mismo disco de Gabino Palomares.

Xavier lo resumía todo en una pregunta: "¿Es justo que las armas que te damos vengas después a usarlas contra nosotros?". Mordiéndome los labios, me preguntaba si tocaba responderle como un aventurero, un bolchevique o un presidente de la República.

IV. El villano secreto

¿Por qué vas a morir de amor, de hambre o de ganas,
cuando puedes matar por las mismas razones?

Porque la vida real, la vida verdadera,
nunca ha sido ni será bastante para
colmar los deseos humanos.

MARIO VARGAS LLOSA,
La verdad de las mentiras

Protagonista es, técnicamente hablando, aquél que busca resolver una historia. Antagonista es quien trata de evitarlo. "Te vas a morir de hambre", le previenen a uno por acá y por allá cuando insinúa que quiere dedicarse a escribir, como si la elección de una carrera socialmente aceptable garantizara la bonanza perpetua. Me consta, por ejemplo, que sería yo un pésimo cirujano, y de haber estudiado Ingeniería Civil nada de raro habría en que mis puentes se vinieran abajo. No fueron, sin embargo, las advertencias de mis mayores, sino mis propios monstruos quienes sembraron piedras y agujeros en el camino del hacedor de ficciones. Llevo dentro tantos antagonistas que de pronto me asombra haber sido capaz de pergeñar diez páginas seguidas. No es fácil avanzar hacia un destino incierto, como no sea empujado por un gran entusiasmo, mismo que al día siguiente —o dos días después, o una semana— se habrá esfumado tal como llegó. Los entusiasmos hacen que incluso las hazañas más peliagudas parezcan poco menos que a tiro de piedra, hasta que se disuelven y nos lo dejan todo de cabeza. Cuesta arriba. Perdido en la estratósfera. ¿Quién me creí yo que era para ver simple o siquiera posible lo que evidentemente nunca estuvo a mi alcance?

Sucede en el amor, más todavía en tiempos adolescentes. Nos damos a soñar con una intensidad que nos lleva tan alto como atroz será luego la caída, cuando la realidad —esa bruja amargada y engreída— regrese a recordarnos que lo que más deseamos no es parte de este mundo. Que somos fantasiosos, ilusos, incompletos, amén de insulsos, apocados, torpes, y eso seguramente lo entiende el ser amado, a saber si no encima se ríe de nosotros y nuestros sueños bobos. Ahora bien, no por eso se esfuma para siempre el entusiasmo, y al contrario: regresa a cada rato, armado de argumentos tan esperanzadores como ingrávidos, y es así que acabamos flotando en las alturas, vendidos al capricho de un instinto tramposo que acomoda los hechos según la conveniencia de sus ensoñaciones. Hasta que un día el sueño se marchita y llega otro entusiasmo a sepultarlo. Algún día, sabrá el demonio cuándo, todo saldrá de acuerdo a lo anhelado, puede que hasta mejor. Y si después de tanto revés sentimental uno sigue creyendo en el amor, ¿por qué iba a renunciar a esa otra insensatez de hacerse novelista, para la cual ni siquiera hace falta convencer a una perfecta extraña de que se enamore?

Hasta donde recuerdo, las novelas siempre llegaron solas. Ya sé que es un exceso y un abuso llamar "novela" a una vaga ocurrencia que jamás pasará de la página diez, pero cuando uno es niño y juega a replicar el mundo adulto, no se para a pensar si acaso llena todos los requisitos para ser policía, ladrón o novelista. Solo que a diferencia del resto de los juegos infantiles, el de escribir historias no requería de cómplices. Cualquier otra presencia era un estorbo, especialmente si quería opinar, porque el gusto no estaba en que otros te aplaudieran como en seguir contando lo que llevabas días y noches taciturnos de imaginar a solas. ¿Quién no querría jugar con el rompecabezas que hay dentro de su cráneo? ¿Qué más daba si en medio de esa historia se te colaba otra que te hacía interrumpirla, y al final no acababas ninguna de las dos? Eres bruto, inconstante, inconsecuente, pero eso a quién le importa si de todas maneras estás jugando, y por si fuera poco nadie va a enterarse.

Sabe uno que ha caído enamorado de alguien cuando confunde sus defectos con encantos y en cada impedimento vislumbra un desafío. ¿Por qué ha de ver las cosas como son y no como le da la gana verlas? De ahí a encontrar señales esotéricas en palabras, sucesos, cifras o nombres propios, todos sumados a una ya indiscutible conspiración de hadas, no queda más distancia que el antojo. Ahora, para distancias, hay que ver la que media entre la realidad, pura y pelona, y las nubes abstractas donde flota el delirio del alma apasionada: nadie puede instalarse en tamañas alturas sin la ayuda de la superstición. Si insisto en afirmar que las novelas "llegan" es porque cuando menos les ha llegado la hora de aparecerse. Puede que alguna de ellas llevara toda la vida ahí enfrente, pero lo que yo sé es que apareció, al modo de un arcángel indiscreto. ¿Alguien recuerda que la buena de María pusiera algún reparo al anuncio abusivo del alado Gabriel? Pues tal cual: cuando llega un mensaje de mi lado macabro, no sé más que llenarme de alborozo, ni se me da pensar en otro tema. Pronto el mundo se llenará de signos e instrucciones secretas, y ay del entrometido que cuestione mis nuevos entusiasmos, porque sobre su testa caerá el látigo de mi menosprecio seguido por la espada de mi indiferencia. Suena a broma, tal vez, y sin embargo es un asunto serio, aun y en especial si para ventilarlo tuve que hacerme un poquito el gracioso. Entregarse a escribir una novela supone encabezar una cruzada contra la escasa luz de los infieles. Verdad es que no sé qué diablos voy a hacer para ponerle carne y hueso a una visión, pero ese es mi trabajo y toca degollar a quienes se interpongan. Asunto de negocios, nada más.

No es del todo gratuita, ya se entiende, la fama de lunático que suele acompañar a quien hace novelas, pero tampoco es que le venga mal. "Hasta las sociedades más primitivas sienten respeto innato por los locos", decía el *Motorcycle Boy* de Francis Coppola, y a fin de cuentas a uno le da igual si lo miran tan raro por respeto, desprecio, miedo o lástima, porque eso le permite tomarse incalculables libertades, al cabo que es artista y quién sabe qué tiene en la cabeza. Y claro, nadie sabe, tal es nuestra ventaja, entre tantos obstáculos que para bien de todos son también invisibles. Si otros buscan tapar sus excentricidades, y en lo posible plantarles un límite, mi trabajo consiste en darles de comer. ¿Y cómo no, si vivo en otros tiempos y habito otros pellejos, por exigencia de mi profesión? ¿Ya vieron que hablo solo y apenas si reacciono a la tercera vez que me preguntan algo? Perdón que ande tan lejos y me niegue a volver, pero su realidad no es menos mentirosa que la mía, y como es natural nunca será mejor, ni habrá de parecerme preferible. Ser tachado de loco es, para el novelista, la prueba de que el mundo ha renunciado a preguntarse por lo que está pensando. *Sorry, bitch, I'm on Mars.*

Los obsesos jamás nos aburrimos, pero a menudo hacemos justo lo necesario para obtener el resultado opuesto al que buscábamos. No sé si sea a propósito, pero igual lo sospecho cuando miro hacia atrás. ¿Quiere uno en realidad lo que jura que anhela con todo el corazón, o es sólo que lo dice para ocultar una intención en tal modo secreta que ni él mismo logra identificarla? ¿Deseo, pues, como el protagonista, que la novela acabe de una vez y nos vayamos todos a comer perdices, o lo que se me antoja es complicar las cosas e ir a dar al infierno sin perspectivas claras de un día salir de ahí? ¿Y qué tal si en el nombre de esa misma obsesión estoy dispuesto a acabar convirtiendo en picadillo el resto de mis planes? Ser poseído por la necesidad de sentarse a escribir una novela equivale a caer entre las garras de una bruja celosa, chantajista, embustera y carente del menor escrúpulo, a la que sin embargo uno adora, disfruta y apapacha cual si fuera la princesa del cuento. Nada hay, eventualmente, que no esté listo para hacer por ella, en especial si es una insensatez porque ella, la novela que vive en tu cabeza, justifica y bendice todo aquello que a ojos de los demás parece un despropósito.

No es que uno sepa nada de todo esto cuando se hace ilusiones de ser novelista, y en momentos parece que sus arrebatos no son más que desplantes de egocentrismo puro. "¡Entra en razón, muchacho!", se entromete la culpa, "¿no ves que esa hechicera es en verdad una mala mujer y va a echarte a la calle cuando ya no le sirvas?". Curiosamente, eso es lo que uno busca. Apostar y perder, caer por la pendiente, mancharse, desahuciarse, desgraciarse, puesto que nada de eso puede aprenderlo por correspondencia. Antes elegiría el novelista formarse en una fila de convictos que sumarse a la lista de los charlatanes. Menudean los lectores quisquillosos y alertas que no dudan en pasar por las armas a estos últimos, no bien su fino olfato detecta la presencia de una simulación. La pregunta, por tanto, no es cómo preservarse en la refriega, sino concretamente a quién hay que matar.

Comienza uno, por más que esto le pese y acongoje, matando la esperanza de sus padres. En mi caso, meterme a novelista era como tirar a la basura lo que habían gastado en mi educación, sin posibilidad de compensarse porque no había además una hija juiciosa ni un vástago obediente que pudieran seguir sus mejores consejos. Hay que matar, de paso, la propia expectativa, y eso resulta un poco más difícil. Mal traga el entusiasmo los fracasos, pero conviene al fin tomar en cuenta que en los primeros tramos de esta carretera no queda más ganancia que la experiencia. Somos aventureros y nos toca morder toneladas de polvo.

V. Sueños de un desertor

Ya que la realidad se emperra en competir con la ficción, no queda más remedio que meterla en cintura.

El primer día que uno mira su nombre impreso en un periódico, da por hecho que todo el mundo se enteró. Algo no muy distinto me pasaba de niño cuando alzaba los brazos entre el gentío delante de una cámara de televisión, o un locutor de radio aireaba mi llamada telefónica, sólo que ahora también se ventilaban mis renglones. Tenía, por supuesto, gran cantidad de cosas que decir y esperaba que fueran recibidas como un camión cargado de víveres al día siguiente del huracán. Asiduo de revistas locales y extranjeras, seguidor devotísimo de David Bowie, había quedado entre los ganadores de un concurso de periodismo de rock y salido de la preparatoria con ínfulas evangelizadoras. ¿No era aquello, además, una prueba patente de que no estaba del todo perdido con mis aspiraciones de novelista? Nunca es la misma cosa que un profesor elogie tu redacción a que algún editor esté dispuesto a comprarte un artículo, aun si mi ñoña idea del oficio provenía del *Daily Planet*, aquel periódico de Villa Chica donde solía trabajar Clark Kent. No era, pues, novelista ni reportero, pero me conformaba con poner en claro que había dejado de ser un escuincle cagón.

Apenas lo decía en la universidad, pues no era en un periódico sino en una gaceta de periodicidad irregular donde se publicaban mis artículos. Al paso de dos meses, para colmo, me parecían bobos y vergonzosos. Cambiaba de opiniones a una velocidad que, según lo veo ahora, tendría que haber bastado para no publicarme

41

ni una letra. Y sin embargo me quedaba el consuelo de no ser el peor de los colaboradores. Tenía razón Frank Zappa al decir que los periodistas de rock son tipos que no saben escribir, entrevistando a gente que no sabe hablar, para un público que con trabajos sabe leer, y no obstante yo hallaba un privilegio en codearme con mis nuevos colegas y sostener con ellos largas conversaciones en torno a cierta música que no llegaba al radio y había que buscar con el empeño de un sabueso solitario. Me sabía muy lejos de alcanzar el colmillo de Óscar Sarquiz (cuyo estilo emulaba irremediablemente), Juan Villoro o Lester Bangs, a quienes admiraba a la distancia y citaba con la satisfacción del autor *underground* que en mi osado candor ya creía ser. Por lo pronto, iba a todas las juntas de la revista, algunas de las cuales se convertían en borracheras necias donde nunca faltaba quien concluyera que éramos todos genios, cómo no. Resonaban también los brindis y discursos engolados, solemnes, radicales. Una vez más estaba dentro de una novela de José Revueltas, aunque fuese a nivel caricatura, pero igual me sentía tan honrado por el respeto de aquellos greñudos que no tenía empacho en unirme al torneo de cursilería que muy probablemente habría derretido de la risa a mi amigo Morris (quien como es natural nada sabía de mi doble vida) y preocupado a Alicia y Xavier (que leían mis artículos igual que si asistiesen a un montaje teatral en arameo).

Debe de ser un prurito infantil, pero me tientan los concursos literarios. No niego que en tercer semestre de Ciencias Políticas seguía yo resbalando en la tentación fácil de robarme el estilo de la novela que estaba leyendo. Quiero decir que no podía evitar el impulso de hacer pastiches lamentables de los autores que me impresionaban. Carlos Fuentes, Mario Vargas Llosa, Jorge Ibargüengoitia, Luis Zapata y Juan García Ponce, entre otros envidiados de esos años, me dejaban creer que no estaba tan lejos de apostar por la excelsa insensatez de mandar a la mierda la carrera y saltar de cabeza hacia lo ignoto. Tenía, al fin, un tema lo bastante personal para hacerme a la idea de que podía escribir una novela sin tener que saquear las arcas de mi gremio: la conversión de un gamberro extraviado en comunista recalcitrante. ¿O es que me iba a quedar cruzado de brazos delante de aquel premio literario que se anunciaba en todos los periódicos? ¿Quién me decía, tras haber recorrido con deseo y fruición los párrafos de los autores de marras, que una vida similar a la mía no sería suficiente para escribir alguna novela de verdad, y quién sabía si no llevarme el premio?

Cabría recordar que el primer objetivo de este juego no era hacerme escritor sino escaparme del salón de clases. Ya no tenía nueve años, como entonces, pero igual la misión no había cambiado. Seguramente estaba lo bastante perdido para creerme capaz de ganar el concurso, aunque la verdadera meta consistiera en huir a cualquier precio de la carrera de Ciencias Políticas, donde ya era un alumno rezagado y apático y había conseguido que me dieran de baja por mis impresentables resultados. "Puedes entrar de oyente a un par de clases y luego acreditarlas, cuando te dejen volver a inscribirte", me había aconsejado una maestra piadosa, pero nada lograba entusiasmarme como la posibilidad de entregarme a escribir esa novela que a diferencia de Antonio Gramsci, Louis Althusser y Rosa Luxemburgo, ya no podía esperar. ¿Y cómo, si tenía el tiempo encima?

Nada cambió del *modus operandi*. Un cuaderno, un bolígrafo y un rincón solitario eran más que bastantes para hacer funcionar la maquinaria, sin descuidar, en apariencia al menos, mis estudios de cuarto semestre de Ciencias Políticas y Administración Pública. Es decir que mis padres me veían, al igual que años antes mis profesores, irreprochablemente concentrado, y los nuevos maestros apenas se enteraban de mi existencia. No había que ser muy ducho para predecir que al final del semestre volverían a darme de baja. Pero eso qué importaba, por lo pronto, si al fin me había animado a hacer una novela y no quitaba el dedo del renglón. Iba con el cuaderno a todas partes, tanta prisa tenía por cumplir con el plazo de entrega como por exhibir mi vocación de ensimismado. Nunca había estado en un taller literario ni cosa similar. Pensaba que escribir una novela comprendía dos pasos, a saber: hacer el manuscrito y pasarlo a máquina. En todo caso, y aunque así lo quisiera, no quedaría tiempo para hacer correcciones. Y en realidad tampoco para acabar de mecanografiarlo, trabajo para el cual empleaba un par de dedos titubeantes, a velocidad tal que apenas alcanzaba a llenar una hoja cada hora, a doble espacio. Toda una noche en vela valdría por no más de diez o doce páginas y el penúltimo día me quedaban cincuenta sin transcribir. Estaba terminada, según yo, así que nada más puse al tanto a mi abuela del problema, sacó varios billetes de un cajón y púsome a su vez camino de un escritorio público.

"Effi Briest, o de aquellos que, teniendo noción de sus posibilidades y de sus necesidades, aceptan no obstante el bloque imperante, con lo cual lo sostienen y lo confirman" reza el título íntegro de la película de Rainer Werner Fassbinder, mejor conocida como *Effi Briest*. Ya con esa licencia —me había hecho cinéfilo obsesivo— no me pareció mal colgarle al manuscrito un título tan largo como la candidez que pretendía ocultar: *Aquellas noches y aquellos días, cuando jugábamos a la revolución, a las escondidas y al amor*. A unas cuantas semanas de enviar el manuscrito que no alcancé siquiera a corregir, supe por los periódicos que el ganador era otro y mastiqué en silencio la rabia de no haber recibido ni unas amables *gracias por participar*. Me quedaban varios juegos de copias, por cortesía de mi patrocinadora, mismos que compartí entre mis amistades con una ligereza de la que muy pronto iba a arrepentirme. "¿No piensas publicarla?", se esforzaría Xavier en animarme (llevado, a mi entender, por el orgullo de Mamá Gallina), pero al paso de cuatro o cinco meses apenas me animaba a leer algunas líneas y una ola de vergüenza me hacía preguntarme cómo pude creer que semejante coctel de esnobismo, cursilería e inocencia era una novela. "Fue mi tesis para salir de la primaria", chacotearía luego en defensa propia, si bien ya calculaba que aquella historia cuchipanda, plagada de clichés marxista-lennonistas y deudora patética del mundo revueltiano, sería suficiente para acabar sacándome de la carrera de Ciencias Políticas.

"Me sorprende que tenga usted la cara dura de presentarse aquí, a un mes de comenzado el semestre y espere que le demos la bienvenida, cuando además de todo se le expulsó por su bajo puntaje…", sermoneábame el director de la carrera, al final de un verano prodigioso del que estaba muy lejos de arrepentirme, de modo que el regaño no hizo la menor mella en mi estado de ánimo. Salí de su oficina conteniendo la risa, con ganas de correr a contárselo a Morris, quien para entonces ya peregrinaba entre universidades y carreras, a cual más inviable para un indolentazo de su calibre. Antes, empero, de comentar mi logro con quien fuera, me desvié hacia el departamento de Letras Latinoamericanas, donde en varios papeles adheridos al vidrio de la entrada se exhibían horarios y materias para el semestre en curso. ¿Y si en vez de buscar sitio de oyente en un par de materias de mi odiada carrera, me escurría a las de Letras? ¿O si ya entrado en gastos pedía de una vez mi cambio de carrera? Nada más concebirlo, supe que era incapaz de meter la reversa.

Era una insensatez, por donde se le viera, pero aún menos cuerda me parecía la idea de amanerar la voz al estilo de varios de mis compañeros de generación y empezar a tratarlos de "señor licenciado", entre caravanitas oficiosas y palmadas de falsa camaradería. Si no sabía hacer eso, ni me daba la gana aprender algún día, ¿qué carajos planeaba hacer con mi carrera de administrador público? ¿Morirme de hambre, o sea vivir hambreado? Si lo veía con calma, no elegiría ya entre escasez y jauja, sino entre dos hambrunas apenas comparables: del burócrata triste al bohemio incurable tendría que haber un salto cualitativo. Había escrito una novela renga de la que era difícil enorgullecerse, pero eso ya era más de lo que alguna vez soñaría en hacer como político. ¿Cuántas veces me había detenido delante del espejo sólo para decirme que ese chango tenía cara de todo menos de presidente de la puta República? A lo mejor tampoco tenía propiamente cara de novelista, pero uno acopia fe de donde puede y la novela renga me había librado de unos cuantos complejos estorbosos.

Según ha dicho el rolling stone Keith Richards, sabes que eres un músico no cuando haces bailar a un estadio completo, sino el día en que llegas a una fonda perdida a media carretera, tocas unas canciones y te dan de comer. Algo muy parecido sucedió la mañana que el jefe de redacción del mismo suplemento cultural que años atrás convocara al concurso de periodismo de rock, justo donde escribía Óscar Sarquiz, dio el visto bueno a mi primer artículo. Pagaban casi nada, me advirtió, pero hice un par de cuentas instantáneas y resultó que cuatro artículos por mes equivalían a media colegiatura. O, todavía mejor, una docena de discos importados. Había llegado solo, sin muchas esperanzas, y en unos cuantos días ya podría ver mi nombre en una de las páginas del periódico que leía Celia. ¿Y quién sino mi querúbica abuela me patrocinaría un viaje al otro lado del océano, mismo del que volví un mes tarde con la ya mencionada cara dura? Sólo Celia entendía que nada le urge más al novelista en ciernes que escapar de su rancho mental y darse por completo a la aventura.

El mundo iba a enterarse, cómo demonios no.

VI. Apostando a perder

¿Y si un día te dijera que disfruto sufrir?

Si no recuerdo mal, mis problemas con la escritura comienzan a partir de los ejercicios de caligrafía. Por más que llené páginas y páginas, nunca mis líneas curvas resultaron simétricas, ni las rectas parejas, ni dibujé las letras y los números con el menor asomo de armonía. Mucho se empeñó Alicia en remediar la pertinaz chuecura de signos y renglones, pero no hubo manera de que alguna vez le merecieran un mejor epíteto que el de *patas de araña*. "¡Ay, qué letra, Dios mío!", habría de exclamar hasta el fin de sus días, cuantas veces tuviera ocasión de mirar mis escritos.

Odiaba esos malditos cuadernos de ejercicios, igual que años más tarde aborrecí las clases de dibujo, no solamente porque lo hacía mal sino porque tampoco se me daba la gana esmerarme de más en un quehacer ingrato que no hacía sino exhibir mi proverbial torpeza. Dibujo, hasta la fecha, con la destreza propia de un niño de cuatro años; no falta la ocasión en que debo invertir varios minutos en descifrar algunas letras encimadas, entre risas acaso dirigidas a los cuadernos de caligrafía de los que no aprendí más que humildad. Algo queda de orgullo, sin embargo, en esa resiliencia comodina y triunfante, pues con el tiempo supe que la mala letra tiene la gran ventaja de esconder sus secretos a los ojos intrusos.

De los primeros años, cuando no pretendía más que garrapatear pedacitos de historia mientras sonaba la chicharra del colegio, añoro sobre todo la impunidad. Las palabras fluían sin que me preocupara el orden o la precisión, cuantimenos el sonido y el ritmo. Luego, cuando la historia me aburría o llegaba alguna otra capaz de amotinarme, procedía a abandonarla sin el mínimo escrúpulo, tal como mis iguales acordaban cambiar de juego y personaje. No había un objetivo, ni razón de jactancia, bochorno o frustración. Verdad es que envidiaba a los hermanos Grimm, no sólo por la técnica que estaba yo muy lejos de emular sino porque eran dos y ya sólo por eso me llevaban ventaja, pero al final el juego era tan absorbente que pasaba por alto mis carencias. ¿O es que mis compañeros jugaban al futbol para hacer una gira planetaria? ¿No derrocho hasta hoy cientos de horas preciosas enfrascado en el vicio de los videojuegos, del cual está de más decir que no obtendré ganancia alguna? Debo de haber matado millones de monitos digitales, y a mi vez fallecido muchos miles de veces, sin por ello pagar más consecuencia que el tiempo dedicado a un desafío estéril. Hay, detrás del final del chacoteo impune, un niño que se mueve de la escena y un tahúr que se apropia de su juego. Todavía no sabe qué ganará jugando, pero ya le seduce figurarse que hay algo por perder.

Nunca sabe uno cuándo lo que hoy ha escrito con deleite será ocasión de sorna general, especialmente si es demasiado joven y le preocupa el parecer ajeno. Se progresa muy pronto, a esas edades, pero eso igual implica que las líneas escritas días atrás, con entusiasmo casi vanidoso, parecerán de golpe primitivas, risibles, ingenuas y en suma vergonzosas: la mera idea de haberlas pergeñado produce en la cabeza del quinceañero un malestar comparable a la culpa por el primer orgasmo solitario. "No fui yo quien hizo esto", se dice uno con la piel erizada, al tiempo que destroza la evidencia, y si puede la quema de una vez. Pues si, como se teme con callada frecuencia, el talento está lejos de sobrarle, tampoco se dirá que le escasea el recato.

No es al cabo el talento, sino la persistencia la que lo saca a uno del agujero, aunque nunca por tiempo suficiente para pensarse inmune a nuevas frustraciones. La única razón para subir la piedra a la montaña es saber que después tocará empujar otra, y así hasta el infinito pues jamás habrá tiempo ni motivo para quedarse arriba a contemplar el mundo como un conquistador. No importa cuántos libros haya escrito, siempre es uno pequeño, insuficiente y frágil ante el proyecto en curso, de eso se trata el juego donde el triunfo mayor es la supervivencia y aun la mano más ducha debe seguir la huella de sus pifias. No cuento en este libro mis fracasos porque hoy me sienta exento de meter la pata, sino porque el oficio me ha enseñado que cuanto más me apure a equivocarme, menos será lo que tarde el pudor en venir a joderme la existencia, con la porfía de un mosquito nocturno. ¿Quién va a poder dormir, o siquiera rascarse a gusto la barriga, con el pudor zumbándole en estéreo? ¿Y qué sería del insomnio creador sin esas ansiedades recurrentes? Escribir es rodearse de problemas, lo demás es turismo narcisista.

VII. La bella y el bicho

*Esa mañana, Breton y sus surrealistas hicieron creer al
perpetuo fuereño que sería ciudadano del amor.*

> *I fall in love too terribly hard*
> *for love to ever last.*
>
>

Jule Styne/Sammy Cahn,
I Fall in Love Too Easily

Soy un animal raro, eso nunca lo olvido. Quienes
crecimos como niños bobos disponemos de amplias facilidades para encarnar más tarde en animales raros. Me
esfuerzo, según yo, en disimularlo, pero meto la pata
todo el tiempo. Supongo que es por eso que todavía hoy
acostumbro andar solo, como aquel niño bobo que no
solía tener con quién jugar y deambulaba a solas por el
patio, a lo largo de toda la hora del recreo. No digo que
no tenga unos cuantos amigos, es sólo que me queda
esta impresión de que son siempre más amigos entre
sí. Recorro los pasillos de la universidad como quien se
dirige a algún lugar preciso, pero lo cierto es que ando
en busca de alguien con quien pasar el rato. Cada tanto
regreso a la cafetería y con suerte saludo a dos o tres
que tienen casi siempre algo mejor que hacer. Tampoco
es que me aburra, habiendo tantas guapas a la vista,
pero me engañaría si dijera que pertenezco a esto. Cada
año se celebra el Día de la Comunidad. Hay juegos y
concursos supuestamente muy divertidos que yo, en
mi calidad de bicho raro, encuentro insoportablemente
ñoños, aunque nada me da más repelús que el festival
de la canción: un *concursi* que dura toda la tarde, entre porras y gritos a los que yo ni muerto me sumaría.

En los días de clases me queda cuando menos la opción de simular que tengo algo que hacer, pero en la fiesta anual es evidente que soy de otra tribu. Peor todavía, de ninguna tribu.

"¿Qué estudias?", te pregunta una desconocida a la que te interesa impresionar, y tú respondes "Letras" como si fuera una declaración de principios, y también porque esperas que pregunte enseguida si te gusta escribir y en tu lista de mitos figura la creencia de que ciertas mujeres son permeables al ideal romántico y sueñan con las cartas ardorosas que sólo un bicho raro como tú podría escribirles. ¿Significa eso que entre las condiscípulas de la nueva carrera gozo de alguna popularidad? No sabría decirlo. Me he hecho de un par de amigas entre una fauna a la que no comprendo. La mayoría no está aquí porque escriba, pienso a ratos que vienen nada más que a aplicarse una transfusión de cultura, por lo que se pudiera ofrecer. En mi generación somos seis estudiantes: cinco chicas y yo. Sonaba bien, antes del primer día, pero quién dijo que entre bichos raros cabe la idea de formar un cenáculo. Trato de ser simpático, y de pronto *demasiado* simpático, no para que me acepten sino para que acabe de quedar claro que soy un forastero en este rancho.

Disfruto las materias, especialmente cuando las comparo con las de la carrera anterior. "Esto sí me interesa", me repito y opino con frecuencia sobre todos los temas. Una vez más, soy presa del entusiasmo pronto y me creo destinado a convertirme en alumno modelo, aun a pesar de que nunca lo he sido y a sabiendas de la escasa constancia que suele merecerle el frenesí a un voluble incurable. Haber mandado al diablo una carrera teóricamente útil en favor de un proyecto sin pies ni cabeza me suena todavía a gesta heroica, y ya sólo por eso me siento satisfecho de estudiar algo que no sirve para nada. Tirarme al precipicio, eso es lo que me gusta.

"El Ninfo", le llamamos al profesor de Ensayo Literario. Es un hijo de puta, pero me hace reír. Le divierte burlarse de tres o cuatro alumnas, entre ellas una monja espantadiza ("madre", la llama, con sonrisa canalla), que obviamente no saben qué están haciendo aquí, ni les gusta leer, ni jamás han escrito otra cosa que tareas, apuntes y dictados. Hace bromas sarcásticas el Ninfo, le gusta contar chismes de escritores y se ganó su apodo porque está convencido de que ninguna alumna se le resistiría, si cualquier día de estos bajara del Olimpo con la mano en los huevos. Hay varias, eso sí, que lo aborrecen y a menudo echan pestes de su clase. Una de ellas propone que vayamos a ver a la directora porque no puede ser que en tres semanas ni siquiera nos haya dictado la definición de ensayo. "Si quieres que te dicten", la interrumpo sin más, "¿por qué no estudias taquimecanografía?".

Me bastó un par de clases para hacer amistad con el tal Ninfo. Tendrá unos cuantos años más que yo, lo mantiene una tía millonaria y se pasa los días entre la biblioteca y el gimnasio. Se pone camisetas una talla más chica para sacar provecho al ejercicio y los piquetes de esteroides que lo hacen ver como un Sylvester Stallone de cuyos labios brotan como granizo citas de Apollinaire, Musil y Proust. Ya sé que es un mamón, pero también un cínico sardónico. Igual que yo, prefiere a las alumnas de Comunicación y el tema rara vez se nos agota. Me ha preguntado qué hago estudiando Letras en la Ibero, como si no supiera la respuesta. Los demás pagan la colegiatura, pero si yo me gasto la mitad de mi sueldo en este asunto es porque entiendo que es un *cover charge*. ¿Sería mucho decir que vengo aquí con fines matrimoniales?

Ríanse, pues, si quieren. Habrá quien diga que tiro el dinero, puesto que un bicho raro jamás se va a entender con la clase de *ladies* que atrapan mi atención. Niñas buenas, modosas, delicadas, que muy probablemente nunca habrían volteado a ver a David Bowie, como no fuera para arrugar la nariz. Tampoco a Nina Hagen, Iggy Pop o cualquiera de los estrafalarios a los que tomo por modelos de conducta, pero si fuera yo un ejemplo de congruencia no estudiaría Letras en la Ibero. Tengo una fe tan grande en lo improbable que colecciono musas en la cafetería y no me cabe duda de que alguna tendrá que ceder al conjuro, aun si no me conoce y es más: justo por eso. El Ninfo, desde luego, se carcajea de mis expectativas y se jacta de todas las pollitas que dizque ya han pasado por su cama, sólo que yo tampoco lo tomo muy en serio, a menos que saltemos al tema de los libros, donde acostumbra ser más arrogante aún y encuentra la manera de impresionar a un jodido estudiante de primer semestre. Lo dejo que se luzca porque estoy aprendiendo y es mi turno de ser un papanatas.

Me sé bien el papel, lo aprendí desde niño. Nunca me ha intimidado que me miren de arriba para abajo, prefiero que me crean inofensivo a alimentar el ego con migajas. Ya vendrá mi momento, pienso mientras ondeo la bandera de ingenuo con la que navego. Porque eso soy, ¿no es cierto? Me hago el sabihondo cuando escribo un artículo, pero todo mi esfuerzo apenas sirve (y de esto no termino de estar seguro) para disimular la lista inagotable de cosas que no sé. Crecer a solas, sin hermanos ni vecinos, lo orilla a uno a la experimentación, con todos los fracasos que eso implica. Se aprende más, al fin, pero hay que resignarse a ser visto con lástima, risa o preocupación, pues lo que otros absorben imitando tú tienes que sacarlo de la manga, y ya se sabe el escaso prestigio que tiene entre los niños la originalidad: patrimonio de raros y apestados. Para colmo, uno sabe que es bruto y vive temeroso de meter otra pata de las suyas. Un miedo que se nota a la distancia y de por sí anticipa la inminencia del próximo tropiezo. ¿Cómo iría a evitarse los problemas, si nunca le quedó más que arriesgar? ¿Y qué podría perder, sino el miedo al ridículo, quien ya se ha aclimatado a los reveses, tanto así que ninguno le sorprende?

Suena guapo decir que me gusta arriesgar, pero es que no sé hacer las cosas de otro modo. A veces salen raras y a falta de un modelo no hay cómo darse cuenta o corregir. ¿Qué más puedo esperar cuando escribo una línea y no funciona, sino la gran catástrofe de constatar que al cabo soy un bueno para nada? A veces me pregunto si no será que sueño con la gloria para no ver lo cerca que estoy de la ignominia. Puedo sentir su aliento a podredumbre pegándome en la nuca, como cuando traía zapatos nuevos —botines ortopédicos, en realidad— y llegaba al colegio convencido de que más tardaría yo en hacerme el loco que ellos en descubrirlos y pisotearlos. Digo que no le temo al monstruo del ridículo porque ya me es un tanto familiar, pero lo cierto es que por eso mismo me consta que aún ahora es más grande que yo. ¿"Aún ahora", digo? ¿Y qué me hace pensar que he dejado de ser el niño bobo de la primaria, si *aún ahora* voy y vengo a solas, peleando con fantasmas que nadie más ha visto ni verá? ¿Qué saben los lectores de mis tontos artículos de la tristeza intensa que me atrapa en la tarde del domingo, cuando todos mis planes e ilusiones parecen fantasías infantiles y yo mismo un payaso que dejó de hacer gracia hace mil años? Déjenme que exagere, ese es mi oficio.

Hay días que amanezco preguntándome si por casualidad me hace falta tomar un dictado pendiente y escribir ciento veinte veces, de castigo, la definición de ensayo literario, pero después me calzo los audífonos, concuerdo con el Clash en que *I'm not down!* y me lanzo a la chamba en bicicleta. ¿Quién, que no haya volado por Reforma al manubrio de una Benotto de carreras, con el *walkman* sonando a todo lo que da y un autobús feroz pisándole la sombra, entendería la necesidad de mandar a la mierda los temores y hacer como que el mundo arranca aquí y ahora?

"¡Aguas, ya llegó el punky!", no falta quien se burle cuando me ven llegar a mi nuevo trabajo, cantando y bailoteando una tonada lo bastante violenta para hacerse escupir sin rastro de complejos, y que naturalmente nadie más ha escuchado, cuando menos dentro de estas paredes. No sé si les parezco más rebelde o pedante, pero igual lo disfruto como si vomitara desde un escenario. Siempre que alguien responde a mis provocaciones meneando la cabeza reprobatoriamente, me da por ver en eso una ovación rotunda, sobre todo si tienen la razón y yo estoy claramente equivocado. Miguélez, por ejemplo —jefe de redacción: mi superior directo—, es un treintón de pueblo que va por los pasillos canturreando boleros y haciendo sonrojar a cuanta señorita se lo topa con piropos y albures tan galantes que nadie le reclama, pero yo encuentro un gusto retorcido en hacerlo rabiar insinuando que todo lo que le gusta —libros, dichos, películas, canciones— pertenece a un pasado que hace falta enterrar urgentemente. Somos como dos cómicos dispares cuya meta es aligerarse el día, aunque es verdad que a ratos competimos por demostrar quién es el más irresponsable, y no puedo decir que siempre gano yo.

La vida en el periódico transcurre entre las oficinas del suplemento y un galerón de facha futurista conocido como La Redacción. Desde mi primer día, el festivo Miguélez —sospecho que su esposa también lo llama así— me puso enfrente de una terminal del sistema; supe entonces lo que era una computadora. El aparato está un piso más abajo —dos moles de metal que ocupan todo un cuarto— y lo custodian sendos hombres en bata que por lo visto nunca se relajan. Afortunadamente es muy temprano, así que siempre sobran terminales.

Si en la noche pululan como moscas periodistas de todas las secciones, por la mañana el edificio duerme, mientras las redactoras de sociales y los que trabajamos en los suplementos gozamos de la tregua, libres de todo asomo de premura. Es en la Redacción que escribo mis artículos y corrijo los de los colaboradores, no porque me incomode la oficina —donde el *show* de Miguélez hace las delicias de todo aquél que pasa por ahí— sino porque cuando menos lo piense hará su entrada Remedios la Bella. No es, por supuesto, su nombre de pila, pero si le he colgado el sobrenombre es porque ya me temo que una mujer como ella solo puede ser obra del realismo mágico.

Me he dejado prendar por Remedios la Bella sin mediar tan siquiera una presentación. "Meme", la llamo para mis adentros, y la observo con tanta discreción como su majestad me lo permite. Poco o nada, es decir, aunque igual me consuelo suponiendo que somos un gentío los babosos que la idolatramos. Miguélez ha opinado que le cuesta trabajo no arrodillarse cuando la ve pasar, y yo me llevo un chasco memorable la tarde en que la encuentro paseando por la Ibero, sin la corona puesta. ¡Lotería!

"¡No puede ser casual!", me apresuro a pensar y recuerdo a la Nadja de Breton que recién conocí en la materia de Modelos Literarios. Devoto intempestivo del surrealismo, colijo que un encuentro como el nuestro sólo puede ser fruto del azar objetivo y así, sin propiamente conocerla (pese a que sé su nombre y hasta su dirección, porque en eso soy hábil y expedito), le lanzo una sonrisa de ocasión a la que ella responde atribuladamente. Me recuerda, sin duda, y ya nomás por eso siento que no le soy indiferente. ¿Quién dice que una escena como la que acabamos de protagonizar no es digna de caber en un largometraje, o por lo menos en algún comercial de pasta de dientes? ¿Será ella indiferente a lo que para mí se pasa de obvio? ¿No es verdad que mañana se va a cagar Miguélez, nada más comprobar que saludo de beso a la máxima estrella de nuestro santoral?

Meme es alta, garbosa y alza la ceja izquierda igual que una archiduquesa. Su cabellera obscura y sus ojos profundos, así como su piel de porcelana, le dan la pinta de una soberana, pero el puro vaivén de sus caderas delata a la gitana que de aquí en adelante me arrebatará el sueño y el sosiego. ¿La idealizo, tal vez? Pero claro, si de eso se trata la película. De un día para otro mi cerebro tiene mucho quehacer. Todo cobra sentido, los planetas han vuelto a su lugar y el paisaje se llena de signos que solamente yo puedo leer. A menos, por supuesto, que ella también los lea, pero no estoy tan loco (todavía, a dos horas del encuentro) para creerme eso. ¿Quién va a parar ahora esta canija máquina de fantasías?

Yo no sé si a lo largo de la noche conservé la sonrisa con la que me dormí, pero cuando abrí el ojo ahí seguía. Salgo a la calle, monto la bicicleta, le pongo *play* al *walkman* y corre la película. En un día como hoy, todo el género humano tendría que envidiarme. Pedaleo como un endemoniado, me trepo en las banquetas y me paso los altos, sin precaución alguna porque intuyo que soy indestructible. ¿Qué le voy a decir cuando la vea? Supongo que es un poco apresurado pedirle matrimonio, así que me propongo seriamente disminuir hasta donde sea posible la tendencia a plantar esa cara de estúpido automática que ya ha dado tan malos resultados. Además, si esto es obra del azar objetivo y ya fue bendecido por el realismo mágico, más me vale tener fe en el destino. "Voy ganando", me digo, mientras amarro al poste la Benotto, y es como si se oyera una ovación y hasta los policías de la entrada cuchichearan: "Es él...".

Entre quienes vemos salir de nuevo el Sol a la hora en que Meme cruza las puertas de la Redacción —once de la mañana, cosa así— está un viejo caliente, jefe de información del diario vespertino, que rumia no sé cuántas porquerías y deja que los ojos se le salten sin tantito recato. "¿Quién se cree este pendejo", rezongo por mi parte, nada más me lo topo y asumo mi papel de caballero andante recién habilitado. No es que no me dé cuenta de las mamarrachadas que se me están ocurriendo (si oyera a otro decirlas pensaría que es un perfecto imbécil) pero ya aclaré que no puedo detenerlas. Bien lo dice Xavier, el amor ataruga a los vivos y aviva a los tarugos. ¿Y quién habló de amor, por otra parte? ¿Quién dice que soy vivo y no tarugo? ¿Cómo iría yo a amar a alguien que no conozco? Estoy listo, eso sí, y dudo mucho que una mirada suya no dé para eso y más, porque entiendo que el chiste de enamorarse consiste en darle cuerda a los pensamientos que menos se merecen ese nombre, pero no estaría mal que siguiéramos juntos el libreto, como manda el destino en estos casos. Lástima que sea yo quien hace el guión y no sepa lo que es la maldita paciencia.

Nos dicen que el amor es el más puro de los sentimientos. Que es noble, generoso, desinteresado, y sin embargo está lleno de expectativas. Piensa, quien se enamora, que ya sólo por eso tiene derecho a la correspondencia, como si sus delirios solitarios fueran responsabilidad del ser amado, que no por fuerza asiste a la misma función ni reúne las virtudes que al otro se le ha dado la gana enjaretarle. Por eso es que me engaño con el cuento de que la archiduquesa me es casi indiferente, hasta el momento. Miro hacia mi pantalla, hago como que escribo, subo hasta el tope el volumen del *walkman* y tamborileo sobre la mesa de al lado. Muy *cool* yo, *but of course*, por más que ni un instante deje de vigilarla de reojo. Como si me colgara de un periscopio y bailara una cumbia al mismo tiempo, nomás pa' destantear al enemigo. ¿Y quién más iba a ser el enemigo, sino precisamente mi inmediato superior, que es muy capaz de verme saludarla y gastarme cualquier broma infumable? ¿Qué haría, por ejemplo, si al cabrón de Miguélez le diera por silbarnos la Marcha Nupcial? Por eso, nada más lo veo levantarse, me quito los audífonos, flexiono las rodillas y enderezo la espalda, como si se tratara de correr ahora mismo los cien metros planos. ¿Se me notan las ansias? Yo calculo que no, tal vez porque he creído desde niño que sería un buen actor, si me lo propusiera.

—¡Hola! —reacciona Meme, no bien paso a su lado y me detengo, sorprendido en teoría por su presencia.

—Qué chistosa es la vida, ¿no? —sonrío, entre mundano y divertido—. ¿Qué estudias en la Ibero?

—Comunicación. ¿Tú? —me habla con propiedad, ya podría relajarse.

—Letras —alzo los hombros, decidido a lucir desenfadado—. Ayer nos enseñaron a escribir la efe.

—¿Cómo? —me mira raro. ¿Será que es muy temprano para hacer chistes malos?

—A, be, ce, de, e, efe… Cuando termine voy a estudiar un doctorado en números —odio explicar los chistes, me siento un mal payaso.

—¡Ah!, ja-ja-ja, qué bruta —uf, qué sonrisa linda. Y qué nervios, carajo.

—¿Y en qué semestre vas? —qué pregunta aburrida, qué flojera me doy.

En resumen, ella se inscribió en Letras el semestre pasado, porque sólo cada año se abren las inscripciones a Comunicación y varios aprovechan para luego cambiarse de carrera. Claro que eso y el resto de la conversación (dos minutos, si acaso, porque está trabajando y no lo disimula) me tiene más o menos sin cuidado porque estoy demasiado entretenido en registrar sus cejas, sus pómulos, sus manos, su elegancia, el fino desparpajo con el que da la espalda a su alto rango y pretende que es una vil mortal. Tiene razón Miguélez, al pie de su lugar deberían ir colocando un reclinatorio.

Si ya hubiera leído a Albert Camus, sabría que el problema de encontrarle un sentido a la existencia es que termina uno esclavizado a él. Según lo veo ahora —y lo seguiré viendo con más ganas— no puede haber fortuna comparable a toparme con Meme lo mismo en el trabajo que en la Ibero, aunque cada vez menos por casualidad. Hay cosas que no deja uno al azar, como sería el caso del resto de su vida, incluyendo a sus hijos y sus nietos. No sé si apostaría por lo que creo leer en los ojos de Remedios la Bella, pero encuentro una luz, allá en el fondo, que centellea desesperadamente. "¡Sácame ya de aquí!", grita el mensaje, que casualmente me queda pintado. Sólo falta mi nombre, ¿no es verdad? O sea que de aquí para adelante no viviré al pendiente de sus pasos porque la necesite, como porque sin mí su vida sería un drama sin final. No sé si esto sea cierto, y por lo pronto a nadie se lo contaría (ya puedo imaginar las risas de Miguélez y del Ninfo, si se enteran de que soy Supercán), porque además me precio de ser un caballero; basta con darle vueltas al asunto y comprobar que en el peor de los casos es un bonito arranque para una novela. ¿Y qué le va a hacer falta a una mujer como ella, sino caer en brazos de un novelista?

VIII. El prurito pitagórico

Detrás de cada renglón, siempre hay un número adverso.
En esa comezón se gesta la novela.

Andaba yo muy lejos, cuando estudiaba Letras, de entender la importancia y el peso de los números. Siempre me ha divertido hacer cuentas mentales, en años escolares solía matar el tedio contando los ladrillos, pupitres y ventanas a mi alrededor; después multiplicaba por el número de aulas del edificio y acababa sacando toda clase de porcentajes inútiles, a los que hasta la fecha soy aficionado. Ahora, por ejemplo, voy en el renglón 13 de la página 32 del manuscrito. Es decir que recién he llenado de palabras el 25% de las páginas del cuaderno naranja. No es que pueda saber cuántas tendrá este libro, pero jamás olvido las que llevo. Me duermo y me despierto con el número fijo en la cabeza, con frecuencia mi humor depende de él, puesto que si es el mismo del día anterior me envuelve un sentimiento de frustración que al primer parpadeo se hace culpa. Y al revés, si logré que el número creciera experimento un hondo bienestar y me lanzo a hacer cálculos más o menos irreales de lo que alcanzaré a final de mes, si es que consigo sostener el paso.

Es un camino largo, tanto que de repente me da la idea de que nado en el mar: ya puedo haber braceado y pataleado como un prófugo, que miro al horizonte y apenas me he movido. "¿Ya vamos a llegar?", importuna otra vez el niño a los papás, harto de resistir la carretera desde la incertidumbre del asiento trasero. Responder "falta poco" o "ya merito" no ayudará gran cosa, puesto que la impaciencia mide el tiempo a su modo y éste es exagerado por necesidad. A menos que haya un número al que pueda uno asirse, como en esas mañanas escolares donde cada minuto transcurrido nos acercaba un palmo al momento triunfal en que el ruido del timbre pondría fin al cautiverio infame. Cuento páginas, líneas, días, semanas y hasta cargas de tinta para sentir que avanzo, como si condujera una ambulancia y de mí dependiera la salvación del infeliz que viene agonizando atrás. Cuando se vacía el tanque de la pluma, sé que he avanzado entre cinco y seis páginas (según qué tanto me haya gastado en tachonar), y ya esa sola cuenta suena a fanfarria y sabe a terapia.

Registro mis avances en un calendario. Números y más números, porque una cosa es gozar del trabajo y otra que no haga falta un capataz. Igual que en el amor, todo se mira fácil desde el antojo, pero llegando al campo de batalla resulta que son más los enemigos, menos las municiones y demasiados los caminos posibles. Claro que lo disfrutas, y por nada lo cambias, mas por fuerte que resulte el deseo has de pelear desde la insuficiencia. Es una sensación que igual sirve de obstáculo o estímulo, aunque para quien gusta de meterse en problemas las barreras son también acicates. ¿Y qué no la lujuria se alimenta del veto terminante, el morbo del estorbo, la urgencia del retardo, las ansias del ayuno? Mi capataz interno se ríe de las musas desde que descubrió la eficacia ejemplar del chicotazo. Ya sabe que no entiendo por las buenas y en lo que a él respecta soy un mal mentiroso. "¿Qué tal andan tus números?", insiste en preguntarme aun durante el sueño, porque en este trabajo no se descansa nunca, y ni falta que hiciera.

¿Y el bloqueo? No sé. Andará por ahí, seguramente, pero me niego a darle la cara. Porque si he de ceder a las supersticiones, cualquiera es preferible a acreditar la presencia de ese espectro bribón empeñado en subírsete a las barbas. Prefiero, para el caso, decir que *tengo* miedo, como se tiene un grano en la nariz, un catarro, un antojo. Algo que está en mis manos combatir, no un ser imaginario del que soy prisionero inapelable. Pues contra lo que pueda imaginarse, no es de escribir que el escritor se cansa, como de *no escribir*. Pasarse el día entero frente a un papel en blanco, o bien cubrirlo todo de tachones, equivale a soñarse con las manos cortadas y no puede uno darle esa ventaja al diablo. Recuerdo una novela inquietante, cuyo protagonista se pasa las mañanas intentando escribir, sin el menor indicio de fortuna. Su autora es Josefina Vicens y se titula *El libro vacío*. Ahora bien, ¿desde cuándo tiene esto algo que ver con la fortuna? Me niego a dar por buena una creencia en tal extremo improductiva. Si tanto me he jactado de mascar el idioma de los números, ello es porque no sé ni me interesa prescindir del control. Una manía claramente diagnosticable, por cuya intercesión consigo eventualmente conciliar el sueño. Felizmente, Josefina Vicens no padecía el mal de su protagonista, ni creería, como tantos autores yermos y atormentados, que la fertilidad es asunto de suerte. Bastante suerte es ésta de estar vivo, para atreverse a esperar algo más.

Según creo recordar, tendía yo a pensarme víctima del mal fario tras un flechazo no correspondido. "Toda pena de amor es de amor propio", decía La Rochefoucauld, y la autoestima es otro de esos temas que no quisiera uno abandonar en manos de la suerte. Por eso miro atrás y me pregunto si no sería que aquellos romances malogrados, por los que en otros tiempos padecí reiteradas decepciones, fueron al fin producto de mi esfuerzo como saboteador. ¿Deseaba en realidad alcanzar esa dicha de mero folletín, al precio de enfrentar la realidad, o me bastaba con imaginarla y algún día quizá transformarla en novela? Ya he dicho que este oficio es muy celoso, pues antes de escribir para vivir uno debe estar listo para hacer lo contrario. A falta de un liceo para novelistas, entiendo la experiencia, y en general la vida, como un laboratorio para escribir novela. Puedo contar aquí lo que más me abochorna, o me duele, o me enferma, con tal de dar sustento a estos renglones, porque si ellos zozobran soy yo quien se desploma, y en esto sí que no hay términos medios.

Miro mi historia alternativamente desde planos distintos, como si fuera un partido de tenis. En uno voy ganando, en el otro me están haciendo polvo. Sigo a veces la acción desde la cancha, sin mayor perspectiva que el aquí y el ahora, y lo que veo nunca es la misma cosa que cuando me repliego hasta las gradas. La red, naturalmente, cambia de tamaño, y con ella mi percepción de obstáculos y atajos, cuestas y acantilados, aciertos y esperpentos. Por eso cada día opino diferente sobre una misma cosa y nunca estoy seguro de tener la razón. ¿Cómo sé que voy bien? Por mis números, claro. Se trata de avanzar y eso puede medirse. Lo demás es incierto, aunque en eso no hay prisa. Las palabras maduran, a lo largo del tiempo, y algo de lo que ayer sonaba interesante de aquí a tres meses se revelará ñoño, hueco, vulgar, patético o silvestre, como la convivencia entre extranjeros termina erosionando lo que era novedoso y las aguas del tedio recobran su nivel. Sé que una línea puede valer la pena porque la he releído decenas de veces sin atorarme en alguna rebaba. Siempre que una palabra no funciona, su presencia se va haciendo evidente, a la manera de un grano en la piel. Cada nueva lectura la hace lucir un poco más voluminosa y lo mismo crece la comezón, hasta que es hora de sacar el bisturí.

No se puede escribir una novela sin arriesgar una nueva teoría. Todas son la primera y a todas les jura uno en su momento que las quiere como a ninguna otra, sin el menor temor a equivocarse. Tal es la disciplina del idilio, cuyas órdenes tienen preeminencia sobre los pareceres que puedan sucederse en la provincia de un cerebro atormentado. Se trata de entregarse, piense uno lo que piense del asunto porque los pensamientos son aquí meros siervos del instinto. Pienso, al fin, lo que al proyecto pueda hacerle falta, y si me equivocara ya encontraría el modo de corregir el rumbo sobre la marcha. No me he propuesto perfeccionar la vida, sino reacomodar sus imperfecciones.

En los últimos días, por ejemplo, me he preguntado cuál es la utilidad de mantener la escritura de este libro en secreto. Ciertamente me sentiría mejor si hoy en la noche le platicara a Adriana que escribo un nuevo libro, mientras el otro espera, por el bien de los dos y el nuestro propio, pero ello sería tanto como contravenir las reglas que en principio establecí. ¿Estoy listo para eso? Como diría Alicia: *Ya veremos*. A veces, a Xavier le da por observar, no sin razón, que voy algo atrasado con la novela en curso, y entonces le suplico que cambie de tema. "Entiende que esto lo hago en contra tuya", trato de disculparme, consiguiendo quizás el resultado opuesto. ¿Debería explicarle que en realidad la idea consiste en hacer esto de espaldas a mi vida cotidiana, como esos terroristas que llevan a los niños al colegio antes de irse a hacer bombas en un sótano? Terroristas, he dicho, no porque simpatice con delirios infames sino porque lo mío es atentar contra la realidad y para eso me hacen falta las sombras. ¿Es posible escribir un libro así, bajo una disciplina imperturbable y a escondidas de todos, sin descanso? Siempre dije que no y ahora elijo tragarme mis palabras. Por lo pronto, me respaldan los números, que afortunadamente no tienen opiniones ni cambian de tamaño. En términos precisos, diría que mi angustia existencial desaparece al fin de la tercera página. Antes de eso es la guerra y voy perdiendo.

IX. Tiempo de papelones

Hay días en que ruegas que la tierra te trague... sólo que ella no come porquerías.

Tuve una tía abuela a la que le faltaba la pierna derecha. Se llamaba Victoria y de ella se decía que había viajado hasta Tijuana en busca de un marido desertor, armada de un revólver rebosante de balas, con tan buena fortuna que nunca lo encontró. Solía contar la historia de su amputación, misma que yo escuchaba espeluznado, tejiendo fantasías que habría preferido no concebir siquiera y alimentando diablos que años más tarde, una vez libre de los monstruos de la infancia, vendrían de regreso a alborotarme. Fue entonces que la pulcra tía Victoria decidió, en póstumo arrebato dentro de mi cabeza, no volver a la vida familiar y quedarse en Tijuana a sacar dividendos de aquello que el marido despreciara. No me ha dado la gana imaginarla presa de aquel quirófano que la vería salir con cinco uñas de menos, sino cuando esa pierna iba y venía y despertaba múltiples apetitos, entre ellos el de mi protagonista, que está perdidamente encaprichado de una mujer distante e inconveniente. Recién lo terminé, sucede en Nueva York, empieza en un salón de masajes *non sanctos* y desemboca en un concierto de Bruce Springsteen.

Enamorarse es una buena razón para sentarse a terminar un cuento. No sé muy bien de dónde saqué la presunción de que era más sencillo escribir cuentos que embarcarme otra vez en una novela. A lo mejor es que me pesa el trauma de haber escrito esas doscientas páginas que no sirvieron para puta la cosa. Odio que me pregunten, cuando digo que escribo un libro de cuentos, si se trata de historias para niños. Lo peor de todo es que no soy del todo ajeno a esa burrada, según la cual el cuento vendría siendo una novela junior, y así Allan Poe sería un niño bigotón. Como que todavía no acabo de aceptar la importancia de hacer y deshacer cientos de correcciones antes de declarar lista una historia. ¿Y cómo iba a aceptarlo, si soy un huevonazo? A menos, por supuesto, que una fuerza más grande me empuje a verlo todo de otra forma. Abran paso al amor, que viene a rescatarme y tiene prisa.

Decía nuestro amigo André Breton que las calles de París fueron diseñadas para que los amantes se encuentren. Por eso no me extraña que Remedios la Bella escribiera una historia donde se pinta triste y solitaria, recorriendo París mientras lamenta que en su vida siempre está lloviendo. ¿Cómo más iba a ser (respingo, en broma pero en serio) si no andaba yo allá? Son unas cuantas páginas, que he logrado sacarle a cambio de que ella lea el cuento que recién ha salido de mi horno. Me pasé cuatro días corrigiéndolo, no exactamente en nombre de La Literatura porque lo que yo espero es sacudir a quien por el momento es su única lectora. ¿Quién me dice que no, una vez sacudida, pierde la vertical y viene a dar casualmente a mis brazos? Ya sé, sigo pensando como Supercán. *Underdog,* que le llaman en inglés. O sea lo contrario del favorito. Soy el que apuesta todo al caballo esquelético. Por eso el Ninfo se ríe tanto de mí, lo cual no me molesta e incluso me hace gracia, porque insisto en creer que un día de estos voy a acabar por taparle la boca, y porque en ningún lado está escrito que siempre ha de perder el cuaco flaco.

Se supone que creo en el destino, aunque no tanto como para dejar de hacerle trampas. ¿Qué va a decir Remedios la Bella, por ejemplo, cuando sepa que estamos juntos en una clase? Tendría que opinar que soy mañoso, si adivinara que ha sido obra mía, y en vez de eso es probable que crea lo que yo pensaría, en su lugar. Que esto pasa por algo, que le caí del cielo, que ha llegado el momento de parar esa lluvia tan salada. Imagino todo esto en cámara lenta, con la música de Ennio Morricone, sin reparar gran cosa en la diaria evidencia de su desapego.

"No me gustó tu cuento", me disparó sin más, y por toda respuesta sonreí como un idiota, con las cejas y los hombros alzados para que pareciera que no acababa de aplicarme un nocaut a media Redacción. ¿Debería yo quizá descifrar algún signo del destino en tamaño desaire? Sólo eso me faltaba, hacerme el imparcial. Uno lee lo que quiere y se queda con lo que le acomoda. Por más que esté noqueado y trague sangre no voy a darle al mundo la satisfacción de mirarme en la lona, así que en vez de darme por vencido llego a la conclusión de que cortejo a una mujer honesta, y no podría ser de otra manera. Se ha equivocado, eso es más que evidente, de modo que me toca perdonarla porque, como bien dice el Evangelio, la inocente no sabe lo que hace. Diez minutos más tarde ya la invito a escribir en el suplemento, para que vea que no soy rencoroso.

Ser un escritor joven es enseñarte a recibir los golpes con la sonrisa puesta, en nombre de tus últimos vestigios de amor propio. Y es que yo ni "escritor" me atrevería a llamarme. Igual que "artista", suena un poco a adjetivo. No es lo mismo pasarse de optimista que echarse porras solo. Claro que hay escritores malos, y hasta malísimos, no dudo que sea el caso de la mayoría, sólo que ahí tampoco quiero estar. Hasta el pasado cuento, me gustaba enseñárselos a Miguélez, que es muy bueno para encontrar la paja y separarla de las buenas líneas. Lástima que también sea un gran bufón y no sepa quedarse con las ganas de divertir al público. ¿Cómo iba a adivinar que el miserable leería mi cuento engolando la voz, como si fuera una radionovela? ¿Se reían los presentes —dos colaboradores y una amiga suya— de lo que yo escribí o de la forma en que él lo declamaba? ¿Qué debe hacer el padre del monstruito cuando escucha chistes a sus costillas? Aguanté hasta el final, soltando algunas risas perfectamente falsas, y le menté la madre más o menos en broma, desde el fondo de mi alma, preguntándome ya qué diablos iba a hacer con esa inmensa lista de gente a la que tengo que callarle el hocico, a saber cuándo y dónde.

Eso sí, no me rindo. Si Asurancetúrix, el bardo incomprendido de las aventuras de *Astérix el Galo*, soporta que lo amarren y amordacen cada vez que se atreve a canturrear, no seré yo quien se eche para atrás. ¿Cómo no volar alto cuando al Ninfo se le ocurrió invitarme a hacer una revista literaria? Seríamos él y yo los editores, patrocinados por la universidad, usando la tipografía del periódico. Tendríamos un consejo de redacción, integrado también por él y yo, más uno o dos amigos de su generación que muy probablemente aceptarían. De ahí a la delusión apenas había un paso: no tardé en sugerir que cada nuevo número de la revista incluyera una firma prestigiosa, cuya sola presencia nos traería toda una lluvia de caché.

"Yo me encargo", le he dicho, con una petulancia que aspira a competir con la suya, y al cabo de unos días acopio la osadía suficiente para llamarle a José Agustín. Lo entrevisté una vez, en su casa de Cuautla, si bien el resultado nunca se publicó, por las carencias mismas del entrevistador. "Soy el paracaidista", le recuerdo (aunque lo cierto es que dejé de serlo después del cuarto salto, hace dos años ya, y desde entonces sólo me pavoneo). Le hablo de la revista y la carrera, de mi trabajo como coordinador del suplemento y del "crítico" que es mi coeditor, pues hace tres semanas que logré que Miguélez reclutara al Ninfo para el suplemento. Fiel a su fama de escritor accesible y amigo de los jóvenes, el de Cuautla me ofrece entregarme un fragmento de la novela que ahora está escribiendo. Va a estar en un coctel del Fondo de Cultura Económica, podemos vernos ahí para que me dé el texto, y si soy tan amable puedo llevarlo a la Central del Sur, donde habrá de tomar el autobús a Cuautla. Al exquisito Ninfo no le gustan los libros de José Agustín, pero igual le entusiasma mi fichaje. Conoce a Alberto Blanco, entre otros exalumnos de la Ibero a los que según él no sería difícil enganchar. Por lo pronto, se apunta a acompañarme al coctel en el Fondo, la semana que viene.

Quiero comerme el mundo, no sé si se me note. Me contemplo, en mis sueños, cenando al lado de Remedios la Bella en la casa de Carlos Fuentes. Mientras eso sucede, he encontrado que me urge el apoyo de las instituciones culturales. En tres palabras, *necesito una beca*. Me gustaría intentar una nueva novela, ya sin el compromiso de que el protagonista se sienta chantajeado por el deber de hacer una revolución (lo pienso y me sonrojo, qué pastiche espantoso tuve que haber escrito). Se lo conté al de Cuautla en el teléfono: soy formal aspirante a una beca de jóvenes narradores. Le pareció muy bien. "¡Mucha suerte, manito!", me deseó al despedirse. Nada que un optimista compulsivo no tomara al instante por augurio. ¿O es que debo esperar a que me den la beca para ir haciendo planes al respecto?

La noche del coctel tiene toda la pinta de una gran bienvenida. Somos un par de extraños entre una muchedumbre de viejos conocidos y ese es otro motivo para envanecernos. "Ya estoy aquí", me digo, como si la fortuna me reservara un sitio entre tantos autores a los que antes de hoy sólo había llegado a ver en los periódicos. El Ninfo no está menos impresionado, aunque lo disimula señalando a uno y otro como si fueran miembros de su familia. No le faltan anécdotas, ni observaciones cáusticas sobre la obra de éste o la facha de aquél, mismas que yo celebro a risotadas aun si no siempre sé de lo que hablamos. ¿Pero de cuándo acá la quinceañera tiene la obligación de conocer a todos los que llegan a su fiesta? Si no saben quién soy, me jacto por mi parte al oído del Ninfo, ése es problema de ellos.

Nada más le presento a nuestro hombre en el Fondo, el Ninfo halla la forma de acapararlo. Vamos los tres bajando por las escaleras, en camino hacia el coche de Alicia, y yo espero con ansias de niño explorador el momento de entrar en la conversación. Por lo pronto, ya tengo en mi poder el adelanto de su próxima novela. Son unas cuantas hojas escritas a máquina, me basta por lo pronto con esa posesión para sentirme al mando de la nave. "Siéntate aquí adelante", conmino a nuestro ilustre pasajero, pero él prefiere el asiento de atrás porque será el primero que se baje. No es lo ideal para mí, naturalmente, pero vengo de buenas y tampoco es que sea un tipo celoso. Soy, al fin, un alumno de segundo semestre, traigo conmigo a un famoso escritor y a un catedrático al que convertí en crítico. ¿De qué podría quejarme? Ya habrá otras ocasiones, por supuesto. Y hablando de ocasiones, no sé cómo ha ocurrido que la conversación entre el autor y el Ninfo ha dado un giro brusco hacia un tema candente del que soy, oh, sorpresa, personaje central. Apenas si lo creo, mientras meto reversa por tercera vez para salir del espacio estrechísimo donde me he estacionado. "Xavier", opina atrás de mí José Agustín, "está escribiendo cada vez mejor". Tal parece que sabe un par de cosas sobre los candidatos a las becas del INBA y no tiene objeción en compartirlas. Dos elogios más tarde, como ocurren las cosas en los sueños, lo escucho pronunciar las palabras precisas para hacer de este coche una nave espacial:

—Yo creo que este año sí le van a dar la beca a Xavier —habla con entusiasmo, se diría que me da la bienvenida.

—¡Ojalá! —alzo la voz abruptamente y levanto las palmas bien abiertas para que no haya duda de la falta que me hace esa beca de pronto tan cercana.

Se hace un silencio corto, como cuando un mosquito te pasa entre los ojos. Un instante más tarde vuelven los dos a su conversación. Pelo oreja, contengo la respiración. Hablan de un tal Javier, amigo personal del novelista por el cual siente un evidente apego. Me gustaría pensar que esto no ha sucedido, y mejor todavía quisiera echar la escena diez segundos atrás y callarme esta boca de moco entrometido. Lo cierto es que me oyó y no dijo un carajo, manito. Un chiste, cuando menos, me habría rescatado del abismo por el que voy cayendo. Se ha abierto un gran boquete sobre el pavimento y el fondo está en el centro del planeta. "¡Trágame, tierra!", le gustaba decir a Celia en estos casos, ahora entiendo por qué. Soy como ese chofer a quien nadie ha pedido su opinión y tampoco hace falta responderle. "Lléveme a la Central Camionera del Sur", eso es todo lo que me tocaba escuchar, nadie me preguntó si tengo por ahí algunas inquietudes literarias. Y en lo que toca al tema de la beca, bien podría ir haciendo nuevos planes. Levantarme del suelo, por ejemplo.

En los días que siguen al último nocaut, mi encomienda consiste en transcribir —discretamente, a trancos— el contenido del número uno y entregárselo al Ninfo tipografiado. Me lo propongo todas las mañanas, pero ocurre que no me da la gana. Digamos que me faltan argumentos para hacer entender al chafirete que recién lo ascendieron a tipógrafo. "Estoy muy ocupado", informo al coeditor, y de paso le explico la dificultad de usar las terminales a escondidas, a riesgo de perder la chamba en el periódico.

Más difícil aún es quitarle los ojos de encima a Remedios la Bella, especialmente cuando ya se fue y me deja el fantasma en la cabeza. Un par de veces he borrado sus textos del sistema, diez minutos después de que los escribió, sólo para que vuelva a su lugar, los escriba de nuevo, enfurruñada y a contrarreloj, y se mire orillada a aceptar mi caballerosa y espontánea oferta de llevarla a la Ibero. Una palabra suya y me transformo en el chofer mejor pagado de la Historia. ¿Nadie le ha dicho ya lo linda que se ve sentada al lado mío, camino de la escuela? ¿Le contaré algún día lo que tuve que hacer para arrimármele? ¿Nos reiremos juntos, brindaremos por eso, me estará de algún modo agradecida? Por lo pronto, le he pedido que me dé un par de fotos para su credencial del suplemento. La otra es para el archivo, ya se entiende, aunque seguramente es muy temprano para confesarle que la voy a archivar en mi cartera.

Una de las ventajas del romántico —idéntica en el caso de los novelistas— es que nunca le falta una coartada para torcer el mundo a su capricho. Lo que en otros es deshonestidad, abuso o cobardía, en él ha de ser visto como una especie de licencia poética. Mis amigos lo entienden y a ratos lo celebran a carcajada limpia, pero en el fondo sé que lo hago todo mal y lo que llamo planes son puras fantasías. Tanta es mi timidez —y tanto la consiento— que la tapo con exhibicionismo. ¿Qué opinaría Remedios la Bella si en lugar de tratar con mi lado más propio (y quién sabe si no el más aburrido) le tocara enfrentarse al barbaján que se lanza a torear camiones con el suéter sobre el carril de alta velocidad? ¿Y no es verdad que hago esas y otras tantas idioteces para seguir probándome que soy un narrador y mi vida equivale a una ficción?

No debería extrañarme que a veces mis amigos me rehúyan. Por mucho que se rían de mis juegos, sé que entre ellos comentan el miedo que les da terminar en el bote por mi culpa. Nunca se sabe, dicen, adónde va a llevarnos la próxima parranda. Según yo, daría todo por estar con Remedios la Bella, pero hay que ver la cara que pondría si nos tocara huir de una patrulla con la sirena andando. O si se me ocurriera parar el coche y bajar de repente a hacer pedazos un aparador con la llave que se usa para cambiar las llantas. O si la llevo a un bonito concierto, me hago pasar por otro periodista y entramos juntos con los boletos robados. ¿Sería yo otro, tal vez, educado y formal por obra y gracia del amor correspondido? Algo me dice que ese pendejo y yo estamos francamente muy lejos de caber en los mismos pantalones, y que todo lo que él arma de día corro yo a desarmarlo nomás se mete el Sol.

Vivo en una película donde todo se vale y casi nada me parece raro. Pretendo, para colmo, que quienes me rodean compartan y celebren las ocurrencias más disparatadas, no tanto porque el fin justifique los medios como porque mis fines se enorgullecen de existir sin permiso de medios o principios. Si encuentro una luz roja en el camino, siento la obligación —romántica y un pelo literaria— de desobedecerla en ese instante. ¿Qué se ha creído ese foco de mierda para decirme lo que tengo que hacer? Antes ir a la cárcel o al panteón que adormecer al respetable público.

Y sin embargo me duermo. La clase de Discurso Literario —en los labios de "Miss Guacamayona", que más parece dar consejos de belleza— equivale a dos píldoras de Lexotán, aunque se quede corta frente al chute de fenobarbital que te aplica el maestro de Retórica: un holandés simpático y rollizo cuya gracia consiste en compartir el mismo repertorio de chistes —dos, ni uno más— clase tras clase. Hago esfuerzos heroicos por no dejar los párpados caer, de pronto me conformo con evitarle al buenazo de "Dokter Slaap" la pena de callarlo a punta de ronquidos. Una misa en latín parece un *thriller* en comparación con dos horas completas de teoría literaria con acento holandés, así que rara vez aguanto hasta el final. Llego tarde, además, y echo ojeadas constantes al reloj, entretenido en sopesar ideas tan atractivas como largarme al cine, donde seguramente sacaría más provecho de mi tiempo. ¿Qué podrían enseñarme Dokter Slaap y Miss Guacamayona que no aprenda mejor de la mano de Herzog, Fassbinder o Visconti? ¿Qué hago para leer los libros que me dejan de tarea, en lugar de los que me da la gana? ¿Qué haría Milan Kundera en mi pellejo?

Son las tres de la tarde en la Redacción cuando le llamo a una de mis compañeras para ponerme al día con las tareas pendientes —tomo pocos apuntes, a menudo los pierdo— y me informa que hay un maestro enfermo: el de clase de cuatro, donde soy compañero de Remedios la Bella. Seguro me estaría agradecida si llamara a su casa para darle ese dato, porque es la única clase que le toca para hoy (conozco de memoria sus horarios), pero entonces echaría a la basura la oportunidad de encontrármela al rato en el salón vacío y llevarla de regreso a su casa. No lo pienso dos veces: corro a la calle, trepo a la bicicleta y en media hora estoy arrebatándole mi plato de albóndigas a Alicia. Una vez al volante, advierto que son veinte para las cuatro y despego camino al Periférico, mientras ataco el plato con un tenedor y me dejo comer por la impaciencia. Necesito llegar a ese salón de clases antes de que Remedios la Bella salga de él, voy en una ambulancia a salvarles la vida a nuestros hijos y apenas tengo tiempo para pensar en cualquier otra cosa. Acelero, rebaso, derrapo, embisto, freno, me estaciono a un costado de la biblioteca y corro hasta el salón, presa de una creciente taquicardia que hace rato le dio el poder de mi persona a la bestia peluda que me habita. Me asomo: está vacío. Tomo aire, me derrumbo en un pupitre y me digo que Remedios la Bella muy rara vez llega antes de las cuatro y cuarto. Tranquilo, matador: aún es tiempo de cubrirte de gloria.

Para cuando Remedios la Bella hace su entrada, creo haber recobrado el ochenta por ciento de mi galanura.

"¿Y el profesor?", se pasma, al tiempo que echo a andar mi pose de *wise guy* en el sitio del crimen, pero ni la mejor de mis sonrisas basta para quitarle el gesto berrinchudo que no parece estar tomando en cuenta este giro triunfal del azar objetivo. "¿No tienes otra clase?", pregunto idiotamente, tras verla maldecir nuestra divina suerte, y apenas me responde con un meneo abatido de cabeza pongo el corcel a sus gentiles órdenes. Sintomáticamente no la invito a tomarnos un café, cuantimenos al cine, sino que de antemano me conformo con llevarla de regreso a su casa. ¿Qué pensaría ahora mismo si supiera que vine mediomatándome sólo para cumplirme ese gustito? ¿Me alcanzará el camino a la colonia Roma para hacerla pasar un momento tan grande como el que vivo yo, o seré nada más que un chofer oportuno (por lo visto, mi mera vocación)? De regreso en el carro, le abro la puerta con un derroche de galantería, que de cualquier manera parece insuficiente para contrarrestar el efecto causado por el plato de albóndigas sobre el asiento. Ya no están las albóndigas, solamente el caldillo y algunos cuantos granos de arroz con jitomate, así que no lo pienso y procedo a insertarlo debajo del asiento, como quien guarda un documento incómodo al fondo de un cajón. No acabo de entenderlo ni aceptarlo, puesto que oficialmente floto entre las nubes, pero el gesto de mi admirada pasajera delata un malestar irremontable. ¿Será que la cagué con las albóndigas?

Lo dicho: no me entero de lo que hago. Vivo en un mundo ajeno al de los otros, probablemente porque así lo quiero. Menosprecio a mis ñoñas compañeras por la misma razón que Remedios la Bella me observa con recelo espeluznado, como si mis miradas encimosas transmitieran la lepra y hubiera que guardar una cierta distancia. Tengo trucos de sobra y es verdad que funcionan, el problema es que no sé hacer milagros. Conseguí habilitarla como autora de la cartelera de teatro, misma que ella actualiza cada sábado mientras yo me revuelvo entre las sábanas soñando en sus cejitas de princesa. No han dado ni las diez de la mañana cuando suena el teléfono y salto de la cama, sabiendo de antemano que es ella quien me busca porque escondí el archivo en el sistema y necesita que le ayude a recobrarlo. ¿Nos vemos en la noche? ¿Quieres ir a una fiesta? ¿Me acompañas a ver la nueva de Scorsese? Nada de eso pregunto, naturalmente, porque sé de antemano la respuesta y me quedo contento de sólo comprobar cuánto me necesita aquí y ahora. ¿Que me hago trampas solo? Ya lo sé y no me importa. Me basta por lo pronto con empezar el día imaginando que su llamada ha sido un codazo en la cama.

—Levántate, mi amor, no sé qué haría sin ti.

—Buenos días, Remedios, qué guapa amaneciste.

Me gustan las historias de perturbados. Juego a ser uno de ellos, hasta que la evidencia me pone en mi lugar y acepto que mi vida y la película no son la misma cosa. Visto objetivamente, el romance con Remedios la Bella no es más realista que las clases de Retórica. Soy otro Dokter Slaap, repitiendo mil veces los chistes que ni a mí me hacen reír, sólo que al menos a él le pagan algún sueldo. Desde la tarde del plato de albóndigas, el prospecto de madre de mis hijos se esmera en evitarme, como si la anduviera persiguiendo con un plato de *merde à l'orange*. ¿Hay que ser adivino para darme por muerto o voy que vuelo para perturbado? Suponiendo, además, que la mujer me amara tiernamente, ¿cuánto le tomaría a la bestia peluda echar todo a perder, por sus puros cojones? ¿Y si todo este cuento del tramposo galante fuera sólo un pretexto para aferrarme a mi lado macabro, donde la vida ocurre como a mí se me antoja y no hace falta más confirmación? ¿De verdad me fastidia la soledad, o resulta que es mi mejor aliada? Ahora que si se trata de poner de regreso los pies sobre la tierra,

¿quién que no sea un *freakie* de película traería en su cartera una foto robada a una mujer que ni su amiga es?

No sé si sea despecho o fantasía, pero he encontrado un poster en la Ibero que me invita a reivindicarme ante mí mismo. Leo y releo la convocatoria: es un premio de cuento, pueden participar los alumnos de todas las carreras, quedan cinco semanas para entregarlo. ¿Qué pensaría Remedios la Bella si llegara a saber que aquel cuento que tanto despreció ganó el primer lugar de este concurso? No digo que me vaya a violar de la emoción, pero no me caería mal un poco del respeto que tanto me he afanado en ir perdiéndome. Al día siguiente tomo dos decisiones. La primera es sacarle dos copias a mi cuento, meterlas en un sobre y entregarlo sin más. La otra es plantarle cara a Remedios la Bella y devolverle su fotografía. Fui un bobo, le diré, pero soy buen amigo. Diré de paso adiós a las lindas criaturas que íbamos a engendrar y pondré mi esperanza en el premio de cuento que a estas alturas debe de ser bastante más sencillo de ganar que el corazón ardiente de la del retrato.

Por una vez, consigo sorprenderla. No estaba preparada para tamaño arranque de franqueza y acaba por soltar una risa nerviosa cuando le doy la mano para sellar el trato de amistad. La he abordado de golpe, a media Redacción. Le he pedido disculpas por la foto, que enseguida saqué de la cartera y le puse en la mano, mientras me señalaba la cabeza para echarle la culpa de todo a mi locura. Como quien dice, no andaré tan perdido. Un perturbado auténtico ya estaría planeando estrangularla, o colgarse de un árbol, o escribirle un poema de quinientas páginas, y en vez de eso me siento extrañamente sano. Listo para sumarme a la Tercera Convención Nacional de Jóvenes Micófagos.

La he organizado junto a Tommy y el Quiquis: dos amigos que en nada se parecen, aunque en principio aceptan ir conmigo a Acapulco y atascarnos de hongos alucinógenos. El plan sería sencillo, si no hubiera que ir antes a San Pedro Tlanixco a hacer la compra del material didáctico. Cobardón desde niño, el Quiquis deja la primera etapa en nuestras manos. Alguna vez, en la preparatoria, fui con otros amigos hasta Huautla y pasó lo de siempre: terminé siendo el único en probar el veneno. Una dosis pequeña que apenas me sirvió para poder decir que conozco las drogas. Nada remotamente comparable al frasco rebosante de *derrumbes* que acabamos de comprar en Tlanixco. Imprimí tres gafetes, con la tipografía del periódico, donde aparece el nombre del evento y los de cada uno de los participantes. ¿El amor? Lo he olvidado. Siempre que se me cae una de esas quimeras, la bestia oculta salta de contenta porque sabe que es tiempo de arriesgar. El Quiquis se horroriza cada que una patrulla de caminos cruza la carretera, como si nuestro coche dejara un tufo de hongos a su paso. Lo conozco, se va a echar para atrás con el primer pretexto que se le atraviese porque no sabe hallarle el gusto al riesgo. Todo lo que a él le asusta a mí me gusta. Si otros ahogan sus penas en alcohol, yo quiero machacarlas viajando a otro planeta y no va a ser el Quiquis quien lo evite. Como siempre, le va a tocar cuidarme.

Tommy suele traer poco dinero pero paga su parte haciéndote reír. Es tan irresponsable como yo, sólo que él no trabaja y confía en su talento para hallar la manera de que todos lo inviten. Es, además, un tigre en los amores. Guarda una colección de trofeos de guerra —suéteres, aparatos, discos, libros— que ha ido expropiando a sus enamoradas, y de los cuales suele pavonearse con la gracia de un pícaro impasible. Tiene una cara dura a prueba de huracanes, haría falta ser un amargado para no carcajearse junto a él de maldades que en otro serían imperdonables. Alguna vez me acompañó a mi casa y nada más de verlo Celia me comentó, con una mueca cómplice, que de seguro era otro incorregible. Pero el

Quiquis es un tipo aburrido y prefirió largarse a dormir, al precio de perderse nuestro *show* bajo el efecto del *Tlanixco's Delight* y el coctel Margarita que le acompañó. "¡Decadentes!", nos gruñe en la mañana y lo vemos con tan sincera lástima que termina por reírse con nosotros.

Sigo creyendo que una noche de amor ha de ser preferible a las farras que acostumbro correrme junto a Tommy, pero me empeño en reducir al mínimo la diferencia. No logro imaginarme a Remedios la Bella lamiendo hasta la miel de un frasco de hongos, porque al fin me empeñé, mientras duró el embrujo, en creer que no habría en este mundo droga más poderosa que sus ignotos besos, y ahora que soy de vuelta dueño de mis quimeras llego a la conclusión de que me faltan varias aventuras antes de hacerme digno de ser amado. Puesto que ser amado, como lo veo yo, pasa por ser leído y apreciado, y antes de eso es preciso jugarse media vida en la ruleta. Por más que mis amigos se teman que exagero mi gusto por el riesgo, sigo experimentando la misma incertidumbre que me venía de niño al sentarme a escribir. ¿Qué va a poder contar un bobo como yo, hijo mimado y sobreprotegido, de la vida a la orilla del abismo, que es la única que vale la pena relatar?

X. Música para espichar

Damas y caballeros: sean bienvenidos a mi funeral.

Got to pay your dues if you wanna sing the blues.

RINGO STARR, *It Don't Come Easy*

Si tuviera que hacer una lista de grandes prioridades, la pondría en el segundo lugar, inmediatamente después del oxígeno. Puesto que a diferencia de la vista, el alimento y hasta el mismo sentido del oído, nadie puede quitármela. Está aquí todo el tiempo, me acompaña inclusive contra mi voluntad y a menudo le pongo la clase de atención que casi nada alcanza a merecerme. Su poder es tan grande que mi estado de ánimo suele depender de ella, igual que esas películas gloriosas que sin ella serían fáciles de olvidar. ¿O es que alguien imagina una vida sin música?

La escuchaba en secreto, cuando niño, por causa de una cándida vergüenza que terminó por transformarla en vicio. Basta a veces una mirada torva para transparentar tus pensamientos, pero nadie podrá jamás adivinar cuál es esa canción que bulle en tu interior mientras sonríes, pujas, peroras o divagas. ¿Quién les dice a tus padres, maestros, acreedores, superiores o jueces que no suena algún mambo en tu cabeza mientras ellos se esmeran en recriminarte? ¿Cómo evitar que el blues del desconsuelo se cuele en las fanfarrias imperantes? ¿Tengo la culpa de que a medio velorio me suba un bossa nova por los huesos?

Campeaba antiguamente la costumbre de suspender la música a lo largo de jueves y viernes de Semana Santa.

Estábamos de luto, según pujaba Alicia por hacerme entender, la gente no hace fiesta cuando algún ser querido se le muere. "¿Y si eso sucedió hace dos mil años?", saltaba yo —teatral, a mitad de camino entre sorpresa y sorna— aun sabiendo que su inminente respuesta sería una de dos: regaño o soplamocos. Podía, si quería, escuchar algo de música sacra. Un género que yo desconocía y asociaba a los cánticos de las iglesias de pueblo, hasta que entre los discos de mis padres me di de bruces con Johann Sebastian Bach y alguien dentro de mí se levantó y anduvo.

La música es como un amigo íntimo que está a su vez rodeado de amistades, unas y otras deseosas de llevarte a pasear adonde nunca has ido. Te acompaña a los sitios más privados —el sueño, el tocador, el lecho lujuriante— e invade hasta tus últimos rincones como una enredadera súbitamente plena de flores fascinantes y pájaros exóticos. Su influencia es tan profunda, y al propio tiempo extensa, que mal podría uno enumerar la cantidad de ideas que considera propias y en realidad le entraron por los tímpanos. Lo queramos o no, disfrutarla es saquearla. Somos suyos, es nuestra, imposible escapar de la banda sonora que hasta la muerte habrá de representarnos.

Ayer murió Ramón: amigo, novelista, editor y partero de varios de mis libros. La noticia —brutal, intempestiva, inverosímil— bastaba para hacer a un lado este cuaderno y dejarme arrasar por la tristeza, pero me dije entonces que el reto era escribir de cualquier forma, con la música en alto, justamente como él —guapachoso adversario de la solemnidad— habría aconsejado. Lo sé porque en la noche, cuando por fin llegamos al funeral, su novia Estela nos confió que Ramón le había hablado del tema y prefería un velorio irredento a un coro secular de plañideras. ¿Y qué puede uno hacer para que cuando menos en la noche del día de su muerte se respete su santa voluntad? Tal vez debió Ramón ponerla por escrito e insertarla en alguno de sus libros, para que aun en caso de desacato no pasaran de noche sus genuinos deseos. Y aquí es donde el capítulo se tuerce, porque una vez metido en el pellejo de mi amigo Ramón, maestro y virtuoso de la edición psicoprofiláctica, sin por ello poder salir del mío, encuentro que es momento de enmendar aquí mismo este descuido.

Lejos estoy de creer en la posteridad —la prolongación más incierta y abstracta del ego— pero dudo que sea mucho pedir que, mientras se endurecen mis cartílagos y llegan a la cena los primeros gusanos, tengan mis deudos la quijotería de regalarme unas últimas horas de placer compartido. Si, como dice más de un optimista, el alma del difunto tarda un buen rato en desprenderse de su cuerpo y abandonar al fin este valle de lágrimas, estimo que sería mejor para todos que a lo largo del duelo se escuche más mi música que sus moqueos (ojalá merecidos y no muy copiosos). Cumplido este deseo, prometo no volver a molestar.

Ya instalado en el rol de DJ póstumo, encuentro que el ambiente está algo rígido. "¿Quihubo, quién se murió?", me gustaría guasear, en caso de estar vivo, mas mi etérea presencia no me permite el lujo de entretener a los invitados con la clase de humor que tantos desencuentros me acarreó en vida. Lo que sí puedo hacer es dar por comenzado el postrero convivio con un disco de mis queridos Kinks, quienes a estas alturas del despeñadero suenan, diría Alicia, frescos como lechugas. No se puede estar tieso, por lo demás (exceptuando mi caso, naturalmente), con semejantes dosis de sarcasmo festivo y puntiagudo. Recibir a los deudos tempraneros con la voz de Ray Davies equivale a servirles un whisky doble. Por lo demás, aplaudo desde aquí la idea de hacerse acompañar de una anforita llena de combustible para el espíritu. *Right on*, Ray Man, *do it for me, buddy!*

Lo que sigue es un gran jolgorio instrumental. Bela Fleck & The Flecktones: *UFO Tofu*. Algo así como un chute de *funky jazz* entre socarrón, épico, virtuoso y retumbante. Música divertida, risueña, embaucadora, ideal para empujar a los dolientes a encontrar una forma mesurada de seguir el ritmo. La punta del zapato, los dedos de una mano, la lengua, la rodilla, nada que los presentes no puedan atribuir a un tic nervioso. "Es la impresión", se dice en estos casos. Por eso no hay mejor escenario que un sepelio para poner en marcha grandes impertinencias. En lo que a mí respecta —y no estaría de más recordarles quién es el festejado— preferiría que fueran meneando el caderamen.

Insisto, no se espera que todos los deudos se comporten a la altura de la hora del adiós. Hay quienes, por ejemplo, sueltan risas nerviosas que por sí mismas ponen en peligro su pertenencia al entorno social. Por no hablar del balido destemplado que ciertos afligidos se esmeran en hacer pasar por llanto. ¿Cómo no agradecer la intervención del vibrato glorioso de Sarah Vaughan, producida por Sergio Mendes en su *Brazilian Romance*? ¿Y cómo va a estar mal en estas circunstancias enviar un mensajillo a las hormonas, que nos parezca o no son responsables de la preservación de la especie? Algo tiene la muerte que su proximidad invita —sesgada, subrepticia, inconfesablemente— a compensarse con el antiguo rito, casualmente asimismo horizontal, de la fecundación.

Una vez traspasadas las sinuosas barreras de la sicalipsis y por el bien del ánimo reinante —quiero pensar que habrá crecido ya la concurrencia— saltamos hasta el *Low* de David Bowie, grabado en Berlín al lado de Brian Eno, bajo la influencia del inmundo Muro —contiguo al estudio de grabación— y un menú de robustos alcaloides del que Bowie hablaría, años después, como quien se fugó del purgatorio. Pero si la primera mitad de *Low*

88

es toda vértigo y velocidad, el resto abre una puerta al hondo misticismo que acaso algunos entre los dolientes querrán aprovechar para soltarme un par de confidencias, en vista de que al fin me he callado la boca.

Veinte minutos, creo, han sido más que buenos para jugar a los espiritistas. Culpas, rencores, cuentas ahora incobrables o impagables, todo eso se resbala después de un breve examen sesgado de conciencia, y si hemos de ponernos indulgentes vale más convidar a un testigo imparcial, que en este caso será Chico Buarque. Podría elegir cualquiera de sus álbumes (el peor es una joya, decimos sus devotos exaltados), si bien mi favorito es dos veces *Construção*. Una por la canción, que es una obra maestra de la arquitectura verbal, y otra por todo ese álbum a cuyas cimas uno sube goloso *como si fuese un náufrago*. Despedidas aparte, me parece que el funeral se anima. No es para menos, claro. Si Chico Buarque falla, es el Armagedón.

No me he propuesto que se arme el bailongo porque entiendo los límites de la ocasión. Yo que he entrado a la fiesta con los pies por delante querría sambar hasta el amanecer, pero la autopsia me ha dejado exhausto y me da por pensar que este ataúd sería una estupenda caja de resonancia para *The Pink Opaque*, de los Cocteau Twins. Nunca hice esfuerzos por entender la letra, sospecho que por no perder altura. Basta, además, con una exhalación de Elisabeth Fraser para sanar mi alma, especialmente ahora que anda suelta y no conoce aún las vicisitudes del estado gaseoso.

Hasta aquí son cuatro horas. Quiero pensar que ya hay un público cautivo y no me gustaría que se fueran sin haber escuchado a Wim Mertens: *Stratégie de la Rupture*. Si tuviera la opción de llevarme algún álbum a la tumba, elegiría éste sin dudar. Dejaría con enorme pesar el *Songs from Liquid Days* de Philip Glass, así como el *Köln Concert* de Keith Jarrett, el *Drama of Exile* de Nico y el *Tecnomacumba* de Rita Ribeiro. ¿Y cómo no extrañar las *Variaciones Goldberg* con Glenn Gould o el trío de Jacques Loussier, el *Blue* de Joni Mitchell, el *Blah-Blah-Blah* de Iggy Pop, el *Vagabundo* de Draco Rosa, el *Oktubre* de Patricio Rey y sus Redonditos de Ricota, el *Tempestad* de La Barranca, el *Chet Baker Sings*, el *Feliz Encuentro* de Celia Cruz, por mencionar apenas unos pocos? En todo caso bastan estos títulos para matar las horas mientras llega el momento de sacar las palas.

Una enorme ventaja de la ficción estriba en el boleto de regreso. Vuelve uno a ser el mismo tras alcanzar las nubes, ir a dar tras las rejas o resbalar al foso inapelable. Acostumbraba yo darle a Ramón, al mismo tiempo que mi manuscrito, una banda sonora que encarnaba el espíritu de la novela. Pues si a bordo de un bólido con ruedas la música es vibrante compañía, la máquina del tiempo se sirve de ella como combustible.

Juntar palabras es también hacer música. Las elige uno según la resonancia, el tamaño, el color, y sólo en parte por su significado. Tal como de repente encuentro necesario dar un salto de la banda sonora de *La última tentación de Cristo* a algún concierto en vivo de Toshiko Akiyoshi, dejo al instinto la encomienda de dar con la *palabra justa* que en su momento desveló a Flaubert. Distribuyo los puntos y las comas según el pentagrama emocional que las pone al servicio del estribillo. Odiaría tener que dar la cara por uno de esos libros cuchipandos cuyos rengos renglones evidencian oídos de artillero. Si lo que se lee bien se escucha mal, es probable que tenga un sitio en la basura. Y si no, urge encontrárselo.

XI. *Ailleurs*

Y allí donde aprendió el joven chupasangre a afilar los colmillos, un vampiro mayor le enseñó a abrir las alas.

Hace algo más de un año, cuando aún vivía Celia y pensaba conmigo que un novelista tiene hambre de mundo, volé al lado del Quiquis entre Houston y Londres. La idea era seguir el viaje juntos, pero al segundo día confirmamos lo que siempre supimos: somos héroes de distintas películas. A él le gusta recorrer los lugares recomendados por la guía turística; yo prefiero perderme por las calles y meterme en problemas siempre que sea posible. ¿Y no había hecho lo mismo en Nueva York, un año y medio atrás, cuando fui a dar al salón de masajes donde conocí a Rose, la estrella de ese cuento que hoy está concursando para curarme el automenosprecio? Aprendí, viajando como un paria de París a Barcelona, que la aventura empieza en el instante en que te quedas sin dinero y te toca arreglártelas siguiendo los consejos de Bruce Springsteen:

You hear their voices telling you not to go.
They've made their choices and they'll never know
What it means to steal, to cheat, to lie...
What it's like to live and die!

Robar, timar, mentir. Puede que no lo sepa por ahora, pero no de otro modo se las arreglarán mis personajes cuando les llegue la hora de tirar los dados. Suena muy glamoroso hablar de Nueva York, París y Barcelona, hasta que cuentas que dormías en la calle. Pero qué voy a hacerle, no me dura el dinero y tampoco esa vez me dio la gana regresarme como un gallina sin honor. ¿Quién que sueñe con escribir novelas querría perderse la oportunidad de pasarse unos días de vagabundo? Siempre que eso sucede mis sentidos se afinan. Me robo chocolates en las tabaquerías de los hoteles, engaño a los turistas con historias que les aflojan la cartera, sé escurrirme a los *lobbies* y bañarme en lavabos, me basta con dos cajas de cartón para hacerme una cama y dormir bocabajo a media calle.

"¿Qué necesidad tienes?", se incomodaron Alicia y Xavier cuando volví de Europa y les conté la entera peripecia. No logro hasta la fecha hacerles entender que en mi modesta escala de valores cuenta más enseñarse a sobrevivir que aprender las lecciones de Miss Guacamayona, por no decir que es infinitamente menos aburrido. De pronto los problemas son como trenes a los que uno se trepa sólo por enterarse adónde irán, con la vaga intuición de que más perdería si sólo se quedara donde está. Xavier insiste en que use la cabeza y yo le digo que tiene razón, para no preocuparlo confesándole que me guío por certezas estomacales. No lo puedo explicar, es un vértigo súbito que te empuja a saltar hacia adelante, contra las advertencias del sentido común. ¿Qué se piensa ese soso petulante para venir a darme indicaciones? ¿Se imagina el gustazo que será desafiarlo de nuevo y una vez más volver como si nada?

Hace casi tres años que fui a dejar mis últimos cien dólares en aquel cuarto tapizado de espejos donde conocí a Rose, si es que así se llamaba en realidad. Tenía que estar perfectamente idiota para hacer ese gasto, al precio de quedarme sin comer y dormir en la calle por el resto del viaje, pero he aquí que me dije: "Primero lo primero, no hay peor infierno que el de los miedosos". Habrá quien piense que esa decisión tuvo que originarse no tanto en el estómago, como varios centímetros al sur, pero el tiempo ha acabado por darme la razón. Ayer, en la comida, recibí una llamada de la Ibero. ¿Sería tan amable de presentarme hoy en la entrega del Premio de Cuento, junto al resto de los participantes? Casi lo había olvidado, creo que en defensa propia. La otra vez, cuando el premio de novela, ya me había gastado en la cabeza tres veces el importe de la recompensa. Di entrevistas, viajé, firmé cientos de libros imaginarios, quedé como un idiota ante mí mismo. Por eso no he querido fantasear con el premio de cuento, aunque ya me encargué de un par de conversiones: lo que se va a llevar el ganador equivale a la cuota de inscripción del próximo semestre, o en su defecto cuatrocientos dólares. Llego haciendo las cuentas al auditorio, no porque me domine la ambición sino considerando que en el *Rose Affair* se me fueron cien dólares —"muy queridos", como bien diría Alicia— y este bonito premio podría transformar mi gasto en inversión.

"¿Te sientes bien?", se acerca a preguntar otro concursante, "porque yo estoy cagado de los nervios". No sería mala idea, a la salida, irnos a emborrachar para ahogar la tristeza de ver a otro pendejo llevarse nuestro premio. Casi me he conformado con esa humillación cuando entre el bla-bla-bla de la ceremonia oigo sonar mi nombre con los dos apellidos. ¿O sea que gané? ¿La tía Victoria y Rose hicieron el milagro? ¿Qué dirá de esto Celia, dondequiera que esté? Suelto el aire, meneo la cabeza, rechino los molares para evitarme el oso de las lágrimas. ¿Quién les dijo a esos jueces la falta que me hacía recibir un certificado de cordura?

La noticia no llega a los periódicos, aunque en el boletín de la universidad se publica un fragmento de *Una rosa para la tumba de la tía Victoria*, con el debido epígrafe de Bruce Springsteen. Sigo siendo el anónimo solitario que va por los pasillos hacia ninguna parte, pero acá en los dominios de Miss Guacamayona me convierto en el chico del momento. Tampoco es que me vaya a caer una novia o una legión de amigos (aunque ya me ha valido la compungida felicitación de mi reciente amiga Remedios la Bella), pero lo cierto es que a partir de ahora disfrutaré de la prerrogativa de aprobar las materias sin más esfuerzo que el de pasar lista. Pues resulta que otros premios de cuento han ido a caer en manos de estudiantes de Comunicación y Miss Guacamayona ya fue a pararse el cuello en Rectoría. Me lo ha contado el Ninfo, que insiste en que mi cuento está lleno de baches y aliteraciones. "Vas a ver", me ha anunciado, "cuando menos lo esperes voy a escribir una novela perfecta". ¿Y quién le ha dicho a este pinche envidioso que yo espero algo de él? ¿Será que necesito inyectarme esteroides para hacer que mi cuento sea perfecto? ¿Ya vio la edad que tiene, el muy huevón?

No nos hemos peleado, pero casi. El primer número de la revista —su título es horrible, lo callo por pudor— se parece a uno de esos trabajos escolares en equipo donde cada chamaco usaba una distinta máquina de escribir. Hay docenas de erratas, para colmo. El único suertudo será José Agustín, que nunca va a enterarse de la publicación de ese pasquín de mierda donde lo fui a meter. Para mayor vergüenza, su texto apareció tal como me lo dio, escrito a máquina, y en la siguiente página está el mío, tipografiado espectacularmente. Tomo los ejemplares que me tocan y los sumerjo en el cuarto de triques. Luego, como si hablara con los Reyes Magos, pido el mismo deseo que Miguélez cuando la edición queda salpicada de metidas de pata imperdonables: *Ojalá nadie la lea*. Yo soy de la opinión de que es culpa del Ninfo, y él piensa exactamente lo contrario, lo cual nos garantiza que para bien de todos no habrá número dos.

Los privilegios son como los besos: cuando no los recibes, te los robas. Y como un día te dan y otro te quitan, sólo acaban sirviendo los robados. Una vez que consumas el abuso, la gente se resigna a concederte lo que no está segura que mereces, ni a lo mejor pueda merecer nadie, porque antes que a las leyes de Newton o de Kepler obedece a la ley del menor esfuerzo. No sé si se da cuenta Miss Guacamayona de que llego borracho a su clase de cuatro, o si allá en su planeta guacamayuno estas cosas no se alcanzan a ver. Mis compañeras —Daisy, Dalia y Hortensia, les digo que tendrían que cantar y lanzarse a la fama como "Las Fanerógamas"— están de acuerdo en que los setecientos cincuenta mililitros de vino que me bebo en el coche, de la casa a la clase, hacen milagros por mi simpatía. No paran de reírse, empiezo a sospechar que serían muy capaces de aplaudirme un eructo. Más tarde, a media clase, me levanto sin más, cruzo la entrada y azoto la puerta, con la ilusión secreta de que algún día me expulsen. Volviendo a mi modesta escala de valores, cuenta más la expulsión de este lugar que un título con mención honorífica. Últimamente traigo en el coche un libro, no porque esté leyéndolo (terminé hace dos meses, una joya), sino porque su título declara mis principios: *La vida está en otra parte.* Claro que aquí a Kundera casi nadie lo lee, según esto por culpa de la *carga académica,* que es como una sentencia judicial.

—Queda usted condenado a leer solamente lo que ordenen Miss Guacamayona y el Dokter Slaap.

—¡Tenga piedad de mí, Su Señoría!

Hortensia se pregunta si en adelante pienso llegar borracho a todas las clases de cuatro. Claro que no, le aclaro, habrá algunas a las que llegue pacheco, por cortesía de Tommy y el Sope. Desde la Convención de Jóvenes Micófagos hemos tomado en serio temas como el papel rector de la inconsciencia en el desarrollo de nuestras facultades inventivas. Esto es, que nos reímos hasta el dolor de estómago y vamos por ahí recitando incongruencias que a nadie más le hace falta entender.

Yo no diría que somos los guarrazos que tanto nos divierte aparentar, pero a ver quién me quita el costoso placer de espantar a las chicas que me atraen. Es ya de madrugada en alguna taquería donde no faltan las mujeres hermosas y nada puede haber más desafiante que ver venir a dos meseros con la cuenta cuando nos quedan varios tacos vivos.

—Jóvenes, por favor, sean tan amables de pagar y salirse.

—Tu mamá va a salirse… ¡Pero conmigo, güey!

La idea es que lleguemos hasta el coche treinta segundos antes de que nos pongan una buena madriza. Mientras tanto, me toca hacer el *show*. No estaría de más pedir las opiniones de Las Fanerógamas, a ver si a esta hora y en tamaño estadazo les sigo pareciendo tan simpático. Las puedo imaginar en sus hogares, subrayando algún libro de Saussure que el Dokter Slaap encuentra indispensable para rastrear la intencionalidad de un autor sometido a la lupa del médico forense. "¿Sabes qué, pinche Tommy?", le confío a mi compañero de parranda, "dice Kundera que *la vie est ailleurs,* ¿quiénes somos para contradecirlo?".

No debería quejarme por sentirme extranjero en todas partes, si al fin yo me lo busco a toda hora. Algunas noches, solo con mis demonios, me da por patrullar las avenidas sin rumbo ni propósito. Sin dinero, además, y eso seguramente lo adivinan las putas a las que no me canso de asediar. "Ya sabes cuánto cobro, mi amor, no te hagas güey", me pone en evidencia alguna de ellas y las otras sueltan la carcajada. "¿No te mareas, güero, de tantas vueltas?" También las sigo, a veces, de camino al motel, al lado del cliente, y de vuelta ya solas (recién cogidas, pienso, y la imaginación me lleva de paseo). Observo cada uno de sus movimientos, colecciono sus gestos, esquivo sus miradas un instante después de sumergirme en ellas. Son, según yo las veo, como novelas vivas, y alguien adentro sueña con ser más que un mirón. Por supuesto que he sido ya cliente —en especial el domingo en la tarde, cuando la extranjería más me duele— pero es de lo que menos orgulloso me siento. Otros van con amigos a esas cosas, yo en cambio no soporto la vergüenza. "Pobre idiota", repito, delante del espejo retrovisor, cuando ya se ha esfumado la calentura y me queda el recuerdo —pringoso, miserable, repelente— del cuartucho sin muebles, la cama que rechina, el cesto de basura rebosando pedazos arrugados de papel higiénico. Nada que según yo tenga que ver conmigo.

Voy también solo al cine. Dos funciones seguidas, de repente. Disfruto sobre todo cuando sufro, ya sea porque la historia me perturba o porque me despierta la misantropía. Soy cliente de Herzog, Polanski, Fassbinder, Schlöndorff, Tanner, Bergman y los Taviani, entre otros cuya chamba consiste en sacudirme las certezas y devolverme al mundo con la sospecha de que no quepo en él. Según el Ninfo, el cine es un arte menor, aunque seguramente nunca tan menor como el respeto que me queda por él. Allá en Ciencias Políticas también había maestros cuyas grandes hazañas no pasaban de pavonearse a costa de sus nuevos alumnos, pero esa no es más que otra prueba de resistencia que la universidad te pone en el camino del aprendizaje. No basta con que jures que no quieres ser carne de cañón o rata de cubículo; hace falta probarlo, siempre que su desdén se topa con tus ímpetus y en lugar de aquiescencia demuestras suspicacia. ¿O es que debo sentirme agradecido porque algún abusivo acomplejado eligió mi sesera por retrete? Vengo saliendo apenas de la cloaca donde fui a caer desde el primer semestre de Ciencias Políticas, ya me deshice de esos discos horrendos de Inti-Illimani y Quilapayún, no voy ahora a ir a dar al claustro de cartón donde unos literatos de postín se refugian del mundo de verdad. Si en la cafetería opinan que soy raro y en la carrera me tachan de frívolo, algo debo de estar haciendo bien. No me gustan los clubes, y si los sobrevuelo, por morboso, haré cuanto me toque para que no me incluyan en su lista, aunque luego me queje y lloriquee y acabe por pagarle a alguna puta para que me acompañe a algún café y me cuente un pedazo de su vida.

No todos mis maestros son sosos o pedantes (en cuyo caso ya me habría largado). Con algunos me entiendo más allá de las clases y nos prestamos libros o nos recomendamos alguna película, y hay uno al que respeto lo bastante para rayar en la veneración. Su nombre es Hugo Gola, tiene barba y melena perfectamente blancas y dedica sus clases a enseñarnos los trucos de la eterna juventud. Argentino, poeta, teatral, heterodoxo, vive a unas cuantas cuadras de la universidad y comanda una tropa de juglares en ciernes que semana a semana se citan en su casa para armar un taller literario. Les oigo hablar a veces del asunto (seguido lo visitan en su clase, donde no faltan los oyentes entusiastas), con una cierta envidia que temo irremediable porque no soy poeta y la prosa en su nombre lleva ya lo prosaico. Nadie antes de Hugo Gola, sin embargo, me ha despertado tanto interés por la poesía. Es como si su clase de Poesía y Poética la diera desde un alto promontorio donde nada hay que escape a la belleza. Habla de sus poetas predilectos con los ojos acuosos y la sonrisa de un gran libertino. Rara vez deja ir una oportunidad para leernos unas cuantas líneas, pues cree fervientemente que la poesía es asunto en esencia musical y ha de entrar por los tímpanos sin falta. Es, sin duda, académico notable, pero en sus labios esa es mala palabra: si un autor le merece menosprecio, no dudará en reírse de sus ínfulas y tildarlo de "poeta académico".

Una tarde, Hugo Gola abre la puerta del salón y nos señala un árbol allá afuera. ¿Alguien sabe su nombre? Ante nuestro silencio, explota en un regaño tan amable que no parece tal, y no obstante me deja devastado. "¿Cómo quieren ustedes ser poetas, si no saben los nombres de los árboles?", se ha quejado, tras poner muy en claro que toda buena prosa tiene algo de poética o se resigna a ser mal periodismo. Otra tarde, nos encarga leer *Altazor*, de Vicente Huidobro, y a la siguiente clase resulta que ninguno lo leyó. Desconsolado, nos pregunta por turnos el motivo y lo cierto es que tengo una coartada. Compré el libro, le explico, junto a uno de Pessoa, y acabé por leer al portugués. "¿Pessoa? ¡Qué delicia!", sonríe complacido. "¡Hablemos, pues, de Fernando Pessoa, que está entre mis autores más queridos!" Un par de días después ya no pregunta y se sienta a leer de cabo a rabo el libro de Huidobro, con la voz temblorosa y la mirada en llamas, como un adolescente que recién descubrió las pasiones sensuales. "¿Ya conocen a William Carlos Williams?", remata y todavía nos lee unas cuantas líneas antes de resignarse a acabar con la clase. ¿Quién habría adivinado que unos días después nos sacaría en masa del aula consabida para hacernos sentar en un jardín, pedirnos que guardáramos absoluto silencio y mirásemos el atardecer? Al final del crepúsculo, el inefable Hugo declararía que aquella habría sido la más perfecta clase de poesía a la que alguna vez asistiríamos.

Perfecciones aparte, de más está decir que el Ninfo habla muy mal de Hugo Gola. Seguramente hay ingenieros mecánicos capaces de entenderse con el argentino mejor que mi exmaestro de Ensayo literario, que por fortuna se peleó con Miguélez y no publica más en el suplemento. En cuanto a mí, lo cierto es que me esmero en llamar la atención del gurú Gola y tomo como un triunfo personal su invitación a unirme, aunque sea una noche, al taller de poesía que conduce en su casa. Si he de ser muy sincero, encuentro intimidante —por obscena— la exhibición grupal del fruto de unas y otras entrañas creadoras, si bien la sola idea de leerle mis líneas a Hugo Gola me parece una gorda recompensa y un reto más allá de mis capacidades. Prefiero que sea él quien me destroce a que otros menos duchos me defiendan. Sé que no voy tan mal cuando me cae entera su atención, y nada más termino lo veo subir corriendo a la planta alta, de donde vuelve armado de una novela que me invita a adquirir sin la menor tardanza. *Corrección,* se llama. "¿No has leído a Thomas Bernhard?", me pregunta, con pícara extrañeza, y asegura en seguida que hay entre aquel austriaco y mis renglones un vínculo casual que muy probablemente habrá de sorprenderme. Guardando proporciones, claro está, pues lo que a mi maestro le interesa es dejarme saber hacia dónde conduce en realidad la vereda por la que voy a ciegas. Debo de estar tan lejos de ser un Thomas Bernhard como de apantallar al fantasma de William Carlos Williams, pero salgo de casa de Hugo Gola lleno de una emoción comparable quizá con su mirada desbordante de vida. ¿Cómo le explico al Ninfo que delante del maestro de Poesía y Poética él no pasa de ser un viejito decrépito de veintinueve años?

Muchos de mis amigos no se conocen, y ojalá nunca lo hagan. Por eso no armo fiestas de cumpleaños. Pensarían quizá que los engaño, o que soy un farsante, o que ninguno sabe quién soy en realidad. ¿Cómo puedo llevarme al mismo tiempo con gente tan distinta sin acabar mintiéndoles a todos? Ni modo de decirles que soy varias personas, porque entonces tendría que confesarles que mi interés mayor es chuparles la sangre. ¿Qué otra cosa podría hacer un extranjero decidido a aprender las costumbres locales? Lo de menos es si a unos los creo ingeniosos y a otros unos pelmazos, no me interesa tanto si tienen la razón o se equivocan, sino cómo y por qué piensan así. Me divierte ponerme en sus lugares, preguntarme qué haría si fuera alguno de ellos y resolverlo con su propia lógica. Debe de ser por eso que he terminado siendo el mejor amigo de más de los que estoy dispuesto a aceptar, porque esa es una carga que no siempre puede uno llevar sobre los hombros. En todo caso, saben que soy aquél a quien pueden llamarle a media madrugada para hablar de su angustia del momento. "Ya sabes, soy tu *hotline*", les recuerdo, cuando me dan las gracias por oírlos y usurpar su pellejo apasionadamente, sobre todo si son del sexo femenino.

Tengo, desde la infancia, cuentas pendientes con el resto de los hombres. Ninguna de mis amigas ignora cuánto me gusta traicionar a mi sexo, revelar sus carencias, señalar hacia el pie del cual cojeamos y cosechar a cambio secretos femeninos invaluables. Me gustan las mujeres, no nada más por las razones obvias, sino también por ese vampirismo sutil que suelo practicar a costillas de todas mis amistades. Hay, entre ellas también, personas que en el fondo encuentro detestables, y a las que veo apenas como personajes. Me interesa rastrear sus pensamientos, por más que me parezcan absurdos o antipáticos o ya de plano estúpidos, y si para eso tengo que aparentar que de alguna manera los comparto, estoy dispuesto a hacerlo hasta el final. Hay quienes son traidores y muy poco lo ocultan, pero a mí qué me importa si lo que busco es chuparles la sangre. Si a los quince años me robaba el estilo de los autores que iba descubriendo, ahora quiero robarles el alma a mis amigos. Nada que les afecte, en realidad. Uno va por la vida muy contento sin enterarse quiénes le han elegido para ser su cobaya, tanto así que tampoco me preocupa si alguien chupa mi sangre de regreso. Sírvanse, pues, que para eso la traigo. La hemoglobina es de quien la succiona.

Una cosa, eso sí, es chuparle la sangre a una mujer, y otra muy diferente saber qué hacer con ella. Alicia me regaña porque mi recámara parece una bodega de desperdicios, yo me defiendo con el argumento de que algún día servirán para algo. ¿Qué opinaría si pudiera ver la cantidad de cosas inservibles que guardo en la cabeza, sin la menor idea de cuándo y para qué me servirán? Pasa igual con los viajes, vuelves con la memoria saturada de información chatarra, que sin embargo luego acabas por usar, sobre todo si te gusta escribir. Siento a veces piedad por esas compañeras que detestan leer y sufren la escritura —esto es, la escribanía, pues son sólo trabajos escolares— como un tormento infame. Pasan los días guardando en la cabeza cosas que nunca van a serles útiles, y en realidad tampoco ahora les sirven más que para joderse la existencia. Otras, más avispadas, se preguntan cómo es que soy su amigo, siendo tan diferentes nuestros intereses. Y yo no sé muy bien cómo justificarlo, pero ya el tiempo lo hará en mi lugar. ¿Quién ha dicho que soy un vampiro gourmet? Voy tras la cantidad, la calidad de pronto me indigesta. Odiaría, además, terminar escribiendo esas novelas cuchas donde todos resultan intelectuales y hasta los pordioseros tienen preocupaciones hegelianas.

No estoy completamente convencido de que la mariguana vaya a dejarme algún recuerdo útil. Mentiría si dijera que la fumo por amor al deber, y sin embargo pasa que me deja pensar cosas que hace años me hacían sentir culpable. Nada parece malo entre sus humos, aunque intento escribir y sale pura mierda. No he llegado tan lejos como para atreverme a entrar a clases en estado de euforia botánica, con lo fácil que llega la paranoia. ¿Será que todo el mundo se da cuenta y me ven como temo que me ven, o son figuraciones de amateur? Me divierte muchísimo hacer chistes idiotas con Tommy, el Sope y el Conejo, que por ahora son mis proveedores, y sin embargo nada se compara con la aventura de mandarlos al carajo y encerrarme a oír música donde nadie me ve. Es como organizar una fiesta privada e invitar nada más a mis demonios. Claro que de repente me dejo deslumbrar por salidas que luego, ya en mis cinco, me parecen estúpidas, pero al fin todo es parte de un proceso. Nunca sabes cuándo una idea idiota va a crecer hasta hacerse el gran hallazgo. Y al revés, hay renglones que te enorgullecen hasta que un día los cubres de tachones, no sea que medio mundo se burle de ti.

Quiero comerme el mundo y cada que lo intento me indigesto. "Ten cuidado", me ha advertido un maestro, "no vayas a quemarte". ¿Y qué, pues, si me quemo? Tengo esta sensación de ser invulnerable, por eso no me canso de tentar a la suerte, ya sea que escriba uno de mis artículos o me corra una farra con amigos que luego tratarán de escabullírseme. Creo saber que nadie digno de respeto pierde el tiempo en leer mis pendejadas, y ese es otro motivo para extralimitarme. Hago pocos trabajos escolares, y aun así me desquito llenándolos de chistes e ironías. No dudo que de aquí a dos años los relea y me sienta un imbécil de catálogo, pero tampoco creo en otro tiempo que no sea el inmediato. Cuando niño, miraba a los jipis con una admiración de fan del Hombre Araña, y de un tiempo a esta parte me parecen patéticos, tediosos, elementales, cursis. Perdón, pero soy *punkie* y me cago en su pinche *peace-and-love. Look for another asshole, if you wish to hold hands for motherfuckin' mankind.*

Tengo un amigo que escribe de libros. Lo conocí gracias al suplemento y es verdad que le debo algunas lecturas. Dice que amén de punk soy un jodido esnob y le respondo que me vale pito. Así es nuestra amistad, que solemos nutrir en el teléfono. Es, por supuesto, un mamón de cuidado, y yo le correspondo con la misma actitud. No le llamo "Lalito", como Miguélez, aunque presiento que se entiende mejor conmigo que con él. Tiene unos cuantos años más que yo, hace novela y es erudito en temas tan diversos como el beisbol, el rock-and-roll y la literatura. "¿Cómo estás, pinche punk?", le

103

gusta saludarme, y yo trato de darle la razón con alguna respuesta a la medida de sus expectativas. Fue, antes que yo, coordinador del suplemento y juez de aquel concurso donde, coincide con Miguélez, *crearon un monstruo*. O sea yo, que aspiro a devorármelos y me jacto de nunca haber leído libros que según ellos son fundamentales. Lalito lo comprende: no es más que otro desplante de un punk necesitado de atención. La verdad es que leo cuanto puedo, sin hacer mucho alarde porque lo mío es flotar en la penumbra. Una tarde, en ausencia de Miguélez, llega hasta la oficina un libro que me atrapa de inmediato, de manera que procedo a robármelo y en los días siguientes no hago otra cosa que reírme con él. Algo se quiebra dentro y no quiero parar. ¿Quién diablos es Alfredo Bryce Echenique y en qué estaba pensando cuando escribió *La vida exagerada de Martín Romaña*?

Algo me dice que si Martín Romaña es novelista, no me equivoco al creer que puedo serlo yo. Su historia es la de un *loser* entrañable afecto a la ironía y desafortunado en el amor, supongo que una cosa explica la otra. ¿Qué haría Martín Romaña si fuera un estudiante de la Ibero? Desertar, por supuesto. Vale más ser un tránsfuga innombrable que ir tras el visto bueno de los comemierda. "¿Y vos qué hacés aquí?", me pregunta Hugo Gola al final de una clase, cuando todos se han ido y se abre un hueco para las confidencias. No acaba de explicarse por qué no me he largado a dar la vuelta al mundo, en lugar de perder el tiempo en estas aulas donde evidentemente nada me interesa. "Vengo a tu clase, al menos", desembucho con toda sinceridad, "ya ves que nunca falto". Suelta la risa, menea la cabeza. "Vos no servís para esto, y no te gusta, ¿o sí? ¿Querés anquilosarte en un sitio como éste? ¿No preferís vivir pasiones, aventuras, cosas que de verdad valgan la pena para lo que tu hacés, lo que querés hacer? ¡Nada de eso vas a aprenderlo aquí!" Una vez más le brilla la mirada, cual si en lugar de darme un buen consejo me estuviera invitando a tomar juntos las de Villadiego, y es como si de golpe todas sus clases cobraran sentido. Lo he pensado, le digo, más de lo que quisiera, lo cual es una forma de darle la razón, sin tener que escaparme ahora mismo de aquí y nunca más volver a pasar lista en otra de esas clases soporíferas a las que tengo que llegar borracho para no terminar de perderme el respeto. Lo más raro, al final, es que Hugo Gola quepa en este monasterio donde ningún maestro interesante sobrevive al imperio de la mediocridad. "Yo ya no tengo opción", se ríe, alza los hombros, "pero vos sos muy joven, querés ser novelista, no tenés compromisos…".

No sé si se dé cuenta el mejor profesor que alguna vez tendré, pero si bien mañana volveré a clases —y la semana que entra, y el próximo semestre— sus palabras han sido el desafío que más falta me hacía para tomar en serio lo importante, y lo importante es largarme al carajo. No ahora, insisto, sino cualquier día de éstos. Cuando salga otra idea, cuando acabe de hartarme, cuando no quiera más pagar el *cover charge*, cuando tenga el valor de hacer saber a Alicia y a Xavier que su único hijo no va a ser licenciado. ¿O es que voy a aguantar que la gente que creo equivocada certifique si estoy yo bien o mal? Sólo eso nos faltaba. ¿No ven cuánto me esfuerzo por que me desaprueben? ¿Qué va a pasar cuando a aquella estudiante de séptimo semestre que se jacta de su vocación de taquígrafa le toque darme clases y pretenda dictarme su catálogo de definiciones?

"Conoces a Kundera, por supuesto…", le guiño un ojo a Hugo al despedirnos, y él asiente con su mejor sonrisa. Luego, casi al unísono, concluimos que *la vida está en otra parte* y sellamos la noche con una carcajada.

XII. Déjenme que me enmimisme

Hace falta tener la fe de los idólatras para esperar que
vengan las mentadas musas a hacerle las tareas al olfato.

No creo en la inspiración. Esparzo cada día tinta roja por las páginas del cuaderno naranja como una forma de pitorrearme de esa entelequia ñoña a la que tanta gente espera en vano y al cabo así se excusa por no atreverse a ser más grande que su miedo. Aguardar el arribo de Doña Inspiración equivale a apartar un lugar en la mesa por si llega a cenar el Espíritu Santo. Triste oficio sería éste si hubiera que rezar para ejercerlo.

No siempre pensé así, ni puedo presumir de ser a toda hora congruente con la idea. Igual que Albert Camus, ambiciono vivir sin apelar a más instancias que las mías, y sin embargo hay ratos malogrados en los que echo la culpa a quien tengo más cerca por ciertos altibajos en mi desempeño. Nada hay tan fácil para los neuróticos como encontrar una conspiración debajo de la piedra donde tropezaron. Afortunadamente, en este caso, la única conjura cuya existencia puedo acreditar es la que da sentido a este cuaderno. Escribir a escondidas del universo entero implica hacerse cargo de todas las etapas del atentado, y si algo sale mal no queda más que apechugar con los efectos inmediatos. Me gusta imaginar que soy plomero y reparo fugas de agua, porque así no hay pretexto para dejar de hacer lo que me toca. ¿O acaso alguien ha oído a algún plomero quejarse por falta de inspiración? ¿No basta el privilegio escandaloso de vivir nada más que de escribir novelas, para andarse además con lloriqueos? Si de verdad existe algo que se parezca a la buena suerte, mal podría decir que me ha dado la espalda. Y aun si me la diera, mi oficio es corregir la realidad. Traigo las herramientas, no puedo irme a la cama sin haber reparado el desperfecto.

Escribir es pelear contra tus atavismos. Una de las razones por las que me he sentado a enfrentar estas líneas tiene que ver con la necesidad de humillar a ese supersticioso que por tantos años se ha empeñado en hacer difícil mi trabajo. Cada vez que solía aplicarme a lo mío, venía el supersticioso a llenarme de dudas misticoides y castigar mis ganas con parálisis. Pretendemos hacer, cuando escribimos, cualquier cosa más grande que nosotros, y en eso no hay certeza duradera. Se enseña uno a vivir en la zozobra, igual que el policía o el ladrón, que pueden ser devotos de santos muy conspicuos pero a la hora buena necesitan ponerse en manos del instinto, que es el único aliado con que cuentan. Debe de haber millones de teorías —una por cada estéril en potencia— que explican las razones por las que no puede uno sentarse a escribir, cuando la única realmente indispensable es la que explicaría cómo y por qué es posible ir adelante con el gran propósito. Por eso es que a la fe —virtud intermitente— elijo anteponerle el compromiso. Nadie sabe hasta hoy lo que aquí he escrito, podría echarlo al fuego y nada pasaría, como no fuera la certeza amarga de que estoy por debajo de mis propios estándares. ¿Puedo vivir con eso? De ninguna manera. Tengo este compromiso —personal, solitario, omnipresente— y decidí que en él me va la vida. Pobre de mí si me echo para atrás.

Tampoco es que respingue. Uno se va a la cama y se levanta de ella haciendo toda suerte de maromas mentales para dar un sentido a las líneas que está por escribir. Nada muy diferente de las fantasías de los enamorados, cuyo flujo no pueden ni quieren detener, puesto que de él se nutre su apego fervoroso a la existencia. Nunca faltan, por tanto, los celos conyugales de quienes ya se temen desplazados por la amante de tinta que absorbe totalmente al novelista. ¿Quién, sino su pasión por la lectura, le ha hecho saber a Adriana que este cuaderno es parte de nosotros y nada hay más lejano de su misión secreta que plantar una barda entre ella y yo? Por eso no pregunta, ni se asoma siquiera, ni quizá se imagina cuánto admiro su paciencia infinita. Si hubiera de creer en la inspiración, diría que ésta bebe de su complicidad serena y silenciosa.

Adriana está escribiendo una historia de la cual no he leído ni una línea. Aprendí, con los años y los golpes, que la novela en curso se parece a las crías del canario. Nadie debe mirarlas, so pena de que acabe despreciándolas. Por eso es que tampoco tengo fe en los talleres de novela. Me parecen obscenos, tramposos, medrosos, infantiles. ¿Te interesa escribir? Entonces no preguntes, ni consultes. Haz. Si no puedes seguir sin el aplauso ni el reparo de otros, probablemente no sirvas para esto. El arma más potente del que escribe no es otra que su juicio literario. Para ser novelista, es preciso enseñarse a encontrar la basura entre las líneas más acariciadas y lanzarla al drenaje sin piedad, con la certeza cruel del mercenario que ha de limpiar la calle de enemigos y no vacila en jalar el gatillo. ¿Te parece esto el colmo de la infamia? Entonces harías bien en abrazar algún oficio dócil, como el de redactar discursos oficiales. Se gana bien y no hay control de calidad.

Por muchos años cultivé la creencia de que sólo podía escribir novela en mi jardín, con el Sol allá arriba y un silencio que habría sido perfecto de no necesitar alguna música de acompañamiento. Luego hice una excepción: también lo conseguía durante mi visita al peluquero (me enerva su trabajo, llevo pluma y cuaderno para escapar de ahí). Y sin embargo, a veces, me sorprendo escribiendo en cualquier parte, con o sin utensilios adecuados. Escribo en la cabeza, a toda hora, y a eso en parte se debe que viva ensimismado ("en-mimismado", digo, por hacerme el gracioso) y me deje espantar intempestivamente con la facilidad de un niño timorato. Pues lo cierto es que uno, para escribir novela, precisa apenas de tinta y papel. Reinaldo Arenas, que es uno de mis héroes, debió escribir tres veces la misma novela —en la cárcel, de noche y a hurtadillas— antes de rescatarla de las garras tenaces de sus captores. El lugar que uno elige para escribir —o aquel donde lo pesca la urgencia repentina— no es más que un mero punto de partida. Me ha llegado a ocurrir que una sola canción suena decenas de veces al hilo, tras haber apretado el botón de *repeat* sin querer, y me doy cuenta un par de horas más tarde, cuando ya los vecinos deben de maldecirme desde lo hondo de su alma.

Y sin embargo nunca pasa igual. Cada día es distinto, hay que empezar desde la desnudez, y si a eso he de sumar al fantasma embustero de la superstición, tal vez los argumentos para capitular pesen más que el aliento de seguir peleando. No es el confort ni las facilidades lo que le permite a uno hacer novela, sino esos adversarios invisibles que parecen haber apostado en su contra y párrafo tras párrafo le desafían. Algo no está en su sitio y esa sola ansiedad me arrebata el sosiego. Lejos de arre-llanarme en un sillón mullido y cubrirme de estímulos sensoriales, tengo que exacerbar las incomodidades que hasta acá me trajeron. No por casualidad Ernest He-mingway trabajaba de pie (pudiendo recostarse en una hamaca). Escribimos en estado de alerta, al modo del malandro que escapa de la ley en medio de un concierto de sirenas que en cuanto a él concierne están ahí para afinar su instinto. No es mi poder, sino el del adversario, lo que me hace crecer más allá de presagios y expectati-vas. Tengo miedo, es verdad, pero tampoco es que él me tenga a mí. Si diera crédito a la inspiración, esperaría a que ella lo quitara de en medio, como el niño mimado se escuda tras las faldas de su madre amantísima. El miedo pasa lista todas las mañanas, sólo que como tantos bravucones resulta fanfarrón y asustadizo. Ahora mismo, a tres párrafos de habérseme plantado aquí delante, ya se escurre hacia afuera del jardín, con la cola metida entre las patas y la premura de una rata en descampado.

Estuve en dos talleres de novela, apenas un total de tres sesiones. No me trataron mal, en realidad, y hasta puedo decir que en uno de ellos recibí un gran respaldo del coordinador, pero no regresé. He dado, por mi parte, tres o cuatro talleres, con todo el entusiasmo que conseguí acopiar, sin por ello quitarme la sensación de estafar de algún modo a los participantes. Flaco favor se le hace al aprendiz de púgil peleando en su lugar y hasta donde yo entiendo nada de esto se aprende al interior de un aula. Termina uno, por tanto, ejerciendo funciones de motivador. Lo cual puede ser útil y hasta providencial, si quien escucha tiene el temple bastante para vencer al miedo y encontrar su camino, y funesto en el caso de aquellos que se engañan fácilmente con ambiciones fuera de su alcance. No son, insisto, las facilidades, sino la adversidad lo que hace al novelista. ¿Quién, cuya misión fuera reclutar gladiadores, les plantearía estímulos en vez de obstáculos? No cuentan los alcances, sino la resistencia. Uno puede escribir diez novelas al hilo, incluso cosechar algunos éxitos, y al enfrentar la undécima se mirará otra vez delante de una cuesta inexpugnable. ¿Y no ocurre eso mismo a los que se enamoran? ¿Qué pensaríamos de aquel galante apasionado que acude cada tanto a sesiones de grupo para hacer realidad la preciada conquista? ¿Serviría de mucho que el amante más experimentado empleara sus razones para disuadir a quien ya pierde el sueño por causa del amor? Y si lo consiguiera, ¿qué clase de pasión de morondanga debió de ser la de ese diletante?

No importa qué tan lindas sean las cosas que digan quienes leen tu fragmento de novela, que de cualquier manera no te bastarán. Y aun si escupen horrores al respecto, no alcanzarán para que capitules. Uno trae su novela en la cabeza, nadie más puede verla ni sabrá imaginarla a partir de unos párrafos que tal vez queden fuera de la versión final. ¿Qué espera el entusiasta que le digas cuando viene a pedirte que le des tu opinión sobre unas cuantas páginas que recién procreó? ¿No es al cabo más cruel la complacencia que la brutalidad? He perdido la cuenta de las veces que escuché comentarios irónicos o devastadores sobre mi trabajo, algunos de ellos bien fundamentados, y en cada caso no me quedó otra opción que mandarlos al diablo, como el enamorado al que nada le mueve de su convicción íntima. Alguna vez, durante un curso relámpago de medicina forense para novelistas, el sargento que impartía la clase contó que en la academia californiana donde él se había hecho policía solía graduarse uno de cada cien aspirantes; el resto se quebraba en el camino. Algo no muy distinto pasa en este oficio. Muchos pueden hacer tres buenas páginas. El problema es llegar a las ¿cien, trescientas, quinientas? No existe garantía o precedente, todo el que se propone hacer una novela está en los huesos del primer novelista y nadie puede aligerar su carga. Sucederá al revés, en realidad, y a medida que añada peso a sus espaldas descubrirá que no hay otro consuelo que el avance, por más que éste parezca lerdo, relativo y destinado a un fracaso estruendoso.

No es, pues, la inspiración sino el deseo lo que incita a intentar los imposibles. Siempre que me escasean las ganas de escribir, me abalanzo a leer algún libro capaz de contagiarme, como el niño que sale del estadio presa de la cosquilla de emular por su parte las hazañas que le han soliviantado. ¿Qué ha de hacer uno entonces para escribir mejor? Intentarlo treinta años, por lo pronto.

A diario, si es posible, con esa convicción claramente fanática que distingue a los locos del resto de la especie. Lo cual no evitará que el monstruo vuelva, dispuesto a atormentarnos con esa sensación de insuficiencia que es compañera fiel del novelista. ¿Qué haríamos sin ella, finalmente? ¿Transformarnos en otro de aquellos petulantes que a menudo se ufanan de la facilidad con la que hacen la mierda que publican? Conozco a algunos cuantos, no los leería ni aunque me pagaran (como no fuera para reírme de ellos). Pues al final no ejerce uno este oficio *a pesar* de sus múltiples obstáculos, como precisamente a causa de ellos. Ser otro y otro y otra supone suscribirse a una inconformidad para la cual no hay pausa concebible.

En caso de existir, la inspiración tendría que estar en todas partes, como el nombre de pila de quien te ha enamorado. No bien hace uno foco en su obsesión más viva, el mundo entero tiene que ver con ella. La música, el paisaje, el clima, los aromas, nada escapa al radar del deseo vehemente. Debe de haber hormigas, lagartijas y ardillas entre cuyas rutinas misteriosas se oculta el desenlace de una trama. Dirían los maestros del zen, para el caso, que la respuesta no se halla en la Luna sino en el dedo índice que la señala. A veces, durante el sueño, nos visita la idea que llevábamos días o semanas buscando. No vino de París, ni ha sido la cigüeña, ni la canjeó el ratón por un diente de leche. La hemos traído a rastras, sudando y resollando entre las sombras para que pareciera arte de magia. Después de eso bastó con encender la lámpara.

XIII. La caza del gineceo

*Cuando un hombre va tras el alma femenina, se arriesga
a que sea ella quien lo encuentre primero.*

Dallas-Shreveport-Monroe-Vicksburg-Jackson-
Meridian-Tuscaloosa-Birmingham-Atlanta. Cualquiera
pensaría que ochocientas millas son demasiadas para llegar a un bar, y sin embargo tengo esta sensación de haber
desembarcado en algo así como un destino manifiesto.
Hace dos días y unos mil kilómetros que nuestro amigo
Frank se casó en Louisiana, de ahí que el Ford Escort
que renté en Dallas luzca una bochornosa colección de
grafitis nupciales, en colores variados y chillantes. *Just
hitched. Cherry pumpin' time. Horny nite.* El suelo, para
colmo, bulle de serpentinas y confeti. Tuve que ser idiota
para prestarle el carro en su noche de bodas. De Shre-
veport para acá, Alejo y yo hemos sido el hazmerreír de
la *Interstate 20.* Nos rebasan, nos miran y se burlan con
ganas, los cabrones.

—¿Qué te cuesta lavarlo, carajo? —reclama el pasajero, cada tanto.

—Lo mismo que a ti, güey —devuelvo la pelota,
prefiero la vergüenza a obedecer sus órdenes.

—Yo no lo renté, idiota.

—Ni yo soy tu chofer, estúpido.

Nos llevamos así desde los catorce años, cuando él
tenía la cara cundida de espinillas y le decíamos que era
por caliente, sólo que hasta la fecha no pierde ni un minuto en desmentirlo. Lleva ya cuatro meses en Estados
Unidos, según esto para aprender inglés. Y uno, que
lo conoce, sabe que la palanca que mueve los resortes

íntimos de Alejo se asocia al aparato reproductor. Vamos, lo he convencido de venir hasta Atlanta con el cuento de que hay más mujeres que hombres. Por supuesto que no suena creíble, sólo que sus neuronas no funcionan igual cuando hay un gineceo involucrado. Yo tampoco sé bien qué hago en Atlanta, igual que en la carrera de Letras o el suplemento cultural del periódico, hasta que cae la noche y salimos, sedientos, a patrullar los bares de Buckhead. Es como si en el aire flotara alguna esencia embriagadora que me invitara a aullar como un coyote ansioso de aparearse.

—¿Ya sabes cómo son aquí las cosas? —habla en serio, ya entiendo, aunque no sé si creerle—. No vayas a pensar que es como en México, ni le hagas al romántico, que eso aquí no funciona.

—Pero si tú ni inglés sabes hablar...

—¿Y tú sí sabes cerrar el hocico? Empiezas por ahí: callas y observas. Si alguna te devuelve la mirada, tienes treinta segundos para atacar. Te esperas treinta y uno y se voltea a ver a otro menos idiota.

—¿De dónde sacas eso? —dudo ya por dudar y miro hacia los lados, con ganas de poner a prueba la teoría.

—Tú hazme caso y verás —le da un sorbo a su vodka, me palmea la espalda—. Medio minuto, es todo lo que tienes. Después de eso estás muerto.

Todavía no implemento la estrategia y el coco me da vueltas en sentido contrario. Tendría que lanzarme de una vez al ataque, y en vez de eso me paro a comprobar que en efecto, poco después de haberme devuelto la mirada, uno, dos, tres prospectos de conquista proceden a ignorarme. Y si me les acerco me evitan como a un mueble en su camino. ¿Por qué seré tan tímido, carajo? La respuesta la tiene el sexto Bloody Mary de la noche. De repente me siento peligroso, no tanto porque el trago me transforme en donjuán como por la cosquilla que me da imaginar lo que ocurre dentro de la cabeza de la última gringa cuya mirada se cruzó con la mía. Me seduce la idea de no ser más que un saco de huesos desechables, hasta que vuelvo a ver el segundero y advierto que han corrido dos tercios de mi tiempo.

—*Wanna dance?* —la acometo, cuatro segundos antes de caer para siempre de su gracia. Lleva la falda corta y una blusa sin mangas que hacen a Alejo levantar las cejas.

—¡Échele, matador! —alcanzo a oír su grito y me hago el sordo porque tengo pescada de la mano a la primera presa de la noche y todavía no acabo de creérmelo.

No cruzamos palabra, sólo nos abrazamos y giramos al ritmo de la canción. ¿Qué canción? No lo sé, ni me interesa. Estoy muy ocupado en descifrar la clave Morse que su cuerpo no para de emitir. Puede que esté borracho, si tomamos en cuenta que el último hot dog me lo comí a las diez de la mañana, si bien yo opinaría que soy presa de un súbito estado de gracia. No tengo que esforzarme para escuchar la voz de Alejo en mi cabeza, que ya me urge a tomar completa la ofensiva e invitar a esta musa de cuyo nombre sigo sin enterarme a movernos de aquí hacia un lugar más cómodo, ya que no le molesta que mis caricias repten por su espalda. "¡Ándale ya, pendejo! ¿Qué esperas en ponerle número a la casa?". Ni modo de explicarle, o explicarme siquiera, que lo que ocurre aquí no se asemeja a un ligue ni a una seducción, sino a aquella novela que hace tiempo me ronda y en nada se parece a Thomas Bernhard. No he empezado siquiera a imaginarla, es ella quien me acosa y me persigue en los lugares menos indicados. ¿Qué pensaría esta *juicy mamacita* si supiera que dejo de existir y me convierto en cosa, mueble, estorbo, para pensar por ella y ocupar su lugar en esta pista?

—¡Párale a la poesía, pendejazo! —me reconviene Alejo, una vez que la musa se despidió de mí y me envió de regreso junto al cantinero.

—*Bring me two bloodymaries, if you please!* —alzo la voz, inexplicablemente satisfecho porque no están las cosas como para explicarle al instructor de coitos que entre la musa y yo se coló una novela donde el protagonista es un objeto y se bebe los *drinks* de dos en dos.

A partir de este punto, el *modus operandi* tiene la palabra. Le he perdido la pista al buen Alejo, desde que me abracé a una rubia ganosa que debe de llevarme cuando menos diez años, mismos que he hecho la lucha por suplir con otros tantos bloodymaries. *"You're a baby!"*, me ha dicho, nada más confesarle que tengo veinticuatro, cuando en realidad voy a cumplir veintidós. *"This baby"*, balbuceo, *"is just dying to take you home"*, pero ella da la vuelta y me deja plantado a media calle, manoseando las llaves del Escort. Trastabillo hasta él, abro la puerta y entiendo que es momento de continuar la historia en otra parte. Miro el reloj: las tres de la mañana. ¿Hay una hora mejor para buscar problemas? No conozco las calles, excepto Peachtree Boulevard. La lluvia no ha dejado limpio el coche, aunque igual me conformo con que haya hecho ilegibles los letreros. No se vería bien que un presunto recién matrimoniado se detuviera al lado de una morenaza cuyo oficio es tan fácil de adivinar como la suerte de un borracho al volante en manos del Atlanta Police Department.

No es el alcohol ni el diablo quien me orilla a estas cosas, y tampoco es que no pueda evitarlo. Me da la gana hacerlo, de repente, y es como si bastara con pensarlo para que fuera justo y necesario. Detuve el coche en un espacio libre al pie de un edificio de departamentos. Hay una barda de no más de dos metros que a medias nos protege de ser vistos por quienes aún circulan sobre Peachtree. ¿Por qué estamos los dos encima del cofre, a medio desvestir, y no dentro del coche? No lo sé, en realidad, pero la escena es espectacular. Ya son dos las patrullas que he visto pasar, nada tendría de raro que un inquilino se quejara ahora mismo al 911 y en un par de minutos vinieran por nosotros. La idea es espantosa, y no obstante me atrae, de algún torcido modo que sin duda deleita a mi lado macabro. Más que el placer sensual —no lo niego, ahí está— experimento un hueco en las entrañas y un temblor en las corvas que al propio tiempo encienden mis alarmas y me dan gasolina para acelerar. "No sé qué me pasó", diría si me agarraran, como cualquier malandro regañado, aunque lo cierto es que me pasa tan seguido que no puedo negar que así soy yo, o una parte de mí que se nutre del riesgo y quiere siempre más. En unas cuantas horas, cuando vuelva del sueño y esta imagen refulja entre brumas mentales, me diré que fue todo un desliz atribuible a la conspiración de los bloodymaries, y que evidentemente no era yo el responsable de tanto desfiguro. Trataré de borrar el recuerdo completo, igual que el monaguillo corre a confesarse y espera que una salva de padrenuestros le devuelva la aureola perdida, pero en el fondo sé que lo que más me asusta de esta clase de eventos es también lo que más me satisface. Soy novelista, digo, y es como si soplara en el cañón de la pistola con la que acabo de volarle los sesos al villano y le sacara lustre a mi placa de sheriff. Soy además un hijo de familia, crecí y me muevo en ambientes protegidos, ¿de qué voy a escribir, si no tiro los dados y me asomo al abismo del que teóricamente nadie vuelve?

—¿Qué tanto hiciste ayer? —insiste Alejo, a la hora del desayuno.

—Ya sabes —me recreo en el misterio—, darle chamba a mi ángel de la guarda.

—¿Igual que en Nueva York? —ya le gana la risa, se le atora el bocado, tose, carraspea.

—¿Cómo crees? —me escandalizo. Sin mucha convicción, para que se imagine cualquier cosa.

—¿Hubo acción, por lo menos? —hace una rueda con el pulgar y el índice, mete y saca el otro índice, pela los ojos, alza las cejas, sonríe entre diabólico y festivo.

—¿Qué te importa, baboso? —miro para otro lado—. ¿Yo acaso te pregunto a cuántas inocentes les haces esa seña depravada?

—Una de cada mil dice que sí —se encoge de hombros, no sin algún orgullo—. Por lo menos yo no me ando escondiendo.

—¿Así se conocieron tus papás?

—Ya dime la verdad. ¿Qué hiciste anoche?

No me preocupa que lo ande contando, es sólo que no acabo de digerirlo. Algo se quebró ayer, dentro de mi cabeza. Como si hubiera dado un paso hacia adelante del que ya no hay regreso. Algo que ningún hombre, empezando por mí, podría entender. Pienso en la morenaza, la rubia, la del vestido corto, las otras que eligieron ignorarme porque me tardé mucho en abordarlas, todas parte del mismo complot de indiferencia. Valen poco los hombres por acá, y quién sabe si no en el resto del mundo. Yo mismo los desprecio, por más que sea uno de ellos y tampoco me explique los motivos por los que una mujer escoge a éste o aquél, entre tantos objetos desechables. ¿Y de qué voy a hablar yo con Alejo, cuando a él le da lo mismo cuál de las mil menganas a las que les propone la misma chingadera va a acabar por decirle que sí, y apenas si me explico qué pudo detenerlo para echarle los perros a una de sus hermanas? Se lo digo de broma, igual que tantas cosas con las que uno prefiere hacerle al juguetón para no exagerar las suspicacias, porque además no es cosa que me importe. El alma femenina, eso sí que me importa y me desvela. Sé muy poco del tema, ojalá más que Alejo y mis otros amigos que no pueden tener delante a una mujer sin subirla a un colchón imaginario.

"Primates", no me canso de decir, siempre que mis amigas me piden que les hable de los hombres. El chiste me funciona, no porque al escucharlo se enamoren de mí sino porque se rompe el hielo entre nosotros y les da por contarme lo que piensan o sienten o temen o imaginan, y eso es oro molido para mí, que pretendo algún día entender un poquito de lo que los primates no están interesados en saber. "¿Qué se creen, pinches viejas?", cruza los brazos Morris, que ya se ha merendado a no sé cuántas a las que al día siguiente negará, con su famosa cara de angelito. Si Alejo es el caliente de las señas obscenas, Morris le juega a ser el pobre niño rico al que nadie comprende y todo el mundo busca para ver qué le saca. "¡Mmmmmamacita!", masculla Tommy por su parte, presto a asumir su rol de pobre niño pobre, mientras el Quiquis guarda un silencio tan mustio como las puñetazas que sin duda serán su pan de cada día. Son mis amigos, claro, pero eso no los libra de unirse a los primates del catálogo con el que he ido ganando la confianza de chicas que ahora cuento por decenas y de las que no espero más que sus secretos. Iliana, mi primera lectora, copiloto de vida, alma gemela. Mónica, la científica que me mira a través del microscopio. Hania, la intrépida guapota. "Toques", la compinche risueña. Sonia, la gurú. Laura, la literata. "Chuchis", la directiva. Magda, la aristócrata. "Gaga", la espectacular. Cada una irrepetible y todas esenciales, aunque quizá ninguna completamente al tanto de lo que me propongo, que es robarles el alma de a poquitos.

Tampoco yo termino de entenderlo. Mis amigos opinan que algún día me voy a arrepentir de tanto desperdicio. No diría que he sido indiferente a los encantos de dos o tres de ellas, y sin embargo nunca al mismo tiempo. Basta con que una ocupe mis pensamientos —y esto es a toda hora, mientras dura el idilio— para dar a las otras estatus de secuaces. "El problema contigo", se incomoda Xavier, que poco sabe de esto pero ya se da cuenta, a la distancia, "está en que eres ratón de un solo agujero". Es lo malo de tener un solo hijo, esperas que haga suya la estafeta y siga tu camino, aunque sea a su manera, y mis modos son tan distintos a los suyos que pareciera que me empeño en desafiarlo. Seguramente es cierto, no quiero ser como él. Prefiero equivocarme por desobedecerle que tener la razón al lado suyo. Meter la pata, al fin, es lo que yo sé hacer, y lo cierto es que no lo hago tan mal. ¿Qué más he hecho en Atlanta, que no sea fracasar estrepitosamente? Me gustan las esdrújulas así: estrépito, escándalo, catástrofe. Es como si al decirlas el planeta estallara en pedacitos, y siempre que eso pasa o lo parece algo me dice que es mi oportunidad. Imagino un paisaje apocalíptico, sembrado de cadáveres y heridos, entre los cuales se oye una voz destemplada: *¡Auxilio, por favor! ¡Llamen a un novelista!*

Una noche, saliendo ya de clase, dos de mis compañeras planean ir a cenar y sugieren que yo las acompañe. En realidad son tres, aunque la otra no estudia nuestra carrera. Puede que sea por eso que les digo que sí, quién va a querer cenar con puras literatas. Vamos a un restorán de comida china y la amiga se luce, de camino, criticando sin pizca de misericordia a unas cuantas entre mis condiscípulas. Ha entrado con nosotros a la última clase y todavía no acaba de superarlo. Las describe, las juzga, las remeda, y por toda respuesta me retuerzo de risa. Es como si después de vivir un par de años como huésped de la familia Addams viniera una persona común y corriente a confirmar cada una de tus sospechas. Sí, ya sé que soy raro, pero la competencia está cabrona. Lo dice así, con tanto desparpajo que de pronto me siento rescatado de un paisaje al que casi llegué a creer normal. Suelo ver con inmenso menosprecio a esos sujetos torpes e impotentes que dan a las mujeres guapas por estúpidas, contra las evidencias que por años he ido coleccionando, pero nunca, hasta hoy, me ha tocado ver una prueba tan fehaciente de cuán equivocados están esos zopencos.

Emma es observadora, desenvuelta, sarcástica, dueña de un humor negro y despiadado del cual no se arrepiente ni de broma. No acabo de explicarme cómo es que se hizo amiga de mis compañeras, de modo que atribuyo ese desliz al tema del destino manifiesto. Nada sería más fácil, por lo pronto, que enamorarme de ella como un quinceañero, pero entonces me temo que estaría perdiéndome de una aliada más grande que su misma hermosura: un atributo en tal modo evidente que opera como un ancho camuflaje de su temible masa cerebral. ¿Qué piensa una mujer? ¿Qué siente, sueña, teme o imagina? ¿Dónde están sus demonios cuando un galán sin sesos le baja las estrellas o le sube la falda? Algo me dice que a Emma no le faltan respuestas a estas y otras preguntas acuciantes, por cuya causa vivo perturbado. Peor todavía desde que regresé de Atlanta, con todas esas gringas desdeñosas yendo y viniendo por las pasarelas de mi imaginación. Porque no es que esté en celo, sino encinta. Traigo un embrión de historia saltando a toda hora en mi interior. No sé qué forma tenga, dónde empiece o acabe, ni lo que se proponga. Sólo entiendo que toca alimentarlo, porque su hambre es la mía y no hay cómo quitárnosla. Escribo un par de párrafos, me lleno de entusiasmo y al día siguiente los echo a la basura con todo y la autoestima que los acompañaba. No importa, así es el juego. Lo que cuenta es seguir afinando el olfato para dar de comer a la obsesión.

Me enamoro de gente a la que no conozco, ni he oído hablar siquiera, pues de pronto sospecho que una palabra suya sería suficiente para echarme a perder el espejismo. Voy tras una mujer inexistente a la que sólo yo puedo escuchar. Me da igual que sea etérea, de hecho es una ventaja, por lo pronto. La encuentro en las canciones, los libros, las películas, tomo apuntes mentales por dondequiera que ando. En realidad no soy muy diferente a la corte de bobos que sobrevuela a Emma, en las afueras de la cafetería, unos y otros en pugna permanente por servir de tapete a sus caprichos. Le regalan refrescos, papitas, golosinas de todos los colores y ella sólo sonríe para hacerles el enorme favor de no decirles cuán pequeños se ven desde donde los mira. Intentan ser graciosos, interesantes, originales, listos, seductores, pícaros, divertidos, petulantes, magnéticos, igual que tantos sosos serviciales cuyo tributo nunca es suficiente para quitarles la etiqueta de súbditos. La diferencia es que a mi reina la inventé y depende de mí, más que yo de ella.

—Tendríamos que poner una tiendita con toda la comida que te traen —le susurro al oído, para que no se enteren los moscones presentes.

—¡No seas malo! —repara, si bien sus risotadas la delatan. Por no hablar de esos raudos comentarios, cargados de sarcasmo impenitente, que se le escapan casi sin querer y yo atrapo en el aire, como un coleccionista de mariposas.

Nos hemos hecho amigos a la velocidad de nuestras risas. Sería una torpeza, dadas las circunstancias, dejar pasar un *show* como el de su *fan club*, aunque eso es poca cosa si se compara con las lecciones de Emma sobre las de su sexo. Uno las idealiza con la facilidad que fantasea sobre lo que podría hacer con un baúl repleto de billetes de cien dólares, hasta que una como Emma les pasa revista. ¿O debería decir que les hace la autopsia? No siempre estoy de acuerdo con sus demoliciones, básicamente porque en los últimos tiempos le he tomado cariño a la golfería. Si paso las mañanas hablando de cuestiones culturales y en las tardes no hago cosa mejor que procesar teorías redundantes sobre el quehacer supuesto de los escritores —a menudo, una sarta de mamadas—, me reservo la noche para dar libertad al lobo hambriento. Últimamente bebo con alguna frecuencia y no puedo quejarme de los resultados. Por ahí del sexto vodka me brotan pelos, garras y colmillos, soy una bestia frívola que aborda a las extrañas del tugurio con la desenvoltura de un crápula carente de complejos. Cosa, esta última, rarísima para quien hasta antier solía ser rehén de sus inhibiciones.

No cabe la exigencia, con la Luna allá arriba y la prisa por transformarme en otro. Morris, Alejo, el Quiquis, cualquiera que se deje sonsacar de lunes a domingo es mi cómplice ideal de correrías. Solemos ir a bares y discotecas lo bastante mundanos para no restringir demasiado el acceso, aunque asimismo un tanto pretenciosos, de modo que no falten esas chicas veloces y arribistas que cuidan más su aspecto que su reputación y no suelen pensarlo demasiado para vaciarte encima un vodkatonic. ¿Que si las idealizo? Un poquito, quizá, mientras dura el efecto de la pócima. Y otro poco más tarde, cuando llega la hora de imaginarlas en los tacones de mi personaje. No espero que sean leales, ni agudas, ni siquiera simpáticas, y en momentos prefiero que se comporten como guarras ingratas y displicentes. Curiosidad científica, le explico a cada uno de mis cómplices, cuando ya los alcoholes se encargaron de hacer sonar congruentes y brillantes los argumentos más disparatados. Prefiero eso, sin duda, a que cualquiera aquí me confunda con el pseudo prospecto de intelectual que pasa lista en la universidad. Recito a veces versos, de memoria y a gritos, sin el menor atisbo de esperanza de que alguien se interese en preguntar para qué sirve un sauce de cristal o por qué es que me canso de ser hombre. Estoy matando al tímido, de eso se trata todo. Qué más da si en el trance hago crecer la deuda de mi tarjeta de crédito hasta alcanzar niveles que equivalen a varios meses de sueldo, entre pesos y dólares que a mis ojos parecen de juguete. Un día llegará un estado de cuenta con la noticia fresca de que ha subido el límite de crédito y me iré a celebrarlo elevando la deuda hasta ese nuevo tope. "¡Salud!", diré con Tommy, que es un gorrón por todos conocido, "y que se acabe el mundo de una vez". ¿Debería preocuparme por esta situación, o dejar que el Departamento de Finanzas de la Ibero pierda el sueño por mí?

Dice Xavier que soy irresponsable, menos mal que no sabe hasta qué extremo. *No hay futuro*, bramaban los Sex Pistols, y yo me lo he tomado tan en serio que tramito una nueva tarjeta de crédito para pagar un poco del saldo de la otra y quemarme otros pesos en que siga la fiesta. Escribo con seudónimos, a veces dos y tres artículos a la semana, sólo para cubrir el pago mínimo. "¿Qué vas a hacer ahora?", se debate ya el Quiquis entre el susto y la risa, nada más echa un ojo al estado de cuenta, y como sé que es bastante gallina le digo que con suerte va a atropellarme un coche en la siguiente farra y a ver a quién le cobran esa lana. "En fin, Dios proveerá", remato, como siempre, no porque crea en milagros sino porque me sobra el optimismo. Ya desde antes de Atlanta veía la vida como una *road movie*. Si el futuro te inquieta, solamente acelera y llegarás más pronto. ¿Adónde? ¿Qué más da? Había llegado a Atlanta por casualidad y encontré allí un embrión de novela. Otra noche, saliendo de un bar, decidimos tomar la carretera al norte y acabamos en Knoxville, donde nos enteramos de que esa misma noche tocarían los Kinks. "Esto no está pasando", me dije varias veces delante de Ray Davies, hasta que me estiré sobre la pasarela para darle la mano, como quien cumple manda religiosa. Finalmente, fue uno de los mejores conciertos de mi vida y me cayó del cielo. Por no hablar de la piedra de hash que compramos en uno de los baños y estrenamos después en el hotel, canturreando por horas *Black Messiah*. ¿Cómo va uno a saber todo lo que le espera más allá del paisaje, si no levanta el vuelo y se olvida de lo que deja atrás?

No digo que sea fácil, prueba de ello es que la universidad me ha ido dejando un sedimento de pedantería que no alcanzo a notar y del que tardaré años en deshacerme. Algunas veces por cumplir con la norma y otras por desafiarla, tiendo a escribir de un modo cada vez más oscuro, como si me jactara de que ahora sí nadie me va a entender. Aborrezco la idea de algún día tener que hacerle frente a un par de sinodales pretenciosos para obtener su sacra aprobación, y al mismo tiempo avanzo por una línea recta que me lleva a tratar de complacerlos. ¿Cómo explicar, si no, que la novela que intento escribir empiece estableciendo que la protagonista es una invención mía? Lo dice así, tal cual: "Begoña pudo haber sido inventada en la mañana del veinticuatro de junio de…".

Todavía no se me ocurre preguntármelo, pero faltaría ver quién va a interesarse en leer una novela que arranca de ese modo tan mamón. Llevo unas cuantas páginas y a ratos me pregunto si estaría yo dispuesto a conocer al fulano que escribe esas líneas pomposas y me invita a viajar por sus cavilaciones. ¿Me propongo que lean la historia de Begoña o la mía? ¿Por qué se llama así y no de otra manera? ¿Qué hace ella con su vida, además de invertir noche tras noche en recorrer los bares de una ciudad extraña donde no tiene amigos ni familia? ¿De dónde viene, de qué quiere escapar, dónde pasó su infancia, quién le jodió la vida para que sea así de desconfiada?

Hace un año que en la universidad se organizó la Semana de Letras. Yo no sabía entonces que me iba a dar por escribir acerca de una mujer, pero igual fui con gusto a escuchar a Gustavo Sainz, que ya había hecho algo así en *La princesa del Palacio de Hierro*. Me parecía graciosa esa novela, por más que no acabara de creerme que la protagonista fuera una mujer. Estaba escrita toda en primera persona y había varias leyendas al respecto. Que si Sainz había puesto grabadoras en el baño de mujeres de la Facultad de Filosofía y Letras. Que si plagió las tareas de sus alumnas o le encargó la chamba a una escritora. Lo cierto era que a ratos —demasiados, tal vez— debajo de la falda se asomaban unas piernas peludas que le quitaban a uno la ilusión y le dejaban frente a ese autor barbado y petulante que para bien de todos no era mujer. "¿Qué se siente estar frente a Gustavo Sainz?", cuentan que preguntó varios años atrás, en su primera visita a la Ibero. Algunos profesores nunca lo olvidaron, como tampoco luego pasarían por alto que en su segunda vez se dedicara a hablar de regalías, tirajes y otros temas prosaicos que, oficialmente al menos, son de nulo interés para los escritores. Poco tiempo después habría yo de enterarme que las cifras de Sainz eran enormemente exageradas —"Sainz-Fiction", me ha contado Miguélez que le llaman— pero mientras la plática duró no recuerdo siquiera haberme dado el tiempo de parpadear. ¿Era entonces posible vivir de hacer novelas? Porque aun si Sainz inflaba sus ganancias, habría otros que no lo requirieran, entre ellos unos cuantos de mis héroes.

Poco se habla del Boom Latinoamericano en mis clases de Letras, a menudo con un cierto desdén. Prueba de que ellos viven en la Luna y uno debe buscar sus intereses más allá de la torre de marfil. La ventaja del suplemento cultural es que no hay modo de vivir desinformado. Cada jueves reviso las carteleras de cines, teatros, conferencias y en general eventos lo bastante importantes para considerar la posibilidad de faltar a mis clases. Entiendo que noviembre sea tiempo de exámenes y trabajos finales, sólo que no por eso voy a perderme las funciones de prensa de la Muestra Internacional de Cine. Total, que me reprueben, si les da la gana, con tal de no faltar a las lecciones de la Universidad de la Vida. Una de ellas —descubro, atribulado— coincide con un par de exámenes finales, motivo por el cual no logro sonsacar a ninguna de mis compañeras. Hago mis cálculos: tiene que ser más fácil negociar una prórroga con el maestro de Expresión Oral y Miss Guacamayona que esperar a que Carlos Fuentes repita su *performance* en el Colegio Nacional. Primero lo primero, cómo no.

Mis verdaderos maestros no viven encerrados en cubículos. En lugar de eso viajan por el mundo, o se encierran a escribir sus novelas sin que nada les mueva de ese propósito. Sigo sus entrevistas y declaraciones, espero con fruición sus nuevos libros, dejo lo que esté haciendo o planeé hacer si me entero que van a hablar en público y hay forma de colarse en ese *happening*. No es la primera vez que me toca asistir a una conferencia de Carlos Fuentes en cuclillas, a mitad del pasillo. Devoro sus palabras, sus gestos, su histrionismo vibrante y un tanto musical. Es como si escribiera sobre el aire, y en vez de un novelista hablara un personaje de Eurípides. Las ciudades, los tiempos, los fantasmas entran y salen de su narración igual que las historias de Sherezada, cada una tejida con el fin de salvar el pellejo de quien ha de narrarlas con el alma en un hilo. ¿Cuánto de imaginario y de legítimo hay entre lo que cuenta? Imposible saberlo, y al cabo qué más da si uno le cree palabra por palabra, presa de un largo hechizo del que Fuentes parece —y a esto lo apuesta todo— la primera y la última de las víctimas. *Esto* es un novelista, me repito, con los tobillos tiesos, las corvas hormigueantes y el maxilar temblando de emoción. ¿Se vale derramar un par de lágrimas mientras me desentumo y añado mi tributo a la *standing ovation*? ¿Que voy a reprobar? ¡Salud por eso!

Lo bonito del caso es que no me reprueban. "Presentaste un examen de tres y entregaste dos trabajos de cuatro…", hace cuentas uno de mis maestros, frunce el ceño y pregunta si me incomoda mucho que me ponga un siete. "¿No te importa si te repruebo, verdad?", me hace volver la espalda al salir del salón. "¡Ni tantito!", sonrío, como niño malcriado. "Te lo agradecería, en realidad." ¿Exagero? Un poquito, no más de lo que exige el personaje. Esto de ser distinto frente a cada persona y situación es quizás una forma de consolarse por aún no haber escrito una novela, aunque igual me lo tomo como entrenamiento. Uno sabe en el fondo que no está listo para dar el gran salto y trata de ocultarlo como puede. Quiero decir que si me pongo estricto y comparo mis logros diminutos con mis aspiraciones astronómicas —"vivir de hacer novelas": parece más un chiste que un proyecto— concluyo que soy puro pájaro nalgón (cosa que sin embargo nadie más necesita tener clara). ¿Qué más va uno a pensar, luego de tantas horas de dar vueltas a solas por los pasillos de una universidad de la que nunca se ha sentido parte? ¿Dónde están esas novias que habrían justificado el *cover charge,* como tanto me gusta fanfarronear? ¿Y si todo fallara y al final resulta que yo no sirvo para hacer novelas? ¿Quién me firma un papel donde diga que no soy un pelmazo igual o peor que aquellos de los que me burlo porque según mis cálculos son unos perdedores? ¿Qué pasó con las dotes de hechicero que por lo visto no son suficientes para quitarme la cachucha de fuereño?

XIV. Introducción a la filosofalda

Me aconsejan que no las busque entre las nubes, pero qué
voy a hacer si me gustan con alas.

La última vez que mi abuela Celia necesitó realmente del apoyo de un hombre, recién había cumplido los ocho años y para su desgracia lo estaban enterrando. Joaquín, mi bisabuelo, solía ser un padre cariñoso, aunque también un jefe de familia iracundo. Si sus hijos mayores discutían o peleaban durante la comida, se limitaba a dar un jalón al mantel, sin preocuparle mucho hacer añicos la vajilla y dejarlos a todos sin comer. Varios años después, mi abuelo Francisco —futbolista, tenedor de libros, berrinchudo habitual, celoso intemperante— intentó establecer un feroz patriarcado, mismo que Celia hubo de soportar durante los pocos años que le vivió el marido. Viuda y desheredada por la codicia de Mercedes, su media hermana ruin, prefirió trabajar por cuarenta años antes que depender de otro señor. Tuvo, según contaba, un par de novios: Gelasio —del cual sé solamente que era unos años más joven que ella y practicaba la gimnasia olímpica— y Adalberto, hermano de un famoso caricaturista (el "Chango", le llamaban) y caballero de alta galanura, que sin embargo nunca reunió los méritos para ser el padrastro de los hijos de Celia. Alguna vez, de visita en su casa, encontré una fotografía suya —de perfil, coquetona— en cuyo reverso había escrito "Para Adalberto, con todo mi amor". ¿Cómo fue que volvió la foto a su poder? ¿La habría dedicado nomás, sin entregársela? ¿Le pediría que se la devolviera? De una u otra manera, lo interesante estaba en imaginarla locamente enamorada. Por eso, cuando Alicia reivindicaba su memoria a partir de los grandes sacrificios que Celia debió hacer para criarla, yo hacía foco en la fotografía que contaba una historia diferente. Ya sé que el sufrimiento es fuente inagotable de experiencia, pero lejos estoy de contarme entre quienes lo encuentran meritorio. No elige uno sufrir, y si algo le ha de ser reconocido es su capacidad para sobreponerse, porque si de desgracias se tratara no existe una más grande que perder la alegría.

—La veo muy contentita, ¿para cuándo se va con su familia? —se acercó una enfermera a platicar con Celia, en el antepenúltimo día de su existencia.

—Sólo que sea con los pies por delante —respondería mi abuela, entre risueña y adolorida.

Fui educado por dos mujeres fuertes, a las que el infortunio persiguió con un empeño apenas inferior a su resiliencia. Nunca encontré en sus ojos —verdes los de Celia, azules los de Alicia— rastro de la amargura que con tanta frecuencia paladearon, ni las vi someterse a más autoridad que la de su conciencia. Mujeres de una pieza, insobornables, duras, y al propio tiempo dulces y maleables, si la ternura se los requería. Más de una vez las vi pelear por mí, y sólo entonces pude comprobar lo que Alicia contaba del carácter de hierro de mi abuela. "Mira, Celia", intentó alguna vez desactivar su rabia Alfredo, hermano de mi madre muy afecto a la juerga, "tus golpes ya no me duelen, así que mejor no te lastimes tus manitas corrigiéndome, porque además tú sabes que yo no tengo arreglo". Avanzada la noche, recién devuelto Alfredo de un reventón mayor, Celia lo recibió con una tanda de escobazos que pusieron de vuelta las cosas en su sitio. ¿Y qué decir de Alicia, quien todavía enferma, con ochenta y ocho años y las piernas vencidas, no tenía más que pegarme un par de gritos para hacerme sentar delante de ella y no moverme de ahí sin su consentimiento?

Larga fue nuestra guerra. Según Xavier gané, con muchas bajas, solamente que al fin serían sus principios los que prevalecieran. Detesto el patriarcado y sigo convencido de que el machismo es síntoma de impotencia. He visto a demasiadas mujeres aquiescentes y sumisas controlar al marido por debajo del agua para tragarme el cuento del sexo débil; dudo, por otra parte, que un imbécil envenenado de testosterona pueda llamarse "fuerte" solo por ser un *junkie* del *workout*. Por si eso fuera poco, vivo al lado de una mujer cuya entereza admiro sin reservas. Pocas cosas disfruto tanto como caer vencido por su ingenio y verme superado en uno y otro aspecto de nuestra vida diaria. "Yo la encontré", me digo, ancho de orgullo, aunque en el fondo sepa que ella hizo más que yo por llegar hasta acá, porque al cabo es mujer y las mujeres suelen tener el don de la clarividencia. Sé por todo ello que la fuerza de un hombre suele medirse por su capacidad de leer en la mirada femenina. Obstinarse es muy fácil, aún más para quien tiene un ego frágil y quisiera ostentarlo musculoso. Lo realmente difícil está en poner en duda las certezas podridas que nos acompañan como un criado sumiso y complaciente. No digo, por supuesto, que nunca me topara con tontas o traidoras, igual que he soportado las frustraciones de incontables falósofos que morirán idiotas sin sospecharlo, pero hablo aquí de lo que más admiro. De lo que me seduce y contradice. De esas miradas hondas que rara vez ocultan haber estado ya donde uno apenas sueña con llegar. Mi mujer y mi madre nunca se conocieron, es a través de mí que se hablan y se entienden. *And it's a full time job.*

Alicia ciertamente cometió errores, aunque tal vez ninguno tan costoso como el de haberme inscrito en un colegio sólo para hombres. Todavía recuerdo, a modo de flashazos inconexos, los tres años de kínder y preprimaria que pasé en compañía de niñas y niños. Lo que vino después fue el castigo gratuito a una forma de ser que muy poco ha cambiado desde entonces, como no fuera para agudizarse. Niños acomplejados, cobardes, aviesos, fanfarrones, sañudos, imitamonos, ruines, montoneros, entre cuyas bravatas y empujones sólo se distinguía quien gritaba más fuerte. Nada debió de darles tanto miedo como ocupar un día mi lugar de extranjero indeseable y ridículo, ahí donde aterrizaban todos sus proyectiles. ¿Cómo negar, no obstante, la dureza adquirida en esos años ásperos y esperpénticos? Se aprende a ser fuereño, exótico, apestado, igual que se hace el preso al cautiverio y se habitúa el huérfano a ver para adelante. Se llena uno, de paso, de pertrechos secretos, a los que debe en parte la supervivencia de su buena estrella. ¿Pues cómo no iba a ser mi sino apetecible, cuando al fin del sendero pedregoso habrían de aguardarme unos resplandecientes ojos tapatíos? Pasé la infancia entera enamorado. Una pluma, un cuaderno, la sombra de una niña, ¿qué más podía hacer falta para escapar del aula repleta de macacos, a lomos de un pegaso inmarcesible? La única gran ventaja de los apestados está en que nadie sabe lo que piensan porque no hay quien se ponga en su lugar.

Sería tal vez por tímido, mimado o distraído que dondequiera que iba me hacía fama de bobo. Muchos pleitos después, aprendí a simular que no me daba cuenta o me hacía gracia, lo cual podía incluso llegar a ser verdad, si entre aquellos que se reían de mí no estaba, ¡puta madre!, una mujer. Eso sí que dolía. Preocupaba. Humillaba. Salió el Sol cuando entré a preparatoria: estaba por cumplir dieciséis años y las mujeres aún me sonrojaban. No sabía qué decirles, ni cómo interesarlas, ni a qué truco apelar para hacerlas reír conmigo y no de mí. Tomando en cuenta mis antecedentes —diez años encerrado entre especímenes del sexo masculino— ya bastante ganancia era haberse librado de aquel infame ergástulo lasallista donde la comunicación solía ocurrir a través de gargajos, amenazas, albures y piquetes de culo. ¿De qué iba ya a quejarme, entre tantas pollitas cuyos puros modales parecían suficientes para reconciliarme con la especie? Después de tanto tiempo de no verlas más que en mis fantasías, era hora de ponerme al día con el tema, aunque fuera observándolas de lejos.

Para un adolescente cohibido y atontado nada hay tan expedito como soñar despierto. Fue mirando a las guapas del colegio que las supe extranjeras, como yo. De los hombres que se les acercaban, todos buscaban una misma cosa, y en cuanto a las mujeres las había de tres tipos: unas las ignoraban, por desdén, otras las detestaban, por envidia, y otras más les hacían competencia feroz, aunque "amigable". ¿Quién iría a decirles la verdad? ¿Dónde o cómo se harían de amistades desinteresadas? ¿Y qué mejor opción a la ciudadanía podía uno encontrar que codearse con las destinatarias de suspiros y tirrias infinitos? Sería en ese proceso delicioso y sutil que contraería yo el vicio de bucear en el alma femenina. Antes que sus secretos o —sueño guajiro entonces— su favor, me interesaba hacerlas reír, pues una vez logrado ese objetivo quedaba entre nosotros una complicidad incomparable. De entonces para acá, nunca me ha interesado besuquear a una mujer en la que no consigo despertar el espasmo sublime de la risa, donde no queda espacio para la extranjería e incluso los antípodas se hacen secuaces. Si Adriana me cobrara por sus risas, viviría dichoso en la miseria por seguirme pagando el privilegio.

Me gusta serles útil. He hecho cartas de amor, llamadas telefónicas y trámites tramposos a su nombre, en papel de fantasma fraudulento. Les he hecho también trucos, mientras construía este o aquel personaje, como cuando decía haber recibido un anónimo (que yo mismo había escrito) y les pedía ayudarme a desenmascarar al remitente. ¿Sería tal vez un varón emboscado quien me enviaba el mensaje, sólo por fastidiarme? Y si efectivamente era mujer, ¿qué clase de persona escribiría esas cosas? Conforme constataba sus certezas —"no puede ser un tipo", vacilaría Emma, afinando el olfato, "seguro es una loca recién desamarrada"— iba entrando en los huesos de mi protagonista, aun si la novela se atoraba o se hacía necesario comenzarla de nuevo. Nunca llegué temprano a ningún lado, y si el amor me hacía cara de fuchi porque no estaba listo para recibirlo, la novela tampoco tenía obligación de corresponderme. No es que sea muy paciente, y de hecho no lo soy en absoluto, pero tampoco tiendo a capitular. Para quienes buscamos hacer algo más grande que nosotros, no hay más remedio que la terquedad.

Mentiría si dijera que he sido persistente en el empeño de amar y ser amado. Con un par de excepciones, de cuyo éxito soy eterno deudor y actual beneficiario, encuentro que di al tema del amor una atención verbal que consistentemente desmentí en los hechos, aduciendo ser víctima de una suerte torcida que yo mismo solía ocasionar. Es muy fácil decirte y proclamar que Mengana será la madre de tus hijos, al tiempo que demuestras una nula intención de asumir el papel de aspirante a marido. La novela es celosa, ya lo he dicho, peor todavía si lleva muchos años sin salir de la fase embrionaria y teme, con razón, que un presunto romance la eche fuera de tu claustro materno. Conspira, por lo tanto, dentro del habitáculo cardiaco que sería completamente suyo si no la amenazara la presencia de esa rival de carne, sangre y hueso que muy probablemente jamás la entendería, ni la querría de estorbo a sus propósitos.

La mujer, la novela, el amor. ¿Cuál es la diferencia? ¿Y a mí qué me preguntan? Los huicholes no saben distinguir entre peyote, venado y maíz; tampoco los católicos entre Padre, Hijo y Espíritu Santo. Son deidades distintas e iguales entre sí. Unas y trinas. No cabe imaginar a una sin la otra. A mi novela en ciernes nunca le faltó falda, ni a mis amores letras, ni a mis mujeres una historia apasionada, por más que ésta no fuera verdadera, ni ellas realmente mías. Oliverio, protagonista de *El lado oscuro del corazón* —publicista, romántico, poeta— va del principio al fin de la película de Eliseo Subiela siguiendo el rastro de la mujer que vuela, en nombre de un poema que quisiera profético. Y yo, que soy como él y la contengo a ella, tampoco les perdono que no sepan volar. Para insectos rastreros, conmigo es suficiente.

XV. Alguien sáqueme de aquí

Entre tantos peligros concebibles, cabe advertir que el
más accidentado es la parálisis.

En lo más hondo de mi zona oscura se esconde un batallón de monstruos aguerridos y traidores a los que trato de mirar de perfil, hasta que se aparecen todos juntos y puedo oír sus risas espasmódicas. "Ha-ha-ha, ha-ha-ha, mira a ese novelista sin novela." Contaba la leyenda que La Llorona solía penar por calles y cementerios con el mismo lamento entre los labios: "¡Ay, mis hijos!", y a ratos yo me siento como un fantasma estéril que gimotea por algo que nunca trajo al mundo ni traerá. "¡Aaay, mis libros!" Ha-ha-ha, ha-ha-ha, más que risas humanas lo que resuena dentro de mi cabeza es una sucesión de estallidos metálicos, escupidos por rostros grotescos y asimétricos que al unísono se burlan de mí. Voy entrando en su reino, me dan la bienvenida como al nuevo inquilino de un pabellón psiquiátrico sin puertas ni ventanas. Se me erizan los pelos, me revuelvo como un gusano en llamas, azoto la cabeza contra el respaldo, el techo, la ventana, pido a gritos que alguien venga a salvarme. ¿Dónde estoy? ¿Qué me pasa? ¿Qué hacen esas dos sombras golpeando el techo, el vidrio, el cofre, el parabrisas? ¿Cómo saben mi nombre, por lo pronto?

—¡Ábrenos, por favor! ¡Todo está bien! —No paran de golpear el techo y las ventanas, alcanzo a ver sus gestos fuera de foco, a medio emborronar. Señalan hacia abajo con los dedos.

Jamás había sentido un miedo así. Pido a gritos que llamen a un doctor, o hasta a la policía, todo menos seguir escuchando esas risas siniestras que siguen ahí detrás, esperando a que acabe de quebrarme para por fin hacer lo que quieran conmigo. Súbitamente, en un fugaz chispazo de lucidez, obedezco a los dedos que señalan el seguro en la puerta del coche. Trac, suena al interior de la cabina donde apenas recuerdo que me encerré hace un rato, una hora, un pedazo estruendoso de eternidad.

—Mírame, soy Cuauhtémoc —me ha tomado uno de ellos la cabeza, como si se empeñara en traerme de vuelta de algún sueño febril—. ¡Soy Cuauhtémoc, tu amigo! ¡Dime cómo te llamas!

No sé qué me haya visto en la mirada. Por un instante somos dos bichos asustados de la piel a los huesos. ¿Quién diablos es Cuauhtémoc? ¿De dónde lo conozco? ¿Por qué viene a ayudarme? ¿Quién soy? ¿Cómo me llamo? Tardaré unos minutos en responder siquiera a dos de estas preguntas, mientras me dejo acomodar por ellos en el asiento izquierdo del que probablemente sea mi coche. ¿Estoy bien? No estoy bien, eso sí que está claro. Siento que la mandíbula se estira y se retrae como un trozo de chicle masticado. Llévenme a un hospital, no me quiero morir. Llamen a mi familia.

—¿Dónde está tu familia? —dispara la otra voz, como lo haría un policía judicial, sólo que con un tono de enfermero que opaca ya los ecos de las risas metálicas.

—En mi casa, llámales de una vez, necesito que vengan —lloriqueo, con los ojos cerrados.

—Mírame, güey, soy yo —me palmea la cara con mucha suavidad el que dice llamarse Cuauhtémoc—. ¿En dónde está tu casa?

—En Moliere, en la calle de Moliere —comienzo a espabilarme, sin que se vaya el miedo— treinta y cuatro. No es cierto, treinta y ocho —puedo oír los latidos de un corazón, no estoy seguro de que sea el mío.

—¿Quiénes viven ahí? ¿Cómo se llaman? —ya sonríe Cuauhtémoc, paternal.

—Mis papás son Alicia y Xavier. No tengo hermanos —voy tragando saliva, regresando a mi cuerpo.

—Y ahora dime una cosa… ¿dónde estudias? ¿Qué estudias?

—En la Ibero. Letras Latinoamericanas.

—¿Por qué estudias ahí? ¿Te gusta mucho?

—Me gustan las morritas —suelto una risa breve, de niño perdonado.

—Cuéntanos quién te gusta. ¿Cómo se llama? ¿Ya le llegaste o le vas a llegar?

—¿San Pedro? ¡Buenas noches! ¿Puedo pasar?

Sueltan la carcajada. Se abrazan y me abrazan. Todo está bien, insisten. ¿Qué hacemos en el coche, a media calle? Aquí esperando al Tommy, que no llegó. Afuera de su casa, ¿me doy cuenta? Enciendo el radio, son las tres de la mañana. Me siento raro, no estoy del todo bien. ¿Y cómo iba a estar bien, si me comí media bolsa de hongos? Viene otra vez la angustia, no quiero regresar a donde estaba. ¿Por qué entonces seguimos hablando de la futura madre de mis hijos? ¿Pero qué voy a hacer con la marea, o la resaca, o como quiera que pueda llamarse la fuerza que va y viene en mis entrañas?

Hay muy pocos castigos tan severos como el que aplica un hongo regañón, según ahora me consta. Cinco de la mañana, creo estar finalmente más allá del alcance de esos monstruos a los que tanto hice por llamar. ¿Cómo fue que me dio por hablar de grandes ratas y brujas desdentadas? Pues como siempre, claro. Voy por ahí diciendo que soy muy optimista y en cuanto puedo saco de la mazmorra al elenco de diez cuentos de Lovecraft. ¿No será, como dice Cuauhtémoc, que detrás de mis chistes y mis burlas se esconde un personaje que atesora sus pedos y los hace crecer? No lo niego, así es. O así quiero que sea porque muy en el fondo considero que uno, para escribir, ha de vivir cautivo de un sótano en los Cárpatos y ver la vida como un cuento de horror.

Cuauhtémoc y Alejandro son amigos de Tommy, más que míos, pero ya me salvaron de una pálida y eso crea ciertos lazos de hermandad. Les parece ridículo que me queje de la vida que llevo, una vez que Cuauhtémoc ha retomado el interrogatorio. ¿Dónde digo que vivo? ¿Dónde estudio? Y el coche nuevo, ¿qué? Lo estoy pagando, claro. Tengo un trabajo, ¿cierto? ¿Entonces qué me falta? ¿De dónde salen todos esos monstruos? Llego a mi casa ya rayando el día, sin ganas de dormir. ¿Soy un privilegiado, como dice Cuauhtémoc? Me aplico una vez más el cuestionario y acabo por rendirme a la evidencia. Hace falta ser un jodido esnob para andarse quejando de una vida tan fácil como la mía. ¿Y qué tan esnobista sonaría decir que en lo futuro recordaré la noche que acabo de pasar como la del cambio de paradigma? En un momento entiendo lo que Alicia me ha querido decir cuando opina que pienso como viejo. ¿Cómo va a ser lo mismo apostar tu dinero al caballo más flaco que elegir al que sabes que perderá? Tiene que haber una línea muy fina entre el aventurero y el suicida. Todos pueden morirse, menos el narrador, o la historia también acaba en el panteón.

Tampoco es que me haya regenerado. Como habría dicho Celia, ni lo mande Dios. Digamos que el alcohol ya me aburrió y los hongos ganaron mi respeto, mismo que ya no siento por la carrera ni por el suplemento cultural. En diciembre nos dieron como arcón navideño una caja cargada de muestras gratuitas. Mayonesa, café, sal, chiles jalapeños, todo en dosis raquíticas que acabé repartiendo entre los limosneros del semáforo. Hace tiempo que a los del suplemento nos hacen entender que en el periódico tenemos un papel suplementario. Antes se armaba un lío si la edición salía llena de erratas, ahora ni quien se entere. No nos leen, ni nos pelan, somos los apestados del edificio. En cuanto a mí, soy una de esas ratas marineras que huelen la inminencia del naufragio, aunque tampoco sé hacia dónde ir. Estoy debiendo más dinero que nunca, ya imagino la jeta de Xavier si llegara a enterarse del desmadre que traigo, y no digamos si un día se me ocurre confesarle que no está entre mis planes hacerme licenciado. Debo ya dos semestres de colegiatura y no pienso pagarlos, así venga el rector pistola en mano. Tiene que haber millones de opciones preferibles para gastarme todo ese dinero, en eso no me falta la inventiva. Puedo intentar buscarme otro trabajo, sólo que no sería de medio tiempo, habría que ver a qué horas escribiría lo mío. A lo lejos admiro a aquellos novelistas que se levantan al amanecer, y digo que "a lo lejos" porque ya lo he intentado y no funciona. Es decir, no funciono a esas malditas horas. Si preguntan por mí, estoy en el sarcófago. ¿Cómo entonces voy a disciplinarme para al fin convertirme en novelista? No lo sé y no me agrada la palabra. ¿Disciplinado yo? Ni para mi provecho. *Discipline will make me stronger, if it doesn't kill me first*, me alerta una canción de Joe Jackson y yo sigo pensando —con un orgullo idiota, valga la redundancia— que esa señora y yo somos agua y aceite.

De paciencia tampoco estoy armado. Hay días que oigo a Alicia contarle a sus amigas por teléfono que me gusta escribir. "Apenas está haciendo sus pininos", dice, como si hablara de las gracias de un niño, y suelta una risilla cariñosa que acaba redondeando la humillación. "Parece un elefante en una corcholata", se reía Xavier cuando miraba a Alicia bañándome, ya con cuatro o cinco años, en una tina para niños de dos. Le he explicado que así es como me siento siempre que hace su chiste de los pininos —qué palabra ridícula, además—. "Y qué quieres que diga", me hace burla, "si es lo que estás haciendo". Preferiría que no dijera nada, sólo que ella tampoco acepta órdenes. O sea sugerencias, según las veo yo. Tiene la mecha corta en esos temas. Odia la rebeldía, si viene de cualquiera que no sea ella, no sé cómo se atreve a preguntarse de dónde me salió este genio maldito. "¡Son iguales, no se hagan!", se pitorrea Xavier cuando nos ve pelear, hasta que Alicia nos calla a los dos. "Ríanse de su abuela, par de tarugos." Cuando eres hijo único no puedes evitar que tus padres sean un poco tus hermanos.

La verdad es que tengo muy pocas evidencias de haber hecho algo más que jodidos pininos. Hace un tiempo que logré publicar un cuento en *Gilgamesh*, una opaca revista literaria que yo estaría feliz de presumir, si en el fondo de mí no hirviera la vergüenza de saber que en lugar de cobrar pagué por publicarlo. ¿O sea que también voy a acabar por publicar mi libro de cuentos en edición de autor, como si fuera un *hobby* y no un trabajo? Me niego a aceptar eso, igual que me he negado —por miedoso— a ir a tocar la puerta de una editorial. Según el tal Lalito, es posible que me hagan algún caso en la de la Universidad Veracruzana, si es que soy lo bastante diligente para juntar los cuentos de los que tanto le hablo y ponerles un título. Ya leyó un par y dice que están bien. Al menos él no emplea la palabra *pininos*, y eso que es mamoncísimo a la hora de juzgar las cuartillas ajenas. Y yo, que leo sus artículos desde los quince años, me pregunto si le caigo muy bien o en realidad no cree que esté yo condenado a hacer pininos hasta el día de mi muerte. Tampoco sé si de verdad le gusta el título que pretendo endilgarle a mis cuentos. ¿Quién compraría un libro que se llamara *Historias irrelevantes de la vida intrascendente*?

Es algo largo, el título. Petulante quizá. Llorón, eso seguro. Hay muertos, sangre, incestos, putas, cosas de las que tengo muy poca información. En la universidad dicen que fondo y forma son una misma cosa; Lalo piensa que es fácil separarlos y que mis profesores son unos mamarrachos. Por mi parte, no dejo de temer que estoy muy verde en una y otra cosa. Casi todos los cuentos son escandalosos, quizás amarillistas, y me curo en salud anunciando que son irrelevantes, porque la vida al fin no vale nada. Como quien dice, sigo debatiéndome entre el amor y el odio por la anécdota. Me ilusiona escribir un libro sobre nada, y que aun así haya gente con ganas de leerme. ¿Y no es eso también lo que estoy esperando de la futura madre de mis hijos, que se enamore sola de un fulano voluble al que le encanta meterse en problemas y prefiere andar solo, aunque se queje? ¿Tengo cara de estar entusiasmado ante la perspectiva de acompañarla a misa con sus papás cada puto domingo del año? ¿Comería más tarde con sus hermanos, primos, tíos y padrinos, incluso si no fueran odiosos y aburridos como la mayor parte de los míos? ¿Lo haría por amor o por inercia? ¿A quién busco engañar? A mí mismo y a ratos no es tan fácil, aunque no se dirá que no coopero.

La última vez que fui a misa en domingo tenía dieciocho años y no podía negarme. Xavier me descubrió una novela oculta bajo el suéter. "Es para no aburrirme", le expliqué, con tal sinceridad que nunca más volvieron a llevarme. Es verdad que iban cantidad de guapas, pero si no sabía abordarlas en un bar, menos iba a aventarles los perros en la iglesia. "La paz sea contigo… y ya que hablamos de eso, ¿me darías tu teléfono?" Al principio le echaba la culpa a los católicos, hasta que otro domingo fui a meterme en un templo Hare Krishna y me aburrí como nunca en la vida. Tres horas de escuchar a uno y otro santón, luego de repetir hasta la náusea un mismo sonsonete, para acabar tragándonos un yogurt asqueroso que te servían directo de una cubeta diseñada para trapear el piso, me habían hecho extrañar las hostias remojadas en vino consagrado, hasta que terminé por entender que hay gente para todo y yo nomás no sirvo para beato. Después, una mañana, llegaron a la casa dos vecinas guapísimas que estaban encargadas de levantar el censo en nuestra zona. "¿Religión?", preguntó la más cachonda, sin detenerse a esperar mi respuesta porque ya había entrevistado a Alicia y suponía que sería católico, así que la detuve justo a tiempo para rectificar —"otra", decía la última de las opciones— y poner verde a Alicia, que desde entonces no me lo perdona. Cada vez que me acuerdo, me pregunto cómo pude creer que con esos desplantes de librepensador iba yo a impresionar a dos chicas recién caídas del Cielo.

Cuando llega el arcángel justiciero a buscarme a la clase de Lingüística, disfrazado de empleada de Finanzas, me agarra totalmente desprevenido. "Ya debes dos semestres y una inscripción", anuncia en voz tan alta que me temo que la oyen hasta en los dos salones contiguos. ¿Debería avergonzarme? Sólo eso me faltaba. "¡Qué descaro!", la increpo, indignadísimo. "¡Además de usureros, mentirosos! ¡No puedo creer que sean tan abusivos!" Ya en el pasillo, sin dejar mi papel, me esmero en aclararle que a mí nadie me va a hablar de ese modo y hago trizas la hoja de papel que recién me entregó, no porque en realidad esté tan irritado, sino porque comprendo que estoy frente a la puerta de salida y hay oportunidades que no puedes dejar de aprovechar. "Anda", dice mi furia de mentiras, "corre a acusarme con tus supervisores y de una vez expúlsenme *for good*, antes de que mi parte cobarde se arrepienta". Traduciendo: *Ándale, arcangelito, sácame de este limbo catatónico, que lo mejor de mí se está petrificando.*

Vuelvo al salón y aduzco lo que toca al moroso en estos casos. "¡Es una confusión, no debo ni un centavo!" Falta un par de semanas para el fin de semestre, si quisiera salvarlo tendría que liquidar cuando menos el crédito que pedí, equivalente a cuatro colegiaturas. Hundirme, en cambio, es gratis, con la ventaja extra de que en seis meses más va a cambiar totalmente el plan de estudios. Las materias del mío se impartirán por un semestre más, luego de eso tendría que arrancar otra vez desde cero. Si me voy, no podré ya arrepentirme.

Mi deserción sería un hecho consumado. Un par de horas más tarde, a la mitad de la clase siguiente, me decido a ponerlo por escrito. "Adiós, excompañera", reza el papel que le deslizo a Daisy, que está sentada a mi lado derecho y supone que es otra de mis bromas. "Ya me voy", cuchicheo, palmeo su mejilla, "no pienso volver nunca", tras lo cual me levanto y enfilo hacia la puerta. Me urge contarle a quien me quiera oír que hoy dejo la carrera, porque esa es otra forma de comprometerme a hacer la decisión irreversible.

Oficialmente todo sigue igual. La noticia no llega a Moliere 38, de donde cada tarde seguiré saliendo en punto de las tres y media de la tarde con rumbo a mi destino de licenciado en Letras. Suena absurdo, ¿verdad? Ridículo. Barato. Inverosímil. No se pide licencia para escribir novela, y al contrario: lo que uno necesita es que se lo prohíban. En los próximos días, recibiré a través de mis excompañeras los mensajes de tres amables profesores. Urge que me presente, no quieren reprobarme. "Dile que me repruebe, que se lo suplico", he dicho cada vez. Pues si ya resolví quemar las naves, lo ideal es que no quede ni una astilla viva. Fuego, he dicho, no pienso recular. Es cuestión de principios. Antes de que ellos puedan reprobarme, yo le he plantado un cero en tinta roja al Departamento de Letras Latinoamericanas, con el aval de unos cuantos maestros que en privado respaldan mis motivos. Gola. Peredo. Arciniega. Mis sinodales en el magno examen de deserción. Los busco, se los cuento, nos reímos. Es como si me hubiera librado de una infección aguda en el espíritu. Llevaba ya cinco años engañándome en las aulas de una universidad cuyo lema es "La verdad nos hará libres", y ahora que finalmente acepto la verdad veo que no les falta la razón: nunca antes fui tan libre como cuando, al final del quinto semestre, tomé la decisión de no mentirme más. Sigo yendo a la Ibero, mientras tanto. Paso un par de horas en la cafetería y salgo disparado hacia mi cátedra en la Cineteca Nacional. Sería justo añadir que la colegiatura es una ganga y en lugar de trabajos escolares puede uno hacer reseñas cinematográficas que luego cobrará como Dios manda.

Ya me imagino lo que van a opinar Alicia y Xavier cuando se enteren de la buena nueva. ¿Quieres morirte de hambre? Vas a ser un don Nadie. Mira a tus primos, puro pobre diablo. Claro que para entonces ya no va a ser noticia sino efeméride. Ojalá que ya tenga otro trabajo y un libro circulando, así sea intrascendente desde el título. Se lo di al fin a Lalo, pero me dice que hace falta esperar, y como —ya lo he dicho— no se me da gran cosa la paciencia, me consuelo leyendo a todas horas. Koestler, Camus, Gide, Paz, los precisos antídotos para la porquería que se quedó enquistada en mi cabeza desde el primer semestre de Ciencias Políticas. ¿Quién de ellos, por ejemplo, sería alumno ejemplar desde la perspectiva de Miss Guacamayona? Tras cuatro años de estudios arduos y meritorios, Arthur Koestler quemó la única libreta donde había constancia de sus méritos, al final de una farra que lo dejó sin título universitario; de ahí que en vez del jodido diploma terminara colgando en la pared, muchos años después, una caricatura donde Hitler y Stalin prenden fuego a sus libros. No puedo compararme, ya lo sé, con un autor que escribió en húngaro, alemán, inglés y español no nada más novelas sino ensayos científicos, médicos e históricos, es sólo que ahora escojo a mis maestros y no me queda duda de su autoridad. Para aprobar su examen, basta con disfrutarlos.

"¿Cómo vas en tus clases?", preguntan en la casa, con alguna frecuencia. Diría que no miento por completo cuando digo que bien, porque me he inscrito en clases de francés y alemán. ¿Dónde sino en la Ibero, por lo pronto? Sigo además cursando la única asignatura que realmente me interesa aprobar: Introducción al Alma Femenina. Siempre la introducción, nunca el curso avanzado porque en esos terrenos nadie aspira a pasar de principiante. Igual que en la novela, que siempre queda grande a quien la intenta. Poco antes de las seis, salgo del *Deutsch sprechen* con Herr Schwirten y alcanzo a Emma afuera de la cafetería. Es una gran maestra, por supuesto. A veces, el domingo, me sonsaca a algún bar con sus amigas, ninguna de las cuales le llega a los talones, así que la obedecen como *girl scouts*. Somos los dos traidores a nuestro sexo, ya nada más por eso me urge su compañía. "Lástima que no bebas ni te drogues", le digo un poco en broma porque en últimas fechas soy otro *boy scout*, y a sus amigas se les paran los pelos, mientras ella se ríe hasta el retortijón. Es como mi hermanita, por más que Tommy, el Quiquis y otros más juren que en mi lugar ya le habrían hecho un hijo. "¿Qué no la ves, pendejo?", me hacen burla, y yo que soy piadoso no les cuento lo que Emma dice de ellos.

XVI. Rojo profundo

Desde el punto de vista del aprendizaje, vale más la
vergüenza que el orgullo.

"¡Eres mi vergüenza!", susurrábame Alicia en el oído, al tiempo que me daba uno de sus pellizcos discretos y punzantes, no bien el profesor, el director o el prefecto —todos hombres, para mi inmunda suerte— vaciaban su catálogo de frustraciones sobre mi ya insalvable reputación. Los recuerdo meneando la cabeza, con la clase de lástima que no excluye el reproche ni atenúa la condena, porque había que ser un perfecto desvergonzado para ir a avergonzar así a tu madre. ¿Y acaso serían ellos orgullo de la suya?, me preguntaba yo mientras refunfuñaba de dientes para adentro.

Funciona así el asunto. Si no sientes vergüenza por lo que haces, se la transferirás a quien esté más cerca. ¿Y qué no habría yo dado en esos años por que mi inverecundia fuera en verdad perfecta? Pero eso toma tiempo. Hay que hacer unos cuantos papelones antes de ser inmune a la vergüenza, más todavía cuando la timidez deja su sedimento acomplejado en la piel delgadita del amor propio. Suena a perogrullada decir que la vergüenza da mucha vergüenza, pero en la pubertad no hay pleonasmo que alcance para expresar el ardor en la cara y el espíritu que provoca el descrédito evidente. ¿Qué le hacía pensar a mi mamá que me quitaba el sueño la opinión que de mí pudieran tener aquellos acusetas de corbata? Si de verdad quería compensarse por los sonrojos que yo le causaba, tendría que haberme puesto en evidencia delante de testigos más interesantes.

Alguna vez lo hizo, pero ni se enteró. Veníamos en el coche, camino de la casa, en mitad de una de esas sonoras cagotizas que yo me conformaba con que nadie más viera, cuando noté que varias lindas chicas nos miraban pasmadas desde otro carro, con auténtica lástima por mí. Una de ellas incluso se reía abiertamente de los gritos que me daba mi madre. Y tanta era la rabia de Alicia que para colmo se lanzó a increparlas. "¿Y ustedes qué me ven, qué les importa?", gruñó, fuera de sí, mientras yo me sumía en el asiento y las miraba carcajearse al unísono. Tendrían unos quince, dieciséis años, y yo que ya pasaba de los catorce no pude menos que sentirme coleóptero. ¿Qué dirían de mí esas mamacitas, sino que era un escuincle cagón y regañado? ¿Pero de qué mejor manera ilustraría ahora mi malestar genuino por ese sentimiento que según los maestros me era perfectamente indiferente? Calcina la vergüenza, a todas las edades, hasta que pasa el tiempo y su relato acaba por hacer las delicias de nuestros oyentes, que sólo de ponerse en tu lugar experimentan hondos repeluznos para los que no hay más remedio que la risa.

Tan intimidatoria resulta la vergüenza que en México es sinónimo de pena. "¡Qué pena!", trata uno de hacerse perdonar cuando hace o dice algo que le abochorna. Y las penas, se sabe, son puro combustible para la escritura, que así nos indemniza por lo que un día creímos infumable. Atesoro los peores momentos de mi vida, no sólo porque de ellos aprendo lo que los buenos nunca me enseñarán, también y sobre todo porque sé que de ahí salen las mejores líneas. Hasta los personajes más ariscos y arrogantes se te entregan como niños llorones cuando ocurre que están avergonzados, y por tanto indefensos, y diríase muy a tu merced. ¿Qué no daría cualquiera por evitarse una perturbación a tal extremo desasosegante?

La vergüenza es como una dominatrix. Cuando por fin soportas sus fuetazos, ya te sigue la fama de desvergonzado. De ti creen cualquier cosa, y entre peor, mejor. La gente se compensa por sus límites asomándose a la ignominia ajena. ¿Para qué más sonríe el presidiario ante la cámara, sino por regatearle a los morbosos el deleite de verlo avergonzado? ¿Creen tal vez los ufanos y los rectos que la vergüenza dura toda la vida? Neil Young tenía razón: mejor fuego y cenizas que polilla y herrumbre. No se hace una carrera de novelista amamantando el miedo al qué dirán.

Si no puedo saber qué pensaré mañana de lo que escribo ahora, menos puedo tener alguna pista de lo que callarán o dirán otros en tal o cual día. Uno toma las cosas que escribió como si en realidad hubieran sucedido y no fuera posible deshacerlas. ¿Y si alguien se molesta, se da por aludido o se escandaliza? Se finge uno afligido por esos y otros daños colaterales, aunque no sea poco lo que le entusiasman. Lamento, por supuesto, que esa alma susceptible me retire el saludo por algo que escribí, y no obstante en el fondo lo celebro porque es una medalla inesperada. Algo tuve que haber hecho bien, me digo y me reanimo, con la satisfacción de un granuja de pantalones cortos, para despertar esos sentimientos. Y de vergüenza nada, si ya quedamos que esa se transfiere y siempre hay pudibundos prestos a hacerla suya.

La vergüenza es como el ogro del cuento. Tanto la imaginaste y le temiste que cuando se presenta desmerece. O será que al calor del momento no te queda otra opción que crecerte al castigo y echar mano de la sana insolencia. ¿Y cómo no, si el temor al ridículo es más grande y horrendo que el ridículo mismo? El consuelo de quien "se muere de vergüenza" está en seguir con vida de cualquier manera, y con suerte enseñarse a disfrutarlo. ¿Y por qué no habría uno de hallar algún placer en la agonía chillona del orgullo, que es sin duda su parte más imbécil?

¿Cómo será de estúpido el orgullo, que evade a cualquier precio la vergüenza de dar su brazo a torcer, sólo para después ser recordado con vergüenza retrospectiva, que es la más duradera y punzante de todas? A veces, cuando observo a un personaje bajo la lupa cruel del narrador, encuentro que su orgullo le hace dúctil y predecible. Los orgullosos son más vulnerables que los desvergonzados, puesto que tienen algo que perder y ya por eso viven a la defensiva. De modo que muy poco me respeto cuando debo aceptar que actúo por orgullo. Admitir a la rabia o la soberbia por consejera equivale a ganar un concurso de idiotas y tomarse una foto con el trofeo. "Mírenme, soy capaz de joderme y amargarme la vida en el sagrado nombre de mis complejos."

A menudo los mayores descréditos son vistos como orgullos por cierto personal desvergonzado. Vergüenza me daría, por ejemplo, enarbolar banderas o suscribir creencias o ganar posiciones a costa de mi oficio o en su nombre, pero al final hay gente para todo. Y al revés, si tuviera que estar orgulloso de algo sería de nunca haber servido para cura. La vergüenza, el orgullo: esas estrellas bobas de la tragicomedia. Nadie que haga novela puede vivir con ellas, ni debe solaparles sus desplantes. Aprendí, con la ayuda de mi madre, que en ciertos casos toca aguantar el pellizco y decirse que esto no está pasando. Luego todo se olvida, o se deforma, o se relativiza, hasta que con el tiempo se va haciendo gracioso. Y entonces, cualquier día, se hace literatura. Desvergonzadamente, claro está.

XVII. Sus Altezas Irreales

¿Y qué es al fin un premio de poesía, sino un sofisticado concurso de belleza?

Mis amigos no quieren mucho al Quiquis porque es un tacañazo y no lo oculta. Vamos alguna tarde a tomar un café y el miserable pide sopa, filete, café, postre, nos divide la cuenta en partes iguales y todavía exige nota de consumo. Yo sé que desde niño es abusivo y de alguna manera me hago el loco, más por costumbre que por convicción. Siempre fuimos antípodas en todo, cuando viajamos juntos nos separamos desde la mañana y volvemos a vernos para cenar. Nunca vamos a las mismas películas, ni él cabe en sí de orgullo por la hazaña de nunca abrir un libro. Me lo talla en la jeta cuando puede, como si disfrutara que lo llame palurdo, silvestre, analfabestia, porque al final el juego entre nosotros consiste en demostrar que no guardamos el menor parecido. Él también quiso cambiar de carrera, hasta que sus papás lo obligaron a seguir donde estaba, de lo que hasta la fecha se felicita, aunque sea ingeniero y trabaje de promotor turístico. ¿Quién habría imaginado que mi amigo el pelmazo terminaría ofreciéndome la beca de aprendiz de novelista?

Pagan muy bien, incluso demasiado. Con lo que me ofrecieron por un par de semanas de trabajo ligero podría liquidar las tarjetas de crédito, aun descontando el diez por ciento de rigor que Quiquito el Fenicio me arrebata a modo de comisión. Lo dicho, es una rata, pero he aquí que la misión es todavía mejor que la paga. Se trata de *entrenar* a dieciséis mujeres de entre dieciocho y veinticuatro años, aspirantes a Miss Estado de México, para que hablen el día del concurso. Hay que tratar de entenderse con ellas y escribirles los dieciséis discursos, de modo que parezcan espontáneos. "Fuiste tú, ¿no es verdad?", le he preguntado a Celia, dondequiera que esté, porque me cuesta creer que sea coincidencia. Si el Quiquis se enterara de cuánto estaría yo dispuesto a pagar por un curso intensivo de mujerología, ya me estaría pidiendo el doscientos por ciento.

Tengo veintitrés años y me comen los nervios. Llegué a Toluca todavía convencido de que a un mamón de mi categoría no iban a intimidarlo unas desubicadas que no saben hacer nada mejor con su existencia que meterse a un concurso de belleza, pero una vez delante de las dieciséis no alcanzo a convencerme de que el pobre pendejo no sea yo. Nos han dejado solos para que les explique la dinámica del aprendizaje y a mí no se me ocurre hacer nada mejor que ponerme en las chanclas de los jueces y elegir a mis propias finalistas. Les hablo de soltura, autoconfianza, gracia, espontaneidad y otras tantas virtudes de las que por supuesto carezco por completo. Juraría que no están escuchándome, prueba de ello es que ya hice un par de chistes y con trabajos dos de ellas se rieron. Debo de estar haciendo un papelón, pero tras unas cuantas borracheras extremas he aprendido que en estas situaciones vale más continuar hasta el final, pues nada hay más penoso que hacerse cargo del propio bochorno. Soy el maestro aquí, quiero creer que no resulto tan tedioso como los del Departamento de Letras de la Ibero. ¿Quién me asegura ahora que no me he convertido en don Guacamayón?

Esto de chupar sangre tiene sus consecuencias. Algo deja la hemoglobina ajena dentro de quien la bebe, que cuando menos piensa ya en algo se asemeja a su presunta víctima. O será que de tanto meterse en su pellejo puede probar sus miedos, compartir su ansiedad, adentrarse en motivos que nunca fueron suyos y hasta pensar por ella a su manera. Usurpación, contagio, endorcismo, comunión, empatía, artificio, ternura, caballerosidad o proyección astral, la experiencia me absorbe por completo. Llego al periódico casi de madrugada, hago lo que me toca y huyo cuando Miguélez va llegando, por ahí de las diez, para estar en Toluca antes del mediodía. No espero que me entiendan, por eso apenas hablo del asunto. Unos días atrás, yo también suponía que el primer requisito para ser parte de un concurso de belleza era tener el cráneo lleno de aire, y ahora que me he enviciado interrogándolas no pienso más que en ellas. Escucho sus historias, transcribo sus palabras, atesoro cada una de las expresiones que yo nunca usaría, como quien va reuniendo pedazos de madera para construir un bote que muy probablemente se hundirá, porque jamás lo ha hecho ni imagina por dónde comenzar. Alguna vez, en la preparatoria, tuve que hablar delante de un micrófono, y ahora soy el experto de pacotilla que viene a aleccionar a las concursantes sobre la mejor forma de evitar el ridículo. Mi única ventaja es que nadie aquí sabe la clase de farsante con el que están tratando.

—¿Cuál te gustó? —indaga arteramente el Quiquis, como si fuera yo tan candoroso para proveerlo de esa información.

—No sé, estoy trabajando —me hago el eunuco. Ya sé que no me cree, el chiste es ganar tiempo.

¿Cuál me gusta? Más de una, en realidad. Cambio de favorita cada día. Lo cierto es que me aterra que cualquiera de ellas me descubra algún sesgo traidor en la mirada, o siquiera sospeche que alguien me atrae de más, y a partir de ese instante me convierta en hazmerreír de todas ellas. Hay mil... es un concurso de belleza. La más fea está riquísima, como le digo al Quiquis cuando insiste en saber si ya encontré a la madre de mis hijos. Pelo los ojos, rechino las muelas, resuello teatralmente hasta hacerlo reír, para que entienda mal lo que quiero decir. ¿Quién que tenga esos ojos, esas piernas, esas protuberancias y esas aspiraciones no será cuando menos un poquito cabrona? Ninguna es inconsciente de sus atractivos y yo me niego a ser tan predecible como todos los tipos que se les arriman. Cierro los ojos y oigo la risa de Emma. Se supone que soy profesional. Me urge estar por encima de la situación. Antes que un aprendiz de novelista, un calentón latente o un enamoradizo reprimido, soy aquel emisario del Espíritu Santo que ha venido al rescate de su ego amenazado. ¿Quién que se sepa guapa no se horroriza ante la posibilidad de hacer un papelón delante de las cámaras y el público?

—Quince de ustedes no van a ganar —he entrado en personaje, se diría que sé de lo que estoy hablando—, pero esa no es razón para perder, o para no sentirse satisfechas. ¿Me equivoco si digo que están acostumbradas a brillar, y que eso es lo que esperan del evento?

De repente se vuelve terapia de autoayuda. No quiero parecer el merolico que me siento cada vez que me paso de convincente. Ayer de plano recurrí a la estratagema que tan bien funcionaba en las parrandas: saqué de la cartera el papelito donde traigo un poema de Jaime Sabines, para las emergencias de este tipo. Fui leyendo los versos lentamente, con pausas prolongadas para que las palabras no pasaran de largo. Aún no había llegado a la mitad cuando ya una de mis princesas favoritas se tapaba la cara con las manos y huía de la escena entre sollozos, mismos que interpreté, junto al silencio generalizado, como una involuntaria y rotunda ovación.

—Ya me dijeron que hiciste llorar a Alma —intentó regañarme el Quiquis, con su mejor cara de funcionario.

—Yo no hice nada, fue Jaime Sabines —aventé el buscapiés, con las manos en alto.

—¿Trabaja aquí ese tipo? —tropezó el inocente y me ganó la risa.

Pobrecito del Quiquis, conocerlo es quererlo. Su jefe tiene vocación de bufón y a toda hora hace chistes a sus costillas, más todavía cuando se emborrachan y reparten piropos entre mis pupilas. La mayoría festeja el numerito porque es lo que les toca y casi nadie quiere que le cuelguen una fama de animal raro como la que también aquí me he estado construyendo. Digo *casi* porque hace un par de días que otra de mis flamantes favoritas se esmera en distinguirse del montón. Tiene los ojos verdes y mira tan profundo que apenas le hace falta abrir la boca. No me consta que celebre mis gracias, me temo incluso que las tome en serio. A saber si no se ha dado ya cuenta de que me he ido poniendo a la defensiva, pues como de costumbre no encajo en la pandilla. Puedo entenderme con cada una de ellas, hasta que se congregan y regreso a mi condición de extraño. Y ahora que vamos juntos en un autobús, visitando periódicos y estaciones de radio, vuelve la timidez que creía derrotada. ¿Alguien podría servirme siete bloodymaries? Camino del hotel veo un lugar vacío al lado de "Ojos Verdes" y lo ocupo sin más, como quien busca asilo en su embajada. No me siento extranjero, cuando menos, aunque al cabo de un rato de reírnos empiezo a maliciar que en realidad somos dos los fuereños.

—¿Vas a estar en la fiesta? —se interesa de golpe, ya llegando al hotel.

—No sé —me quedo tieso—. ¿Tú?

—Tampoco sé —arruga la nariz, alza las cejas—. Por eso te pregunto.

—Tenía pensado regresarme a México —se me atora la lengua, no acabo de creérmelo—, pero si vas, me quedo.

—¿Seguro? —titubea, por mi estúpida culpa.

—¡Segurísimo! —vuelvo a ser yo, por arte de magia.

Todas quieren bailar, excepto ella. Somos cuatro pendejos y dieciséis prospectos de reina. No se puede decir que sea una fiesta, aunque el Quiquis opine que es más bien un festín. Lo ignoro, sin embargo. A mí tampoco me interesa bailar, van a tocarle cinco a cada uno. Cinco vodkas más tarde, consigo que Ojos Verdes baile conmigo un par de canciones de moda, para que el Quiquis no siga jodiendo. De regreso en la mesa, Ojos Verdes retoma la conversación, que en su caso consiste en dedicarme toda su curiosidad. No sé si se dé cuenta de que es por el alcohol que le digo todo esto, pero espero que entienda que es verdad. ¿De qué le hablo? Lo olvidaré muy pronto, puede que por pudor o por defensa propia. "No sé por qué te estoy contando esto", remacharé, a intervalos, buscando alguna forma de disculpa o coartada para este acto de *striptease* emocional, en la esperanza ñoña de que ella se haga cargo de la rara importancia que estos momentos tienen, justamente porque no sé explicarla, o no me da la gana, o es que en el fondo quiero que ella lo entienda sola. Esto soy, esto busco, esto quiero: supongo que de eso hablo y nada me parece más extraño que seguir conservando su atención. Es como si le hubiéramos cerrado al mundo entero la puerta en las narices.

Como suele ocurrir en estos casos, el resto del trabajo lo hago yo. Repto de la extrañeza al desconcierto y unas horas más tarde ya llegué a la añoranza. "¿Ya se enamoró el nene?", se pitorrea Miguélez la mañana del lunes, a treinta y seis horas de la conversación con Ojos Verdes, no bien ve mi sonrisa de lelo iluminado y por toda respuesta planto en su cara un dedo erecto y justiciero. ¿Enamorado yo? Es muy pronto para eso. Me siento comprendido. Acompañado. Puede que eso sea peor, en realidad. Para los solitarios como yo, todo ese rollo de la comunión espiritual es un peligro y una incomodidad. Se te escapa el control, metes la pata, cedes terreno a las expectativas. ¿Qué habría pensado yo dos semanas atrás de un idiota prendado de una *miss*?

Claro que lo más fácil es alegar, tal como lo aconseja el librito, que ella no se parece a las demás. Todas las que nos gustan son distintas. Especiales, ¿no es cierto? ¿Ayuda recordar que está en tercer semestre de Derecho y leyó *El extranjero* de Camus? Todo ayuda, de pronto, bajo el gobierno de una sonrisa lela que va creciendo camino a Toluca.

Afortunadamente conservo intacto el *cool*. Contradiciendo mis impulsos primigenios, aguardo a que Ojos Verdes venga a mí. Me hago un poco el mundano, hablo con unas y otras como si me quedara todavía algún rastro de neutralidad. No se cansa Ojos Verdes de recordar que el concurso la tiene sin cuidado. Está aquí, según esto, más por curiosidad que por ir al Miss México. Y también por zafarse del yugo familiar. En eso no está sola, yo diría que dos de cada tres andan huyendo de algo y por eso vinieron a concursar. Una vez, platicando con Alicia, tuve la mala idea de preguntarle cómo habría tratado a una hija suya. Era una ociosidad gastarme defendiendo los derechos de la hermana que nunca tendré, pero de todas formas acabamos peleados. ¿Cómo no estar del lado de Ojos Verdes y las demás altezas, si en su lugar yo hubiera hecho lo mismo, así México entero me tachara de hueca, superficial y estúpida? Hace falta valor, por otra parte, para hacer evidentes tus encantos delante de legiones de mandriles que nada más de verte les hierve la saliva y con los puros párpados te bajan los calzones. Sólo de imaginar los comentarios de mi amigo Alejo siento una nueva ola de desprecio por mi sexo. Puesto en otras palabras, ya no soy un extraño en el concurso. Se me queman las habas porque llegue el viernes y Ojos Verdes se vuelva Miss Estado de México. Claro que me conviene más que pierda, pero hace ya un buen rato que he dejado de ver por mi conveniencia. No estoy enamorado todavía y ya me estoy portando como un pendejazo.

161

Salgo el viernes temprano del periódico y hago una escala técnica en la florería más cara que conozco. Una Señora Rosa Carmesí en una enorme caja transparente, eso es lo que he resuelto regalarle a Ojos Verdes antes de que comience el espectáculo. "¡Quién te viera!", se mofa muy risueño el Quiquis, nada más me aparezco de saco y corbata. Menos mal que no ha visto ni verá la flor que traigo oculta en la cajuela. Tardo en localizar a la destinataria, la invito a acompañarme al estacionamiento, compruebo que no hay moros en la costa y procedo a hacer suyo mi tributo. ¿Verdad que no esperaba este golpe de astucia? Gozo por un momento y hasta el tope de la prerrogativa de abandonar mi papel de instructor, ante el aplauso de sus escleróticas y una suerte de incomodidad mutua que me eleva unos cuantos centímetros del suelo. *Bingo!,* gritan mis tripas, instaladas en Hollywood, aunque seguramente impreparadas para el *thriller* que viene.

Hay un placer exótico en descubrirse haciendo todo lo que uno dijo que jamás haría. Me da risa mirar, lejos en la memoria, al comunista ardiente que cuatro años atrás pretendí ser, echando pestes contra quien soy ahora. "¡Qué bajito has caído!", refunfuña, como beata pescada del rosario. Los prejuicios son fajas de las que uno se libra para poder volver a respirar, así todos se burlen y murmuren y al fin qué les importa lo que yo pinche haga o deje de hacer, bola de pueblerinos malcogidos. Lo cual quiere decir que preparo el terreno para hallar una causa y combatir por ella. Territorio romántico, donde el mejor aliado es el obstáculo y la razón es sierva del capricho. Tiene que ser grotesco que me suden las manos de este modo y hasta me falte el aire sólo porque Ojos Verdes es una de las cinco finalistas. He pasado por alto la escenografía, el ambiente de fiesta quinceañera y hasta al cantante cursi que ha trinado para una y otra concursante como mariposilla de flor en flor, en lo que mi conciencia calificaría de claro retroceso de la especie, con tal de abandonarme a uno de esos deleites vergonzosos que se viven mejor entre las sombras. ¿Explica eso la rabia que me invade cuando el animador lee el veredicto y relega a Ojos Verdes al tercer lugar? ¿Es un gesto de solidaridad o apenas un berrinche del amor propio? ¿En qué me he convertido, puta madre?

Tal parece que no hice un mal trabajo. Cuando menos eso dice el coreógrafo, que hasta ayer me miraba por encima del hombro y ahora me llama "Güero", amabilísimo. Ojos Verdes me presenta a sus padres, hermanos y primos. Algunos de estos últimos no camuflan sus celos incestuosos y ya se confabulan para emborracharme, sin ninguno saber que ahora y aquí no hay pócima capaz de aniquilar a este aprendiz de mujerología que ha cambiado de piel en dos semanas. No dudo que mañana, cuando traiga de vuelta la chamarra de cuero y recobre mi orgullo de fuereño con la resignación propia del caso, concluya que fue todo un espejismo y eche a andar los engranes del autoboicot, pues por más que desprecie el *qué dirán* soy rehén oficioso del *qué diré*, pero en este momento puedo ver la batida en retirada de una antigua gavilla de complejos a los que me cansé de alimentar. ¡Largo de aquí, parásitos! ¿Alguna vez les dije que eran los más ridículos de mis demonios?

Volver al día a día del suplemento equivale a aceptar una derrota que hace trizas mis ínfulas de novelista. Luego de tanto deslumbrar a Ojos Verdes con las expectativas estelares del autor literario que estoy lejos de ser, sentarme de regreso en mi escritorio y asumir el desdén del edificio es sumergirme en una parábola maldita que de un tiempo a esta parte me persigue. Me niego a verme en el espejo del triste Zavalita, el protagonista de *Conversación en La Catedral* que habla del periodismo como una frustración, más que una vocación, y en sus horas más negras se pregunta en qué momento se jodió. Para colmo, Miguélez moja sus horas hábiles en el Negresco, una cantina al otro lado de la calle cuyo nombre remite al Negro-Negro, el bar donde se embriaga Zavalita. ¿Voy a acabar ahogando en el Negresco la pena de vivir con Ojos Verdes y haberla condenado a la mediocridad? ¿Qué le voy a ofrecer, en estas circunstancias? ¿Quién me dice que no, como todo lo indica, van a mandar al diablo el suplemento, y con él a nosotros? ¿Sería mejor o peor que me ofrecieran chamba en otra sección, para que de una vez le tome la estafeta a Zavalita?

Nada seguro estoy de que vaya a tener hijitos ojiverdes. Una parte de mí sueña con eso, la otra quiere correr despavorida. Si de por sí es difícil dedicarle algún tiempo a la novela, no sé a qué maldita hora le haría caso si padezco un trabajo de tiempo completo. ¿Un trabajo de qué, además de todo? El papá de Ojos Verdes me pone mala cara, sólo deja que salga conmigo cuando viene su hermana, ya quiero ver cuál será su opinión cuando se entere de que técnicamente soy un perdedor. Un bohemio en potencia, y eso con mucha suerte. ¿O debo resignarme a buscar un futuro promoviendo concursos de belleza? ¿Me estaré haciendo viejo a los veintitrés años? Por eso digo que no sé qué pensar, ni hacia dónde moverme, ni quién seré de aquí a un par de semanas. Algo se va a quebrar, eso sí que está claro, por más que cada vez que estoy con Ojos Verdes vuelva a ser la mejor versión de mí, a la que nunca nada le preocupa y se ríe de la vida como si no tuviera secretos para él. ¿Estoy enamorado? Puede ser. Ya esa sola respuesta da cuenta del tamaño del problema.

XVIII. Tramaturgo

*No es delito escribir novelas puramente decorativas, como
no lo será dormirse con el libro entre las manos.*

Repito: Tramaturgo. La palabra no existe, pero
cualquier lector sabe la falta que hace, por más que haya
pedantes para quienes la trama es cosa secundaria o
prescindible. Apenas te descuidas y ya te están contando
la novela que tanto deseabas leer, *al cabo que la trama
está de adorno.* ¿Dónde escuchamos un argumento así?
¿No son los puritanos quienes claman que el deleite
sexual es cosa del demonio y ha de ser desterrado del
sacrosanto rito reproductivo? En el polo contrario, pululan quienes creen que el romance no pasa de ser un
estorbo en la ruta hacia el acto gimnástico del coito.
Los primeros asustan, los segundos aburren, mas la gran
mayoría estamos lejos, valga la aclaración, de una y otra
postura. Amamos y leemos en busca del placer, el riesgo,
la aventura, no esperando hacer méritos académicos o
ganarnos el paraíso terrenal.

La idea de una novela que carece de trama es tan
apasionante como la de subirse a un Porsche sin motor.
"Está muy bien escrita", opina uno, entre la diplomacia
y la mala leche. Como quien dice, en su humilde opinión ese libro es basura, ya sea porque su autor se ahorró
la lata de construir una trama o porque ésta sencillamente no funciona. ¡Ah, pero qué escritura tan bonita
la suya! Hay quienes se avergüenzan de reconocer que
un libro prestigioso les aburre, o que de plano nunca lo
leyeron, y es así que lo elogian o lo recomiendan para
al menos pasar por gente cultivada. Sufrieron, por lo

visto, en años escolares, y desde entonces creen que la lectura es necesariamente un sacrificio, del cual pueden librarse con un par de cumplidos oportunos. La verdad, sin embargo, es que no nos engañan. La falta de entusiasmo no se compensa con solemnidad, tanto como la fina verborrea difícilmente alcanza para ocultar la ausencia de conflicto. Justamente porque uno disfruta la factura de las buenas novelas es que bosteza con las que no terminan de satisfacerle. Puedo entender, sin duda, la resistencia de algunos autores a embarcarse en el brete de tramar. Se sufre cantidad, cada vez que la historia se enreda, contradice o atora. Se pierde el sueño, o se sueña con ella, bajo esa redundancia tormentosa y absurda que da cuerpo a los meandros del delirio nocturno. ¿Cómo va a dormir bien el tramaturgo, cuando ya los fantasmas le recuerdan que dejó un cabo suelto en el lugar del crimen? ¿Quién le asegura que de aquí a mañana podrá encontrar las huellas de sus pisadas en el bosque de los acertijos? El manuscrito es ese tirano inconsecuente que te llama en mitad de la madrugada y espera que no dudes en correr a atenderlo, so pena de quedarte sin empleo. Lo dice el viejo adagio: *Si no pierdes el sueño por escribir, terminarás durmiendo a tus lectores.*

Nunca, a lo largo de los años despistados en que intenté escribir una historia sin trama —algo así como un taco sin tortilla— terminé de leer una sola de esas novelas repletas de nada que eran supuestamente mis modelos. No es tan raro, por cierto, que se obstine uno en escribir lo que jamás leería. Hay quienes se encaprichan (y este libro da cuenta de que he sido uno de ellos) en cortejar a gente con la que no se entienden, y si algún día logran su objetivo lo pagarán con sangre mientras la farsa dure. Si me piden que piense en un infierno con ventana a la vida terrenal, imagino un lugar desde el cual puedo ver a un editor con cuernos que rescata esos textos en mi nombre y con él por delante los publica.

Hay una petulancia inenarrable en el prurito de esperar que la gente se interese en leer un ladrillo repleto de palabrería sin más estímulo que tu bonita firma, y si acaso no lo hacen tacharlos de ignorantes, insensibles o idiotas, en defensa de un ego malcomido, soberbio y perezoso. Puede que sea por eso que guardo mis embriones de novela: son la caricatura de sí mismos y la prueba fehaciente de que sé persistir en el error.

Toda trama es asunto laborioso. No existen los atajos, ni suelen funcionar las soluciones mágicas. ¿Te acuerdas todavía, Celia, de los meses que pasaste entregada a tejer mi colcha de colores? "¡Qué paciencia la tuya!", se estremecía Alicia de verte entretenida en aquella misión desmesurada. Claro que era más fácil hacerla toda de un solo color, pero podría jurar que disfrutabas tanto o más que yo de la complicación, pues ahora que mi chamba consiste en tejer tramas nada me satisface más que ensanchar el enredo y eludir por sistema los caminos rectos. A menudo me quejo, como rezonga uno cuando paga los réditos de sus pasiones, mas no por ello para de endeudarse. Para colmo, me tengo desconfianza. Desde siempre he temido ser un pésimo tejedor de tramas, de modo que me esfuerzo en intentarlo como lo haría un perpetuo principiante. Estoy en desventaja desde el mero comienzo, más que avanzar remonto trechos insufribles que son así porque me da la gana. Si el personaje llora, me toca apechugar en lugar suyo, y si le fuera bien tendría que plantarle piedras por delante. ¿Y por qué iba a elegir un solo estambre, cuando puedo comprarlo en dieciséis colores?

No cuento en estas páginas mi vida, sino la parte de ella que le sirve a la trama. Es ella la que manda, por encima de antojos y caprichos. No exagero si escribo que vivo para ella, pues vida y manuscrito suelen entremeterse a toda hora, igual que una pareja de amantes turbulentos. ¿Escribe uno las cosas para poder vivirlas, o las vive nomás para después llevarlas al papel? No sé, ni me interesa, pero cuando la gente me pregunta qué he estado haciendo en los últimos tiempos y respondo "escribir y pasear perros", porque esa es la verdad, me gustaría añadir que esas actividades, en apariencia simples y monótonas, implican una larga lista de vivencias imposibles de pormenorizar. ¿De qué hablo con Adriana? De todo, por supuesto, y de nada además. Perros, libros, recuerdos, sueños, comida, canciones, *gummy bears*, chistes innumerables. Hacemos lo que amamos, amamos lo que hacemos. No tengo que decírselo cada vez que la trama se me atora, ella lo sabe casi antes que yo. La trama es desafío, contradicción, enigma, veneno, condimento, desazón, acicate, fogata, torbellino, cantárida, jaqueca, luz, altamar, abismo, resurrección y a veces, nunca por mucho tiempo, gloria.

Ayer mismo, paseando con Carolina entre calles oscuras y mojadas, resolví buena parte de las dudas que tenían en vilo la trama de la novela que dejé pendiente. Tomé algunos apuntes, dictados al teléfono con el afán de no dejar partir mi tren de pensamiento —serían cuatro, cinco líneas en total—. Entendí, según yo, la entraña y los motivos de un villano hasta entonces borroso, luego de una batalla de la vida real que encontré la manera de capitalizar. Pensaba en *El magnífico*, una vieja parodia de James Bond cuyo héroe —Jean-Paul Belmondo— es un novelista que equipa a su heroína —Jacqueline Bisset— con el rostro y las formas de la vecina del departamento de arriba, mientras él se transforma en el agente secreto Bob Saint-Clair; de manera que nada de cuanto ocurre en su vida se salva de ir a dar a la novela en curso. ¿Cuánto de lo que creo haber comprendido y resuelto terminará siendo útil, una vez que regrese a aquel cuaderno y me enfrente a su furia despechada por todos estos meses de abandono (relativo, es verdad, aunque no existe amasia ni cuaderno que admita esa atenuante)? No lo puedo prever, pero lo que es ahora me contento sabiendo que la trama se mueve y está en mis manos darle alimento y oxígeno. ¿Y no es cierto que cada línea de este libro se entiende con aquél, existe por su causa y acabará sirviendo a sus propósitos?

"¿Sales a meditar?", me preguntó alguien hace un par de semanas, apenas le conté de mis paseos al lado de Ludovico, Gerónimo, Teodoro, Carolina y Cassandra (en ese orden, de lunes a viernes). Suena bien: meditar, pero lo mío es tramar, y a menudo es lo que hago en los cinco kilómetros que recorro con cada uno de mis perrotes. Nunca es el mismo rumbo, evito la rutina porque sigo creyendo que las respuestas se hallan en el camino y necesito del factor sorpresa, así éste sea nada más que un arbusto recién florecido o un poste derribado la semana anterior. Están todas por ahí, las soluciones, pero sólo aparecen delante de quien vive en estado de alerta porque las necesita desesperadamente. Todo sale, al final, pero no sale solo. La trama se parece a ciertas damiselas chapadas a la antigua: es preciso ir por ellas, seguirlas, cortejarlas, no dejarles salida más propicia ni cobijo mejor que el de tus brazos. Si esto al fin es verdad, no dudará en venir y entregarse con todo y sus secretos.

XIX. *Mugshot*

Tres días en la cárcel tendrían que contar como un
semestre en el Liceo de la Novela, pero la humillación
no acaba ahí.

Por algo, dice el dicho, pasan las cosas. Siempre que un sinsentido trastorna sus propósitos siente el supersticioso el compromiso de encontrarle un lugar dentro del plan divino. Nada podría ser justo, visto desde esa fe tan oportuna, si fuera todo fruto del azar. "Yo no merezco esto", berrea uno para dignificarse, mientras alguien adentro hace corte de caja y auditoría, en busca de las causas intangibles de su mala fortuna. ¿Porque cómo va a ser casualidad que esté yo refundido en una cárcel?

Fui mezquino, insensible, soberbio, malévolo o ingrato, prefiere uno cualquiera de esos argumentos a sospecharse víctima de la fatalidad. Recuerdo, cuando niño, que a la hora de explicarse los motivos probables del brutal accidente que dejó a Alicia tres días en coma y a mí con la mandíbula quebrada, Xavier destacó el hecho de que chocamos al final del domingo, *sin haber ido a misa*. Nunca ha sido especialmente devoto, pero esa explicación le devolvía la paz. No era ya una desgracia el accidente, sino un aviso venido del Cielo, y eso poco tendría de accidental.

Hace veinticinco horas que rastreo en los sótanos de la conciencia en busca de las claves que ayuden a explicar cómo es que vine a dar a este agujero. ¿Dónde arranca la ruina moral cuyo último eslabón desemboca en la prisión del condado de Harris, en el centro de Houston? Antes hay que bañarse, como un niño, bajo la vigilancia de dos policías interesados en que lo haga uno bien. Enjabónate más. Tállate fuerte el culo. No olvides los sobacos. Han pasado seis horas desde que nos trajeron de la primera cárcel y el trámite de ingreso no termina. Vas de una estancia a otra, equipadas con luces de hospital y grandes ventanales en las paredes, siguiendo órdenes firmes y gritonas. Diez minutos en una, cuarenta y cinco en otra, hora y media en la próxima. La pura fila para huellas y foto debe de haber durado más que *El ciudadano Kane*. ¿Y qué voy a decirles? ¿"Tengo prisa"? El uniforme es un overol kaki, con tres grandes palabras impresas en la espalda. Harris. County. Jail. Me dieron además un cepillo de dientes, un jabón y un rastrillo desechable. Es, según nos han dicho —y más de un *habitué* lo certifica—, una cárcel modelo. Hay televisión, música y aire acondicionado. Para quienes venimos de la Houston City Jail —donde las cucarachas son menos asquerosas que los *pancakes* y hay orines mejores que el café— estas comodidades evocan un *resort* en las Bahamas. ¿Por qué entonces paso frente a un espejo y me veo carcomido por la angustia? ¿De dónde sale esta jeta patibularia? Pero es la que ellos quieren guardar en el archivo, no se supone que uno deba verse guapo en el *mugshot* que adorna *su* expediente. Duele posar para esto, hay que ser reincidente para sonreír. "¡Debe haber un error!", dice la mueca, pero quien vea la foto leerá: "¡Manos arriba!". De eso se trata el *mugshot*, el número y la facha, la jeta y el perfil. *Welcome to the club!*

Se es inocente en lo particular, nunca en lo general. De eso que me reclama la justicia texana no soy culpable en esta ocasión, como lo fui en Atlanta hace un par de años. Hay un consenso entre mis compañeros sobre los policías de la ciudad de Houston. *A bunch of rednecks*, dicen. Palurdos, prejuiciosos y patanes a los que hará uno mal en desafiar, peor aún si por toda indumentaria trae unos *shorts* y una camiseta sin mangas con la caricatura de un pelícano y el emblema de la Feria Mundial de Nueva Orleans.

—*Why do you dress like that?* —me preguntó uno de los policías, recién bajado de la patrulla.

—*That is none of your business, man!* —me erguí, insolentemente, con las manos atrás, como si ya supiera que iba a esposarme.

Según dicen, traía la mano encima de los genitales y eso ya califica como *indecent exposure*. "Supongamos que es cierto", me ofendo cada vez que lo vuelvo a contar, "¿dónde quería el idiota que tuviera la mano, con el calorón que hace? ¿A él nunca le ha sudado la entrepierna?". Pasada medianoche, no para el papeleo. ¿De dónde eres? De México. ¿Nuevo México? México, el país. ¿Cuánto tiempo llevas en los Estados Unidos? Un mes. ¿Dónde has estado? En Baton Rouge, Louisiana. ¿A qué fuiste a Louisiana? A la Feria Mundial. ¿Dónde vives? En la ciudad de México. ¿Qué fianza te pusieron? Ochocientos dólares. Tantas veces me lo han ya preguntado que he ido automatizando las respuestas. Dejé en custodia, además de la ropa, las llaves de mi coche y tres monedas de un cuarto de dólar. Según he dicho, el resto del dinero lo traigo en mi equipaje. ¿Cómo pienso, si no, volver a México? La verdad, sin embargo, es que no traigo ni un centavo más. Visto con esa lente, los oficiales del H.P.D. arrestaron ayer a un vagabundo. Si me quedara algún sentido del humor, diría que resolvieron mis problemas de alojamiento, aunque por más tiempo del necesario. A estas horas, calculo, ya habría encontrado el modo de juntar treinta o cuarenta dólares, iría volando camino a Laredo. Tengo cara de niño, sobre todo si no me han arrestado. Los turistas se creen que estoy en un aprieto, no es difícil sacarles algunos cuantos dólares. O sea que de acuerdo a la estricta semántica no soy un vagabundo, sino un malviviente. *I belong here, right?* Por más que me defienda hablando pestes de los HPDs, le consta a mi conciencia que me he ganado a pulso este castigo. ¿No es acaso una suerte que en lugar de pescarme *in fraganti* en Atlanta me encerraran aquí sin evidencias? Poco me tranquiliza, en todo caso, la comezón moral de saberme inocente en lo particular y otro granuja más en lo general. Si no recuerdo mal, la última vez que me apliqué un examen de conciencia iba a hacer mi primera comunión. ¿Cómo no reprobar, con tan poquita práctica? ¿Con qué cara me atrevería a decir que soy mejor persona que mis compañeros? Muchos están aquí por manejar borrachos —*Driving While Intoxicated*— y hasta hace pocos días yo me envanecía de haber cruzado Tennessee, Georgia y Alabama sin salir del mismo estado. ¿No es claro entonces que me lo gané? ¿Verdad que hay un mensaje de advertencia?

Hace ya dos semanas que maldigo la hora en que acepté venir a este país, con la coartada imbécil de que iba a regresar cargado de billetes. Dejar el suplemento me había hecho sentir dueño de mi destino, aun si mis acreedores opinaban distinto. Para colmo, Xavier no había terminado de superar el último cumpleaños de Alicia: cuando alzaron las copas, tuvo la mala idea de brindar porque ya pronto fuera yo licenciado, y a mí no me quedó más que soltarle nueve décimas partes de la verdad:

—Quiero que sepan que hay aproximadamente un diez por ciento de probabilidades de que termine la carrera de Letras —mentí piadosamente, aunque nomás en parte, y hasta ahí llegaría la cordialidad.

Soy, desde entonces, un problema latente en la familia. He dicho que yo solo me las arreglaré, y al poco rato de renunciar al periódico fui a tenderme delante de la televisión. Era el principio de los Juegos Olímpicos, ni modo de perdérmelos. Y fue en ese momento que se apareció Frank. Si yo me iba con él a Baton Rouge, podríamos vender unos cuantos dibujos a carbón que

Xavier había ido comprando y enmarcando. Sería tan sencillo como llevármelos a Nueva Orleans y lidiar con decenas de clientes ansiosos de sacarnos de la inopia. ¿Cómo iba yo a negarme, si Xavier ya se había entusiasmado ante la perspectiva de hacerme productivo?

No tardó el optimismo en deslavarse, apenas el calor de Nueva Orleans nos hizo comprender que bastaban dos horas a la intemperie para hacer trizas las mejores intenciones. Nadie se había acercado a preguntar el precio de los cuadros, por fortuna tampoco la policía. "La semana que viene yo tramito el permiso y el domingo volvemos, con dos buenas sombrillas", sentenció Frank, sólo para postergar la frustración, y nunca más hicimos el intento. ¿Cómo pude olvidar las múltiples razones por las que lo apodábamos "Babotas"? ¿Cuántas semanas serían suficientes para dar por fallido el viaje de negocios? Viviría en el exilio, mientras tanto. Le escribiría cartas a Ojos Verdes. Trataría de hacerme alguna idea sobre dónde y de qué podría trabajar. Me acabaría el dinero, mientras tanto, hasta que la insolvencia me aguzara el instinto. Y aquí estoy, torturándome a solas en la parte alta de la litera donde al fin vine a dar. Las tres de la mañana: me ha tomado doce horas el *check-in*, ojalá que el *check-out* sea más expedito.

"Gracias por elegir AT&T", se repite la broma cada vez que llamo. *Yes, please*, volvió a decir Alicia en la noche de ayer para aceptar el cargo telefónico y compartir conmigo la buena noticia: alguien del consulado va a ir a la audiencia, llevará a un abogado para que me saque. Siete de la mañana, hace dos horas que me levantaron, falta una más para llegar allá. Vas recorriendo estancias, túneles, ascensores de rejas corredizas, con una lentitud exasperante porque sigues creyendo que ya pronto saldrás y aquí nada parece llegar pronto. Atravesamos calles por debajo, unidos unos a otros por cadenas y esposas que lastiman igual la muñeca que el ego. El

175

juzgado está lleno de gente de la calle. Gente que puede hacer lo que le dé la gana, y si le da la gana elige AT&T. Gente que pensará lo que yo habría pensado de ver entrar a seis reos en cadenas. Los miro de reojo, cabizbajo, de camino a la celda donde me tocará esperar a que me llamen. Tres horas infumables, que para colmo habrán de culminar en una nueva prórroga. Opina mi abogado que hace falta joderme veinticuatro horas más para pedir al juez que se pronuncie, no entiendo bien por qué ni estoy de humor siquiera para hacer el esfuerzo. Llegar al dormitorio me tomará tres o cuatro horas más de filas y traslados, y mañana otra vez habrá que despertarse a las cinco para cumplir la misma rutina hija de puta. A toda hora y en todo lugar, el mensaje es el mismo: soy todo suyo, no me pertenezco. Aun mis decisiones más insignificantes dependen totalmente de su voluntad. Ellos mandan incluso en mi estado de ánimo, que sigue al ras del suelo por obra del examen de conciencia. Algo debí de haber hecho muy mal para acabar en esta situación (me lo repito para castigarme, como si no tuviera suficiente).

Nunca estuve tan lleno de buenos propósitos. Valdría preguntarme si soy deveras yo quien se los hace y cree poder cumplirlos. Conseguir un trabajo, proponer matrimonio, transformarme en persona productiva, ¿por qué iba a ser difícil? ¿No fue por Ojos Verdes que renuncié a volverme Zavalita? ¿No llego ahora a la misma conclusión que me dejó el mal viaje con los hongos? ¿Cuántos avisos voy a necesitar para hacer de mi vida una cosa útil? Todo parece simple desde aquí. Sales, cambias, progresas, ¿cómo más iba a ser? El abogado ha estado jode y jode para que me declare inocente, pero entonces tendría que quedarme varios meses en Houston, para enfrentar el juicio. Mis compañeros lo ven de otro modo. *No contest*, me sugieren que responda, para que el juez decida sin que yo tenga que sacar la cara por defender mi estúpida inocencia. Podrían deportarme y quitarme la visa, si escojo lo segundo. ¿Y qué voy a decirle al abogado? ¿"Es que pienso casarme de aquí a unos pocos meses"? Llegué por fin de nuevo hasta el juzgado, estoy podrido de que otros decidan y me digan lo que tengo que hacer. Ya sea que me deporten o me suelten, voy a acabar haciendo lo que a mí se me pegue la gana, y eso es volver a México y casarme. Soy un hombre de bien, me repito, con la solemnidad que en otra situación me haría carcajear, y camino hacia el juez con una de esas caras de angelito a las que debe ya de estar acostumbrado. Pero yo soy distinto, ¿no es verdad? Yo soy un gran paquete de ideas edificantes que sólo esperan una oportunidad para ponerse en práctica. Fui a la Feria Mundial, soy un turista ñoño, tengo un trabajo, estudio una carrera, no le he hecho daño a nadie, aunque sólo me atrevo a levantar la voz para repetir *yes, Your Honor, no, Your Honor*. Lo demás se lo explica mi abogado, supongo que muy bien porque acaba de darme tres meses de libertad condicional no supervisada. Traducción: puedo irme a mi país, nada más me devuelvan al dormitorio y el papeleo termine de estar listo.

Únicamente los buenos propósitos suelen durarme menos que el dinero. No me han vuelto a esposar, estoy en una sala de espera frente a tres señoras encadenadas a un sillón de palo. Trato de divertirlas, ahora que finalmente me ha cambiado el humor. ¿Gustarían un café? Me levanto sin esperar respuesta, tomo posesión de la cafetera y sirvo sendos vasos para mis invitadas. "Veinticinco centavos", dice un papel ahí mismo, sobre el plato donde otros dejaron tres monedas. Tendría que pagar, según me advierte una. ¿Con qué dinero?, alzo hombros y manos y estallan las tres risas al unísono porque ya me ven cara de reincidente *express*. "*See you next week!*", se despiden más tarde y les reparto besos en el cachete que por lo visto son también indebidos. Todavía no logro

177

pisar la calle y ya el que siempre he sido le tapó la boca al que por unas horas me había propuesto ser. ¿No es ésta otra señal de parte del destino?

¡Ah, la vuelta al hogar! No sé por qué me da por esperar que me reciban con una gran ovación, cuando lo que regresa es un problema andante. ¿Que me voy a casar? ¿Según quién, por ejemplo? ¿Ya lo sabe Ojos Verdes, cuando menos? Lo único que tengo perfectamente claro es que soy un jodido desempleado y me da horror la idea de encontrar un trabajo. "Adiós, novela", tocará decir. Será ese mi primer signo de madurez. El reconocimiento de que la vida que elegí le queda grande al que en el fondo soy. La capitulación. El fin del juego. Tendré que usar, quizá, corbata y saco. Tomarme muy en serio, aun cuando todo indique lo contrario. Convencer a mis suegros y cuñados de que soy el que nunca deseé ser, aunque no haya podido hacerme licenciado y mi sueldo de mierda así lo certifique. Enseñarme a sonreír desde el fracaso, como tantos zopencos de los que me burlé cuando el destino aún me sonreía.

Basta de dramas, pues. ¿Quién ha dicho que soy bueno para venderme? Antes de que eso pase, me he lanzado a buscar la clase de trabajo que a nadie le permite sostener un hogar. Puede que me esclavice y no me quede tiempo para hacer novela, pero un artículo sí que puedo escribirlo. Le he preguntado a Lalo qué tan posible encuentra que Ruperto Bauche me acepte como nuevo columnista. "Puede ser, por qué no", se ha encogido de hombros, "siempre que no lo agarres en sus días". Escribir para el suplemento cultural de Bauche sería una manera de no capitular. Dejar un pie en las tierras de la literatura, mientras doy con un hueco entre mi horario para seguir haciendo la novela. Ser todavía el que soy, aunque sea un ratito a la semana, darme el gusto de salpicar la mierda en lugar de callarme y deglutirla. De sólo imaginar la cara de Miguélez, que a estas alturas me dará por muerto, me esmero en sacar lustre al que sería mi primer artículo. *There we go, David Bowie!*

Bauche tiene una fama de energúmeno que por fortuna no me invita a constatar. Está de buen humor, por el momento. Hay que entregar los viernes, si pretendo salir cada semana. Pagan mal, pero a tiempo. ¿Se me ofrece algo más? ¿Qué más podría pedir? Ya no estoy tan seguro de que vaya a casarme de aquí a unos pocos meses, aunque siga creyendo que Ojos Verdes podría estar de acuerdo. No suena a cosa seria, en realidad, ni parece que yo comprenda lo que es eso. Pienso en todas las cosas que muy solemnemente dije que iba a hacer cuando estaba encerrado en la cárcel de Harris —un plantel más del Liceo Internacional de la Novela— y me gana la risa más honesta del mundo porque soy otro de esos que buscan un trabajo y le ruegan a Dios nunca encontrarlo. ¿Cuándo se ha visto, digo, que en los clasificados del periódico haya quien solicite un novelista?

Me he vuelto petulante y eso tiene su precio. ¿Soy novelista, acaso, nomás porque una vez junté doscientas páginas sin corregir? ¿Me ha dado Bauche algún certificado que me permita creerme un escritor? ¿Ha dicho ya Ojos Verdes que estaría de acuerdo en ser mi esposa? ¿Cómo sé que no soy uno de esos idiotas que se inventan su propia realidad y medio mundo los mira con lástima? ¿Necesito otro aviso del destino para entrar en razón? ¿Dónde está la razón, suponiendo que exista? Estas y otras preguntas me persiguen por los pasillos de unas oficinas donde se solicita redactor. Tengo alguna esperanza de que me desechen, a pesar de que vengo recomendado. ¿Qué se hace en una agencia de publicidad? Comerciales, supongo. Eslóganes. Cosas según yo simples. Elementales. Bobas. Algo así como un juego de niños para quien cree tener una honda relación con el lenguaje. ¿Por qué, entonces, me ofrecen aquí un sueldo varias veces mayor al del suplemento?

¿Soy muy habilidoso o son muy brutos? Me muestran el trabajo de un redactor —dos anuncios de prensa de El Castillo de Plomo, el almacén al otro lado de la calle— y lo encuentro aburrido, cursi, primitivo. Nada que no se pueda hacer mejor en diez minutos. ¿Quién me dice que no habrá tiempo de sobra para sentarme a escribir la novela? ¿O sea que son torpes y yo listo? Es llevado por esta impresión errónea que me decido a firmar el contrato. Un mes a prueba. Tiempo completo. *Welcome to The Machine.*

Los primeros anuncios son, efectivamente, pan comido. Blusas de señora. Trajes de señor. Mamelucos para recién nacidos. Todo a través de un español manido, pueblerino, irreal, donde los niños son "los pequeños reyes del hogar", la señora "Mamá" y "Papá" su marido. Como quien dice, escribo pura mierda. No mucha, por fortuna. Con tres de esos anuncios hago el día, y ahí está mi problema. Paso mañana y tarde vigilando el reloj, como cuando esperaba el timbre del recreo. Me han dado una oficina cómoda y espaciosa, aunque tiene un gran vidrio que les deja saber todo lo que hago. "Estás en la edad perfecta para hacer una gran carrera como publicista", se acercó a motivarme el director de Medios y al instante sentí la cosquilla de decir "voy al baño" y nunca regresar. ¿Y adónde iría, entonces? Me temo que he caído en una trampa, sabré que ya no puedo salir de ella cuando todo esto me parezca normal y no me dé vergüenza decir "soy publicista".

Según me ha dicho Lalo, quienes entran en este mundo ya no salen. Novelistas, cuentistas y poetas se transforman en tuercas de la máquina. Sin decírselo, acepto el desafío. Ya veremos después si los tornillos son tan sugestivos. Todavía no acabo de saber en qué consiste exactamente este trabajo, si bien ya me he propuesto ser un redactor más, a quien nadie recuerde en unos años. Una de esas contadas suripantas a las que un día rescata el príncipe del cuento y nunca más vuelven a las andadas. Porque eso sí está claro: trabajo aquí de puta, hago lo que otros hacen por placer para colmar los gustos del cliente. Escribo todo aquello que no pienso, ni apruebo, ni me importa, en el tono ridículo y meloso que de otra forma jamás emplearía. Y un día a la semana, a espaldas de este reino de mentiras, invierto entera mi alma en un artículo para el suplemento de Bauche. Soy como dos personas que no se conocen, y si algún día lo hicieran se tratarían con enorme desprecio. Lo peor de todo es que este nuevo horario no me deja encontrarme con Ojos Verdes, cuyo padre aun me ve con recelo gentil y no aprueba del todo nuestra relación. ¿Cuál relación? No sé. Presiento que algo cruje. Como si mis esfuerzos por prostituirme no fueran apreciados en su totalidad. Como si fuera todo mi problema y ella sólo escuchara con tal de ser amable. No me lo dice pero ya no está aquí, y yo dejé de estar en cualquier parte. Me da la sensación de vivir suspendido en el aire, colgando de la nada. *Para usted que es un hombre de buen gusto, le ofrecemos el traje de pura lana virgen que le dará prestancia y distinción al más alto nivel.*

Sería el trabajo ideal, si sólo me dejaran hacerlo en mi recámara. Y por supuesto si no hubiera juntas. Tres, cuatro o más al día. Al principio no había que entrar a todas, ni se daba por hecho que fuera uno a opinar. Ahora que ya pasé los treinta días de prueba y soy oficialmente un *copywriter*, tengo boleto para cada junta y me toca fingir que no me aburro. En realidad no sé si me pagan el sueldo por lo que hago o por lo que aparento estar haciendo. Dos cosas muy distintas entre sí, y no estoy muy seguro de engañarlos. El interés cualquiera lo simula; el entusiasmo ya es trabajo fino. Hasta ahora, mi gran pasión aquí es contar los minutos para la salida. Esas cosas se notan en las juntas. Ves el reloj tres veces y ya tienes un público cautivo. Da igual si son las siete de la noche, nadie puede ni en teoría quiere salirse del convivio. Están todos felices de participar, igual que lo estarán de seguir dando vueltas al problema en su casa y llegarán mañana con ideas frescas. Y obviamente yo pienso en otras cosas, ninguna de las cuales tiene que ver con la mejor manera de vender un millón de calcetines. Nadie me ha hecho el menor comentario al respecto, es más que suficiente con los ojos que me echan cuando miro el reloj. Se diría que en lugar de trabajo les pedí matrimonio.

He llegado a pensar que Ojos Verdes sospecha de mí lo mismo que la gente de la agencia: le temo al compromiso. ¿O será que ya estoy comprometido? Tengo sesenta páginas escritas de la única salida que me parece digna y aceptable a esta gran pantomima de la publicidad. Suena a mucha esperanza pero he dicho que me hice petulante, pronto habrá una factura que pagar por eso. Mientras tanto, hago cuentas alegres y calculo que en un par de años más tendré dos libros en circulación que harán innecesario seguir de *copywriter*. Cada día me recuerdo que estoy de paso aquí, mientras llega el momento de entregarme a lo único que importa. Es decir, a lo único que he dejado en veremos, desde que entré a la agencia. Soy esa puta ingrata que hace sufrir al amor de su vida por unos cuantos pesos y jura que algún día todo será distinto. ¿Está muy mal que aspire a que me crean?

No acabo de saber qué es la publicidad ni me imagino cómo sería el matrimonio. Parecen de repente etapas a cumplir, cosas que toca hacer para pasar a la etapa siguiente. Si mi vida ocurriera tal como la he planeado, tendría que estar casado en unos meses y vivir por lo pronto de la publicidad. ¿Cómo es que eso me parece atractivo? ¿Se imagina Ojos Verdes algo por el estilo? Cuando menos lo espere me enteraré que sí, se lo imagina todo con pelos y señales, sólo que en compañía de otro imbécil. No lo podré creer, naturalmente, luego de alimentar todo un catálogo de fantasías idiotas donde yo era el papá de sus hijitos. Le diré que es a mí a quien realmente quiere. Me daré cabezazos contra la pared, sangraré de falanges y nudillos de tanto golpear árboles y bardas, pensaré una vez más en dejar el trabajo y abandonarme a algún vicio compensatorio, sólo para volver a comprobar que soy más obediente de lo que creía. Siempre será más fácil traicionarse que prescindir del sueldo y la rutina.

De modo que Ojos Verdes va a casarse y yo me quedo aquí, en las garras de la publicidad. Lo cual sería muy simple, si tan sólo me dejaran seguir escribiendo esos textos anodinos para Papá, Mamá y los Reyes del Hogar, pero quieren que invente la campaña de un whisky. Hablan de marcas, precios, tiempo de añejamiento, hábitos de consumo, situación de mercado y otros temas que aún menos me preocupan, porque en el fondo pienso que todo se reduce a una cuestión semántica. Si resuelvo el problema del lenguaje, que es lo que estoy seguro de saber hacer, en media hora tendrán su campaña. Necesito algún tiempo para sufrir a gusto mi debacle romántica y no quiero gastarlo haciendo comerciales. ¿Cómo se llama el whisky? Ya mismo lo termino, es cosa de encontrar las palabras ideales.

A tres días del arranque, sigo en el mismo punto. Me piden "un concepto", no un simple comercial, y yo no sé a qué diablos se refieren. Cada vez que me acerco a leerles alguna nueva idea, se miran unos a otros como los padres de un hijo problema. No entiendo, no les sirvo, no sería tan raro que me dieran las gracias y contrataran a otro en mi lugar. José Juan, que es el hijo del dueño de la agencia, me ha sentado junto a él a hojear revistas. "Mira, aquí está el concepto, que es como una sombrilla, y todas estas son ejecuciones. Invéntate un concepto, lo demás vas a ver que sale solo". Para cuando el concepto queda listo, con la ayuda de casi todos los convidados, voy entendiendo que en esta oficina no me pagan por una buena idea, ni por dos ni por diez, sino por todas las que se me ocurran. Pienso para ellos exclusivamente, ya sea que esté en la casa, la oficina o la playa. Alquilan mi cabeza, igual que un coche o una habitación o las caricias de una suripanta. Por eso no les gusta que consulte el reloj.

Una de las razones por las que me aceptaron en la agencia fue el artículo sobre David Bowie que me publicó Bauche. Se me ocurre que nada más por eso tendrían que haberme mandado al carajo, pero esa al fin es la contradicción que acompaña a los creativos publicitarios: podrían siempre hacer algo mejor, si en su culito no estuviera tatuada la marca del cliente. Tenemos dueño, se supone que lo amamos. Si mis colegas de la "vida galante" evitan sabiamente las manifestaciones de afecto y compromiso, a mí me pagan por mirar a los ojos y besar en la boca. No lo hago con un gran convencimiento, pero tengo un sentido del humor que en esas ocasiones acude a mi rescate y termina pagando mi boleto. Hay que dosificarlo, de modo que aligere el ánimo reinante sin desviar la atención del objetivo. A veces, sin querer, ocurre que algún chiste da en el blanco y ayuda a despejar la incógnita del día. ¿Ya hay eslogan? ¡Milagro! *Podéis ir en paz, que la junta ha terminado.* Claro que nunca falta algún ejecutivo decidido a joderte la alegría. "Tengo una duda", dice, y la reja se cierra de regreso.

Los anuncios de El Castillo de Plomo son como rounds de sombra para el *copy* en que buscan convertirme. "No quiero redactores, sino directores creativos", intenta contagiarme su ambición José Juan, tras lo cual improviso un gesto de profundo entusiasmo, parecido quizás al de Ojos Verdes al recibir su anillo de compromiso. "No quiero novelistas", tendría que decir, aunque hasta donde veo no hay nada parecido por aquí. Sepulta uno sus sueños echando cada día un puñito de tierra, hasta que al cabo de unos pocos meses ya no ve más que lodo y da por hecho que está madurando. Toda esa idea de hacerme director creativo suena como a casarme con una mujer rica y antipática en cuya compañía mi existencia sería una junta sin fin. Hace falta ser cínico para eso, pero éste es el lugar para aprender. Siempre que se me quiebran las ilusiones, hay un bribón dentro de mi cerebro que se frota las manos porque ve que ha llegado su momento. Sabe hacer buenos chistes a costillas de quien creía yo que era capaz de ser, se ríe de mis penas sin el menor pudor, piensa que sólo por ser cruel conmigo tiene derecho a serlo con el resto del mundo. Nada le falta, aunque agonice de hambre. Nada le duele. Nada le preocupa. Sabe que tocó fondo, no puede caer más y aun la peor noticia será a su modo buena, o alcanzará para hacer un buen chiste. Supone, el inocente, que existe dignidad en la amargura. Preferiría negar que alguna vez se entusiasmó apostando... a aceptar que perdió hasta la camisa. No le queda otro orgullo que el de hacerse pasar por el feliz autor de su desgracia. "Al fin que ni quería", celebra para sí y suelta una risa que a nadie haría reír.

En los primeros días llegaba acompañado de algún libro, hasta que fui entendiendo que eso es tanto como ir a visitar a tu prometida del brazo de otra chica más bonita. ¿Qué buscas demostrar con un desplante así? En la oficina hay cientos de revistas, saturadas de anuncios seguramente muy interesantes para quienes desean hacer carrera en la publicidad. Un libro, en cambio, llama a la desconfianza. Deja fuera a los otros, ensimisma al usuario, delata la presencia de ideas claramente improductivas. "No creas que no te entiendo, yo alguna vez también escribí cuentos", intenta empatizar el pelmazo que ahora tengo por jefe y me quedo con ganas de felicitarlo, sólo de imaginar la clase de basura de la que se han salvado las Letras Nacionales. "Tocayazo", me llama el asqueroso. ¿Yo también, según él, terminaré por hablar de mis cuentos con el desdén de un puñetero arrepentido? ¿Aceptaré que mi libro de cuentos, empezando por ese título mamón, no vale mucho más que un anuncio de prensa de El Castillo de Plomo?

Ya pasaron dos años desde que Lalo se llevó aquel libro. Ayer llamó, tiene buenas noticias. Finalmente aceptaron publicarlo, preguntan si planeo hacerle correcciones. Para empezar, tengo una: hay que cambiarle el título. Historias irrelevantes... *my ass*. Se va a llamar *Rompiendosepulcros*. Así, en una palabra, para que sea rompiendo-sepulcros y al propio tiempo rompiéndosepulcros. Que es lo que mejor hago, puede caérseme el planeta encima y yo como si nada. *So fuckin' cool*, ¿verdad? Ahora que lo releo, es como si volviera al velorio de Celia y me abriera las vísceras, con mucha discreción. Lástima que ha pasado mucho tiempo y ya no entiendo al que fui en esos años. Su vida me parece, en efecto, irrelevante, y también sus historias intrascendentes. O al revés, es igual. Y me temo que al paso del tiempo será peor. No quiero publicarlo. Es una mierda, igual que la novela del título infinito. Quiero creer que todavía puedo hacer algo mejor, y si eso no es verdad vale más que lo aclare mi epitafio: "Murió inédito", y ya. Por el bien de las Letras Nacionales.

Sigo tomando clases de francés, pero ya no en la Ibero. Voy por las tardes a la Alianza Francesa. Todo sería más fácil si me gustara alguna compañera, está probado que mi apego a las aulas empieza por las faldas. Tampoco en la oficina hay de dónde escoger, así que voy y vengo por la vida ofreciendo una triste versión de mi persona. *Survival mode*, indica la pantalla. Esto que alguna vez pretendió asemejarse a una película hoy no llega siquiera a comercial. Y seguiría así, seguramente, si no llamara el Quiquis para hacerme saber del próximo concurso de belleza. ¡Qué belleza!, respingo, y al instante resuelvo que tomaré esa chamba aunque en la agencia me echen a la calle. "Tendrías que estar diez días en Toluca", me advierte el Quiquis, con una gravedad innecesaria porque haré cualquier cosa por darle gusto a mi mejor cliente. Es como si de pronto mi mundo en blanco y negro se cubriera de rojos, azules y amarillos. "Ya te toca encularte del segundo lugar", se burla el cabronazo y hasta eso le festejo, no faltaría más. Toluca o muerte, he dicho. "Tengo una tía enferma en Monterrey", le explico a José Juan, "necesito unos días para pasar con ella, aunque sea sin goce de sueldo". Señoras y señores, abran paso al Sobrino del Año.

No puede ser casual que todo esto coincida con el inicio de la primavera. Allá, en la alcantarilla, se arremolinan esos sinsabores que hasta hace pocos días me hacían sentir un pobre anciano de veintitrés años. Ensayo mi discurso inaugural como si se tratara de agradecer un premio literario. ¿Quién habría dicho que un concurso de belleza iba a hacerme sentir otra vez atrevido, peligroso, risueño, impertinente, novelista, persona? La pura idea de escuchar sus historias y absorber sus palabras para hacerlas hablar igual que a un personaje me devuelve la fe en la humanidad. Es decir, en la mía. No importa qué tan lejos pueda estar todavía mi proyecto, sigo siendo completamente suyo. La diferencia está en que ahora he aprendido a protegerlo. Decirles solamente lo que quieren oír. ¿Escritor yo? *Fuck, no! Copywriter, baby!* ¿Qué novelista inútil seré luego, si hoy no sé echar a andar un gran engaño?

XX. El novicio rebelde

No siempre quiere el beato acreditar que la superstición llama a la mala suerte, tal como la ignorancia invita a la catástrofe.

¿Qué tan a pecho me habré tomado los primeros artículos, si estampaba mi firma en la última página como si se tratara de una declaración ministerial? Estarían seguramente constelados de redundancias, perogrulladas y dislates; ninguno suficiente, sin embargo, para evitarme el mal sabor de boca si un editor metía sus garras en mi chamba. Después, ya con Miguélez, empezamos leyendo el texto juntos y negociando allí mismo los cambios. "Evita los gerundios", aconsejaba, y ahora lo contradigo nada más por joder. Sobran los correctores oficiosos cuya idea de desquitar el sueldo es sentarse a arreglar lo que no está roto. No suelen tener tiempo para dilucidar qué fue lo que leyeron, ni les preocupa mucho la posibilidad de echarlo a perder. ¿Sutileza? ¿Ironía? Esas exquisiteces les pasan invariablemente de noche, de modo que no es raro que las reemplacen con alguna obviedad. Todos los padecemos y de alguna manera superamos la tentación de ir a quebrarles las costillas, castigo que sin duda se han ganado, si bien también es cierto que de ellos obtenemos lecciones invaluables de resignación. Quien crea que la humildad se aprende por las buenas probablemente nunca la conoció.

No niego que la paga, el trato y la atención que suelen recibir los escritores jóvenes resultan humillantes de por sí, aunque si he de juzgar por la arrogancia usual en numerosos esgrimistas de la pluma, puede que la enseñanza no bastara. Vivimos, por principio, en pie de guerra contra la estupidez y ya perdimos demasiadas batallas. Habituados desde temprana edad a la experimentación solitaria, aprendemos a fuerza de equivocarnos y ello nos hace muy sensibles al error. Sabemos que un buen texto no se debe a las genialidades que has reunido en sus párrafos, como a las cantidades groseras de basura de las que le libraste en el proceso. Es, pues, tu criatura, y como tal habrás de defenderla cuando un pelmazo opine que no sirve, o pretenda purgarla, o insista en añadirle unas líneas de su propia cosecha. ¿Qué pasa, sin embargo, cuando el pazguato es uno? No es imposible, claro, y de hecho es tan sencillo como dejar que una pasión violenta se instale en el lugar del raciocinio. Uno sabe lo que hace, y así se esfuerza por hacerlo entender, hasta que se equivoca y no lo cree. Pasamos demasiado tiempo entendiéndonos con nuestros demonios para aspirar a ser siempre objetivos, peor aún si llevamos pocos años en esto y hemos sobreestimado nuestras capacidades. Nada me jodió más de la publicidad que tener que aceptar mi vergonzoso rango de aprendiz.

Siempre que un escritor califica de bueno —o muy bueno, o grandioso, o devastador— su propio trabajo, me ahorra la monserga de leerlo. No hacemos lo que hacemos a la vista de nuestros alcances, que como es natural desconocemos, sino peleando contra nuestros límites, de los que este quehacer suele ensañarse en hacernos conscientes. Por ello y pese a ello, esperamos que el libro sea mejor que nosotros; que nuestro oficio alcance para disimular insuficiencias técnicas, carencias personales y miedos más o menos infundados, como el de finalmente no servir para esto. Algo así me temía cuando llegué a la agencia de publicidad, aunque no tanto para imaginar que iba a pasarlas negras al hacer las campañas. Descubrí —furibundo, en un principio, y me negué a aceptarlo mientras pude— que a veces lo que yo creía haber escrito era muy diferente de lo que otros leían. O en todo caso era sutil, ambiguo, hermético, sarcástico: cualidades tal vez muy apreciables en el curso de un texto literario, pero seguramente desastrosas si el objetivo está en hacer notorias las ventajas competitivas de un producto específico. ¿Qué clase de gimnasia mental tendrían que hacer los televidentes —cuya atención es de por sí dispersa— para desembrollar los mensajes ocultos detrás de un comercial de papas fritas?

Hacer publicidad no es cosa muy distinta de vender mercancías de puerta en puerta, excepto por el tema del confort. Siempre será más fácil convencer a un gentío de comprar un jabón que tener que incitarlos de uno en uno. ¿Puede servir para eso la literatura? Seguramente no, mas no por ello vale descontar la utilidad de la faena publicitaria en los conocimientos del novelista, quien de por sí muy poco desperdicia de sus experiencias. No es, por cierto, un placer dejar de lado una novela de Lawrence Durrell para darse a buscar las cuarenta palabras que necesita un comercial de radio, porque la disciplina no es en sí placentera, y no obstante sin ella tampoco habría novela. Miento, además, si digo que hacer literatura no es sino placidez y regocijo. Toca a veces hacer lo que a uno menos se le planta la gana, si la historia lo exige, por más que le incomode y le fastidie. Si hasta los mismos reyes han de disciplinarse para ejercer alguna autoridad, mal puede el narrador esperar que sus múltiples problemas —objetivos, concretos, acuciantes— se resuelvan huyendo del deber, pero ocurre que incluso para reivindicar la rebeldía es preciso imponerse alguna disciplina. Suena linda la idea de rendirse al libre discurrir de las ideas, tanto que de repente invita a navegar entre estupefacientes que harán aún más incierta la aventura, sólo que el novelista está al timón y vale más que sepa adónde ha de torcer para evitar la pena del naufragio.

Nada de esto me gustaba pensarlo, mientras me resistía a hacerme publicista. La mera sugerencia de esforzarme por disciplinar mis ideas parecía abusiva, vulgar, improcedente, amén de catastrófica y quién sabría si no también irreversible. Cual si en ese proceso desalmado fuera a perder una íntima pureza que pasaría el resto de mi vida añorando. Uno se aferra a sus supersticiones para atribuir el orden de las cosas a tal o cual instancia inmaterial, de la que no es causante ni conocedor sino súbdito atónito y postrado. No suena muy rebelde que digamos. Poner la libertad a las órdenes de la idolatría no es, como muchos creen, una gran elección sino una gran renuncia. Y a todo esto, ¿cómo es que la pureza, virtud de mojigatos, podría alguna vez resultar útil a los propósitos de quien hace novela, un trabajo cuya razón de ser está en mezclar lo cierto con lo imaginario, de forma que después no sea posible ya desentrañarlos? La novela es impura, promiscua, sinuosa, adulterina, solamente matándola se le regenera. Pero eso no lo saben los supersticiosos y cerrarán los ojos mientras puedan.

Existe una deidad entre los publicistas que es simultáneamente responsable de cuanto bueno o malo les sucede: El Cliente. Los creativos acostumbran odiarle con pasión refrenada y los ejecutivos le rinden vigorosa pleitesía. En realidad, nadie osa contradecirle, y todavía menos si es evidentemente un cretinazo y espera nada más que sumisión. "Gente que compra perro y quiere ladrar", los definen algunos, con ese menosprecio vengador que el adulón le oculta al desdeñoso. Si un autor considera grave afrenta que el corrector de estilo le mueva la sintaxis, hay que ver el berrinche soterrado del que habrá de ser víctima el redactor de un texto publicitario cuando cualquier subgerente de ventas le aplique el bisturí sin la mínima consideración. ¿Qué sabe el pelagatos de la fina estructura de esas líneas? Nada, y ni falta que hace. De él depende, eso sí, que el proyecto resulte autorizado y salga a tiempo el pago correspondiente. Puede que no sea justo, como tantas lecciones cuyo valor tarda uno en acreditar, y es al cabo por eso que escribimos novelas. Es un mundo apestoso, caótico, arbitrario, insensible, hace falta torcerlo y corregirlo para darle un sentido a la existencia, y en la consecución de esa patraña trabajan quienes hacen las novelas. No tienen un cliente que censure o enmiende sus palabras, hasta que a los lectores les da por regatearles la credulidad o entregarla sin la menor reserva. Al pie de ese patíbulo se decide la suerte del autor.

XXI. Alta degeneración

Quienes más saben de esto piensan que lo de menos es entregarte a lo que odias; el gran error está en dejar lo que amas.

Cuando ocurre que a uno le gusta su trabajo, festeja la llegada de nuevas encomiendas como si fueran premios. De otro modo, lo único que encuentra digno de celebrarse es haberse deshecho del pendiente, ya sea porque supo resolverlo o porque cualquier otro lo hizo en su lugar. A veces los anuncios no me quedan tan mal y recibo una que otra palmada en el hombro, cuyos efectos duran en mi organismo hasta que desembarca en mi escritorio la siguiente maldita orden de trabajo (O.D.T., que les llaman). Las ignoro, en principio, como si se tratara del primer estornudo de un catarro menor, y las voy olvidando plácidamente hasta que llega la mañana del lunes, y con ella la junta de tráfico. Como si fuera un juego de voleibol, el pendiente rebota en una y otra mano hasta que se desploma cuando queda en poder del primer incumplido, que las más de las veces acabo por ser yo. "Ya lo estoy trabajando", miento como un colegial y pretendo que no me he dado cuenta de las bocas torcidas por mi causa. "Me falta información", reclamo en ocasiones, y entonces la pelota vuelve al aire para comprarme tiempo, nunca mucho. Por si eso fuera poco, tras las juntas de tráfico hay epidemias de órdenes de trabajo, ninguna de las cuales me produce el menor entusiasmo. Plomo, plomo y más plomo, eso es lo que me cae todos los lunes.

Tampoco es que trabaje demasiado, sólo es que no me gusta y lo voy posponiendo cada día. Quince minutos antes de la hora de entrega, dejo que lo resuelva todo la adrenalina. Haciendo algunas cuentas, llego a la conclusión de que mi tiempo de trabajo efectivo rara vez pasa de una hora diaria. Si sumo las dos horas que en promedio le quitan las juntas a mi día, descuento los retardos de rigor —media hora en la mañana, otro tanto después de la comida— quedan cuatro o cinco horas de ocio desfachatado: unas noventa al mes, más de un millar por año. ¿Qué hago en todo ese tiempo? El diablo lo sabrá, ya que es él quien me tiene en esta chamba. Menos mal que ninguno aquí me vio tallarme el lomo de sol a sol, y más, las dos semanas que estuve en Toluca. Pasaba a veces de la medianoche y yo seguía entrenando a "Miss Hoyuelos": una musa encarnada cuya pura sonrisa sembraba de foquitos la carretera, y a la que ahora llamo por teléfono con la asiduidad propia de un súbdito solícito. Tal como el Quiquis lo profetizara, Miss Hoyuelos quedó en segundo lugar, tras someterme a una nueva terapia de fibrilación que hasta la fecha es germen de largas y ensoñadas exhalaciones. Quién pudiera pasar la vida entera entre las bambalinas de un eterno concurso de belleza, libre de juntas y órdenes de trabajo.

Me he ido aclimatando, pese a todo. A lo largo del día soy visita frecuente en los privados de otros cautivos afines. Más que anuncios de prensa, radio y televisión, produzco cantidades industriales de chistes, sobrenombres, parodias y versitos destinados a hacer llevadero el encierro. Disfruto de una cierta popularidad y abuso cuanto puedo de las prerrogativas que comúnmente obtienen los miembros de mi equipo creativo, como pasar el día carcajeándonos y celebrar con un par de cervezas el arribo feliz del mediodía. Asumo que es normal y hasta esperable que un *copywriter* sea desordenado, desmandado y un tanto bullanguero. En uno de los libros que José Juan me ha dado a leer, en la tierna esperanza de que le agarre el gusto a la publicidad, el autor aconseja al creativo joven que desarrolle al máximo sus excentricidades, de manera que cuando llegue a viejo sus nietos no lo tachen de ruquito gagá. Me excedo, pues, al límite de las capacidades de la agencia, que es pequeña y en cierto modo cálida. ¿Me he hecho querer? No sé, pero seguro me hago soportar. Pongo todo mi empeño en ocultar que soy un flojonazo y mantengo el volumen de mi música un grado por debajo del umbral del dolor de la comunidad. Una vez José Juan alzó el pulgar, camino a su oficina (que está a unos pocos metros de la mía). "¡Bravo, qué bien suena eso!"

Todo se sabe en una agencia chica, y yo tiemblo de miedo tras haberme enterado que está por llegar un director creativo "de grandes ligas". Trabajó en Nueva York, según me han dicho, viene de hacer anuncios para Coca-Cola y es poco más que una celebridad entre los creativos nacionales. Sería mi inmediato superior y con ese currículum no tardaría gran cosa en descubrir la clase de farsante en que me he convertido, desde que me disfrazo de publicista. Me pondrá a trabajar, cómo dudarlo, y entonces quedarán de manifiesto mis pocas aptitudes para sobresalir en el negocio. Puedo hacer un esfuerzo, y llegado el momento tal vez me lo proponga, pero ya me conozco y sé muy bien cuán corta es la existencia de intenciones tan nobles como aquéllas. Puro *bullshit* en almíbar.

Al creativo estrella le llaman el "Garoto" porque habla portugués, ama la batucada y en todos sus contratos se estipula que pasa del principio al final de febrero en Río de Janeiro. Entre la una y las cuatro de la tarde, el Garoto se esfuma del trabajo para jugar futbol en un club deportivo. Privilegio que, dicen, compensan sus famosas dotes de hechicero. Tendrá unos cuarenta años, se viste como un vago callejero y no usa calcetines. ¿Debería eso devolverme la calma? Odio que me vigilen, no obedezco las órdenes, puedo morir tranquilo sin jamás haber dado una entrevista al *Advertising Age*. Siento que ya detesto al tal Garoto, hasta que lo veo entrar en mi oficina. No intenta sonreír ni empatizar. Me hace algunas preguntas distraídas sobre mujeres, drogas, comerciales, programas de televisión, sin delatar mayor curiosidad.

—¿Eres erótico? —se interesa al final, como rompiendo el hielo.

—No sé, no lo he pensado —me defiendo, mosqueado.

—No eres, ya me di cuenta —diagnostica, con un amago de sonrisa—, pero no te preocupes, aquí te vas a hacer.

Y bien, ya tengo jefe. Pasó su primer día de trabajo metido en la oficina de José Juan y antes de irse a su casa vino a darme una cita: "Te veo mañana en punto de las ocho y media". Mierda, me digo, *there goes the fuckin' neighborhood*. A esas horas infames con trabajos llego a la regadera, y no obstante me siento desafiado. Si le dije al Garoto que iba a estar a esa hora en la oficina, no me va a quedar otra que abrir el ojo tipo siete y cuarto, falta ver para qué carajos me necesita a media madrugada.

Suelo olfatear las oportunidades y ésta seguramente es una de ellas. Estando bien con Dios, dice Xavier, chinguen a su madre los angelitos. Dejo el elevador, cruzo la recepción, abro la puerta lenta, tímidamente, mientras miro el reloj en la pared y compruebo que faltan treinta y dos minutos para las nueve. Nada más aparezco, el Garoto levanta alto los brazos y pega un grito de celebración. No lo puede creer, suelta la risa. *I'm proud of you!*, repite, como si en vez de sólo llegar a tiempo hubiera yo inventado al vaquero de Marlboro. ¿Para qué me ha citado? Ya no me lo pregunto. Habla de todo y nada, entre aspavientos, risotadas y frases en inglés y portugués. "¿Sabes tú cuántos tipos de gente hay en el mundo?", tuerce la boca y entrecierra los párpados, calibrando mi azoro. "Dos nada más, *my boy*: *nice guys* y *wise guys*. Yo puedo ser tan *nice* como el que más, a menos que un cabrón venga a querer ser *wiser than me...*". Vuelve a soltar la risa, se levanta, me da un par de palmadas en la espalda, pela los ojos sorpresivamente, al paso de una secretaria que recién llegó, y señala la puerta de mi oficina, que está precisamente al lado de la suya. Cinco para las nueve de la mañana: todavía no he levantado una pluma y tengo esta impresión de haber trepado al pico del Aconcagua. ¿Un *nice guy* yo? No suena mal. Si el Garoto quería contar conmigo, acaba de ficharme en su cuadrilla.

Dos semanas después llega el Alfombras. Karateca, noctámbulo, *bon vivant*, mujeriego, perdulario, aprendiz de ninja y eventualmente director de arte, no tiene más remedio que hacerse mi compinche. Los viernes por la tarde, el Garoto nos convoca a una junta privada. *¡Alta Degeneración!*, anuncia, con un dejo de solemnidad y los ojos acuosos de quien ya saborea los dividendos de un negocio inminente. La semana pasada fue con La Chaparrita —una mujer amante de la promiscuidad con la que experimenta toda suerte de extremos sicalípticos— a una función de cine a medianoche, durante cuyo transcurso procedió a desnudarla, entre otras cosas, para patidifuso beneplácito de varios calentones ahí presentes. Y hoy que La Chaparrita ha amenazado con no tomar prisioneros, se pregunta nuestro director creativo qué tanto podrá hacer para ponerle número a la casa. ¿Alguna sugerencia de nuestra parte? Resoplamos el Alfombras y yo, por una vez conscientes de la grave importancia del momento y la alta expectativa del cliente.

—¿Adónde piensan ir? —tantea el Alfombras, con la vista en el techo.

—No muy lejos —delimita el Garoto—, lo ideal sería quedarnos en su departamento.

—¿Ustedes dos, nomás? —alzo el cuaderno para tomar nota, como un especialista en la materia.

—Para empezar, sí —se remuerde los labios el *boss*, con cierta picardía saltarina—. A menos de que ustedes decidan lo contrario.

—¿Nosotros? —ya reculo, sólo falta que me inviten al circo.

—Pues sí, mis estrategas —abre los brazos el interesado, le echa un ojo al Alfombras, me señala con socarronería.

—¿Tiene vista a la calle? —indaga el director de arte, rectifica enseguida—: Quiero decir, ¿hay vista de la calle hacia el departamento?

—¿Tienes binoculares? —interrumpo, paladeando la idea.

—Ya abusamos de los binoculares, y también de la calle —asiente prontamente el fornicario, como haciendo memoria. Pela los dientes, alza las cejas, suelta una risa más o menos indiscreta.

—¿Y del sitio de taxis… ya también abusaron? —de pronto se me ocurre que tengo un buen concepto, aunque todo depende de la ejecución—. ¿Hay uno por ahí, tiene coche La Chapa?

—Hay uno a cuatro cuadras, me parece —bufa el interesado, sin mostrar interés—. No pensamos salir, de todos modos.

—La cosa no es que salgan, sino que el taxista entre —ya me brotan los cuernos, basta una idea filosa para que tus palabras ganen autoridad—. ¿Tiene algún interfón el edificio? ¿Qué tal que a la clienta se le ofrece una ayuda?

—Buenas noches, señor —hace la voz tipluda el Alfombras, simulando que toma el auricular—. ¿Sería tan amable de mandarme un chofer que me dé pa' mis tunas?

—*Hold it!* Eso me gusta —salta el Garoto, *all business*, y ya especula a todo vapor—. Dejaría la puerta del departamento entreabierta, que lo espere en la cama y mientras tanto yo me encierro en el armario.

—¡Amarrada en la cama, desnudita! —se entusiasma el Alfombras, ya empieza a dibujar la escena en su cuaderno.

—¿Y qué le va a decir al ruletero? —se pitorrea el trapecista del catre—. ¿"Aquí donde me ve me amarré yo solita"?

—Con que gritara "pásele, estoy en la recámara" sería suficiente —es como si pudiera ver la escena, lástima que estas chambas nunca me las encarguen—. Nada más de escuchar voz de mujer se va a poner atento y servicial. Ahora, si no le gustan los taxistas, también puede llamar a la farmacia.

—Ándale, un mensajero adolescente —sigue el Alfombras con sus trazos rápidos, parece que va a hacer el *storyboard*.

—Ya estuvo el plan, *my boys. Noite de sacanagem!* —aplaude sin reservas el Garoto—. Que ella decida si prefiere al taxista o al mensajerito. Y que lo espere con su liguero y sus medias, *only*.

Al paso de los días iré cayendo en cuenta de que para el Garoto son todas *chaparritas*. Las llama así, con la saliva hirviendo y los ojos clavados en algún punto entre rodillas y hombros, de modo que la broma pueda aspirar a ser tomada en serio. "¡Hoy es viernes erótico, chaparrita!", dispara ante la jefa de Tráfico, que se traba un instante, suelta la risa y le aclara que es jueves. "Pues mejor, chaparrita… ¡Jueves erótico!". Dos minutos más tarde, en la sala de juntas, es otra vez el célebre director creativo cuyos conocimientos pasman a José Juan y hacen ver a los falsos enterados como niños en pantalones cortos. No importa qué tan sólidas, viables o vendibles nos suenen las ideas que ya dimos por buenas antes de su llegada, el Garoto desarma nuestros argumentos hasta que se revelan como paparruchas. Unos días después, delante del cliente, desplegará una batería de cañones, pertrechado con la arrogante humildad que le permite citar a sus clásicos como "quienes más saben de esto". Al final del *performance*, el público cautivo termina por sentir que en realidad son ellos quienes arriban solos a la conclusión.

Teóricamente, el Garoto está aquí para traer más cuentas a la agencia, pero es de sospecharse que José Juan lo quiere de maestro. No lo culpo. Yo haría lo mismo, si esta fuera mi agencia. "Escribe con imágenes, ilustra con palabras", se acercó a aconsejarme la semana pasada, y hasta me imaginé esa misma línea brotando de los labios del poeta Hugo Gola. Es un tipo rarísimo, eso nadie lo duda. A saber cuántos años habrá invertido, y quizás aún invierta, en desarrollar sus excentricidades. Nunca sabes qué le va a interesar, o de qué se reirá, o en qué carajos piensa. Es como si viniera de regreso de todo y a estas alturas no comprara ya nada. Por eso es tan difícil de satisfacer y en momentos no sé si huirle o venerarlo. No querría parecérmele, de aquí a unos pocos años, y sin embargo en cosa de semanas he aprendido más de él que de la mayoría de mis profesores. Nos parecemos, pues, en lo mismo que nos diferenciamos: si él encuentra la forma de convertirlo todo en un anuncio, lo que a mí se me pega de este negocio es aquello que creo que algún día le será útil al mío. Imposible engañarlo: el Garoto sabe mejor que nadie que la publicidad no me interesa, ni me interesará. Su generosidad está en no reprochármelo.

No llevo por escrito la bitácora. Cuando escupe una línea digna de ser citada, lo hace con la elocuencia suficiente para que mi memoria la almacene. Somos tipos distintos de saqueador y a lo mejor por eso nos respetamos. "La gente es holgazana", reflexiona, de regreso a la agencia tras una junta con dos clientes recién complacidos. "Nadie quiere pensar, esa es nuestra ventaja: nos pagan por hacer lo que a ellos les da hueva. *They're in our hands, my boy!*", celebra de la nada con una de sus risas —cortas, escandalosas, irónicas, histriónicas— y retoma el asunto. "Así como me ves, todo zarrapastroso, mi papel ahí delante del cliente es mostrar dónde está la claridad mental. Pienso por él, soy como un lazarillo. *I came to save your ass, motherfucker! Porra, caralho!*".

Le hablo de Chico Buarque y Caetano, en balde porque no es lo que le gusta. Tiene un olfato golfo que discrimina todo lo elaborado. "¿Sabes lo que es que una morena de ojos verdes, con una *bunda* así de este tamaño, te diga 'ven acá, cómo que nomás tres y ya te vas'?" Cuando lo hago reír o atrapo sus oídos, es como si el cliente más mamón se parara a aplaudirme. Estoy seguro de que él en lugar mío tampoco habría querido publicar *Rompiendosepulcros. C'mon, you can do better!*, se diría a sí mismo, en el espejo de su camerino mental. A veces pienso que escribí un buen anuncio, corro a enseñárselo y se queda frío. ¿Es todo lo que traigo? ¿Y eso a quién le interesa? ¿Le dediqué un buen tiempo a trabajarlo, o se me ocurrió todo en diez minutos? Rabio, rumio, rezongo y vuelvo a mi lugar, lleno de sentimientos misantrópicos.

—Tú esperas que yo sea un hombre de negocios y eso no va a pasar —me le pongo gallito una mañana, harto de maldecir sus malditos estándares estratosféricos.

—¿Tú crees que un escritor no necesita ser un hombre de negocios? —se extraña, teatralmente.

—¿Para qué? —ya me burlo—. ¿Para administrar sus regalías?

—Antes de administrarlas, tiene que negociarlas. Porcentaje, adelanto, contrato… —me está haciendo pedazos y no va a detenerse—. Tú, por ejemplo, ¿negociaste tu sueldo con José Juan o te quedaste con lo que te ofreció? Si no sabes negociar, nunca podrás defenderte. Van a darte cogida tras cogida, y tú tan orgulloso de no saber pelear.

Me temo que me estoy haciendo masoquista. Es como si el Garoto hubiera llegado con la misión expresa de limpiar toda la porquería que me dejó en el coco la universidad, más las mañas que fui agarrando en el camino. Inmediatamente después de la mierda, la substancia más pegajosa que existe es la mediocridad. Apesta igual, pero uno no lo advierte porque la trae adentro, y hasta llega a creer que huele bien. Una cosa, por eso, es que esté yo de acuerdo con el Garoto y otra que no deteste la chamba que le gusta. Delante de él me pulo, en busca de un aplauso que muy rara vez llega, pero apenas se va trato de sacudirme lo que pueda quedar de la encomienda. Hace unos cuantos días terminé de escribir un par de anuncios, luego de dar las vueltas de rigor por los dominios del devorador de chaparritas. ¿Qué sucedió después? Que a mí ni me pregunten, yo termino un anuncio y jalo la cadena, por higiene mental. Pocos minutos antes de salir hacia las oficinas del cliente, José Juan echa un ojo a los originales, recién llegados del departamento de arte.

—¿Alguien sabe qué es esto? —gruñe, se rasca la barbilla, parpadea seis, ocho, doce veces, furioso—. Yo no puedo llevarle estos originales al cliente.

—¿Tú los autorizaste? —me interroga el Garoto en voz tan baja que tampoco yo alcanzo a escucharlo, pero ni falta que hace.

—No sé —intento zafarme, como un niño mañoso—, ese texto lo terminamos la semana pasada, ¿no te acuerdas?

—Que le llamen al cliente en este instante —sacude José Juan el antebrazo de la ejecutiva, que tampoco termina de creerlo—. Necesitamos reagendar la cita, ahí ustedes sabrán cuál es la excusa.

—Vete pa' tu oficina —me susurra el Garoto—, voy a apagar el fuego y al rato platicamos. *Take it easy, my boy.*

El anuncio, en efecto, está horroroso, pero el texto es el que yo les mandé. ¿Tengo acaso la culpa de que el resto sea caca? Me digo que el Garoto así lo entiende y es por eso que me ha tratado bien, a pesar de los ojos que me echó José Juan. A juzgar por el tiempo que llevan encerrados, supongo que tendrán otros temas pendientes. O hablarán de las broncas con el departamento de arte. Yo qué, ¿verdad? Para colmo el Alfombras anda de vacaciones y por más que hago esfuerzos por tomármelo *easy* no logro deshacerme de una cosquilla rara, porque en el fondo lo que más me preocupa es pensar que el Garoto se está llevando entera la cagotiza. No bien lo veo salir, agarro una O.D.T. ("JO-D-T", las apodo ante las secretarias) y simulo que estoy analizándola, como cualquier esclavo zamacuco.

—Ya estuvo —entra, toma aire, se derrumba en la silla frente a mi escritorio—. *This guy just gave me a hard time, my boy.* Y lo peor es que tiene razón.

—¿Por qué? —me indigno, con una mustiedad a la medida de mi conciencia sucia—. ¿Tú qué tienes que ver?

—Es mi equipo, yo soy el responsable —se encoge de hombros, presa de una tristeza que no hace esfuerzos por disimular—. Ya sabes que si hay éxitos, los aplausos se los llevan ustedes; si no, me toca a mí sacar la cara.

—¿Qué dice José Juan?

—Lo que diría cualquiera. ¿De qué sirve que hagamos un buen trabajo, si vamos a cagarla en los detalles? Fuego amigo, ya sabes. Nadie está preparado para que le disparen sus soldados.

—¿Y eso hice yo, tal vez? —me rindo a la evidencia, no lo dice pero lo está esperando.

—*Tell me something, my boy* —se esmera en ser amable, no quiere regañarme—. ¿Qué es lo que más te gusta hacer en esta vida?

—¿La verdad? —agacho la cabeza, recargo un par de dedos en la frente—. Escribir. Pero no esto, lo mío.

—¿Qué es lo tuyo? ¿Poemas, artículos, *short stories*?

—Novelas, aunque no tenga ni una.

—¿Sabes cómo veo yo la televisión? Al revés que la mayoría de la gente. ¿Qué haces tú cuando empiezan los comerciales? ¿Le cambias al canal? ¿Aprovechas para hacer otra cosa? Ni me digas, ya sé. Todo menos mirarlos, ¿me equivoco?

—Pues no. No te equivocas.

—Yo lo que hago es cambiar de canal cuando vuelve el programa. Quiero ver comerciales, eso es lo que me gusta y lo que me interesa. Adoro mi trabajo. Sueño con comerciales. *Don't give a flying fuck about the rest.* ¿Tú sueñas con novelas?

—A toda hora, a veces.

—Bien. Eso está muy bien. Mira, yo no te voy a reclamar porque no soy el dueño de la agencia. Me da lo mismo si ganan o pierden, si te sacan el jugo o se los sacas tú. Por mí, sácales todo lo que puedas. Engáñalos, si quieres, o si crees que eso es lo que te conviene. Mi punto es que no puedes engañarte a ti mismo. Lo de menos es qué digan los otros. José Juan, el cliente, los pendejutivos, a la mierda todo eso. ¿Qué piensas tú de ti? ¿Estás contento así, dando lo mínimo? Olvídate del sueldo, el compromiso, la responsabilidad... ¿Sabes en qué consiste el profesionalismo? Fíjate bien, *my boy*: Profesional es quien siente cariño por lo que hace. Tú no escribes un texto literario y lo dejas así, sin corregir. ¿O sí?

—Claro que no. Nunca me satisfacen. O sea, por completo. *Welcome to my nightmare.*

—¿Qué pensarías tú de un escritor que acaba sus novelas al chilazo? No me lo expliques, ya sé lo que piensas. ¿Sabes que me caes bien? Por eso te lo digo, no trates de engañarte. No te traiciones. Uno sabe lo que ama, y

206

si yo estoy aquí es porque amo este trabajo con toda mi puta alma, a pesar del cliente y la agencia y la chinga de estar aquí todos los días. Si en vez de hacer anuncios hiciéramos novelas, ¿querrías salir, para comer siquiera?

—Yo supongo que no. Lo haría de gratis.

—¿Tú crees que yo no haría esto de gratis? En fin, no se los digas. Hay que cobrarles todo lo que podamos —se levanta de golpe, me sonríe—. Y por lo que pasó ni te preocupes, ya les dije que no vuelve a pasar. Porque no va a pasar, ¿verdad, *my boy*?

—Nop —al instante sacudo la cabeza—. Ni cagando, carajo.

—Hazme caso, dedícate a lo que amas —alza las cejas, echa atrás la cabeza, me apunta con el índice el Garoto—. Escribe esa novela, cuando puedas. Mientras tanto, celebro que estés en este equipo. Ya lo sabes, *my boy, I'm proud of you.*

Lo dicho, no hay por dónde rebatirlo. De pronto habría sido menos incómodo que me aventara encima tres kilos de cagada. No en balde es el gurú de este lugar. Y yo soy un imbécil, por supuesto, pero después de oír todo lo que me ha dicho tengo alguna esperanza de que se me quite. Si volviera a mis manos todo el *cash* que me gasté en la Ibero, ahora mismo lo estaría repartiendo entre Hugo Gola y el mentado Garoto: mis senséis. Porque ahora mismo sé, como nunca antes, que mi proyecto va a prevalecer, así pasen veinte años y tenga que escribir discursos para políticos (la peor degradación en que puede caer un escritor) o vender mis novelas de puerta en puerta. Todo menos quebrarme, ¿no crees, Celia? ¿Quién me asegura que no fuiste tú quien mandó al Garotinho a tirarme este rollo redentor?

—¡Ah, por cierto! —reaparece en mi puerta, todo sonrisas—. Se me había olvidado agradecerte.

—¿Agradecerme qué? —se me va el piso, odiaría que esto fuera un sarcasmo.

—Gracias mías —se toca el corazón, no muy en serio— y de La Chaparrita, sobre todo. Lo del sitio de taxis salió a pedir de boca.

—¿Así, literalmente? —recupero el aliento. Pinche Garoto, nunca me decepciona.

—¿Si no cómo, *my boy*? —cierra un ojo, se ríe para dentro, da la media vuelta, se esfuma canturreando de la oficina. Es la hora del futbol, esa no la perdona.

XXII. El jardín encantado

*Donde otros miran nada más que lodo, vislumbra el
novelista un jardín floreciente. Correrá por su cuenta que
así sea.*

Hace un par de semanas que le revelé a Adriana el
contenido del cuaderno naranja. Lejos de incomodarse,
dejó escapar una de sus sonrisas luminosas. "¿¡Otro libro!?", saltó, como una abuela de gemelos inminentes.
No sabe todavía que éste será su libro, pero igual lo ha
adoptado como a los tres cachorros que hoy día nos
acompañan al lado de sus padres. Le admiro intensamente la capacidad de hacer suyo al instante todo aquello que encuentra apetecible. Una actitud, por cierto,
que me lleva a sobrevolar la noche del 27 de junio de
2011. Me había escapado, no sin algún dolor de niño
traicionado por sí mismo, de la Cancha Central del All
England Lawn Tennis Club, donde Rafael Nadal y Juan
Martín del Potro peleaban un lugar en cuartos de final
del torneo de Wimbledon, para cenar con uno de mis
ídolos, maestro a la distancia durante muchos años y a
la postre amigo muy querido. Un novelista, me confió
Carlos Fuentes al calor de las tres botellas de vino que
durante esa velada nos hicieron compinches, necesita de
una pareja que entienda su trabajo, que no le tenga celos
sino afecto; que se sienta querida por eso mismo que a
otras, menos sagaces, las haría sentir amenazadas. Me
habló entonces de Silvia —su célebre mujer, que estaba
entrevistando a Antonio Skármeta y tardarían dos horas
en llegar— y al instante sus ojos cobraron un fulgor que
me inundó de un sentimiento ambiguo, vecino de la
envidia y la admiración, desolador por cuanto se trataba

de una pasión entonces distante para mí, y quién sabría si alguna vez alcanzable.

Había conocido yo a Silvia algunos meses antes que a su marido. En la semana previa a nuestro encuentro, supe por mis editores que estaba interesada en entrevistarme, noticia que a todo esto me daría más miedo que entusiasmo. Vivía por entonces en un departamento invadido por toda clase de trebejos, donde no había forma de circular sin tener que ir saltando, cuando no pisoteándolos. Tenía, eso sí, un jardín esplendoroso, de modo que corrí a comprar una sombrilla, dos mesitas y cuatro sillas de madera claramente más dignas y presentables que el tiradero del departamento. *Conjunto Fuentes*, bauticé a aquellos muebles de jardín que hasta hoy conservo, y fue ahí donde armamos la entrevista. "¿Tienes algo que hacer?", me preguntó al final, tras reír de buena gana frente al tiradero que no pude terminar de ocultar, y me invitó a comer sin otro preámbulo. Un par de horas más tarde ya éramos amiguitos. Y sería a través de ella, del principio al final, que yo buscara a Carlos, casi siempre en el día de su cumpleaños, no sólo por cuestión de afinidad, sino porque ya entonces era claro a mis ojos que nadie lo entendía y adivinaba mejor que ella. ¿Cuál no sería mi sorpresa cuando entré en su refugio londinense —un *penthouse* de dos plantas en Barkston Gardens, rodeado de cristales que lo inundan de luz— y encontré que en el estudio del autor de *Terra Nostra* había tal amontonadero de libros y papeles que apenas le quedaban cuatro o cinco decímetros cuadrados del escritorio para hacer lo suyo?

Contra lo que suponen quienes recién se enteran de que Adriana y yo vivimos en compañía de cinco gigantes de los Pirineos, nuestro jardín no es grande. Hace apenas un año, no quedaban del pasto sino dos manchas verdes del tamaño de sendos platos medianos. Las consecuencias fueron haciéndose infumables, pues en la casa había cada tarde nuevas capas de polvo traído por los perros de carrera en carrera, mientras yo me veía obligado a escribir en mitad del terregal lodoso al que cándidamente llamaba *jardín*. Era, además, el fin de la estación lluviosa, de manera que había que esperar por siete u ocho meses a que la madre naturaleza viniera a poner orden en el caos. Esperar, sin embargo, no es lo mío. Necesito hacer algo, cualquier cosa, con tal de no mirarme inútil y al garete frente a la adversidad. Desde mi perspectiva, esos dos ínfimos islotes verdes al centro de la nada se asemejaban a dos breves capítulos de lo que eventualmente sería una novela. Frágiles, incompletos, raquíticos, ¿quién que no sea su autor va a darles algún crédito? ¿Cómo no sucumbir al agobio de ver menos las islas florecientes que el inmenso vacío en derredor? Sentarse a hacer novela es un poco regar el suelo yermo: no se ve cómo vaya a reverdecer, ni alcanza la imaginación para ver otra cosa que tierra abandonada, pero si en tu cabeza hay un jardín y te niegas a ver otro horizonte, es probable que el futuro sea verde.

Me entregué, pues, a regar el jardín tarde tras tarde, desafiando no sólo la sequía reinante sino también mi propia inconsistencia. Adriana, por su parte, se ofrecía a relevarme cuando fuera preciso, hasta que en unos meses acabó por hacerse cargo del proyecto, al tiempo que las islas se juntaban e iban formando un ancho continente. Hoy que está todo verde y los perrotes se revuelcan en él —ya que no les alcanza para grandes carreras— echo un ojo al jardín de nuestra casa y me siento profundamente comprendido. "Los dioses son como los hombres, nacen y mueren sobre el pecho de una mujer", reza una de las líneas de Jules Michelet que eligió Carlos Fuentes como epígrafe de *Aura*. Cada mañana, a la hora de instalar mi oficina —una silla, una pequeña mesa del *Conjunto Fuentes*, el cuaderno, la pluma— puedo ver en el pasto esplendoroso la inmensidad del cosmos y confirmo que

Adriana, mi amorosa mujer, lo ha llenado de estrellas cintilantes. ¿Cómo no, si es más fuerte, ve más lejos y aletea más alto que yo? ¿Y no fueron, al fin, también mujeres quienes me dieron alas, cuando yo con trabajos atinaba a reptar? En un mundo vacío de mujeres, no habría reptil capaz de transformarse en pájaro. De tal metamorfosis nacen las novelas.

XXIII. Cantata del hombre nuevo

*Si el demonio se ríe de tus malos instintos, espera a ver
qué opina de tus buenos propósitos.*

Miss Hoyuelos es la mujer perfecta para quien,
como yo, huye a grandes zancadas del compromiso. Le
importo poco y no lo disimula, como no sea acudiendo
a algún chiste malvado que nos hace reír a mis costillas. De cuando en cuando acepta acompañarme a algún evento, pero vive tan lejos que acostumbro invertir
más tiempo en los trayectos que en gozar de su guapa
compañía. Una hora para ir a recogerla, otro tanto para
llegar allá y lo mismo después, al llevarla a su casa. Tiene
un trabajo horrible del que quiero salvarla, si se deja,
pero hoy en la mañana ha vuelto a cancelar la cita que
con tantos trabajos me había dado. ¿Adónde íbamos a
ir? ¿Qué importa ya?

Mastico la derrota dentro de mi oficina, las persia-
nas corridas y la puerta cerrada, hasta que llega la hora
de la comida. Toc, toc. Es el Alfombras. Con la puerta
entreabierta, le informo que la vida es una mierda y no
estoy listo para reasumirla, pero como no tengo la de-
terminación de Miss Hoyuelos, diez minutos más tarde
ya estamos dando cuenta del primer gin and tonic de la
tarde. Nos acompaña una de sus cuantiosas amigas cur-
vilíneas, en la mesa del fondo de un restaurante próximo
a la agencia. No parece su novia, ni será la mía, y sin
embargo su pura presencia hace milagros por nuestros
humores, tanto así que a la hora de despedirse ya estamos exultantes como en noche de viernes. El problema
es que es martes y de aquí a media hora tocará pasar

lista en una junta con los directores. ¿Otros dos gin and tonics, mientras tanto? *Hell, yeah!*

Cinco minutos antes de las cuatro, se me ocurre que acaso sumergiendo la testa en el lavabo consiga recobrar alguna sobriedad, porque es claro que nos caemos de borrachos y van a despedirnos si llegamos así a la santa junta. Digo, ya es una hazaña que alcancemos el baño, chocando con las mesas y paredes.

—¡Ven para acá, cabrón! —para la densidad de su presente estado, el Alfombras parece demasiado seguro de sí mismo.

—Espérame, Alfombritas —me pesco de un lavabo, respiro hondo—. ¿Qué no ves que no puedo caminar?

—Ven para acá, te digo —me apunta con un dedo de la misma mano que sostiene su tarjeta de crédito.

—¿Qué crees que sea peor, presentarnos de todos modos en la junta o de plano largarnos a nuestras casas? —si así de mal nos vemos, ya puedo imaginarme a qué oleremos.

—A ver, niño, tómese su jarabe —con la tarjeta a modo de cuchara, me arrima a la nariz el polvo mágico que acabará librándonos de todo mal.

Nunca la había probado, no por nada la llaman *caspa de Satanás*. Son dos para las cuatro y he cruzado la calle baileteando, al tiempo que mastico el medio tubo de pastillas de menta que me exime del tufo a ginebra Bombay, aunque no del antojo de beberme una más. ¿Que si me siento bien? He ahí el problema: temo que ni un besote de Miss Hoyuelos —largo, húmedo, sediento de pasiones— me haría sentir tan deliciosamente. Soy el rey de esta agencia y mi conducta así lo certifica. ¿O es que alguien va a objetar las ideas inspiradas, los chistes oportunos, las sabias opiniones que disparo en la junta, para sorpresa y cuasi regocijo de quienes jamás antes vieron en mí entusiasmo semejante? Al fin de la reunión, salgo directamente a importunar a cuanta secretaria se cruza en mi camino, convencido de que mi arrolladora simpatía no tiene paralelo en este mundo. Rompo papeles, trepo a los escritorios, lanzo una engrapadora por la ventana. Todavía no llega el momento de pensarlo, pero ya es evidente que no he nacido para la cocaína. Odiaría toparme alguna vez con un imbecilazo como el que logré ser en la oficina con un par de jalones de esa inmundicia blanca. Cada quien sabe, al fin, cuál es su kryptonita.

Ignoro cuántas veces haya considerado José Juan la posibilidad de despedirme. Sé que lo ha hecho, y no hace mucho tiempo, por eso me impresiona que no sea yo sino el Alfombras, protegido del Garoto, y unos días más tarde el Garoto mismo, quienes de un día para otro caen desde lo más alto de la nómina. ¿Será porque les salgo más barato?

—*My boy:* arrieros somos —se despidió el Garoto una mañana, y asumí que el siguiente sería yo.

¿O había por ahí otro más indolente? No sé si estoy contento de haber sobrevivido. A veces lo que más falta nos hace es un buen empujón al precipicio, que nos cierren las puertas de la sala VIP y no quede otra opción que enfrentar la verdad de lo que somos. Podría pasarme el resto de mi vida en estas oficinas (claro que no podría, pero estoy suponiendo) y nunca haber pertenecido a ellas. Siempre que algún proyecto sale bien y lo llaman a uno para felicitarlo, mi satisfacción es la del hijo de vecino que se presta a empujar un coche con la batería descargada y una vez que arrancó mira al chofer sacar la mano por la ventanilla, para dejar en claro su agradecimiento. No es mi coche el que empujo, sigo a pie a media calle y para colmo se me fue el camión.

—Queremos darte una oportunidad —todavía no acaba de secarse la sangre del Garoto y José Juan ya me ha llamado a su oficina—. Pero yo necesito que te comprometas.

—Claro que sí —respondo a bote pronto, dos veces sorprendido: una porque supuse que esta conversación era un preámbulo a la guillotina, otra porque además me va a hacer una oferta.

—¿Quieres ser director creativo asociado? —la anchísima sonrisa no oculta la profundidad de la mirada. Es como si tratara de asomárseme al coco.

—¿Y quién no? —miento a medias, como el niño que quiere una autopista y ha de fingir que acepta con gusto el microscopio.

—No habrá aumento de sueldo, por ahora —ya salió el peine, *of course*—. Eso va a depender, como te digo, del compromiso que tú nos demuestres. *You're not letting me down, are you?*

—Voy a darte motivos para subirme el sueldo —me echo encima de golpe el desafío.

Dudo que José Juan sepa cuán eficaz es el botón que acaba de apretar. Esto de que la gente confíe en uno, luego de haberles dado las mejores razones para hacer lo contrario, le deja en una posición incómoda. Si mi naturaleza rechazaba esta chamba, me toca doblegarla para no defraudar la expectativa que quién sabe por qué estoy despertando. Voy a ser por un rato quien menos quería ser, aunque igual no por eso vaya a olvidarme de que estoy de paso. Voy a probar que sirvo para publicista, y cuando eso suceda podré decir "me largo porque quiero". Con esta condición pienso alquilarles mi alma.

Un par de horas después del milagroso ascenso, llama el Alfombras y me invita a su comida de cumpleaños. Brota desde la misma bocina del teléfono un cierto tufo a azufre al que nunca he sabido rehuir. Los milagros, me digo, también tienen sus límites, y acepto de inmediato por respeto a mí mismo. ¿O es que voy a decirle "perdona, tengo dueño"? ¿Voy a dejar de ser el pinche irresponsable que he sido hasta la fecha sólo porque mis amos me tiraron un hueso cuyo sabor ni siquiera conozco? ¿No pienso celebrarlo, cuando menos? No ha dado ni la una de la tarde cuando logro moverme de la escena. Sé de antemano que no voy a volver por el resto del día y eso me reconforta en especial. Festejar el ascenso precisamente al lado de un recién despedido es también una forma de confirmar que hay vida más allá de la nómina, y si mañana rueda mi cabeza será porque ya estaba mi destino marcado. Bajo esta convicción, saldré de la comida cerca de medianoche. Como tanto les gusta decir a los borrachos, desde mañana seré un hombre nuevo.

Tengo dos grandes válvulas de escape. La segunda llegó hace un par de meses, nada más inscribirme junto al Quiquis en una academia de taekwondo. Salimos agotados, con las piernas temblonas y la cabeza limpia de telarañas. Gritos, golpes, patadas, abdominales, sentadillas, lagartijas. Si algún problema tenía yo con el mundo, se ha esfumado a lo largo de la sesión. Y si llegué a beber más de tres vodkas antes de presentarme en el *dojang*, lo pagaré sudando lágrimas secretas del principio al final de la sesión. En cuanto a la primera válvula de escape, diría que es la misma de siempre si no me hubiera radicalizado. Esto de pretender ser publicista, *taekwondoin* y gente de provecho —como quien dice, mentirme tres veces— necesita de algún antídoto potente, que es el caso de la columna semanal. Bauche, por suerte, es más irresponsable que yo, de modo que no tiene empacho en publicar todo lo que le llevo, sea o no inteligible. Pues si en la agencia tengo la obligación de ser completamente comprensible aun para analfabetos reales y virtuales, la columna es el teatro de mi tiranía. Me tiene sin cuidado si me entienden, y hasta suelo tomar como un elogio cuando Xavier comenta que no le entendió un pito al artículo entero. Entre menos legibles son sus líneas, mayor es mi certeza de que me representan. Es como si entregara cada viernes tres hojas de papel llenas de aullidos, cuyo único mensaje a los lectores fuera: *Y al que no le parezca, que se joda.*

Tampoco quiero ser un crítico de rock. Me parece un oficio miserable, y si yo fuera músico le tendría una estima todavía menor. Me regalan los discos, a veces por decenas, de modo que lo que antes era un rito de gozo desbocado pasó a ser un pendiente de trabajo. ¿Con qué derecho el crítico, que no ha apostado un peso por lo que oye, despotrica a los cuatro vientos del asunto? ¿Creen los ejecutivos de las disqueras que soy su *copywriter*? ¿Y si les confesara que mis artículos son como las sesiones de taekwondo, es decir que me estoy ejercitando para hacer otra cosa totalmente distinta porque también en eso voy de paso? Nunca estudié teoría musical, tendría que ser un fraude como crítico, así que en vez de dar un veredicto (para el cual disto de estar calificado) me entretengo jugando con el ritmo. Soy, desde luego, un músico frustrado, como la mayoría de mis colegas, y al cabo lo compenso vomitando palabras que a su modo transmiten la experiencia de escuchar este disco aquí y ahora, aunque si me tocara traducirlo al idioma corriente diría nada más que quiero hacer novelas y el resto acaba por venirme guango. No sé por qué me queda la impresión —infantil, candorosa— de que escribir ficción equivale a ejercer la libertad más grande de este mundo, cuando llevo ya varios legrados de novela y sigo sin saber qué camino tomar para hacer que funcione. ¿Existe acaso libertad más obtusa y opresiva que la de quien no sabe adónde ir? ¿Y si mis desbocados artículos de rock no fueran más que el grito exasperado de un pendejo que para nada sirve? ¿Quién me dice que no es por esa causa que he decidido ser buen publicista? ¿Me estoy rindiendo al fin?

Me levanto temprano, para colmo. Suena el despertador a las 6:30 y una hora más tarde voy llegando a mi nueva clase de alemán. Como si me estuviera regenerando de algún vicio malévolo cuya cura me exige llenar el día entero de actividades edificantes. Intenté hace un par de años despertarme a las seis para escribir y no logré pasar del primer día. ¿Y qué decir de esa horrenda mañana en que salí temprano a andar en bicicleta, recorrí cuadra y media y regresé volando a la cama caliente que en mala hora había abandonado? ¿No será que soy bueno sólo para comprometerme con los otros, nunca conmigo mismo? El Instituto Goethe, el *dojang*, la agencia: me temo que confío más en ellos que en mí, aunque también supongo que eso es parte de un cierto entrenamiento que algún día aplicaré a lo que me interesa. Si algo me enseñan la publicidad, el taekwondo y el alemán —aunque en ninguno vaya a durar mucho— es que estoy al principio de cantidad de cosas y es tiempo de acopiar aprendizaje. ¿No fue por eso que dejé la carrera? ¿Quién dice que estoy listo para escribir novelas? ¿Qué mal va a hacerme un poco de humildad?

Una noche, el Alfombras y sus amigos me llevan a un tugurio repleto de ficheras y cafiches donde hasta los meseros son parte del complot para dejar al cliente sin un peso. Me da lo mismo, no quiero beber. Siento la tentación de salir a la calle, parar un taxi y largarme a dormir, como cualquier burócrata amaestrado, y si no lo hago es justo para evitarme ese triste prestigio. Me recuesto en la mesa, a modo de protesta, y la única persona que lo capta es quien menos quisiera tener cerca.

—¿Te sientes mal, amigo? —me susurra al oído una señora de maquillaje denso y falda corta, cuyo reto consiste por ahora en hacerme platicar y beber contra mi voluntad.

—Estoy bien, muchas gracias —respondo escuetamente, decidido a espantarla con mi pura hosquedad.

—¿Y qué haces por aquí? —me palmea una mejilla, casi maternalmente, al tiempo que libera una sonrisa entre simpatizante y misericordiosa que echa abajo mi línea defensiva.

—No vine, me trajeron —alzo los hombros, me enderezo en la silla.

—¿No te gusta beber, con lo sabroso que es? —ya me planta una mano en la rodilla.

—Lo que pasa es que estoy con antibióticos —miento, por ver si así la decepciono.

—¿Me invitas una copa, aunque sea? —otra vez la sonrisa, qué quiere que le diga.

—Claro que sí, si quieres —"porque yo no", confieso con los ojos.

—¿Prefieres que me vaya, amigo? —me suelta la rodilla, a punto de ofenderse.

—No, ¿cómo crees? —vuelvo a mentir, sacudo la cabeza, esbozo la sonrisa que según yo despierta buena voluntad.

—¿Quieres bailar, para desentumirte? —me sigue la corriente dizque muy animada, como si no fuera obvio que me estoy esforzando por ser ligeramente menos antipático.

—Prefiero platicar, estoy un poco enfermo —le tomo el antebrazo, amablemente, mientras me hago una idea de su edad. ¿Quince años más que yo? ¿Veinte, tal vez?

—Bueno, pues platiquemos —cruza la pierna, como si cualquier cosa—. ¿A qué te dedicas?

—Escribo —por pura dignidad, sigo mintiendo.

—¿Escribes? ¿Y qué escribes? —mierda, tampoco de esto quiero hablar.

—Escribo historias —me voy a ir al infierno, con eso no se juega.

—¿Historias de qué tipo? —se pone seria, ya la empiezo a aburrir.

—Historias de personas como tú o como yo —por una vez me esmero en lucir convincente—. Historias de la vida.

—¿Y tú crees que podrías escribir mi vida? —arruga la nariz, tuerce las cejas, suelta una risa brusca que enseguida reprime.

No hay respuesta. No quiero oírla más. Miro a ninguna parte, no exactamente disimulando el pasmo del que he caído víctima al instante. La mujer se levanta de la mesa, da media vuelta y ya desaparece, probablemente sin hacerse cargo del descontón que acaba de propinarme. Un cónclave de críticos literarios resueltos a humillar mis aspiraciones me habría hecho menos daño que esa pura pregunta. Siento como si me estuvieran regresando a estudiar la primaria como Dios manda. ¿Y no es lo que me gano, por mamón? ¿Qué sé yo de la vida, a estas alturas, luego de tantos años de moverme en ambientes protegidos, asépticos, postizos, pusilánimes? No basta, por lo visto, con sacudirme el cochambre mental que se me fue pegando en dos medias carreras. No bastan las lecciones del Garoto, ni las clases de Gola, ni mi tan cacareada devoción por un oficio que solamente ejerzo a ratos y a escondidas. Quiero decir que estoy aún más cerca de engendrar cuatro hijitos con Miss Hoyuelos, para la cual no acabo de existir, que de poder llamarme novelista. Sigo haciendo pininos, por más que me fastidie, y nada me asegura que algún día podré pasar de ahí. Ya lo decía Celia: *El que nace pa' maceta, no pasa del corredor.*

XXIV. Residencia en la Luna

Una buena novela viene al mundo repleta de accidentes:
síntomas inequívocos de que está viva.

Nunca escribo para los entendidos, como no sea pensando en desafiarlos. La gracia de esto, al cabo, está en hacerlo contra todo el mundo, empezando por mí. Sé cómo complacer a quien leerá mi texto, al modo de una hetaira colmilluda, aunque en su tiempo lo hice sin el menor respeto por mí mismo. Detesto la escritura complaciente porque ya la he ejercido, puedo reconocerla y me consta que no vale un centavo. Incluso cuando uno se lo propone, salta la tentación de escribir algo más. Un desliz del ingenio que lleve el texto un paso más allá de lo esperado y provoque un pequeño sobresalto, cual si en mitad de una vieja plegaria resplandeciera la palabra intrusa cuyo solo sonido nos despertara del letargo en curso. Los clientes solían advertirlo al instante, como si la expresión fuera de tono les hiciera cosquillas en una zona íntima. Y uno sabía que iba a suceder, mas no por eso iba a dejar afuera el único destello de clarividencia que habíase colado a aquel texto de mierda.

David Bowie lo tenía bien claro. Ese ruidillo extraño que entraba en la canción por la puerta trasera —fruto de una humorada, un desliz o un error— podía en principio pasar por defecto, igual que un estornudo o un ladrido cercano, pero a menudo ocurre que la distancia entre accidente y prodigio no es tan grande como suele creerse. Lo raro, inesperado o estrambótico tiene la facultad de despertarnos, rescatarnos del yugo de lo usual y eventualmente hacerse recordar, por cuanto su irrupción da carácter y vida a lo que hasta ese instante era artificio. El ojo se encariña con pecas y lunares, el oído con risas destempladas, el olfato con cierto olor picante que le trae de regreso una emoción perdida. Cuando niños, buscamos ajustarnos al estándar para evitar las risas de nuestros iguales, y algunos fracasamos estrepitosamente. Si sientes pena por la oveja negra, espera a ver la suerte de la verde. Uno crece, no obstante, y aún más crecerá si ha de aprender a golpe de fracaso. ¿Cómo es que, ya crecidos, conservamos los miedos infantiles y hallamos lo imperfecto amenazante? Supongo que es normal. Predecible. Ordinario. Razones más que buenas para hacer como Bowie, que aconsejaba dar la media vuelta y encarar lo infrecuente.

Todos somos extraños, a la vez que mañosos, singulares, insólitos y en alguna medida huraños y antipáticos. Para eso están las reglas de urbanidad, que nos ayudan a hallar empatía incluso en quienes son nuestros antípodas. Dejamos a los monstruos en la casa, por el bien de la sana conciencia, de ahí que los versados en el trato social (había escrito "teatro": he ahí un accidente afortunado) procuren eludir los temas escabrosos, como serían religión y política. Cuando escribo, no obstante, preciso de esos monstruos encarecidamente. Vengan a mí, esperpentos, que este festín no admite cortesías. Bienvenidos complejos, tirrias, traumas, horrores, insolencias, es hora de ponerse impertinentes.

El buen gusto, clamaba Octavio Paz, es la muerte del arte. Si alguna vez fui díscolo, grosero y estrambótico y hoy no me da la gana atemperarlo, la novela me lo ha de agradecer, pues por más que la historia sea ficticia —de hecho por eso mismo— necesita colmarse de verdades (la ficción, dice Adriana, es puro pegamento). ¿Quién quisiera leer una novela plagada de cumplidos, eufemismos y nobles intenciones? ¿Adónde creen que van esos autores píos empeñados en ser edificantes, en nombre de su imagen impoluta? ¿Quién les ha dicho que una novela sirve para reivindicar ideas, creencias o costumbres? Si existiera algún Cielo Literario, estaría vedado para los fariseos.

Una novela en curso es como un organismo con vida y voluntad. No sé qué va a pasar en las próximas líneas, aun cuando llevo tiempo de pensarlo y creo imaginar adónde voy. Carlos Fuentes decía que lo planeaba todo la noche anterior, se iba a dormir seguro de haber resuelto el meollo del entuerto y al día siguiente, ya frente al papel, nada ocurría de acuerdo a lo esperado. ¿Cuántas citas de amor se desarrollan tal como previamente imaginamos? El manuscrito se parece a una fiesta donde no todos fueron convidados, ni ello les garantiza que vayan a quedarse, pues con cierta frecuencia son mejor recibidos los advenedizos. No vayamos más lejos: hasta donde recuerdo, David Bowie no estaba entre los invitados a este capítulo, pero una vez que se ha metido por su cuenta no seré yo el idiota que le pida salir. ¿Alguien recuerda *Time*, esa canción histriónica al extremo de lo tétrico donde el cantante aprovecha una pausa para soltar dos profundos resuellos? ¿Por qué será que el duque transformista dejó vivas esas imperfecciones? ¿Quién quiere que la vida sea perfecta, si para eso contamos con la muerte?

Mal le caía a Bowie, con motivos sobrados, que algunos distraídos se refirieran a él como *Camaleón*, un animal que cambia de color para mejor asemejarse a su entorno: justo lo opuesto de sus intenciones. No es buscando la pertenencia a un club que se entrega uno al vicio de la escritura, y acaso no haya premio más digno de apreciarse que el rechazo de quienes en teoría tendrían que aprobarle. Nada tengo en su contra, la verdad, pero no bien la tinta comienza a circular me viene esta cosquilla por revirar la apuesta y salpicar el párrafo de la clase de riesgos que mis viejos clientes miraban con recelo, puesto que no pretendo quedar bien con nadie y haría cualquier cosa por ganarme el favor de la novela: mi único patrón, por cuyo bienestar importa poco la opinión de quien sea, y aun la propia cordura o su apariencia. Feliz loco es aquél cuyo quehacer insiste en rebasarle.

"Tú quieres ser distinto a todo el mundo", intentaba Xavier echarme en cara, no sin alguna sorna regañona, siempre que nuestros trenes se estrellaban de frente, porque al fin su papel estaba en congraciarme con mis semejantes y evitarme el engorro de ser un bicho raro. ¿Pero qué voy a hacer, si no encajo en los clubes y aun adentro los miro desde afuera, no tanto porque así me dé la gana como porque me urge la perspectiva? De poder elegir, preferiría ser el alma de la fiesta, sólo que en ese caso tendría que jugar al camaleón y renunciar con ello a contemplar el mundo con ojos de fuereño. Nada que sea posible a estas profundidades, y hasta me da por creer que nunca antes lo fue. No se manda sobre las obsesiones, ni es válido decir que uno eligió sufrir de aquello que ha adquirido por contagio. Siempre que me preguntan qué habría querido ser, si por algún motivo no pudiera ejercer este oficio, respondo cualquier cosa —mi favorita: el crimen organizado— para no confesar que ningún otro asunto me interesa. ¿Por qué he de figurarme, en todo caso, aquello que supongo el fin del mundo y ni siquiera Lovecraft atinó a describir?

Cierto, vivo en la Luna. A ratos, cuando me hablan, respondo con algún monosílabo no muy inteligible, más parecido a un ruido gutural que a una palabra incluida en el diccionario. Puede que sea un sí, y hasta así suene, porque en la vida uno se va enseñando a decir *sí* para ahorrarse el trabajo de explicar el *no*, pero se trata de una reacción automática. "No estoy", reza el mensaje, en nombre de un cerebro que anda lejos de aquí y se niega a volver intempestivamente. ¿Le pasa a todo el mundo?

¿Con qué frecuencia? ¿Yo qué voy a saber? "¿Quieres papas o arroz?", resuena la pregunta y contesto que sí. "¿Sí qué?" Sí. Las maestras solían quejarse con Alicia de que su hijito era muy distraído, cuando la realidad era que me pasaba el día concentrado hasta el tope, sólo que en otros temas. No sé en cuántos oficios este defecto sea una cualidad, pero también ocurre que derrocho las horas pujando por hacer foco en la chamba. Me divierte decir que, como Miguelito el de Mafalda, soy gobernado por una minoría. Lo que no digo es cuánto pago por eso. Digamos que si fuera la mitad de disperso, nuestro jardín sería cuatro veces más grande.

Alicia nunca pudo con mi dispersión. Pasé toda la infancia extraviando cuadernos, suéteres, llaveros, credenciales y cuanta cosa había que cuidar. "¡No te importa!", reprochaba mi madre, equivocadamente. Prueba de ello eran las hondas aflicciones que cada nueva pérdida me ocasionaba, pero si era yo un niño malmandado, menos me obedecían las neuronas, siempre ocupadas en sus menesteres y rara vez atentas a nuestro derredor. En sus últimos años, me reía a costillas de mi abuela porque, según la importunaba, "te pasas la mitad del día perdiendo las cosas y la otra mitad buscándolas". A menudo critica uno en los otros lo que más le fastidia de sí mismo, y es así que los años han reforzado el síntoma hasta, efectivamente, pasarme el día entero perdiendo y rebuscando objetos varios. Refunfuño, maldigo, me insulto a media voz porque ya se hace tarde para llegar adonde quiero ir y no encuentro las llaves del coche, hasta que Adriana observa que las traigo en la mano. Otras veces, tras veinte minutos al volante, le da por preguntarme por qué todavía las traigo aprisionadas entre los dedos. ¿No será que me estorban para manejar?

Me gustaría explicar con toda seriedad, volviendo a la metáfora de Miguelito, que hace ya mucho tiempo que mis manos se declararon soberanas y con frecuencia toman sus propias decisiones, como vaciar el *cappuccino* en la alfombra mientras yo me entretengo en otra cosa. Supongo que es por eso que Adriana se pregunta qué diablos hice para sobrevivir durante los años que la precedieron. Era 2014, tenía una semana de vivir conmigo cuando halló en la alacena una caja de cereal que traía impresa cierta promoción para el Mundial de Francia 98. ¿Cómo fue que dejé esa caja allí por la friolera de dieciséis años? No sé, no me di cuenta. ¿De qué estamos hablando, perdón?

XXV. *¿Tú no eras escritor?*

*Las estrellas están siempre muy lejos para quien no
ha sabido tocar fondo, pero el momento llega y toca
sumergirse.*

Se espera de un creativo publicitario que sea desordenado, exótico, disoluto, atrevido y rebelde, aunque también puntual, juicioso, diligente, dócil y en cierto modo ñoño. Mucho pedir, sin duda, para quienes lo hacemos a disgusto y con mala conciencia. La pura idea de ganarme un premio me provoca una mezcla de bochorno, terror y repugnancia. ¿Qué me van a decir? ¿"Muchas felicidades, es usted una puta de primera"? Hasta donde yo sé no se otorgan medallas por eso. Tiene mérito, pues, pero de ahí al prestigio se interpone una brecha sembrada de ignominia. No acostumbro decir "soy publicista", como no sea en tono de sarcasmo, con esa mala leche que tiene el comediante para invitar al público a burlarse de sus peores momentos. Como tantas pirujas de buen corazón, aguardo la llegada de aquel príncipe azul que me libre de seguir taloneando, y mientras eso pasa procuro no perder el gusto por la risa. *Cinismo defensivo*, podríamos llamarle. Agradezco en el fondo que José Juan registre el trabajo que hicimos el Garoto, el Alfombras y yo a nombre de su hermano en los próximos premios y concursos. No seré yo quien levante la voz para reivindicarlos, y si alguien preguntara seguiría el ejemplo del apóstol San Pedro. *Sorry, baby*, no conozco esa agencia.

He aprendido, con todo, a pasármela bien. Hay por ahí una clienta que me atrae y a la que un par de veces invité a comer, con tan reconfortantes consecuencias que en ambas ocasiones se nos hizo de noche en el restorán. Apenas creo necesario añadir que me he pasado largas y dichosas horas armando las campañas para sus productos, con la ilusión del niño que sueña en besuquear a su maestra. Puedo ser publicista por un rato, si es que una noble causa se cruza en el camino, si bien de ahí a seguir lo que manda el librito media un tramo infranqueable. No sé qué hacer con el puto librito, me he propuesto mil veces obedecerle y en el primer descuido cambio de ruta porque no encuentro nada más sinuoso que los caminos rectos. Hace dos meses que me aumentaron el sueldo (ochenta y seis por ciento, diría que no sé qué hacer con tanta lana pero nunca he tenido ese problema), pensarán que ahora miro por delante una senda de triunfos y promesas, y yo hago cuanto puedo porque no lo duden, pero ya dejé claro que aquí soy una puta y las de mi calaña no están comprometidas a decir la verdad. Al contrario, más bien. Se trata de fingir hasta el final. ¡Túpele, papacito, me vas a volver loca!

Se dice por ahí que un buen anuncio es el que tiene el OK del cliente. José Juan, por supuesto, no lo ve de ese modo y yo juego a ponerme de su lado porque según la nómina él viene siendo mi gran cliente. Complacer, finalmente, es mi negocio. He aprendido a olfatear lo que el cliente quiere, me tiene sin cuidado si es lo mejor o no para el producto, la marca o el destino de su empresa, con la única excepción de esa clienta guapa por la que felizmente me transformaría en otro David Ogilvy, aunque no para siempre. Mi gran secreto aquí es que estoy de paso y entre más luminoso luzca mi futuro menos titubearé en mandarlo al carajo, cuando llegue el momento de botar la careta. José Juan se ha empeñado en ganar nuevas cuentas y algo me dice que apenas lo logre saldré corriendo como un asaltabancos. Si el estadio completo vibra y resuena cuando aparece de regreso en la pista el vencedor seguro del maratón, mi turba imaginaria sólo aplaudirá cuando me vea dejar el escenario. Es como si el cliente le pidiera a la puta matrimonio: tiempo de poner pies en polvorosa.

Ostentar la pomposa etiqueta de director creativo asociado y no tener siquiera un *copywriter* equivale a ser jefe de barrenderos y seguir aún barriendo sin ayuda de nadie. Hasta que una mañana José Juan me cuenta que ya puso un anuncio en el periódico: me toca entrevistar a los aspirantes. El primero en llegar trae por delante —así, entre ambas manos, como un niño de pecho— un reluciente título universitario. Le tiemblan las rodillas, habla con inmamable propiedad, le extrañará no verme de saco y corbata. Cuando le llega la hora del examen —diez minutos para escribir cinco líneas al hilo— no queda de él más que el papel sellado con su foto. Vienen luego otros dos con el mismo problema: creyeron que bastaba con ser licenciados para que el mundo se rindiera a sus pies. Llegaron formalitos y ceremoniosos a reclamar el puesto de orate funcional, sin siquiera alcanzar a figurarse cómo unir un sujeto a un predicado. Cuando aparece el cuarto, un par de días más tarde, ya me estoy resignando a quedarme para jefe de nadie.

Desgarbado, fachudo, con la mirada torva y unas greñas alérgicas al peine, el prospecto aterriza en mi oficina con no más que unas hojas arrugadas: dos cuentos que escribió, salpimentados de caló y palabrotas. Tiene la risa fácil, la mirada chispeante y apenas titubea en disparar un chiste a costa mía. "Romualdo", se presenta, sin decir apellidos ni dar más referencia que sus risotadas. Su examen es brillante, pero lo que termina de ganarme es el desparpajo de su despedida: "A ver si es chicle y pega, ¿no?". De pronto me pregunto si no voy a joder el porvenir de un escritor notable, pero al cabo ha sido él quien vino al matadero. "Ya tenemos al *copy*", le informo a José Juan y alguien dentro de mí se da a profetizar que hablo de mi futuro sustituto. Pienso en aquella escena de *La vida de Brian* donde un hombre se ofrece a ayudar con la cruz al condenado y éste aprovecha para salir corriendo. Pagan, diría Celia, justos por pecadores.

El arribo del *copy* Romualdo le quita a la oficina el último barniz de gravedad. Tiene una historia tétrica —iba a ser sacerdote, luego de que un milagro presunto le disolvió, con trece años cumplidos, un tumor en el brazo que estuvo cerca de serle amputado—, misma que nos da pie para hacer incontables chistes negros y blasfemias conexas. Se casó a los veinte años, tiene un bebé de meses de nacido y esta chamba le cae como un tanque de oxígeno, pero ello no parece motivo suficiente para tomarse demasiado en serio. Por otra parte, en un trabajo como el nuestro la algarabía suele ser bienvenida por el alto mando. En ocasiones alguien se acerca a suplicarnos que bajemos un poco el volumen de nuestras carcajadas, pero no cabe duda de que éstas certifican una dedicación irreprochable a las tareas urgentes de la agencia.

Nadie imagina la cantidad de horas que ofrendamos al ocio más improductivo, ni la velocidad vertiginosa a la que resolvemos los pendientes. A veces todo falla y llegas a la junta con las manos vacías, pero entonces el reto consiste en pretender que escuchas lo que dicen los ejecutivos, al tiempo que te sacas de la manga la campaña que tuviste diez días para desarrollar. "Teníamos unas cuantas opciones interesantes", te adornas, impostando seriedad, "pero encontramos que ésta cumple a la perfección con la estrategia y resuelve las dudas que el producto podría generar, considerando que es un lanzamiento…". Dos toneladas de paja más tarde, presentas esa idea desesperada que engendraste hace cinco minutitos, esperando que sea chicle y pegue. Cuando esto ocurre y el público aplaude, toca aguantarte heroicamente la risa hasta estar de regreso en tu oficina, donde te pasarás la tarde divagando en torno a cualquier tema, siempre que éste sea ajeno a la publicidad.

Somos como dos niños revoltosos. Nada me hace reír con tantas ganas como esperar a verlo concentrado en la chamba, reptar a sus espaldas y soltarle en la nuca un alarido largo y destemplado que lo deja temblando como a un moribundo. Una mañana llega dos horas tarde, luego de haber plantado a José Juan y el resto del equipo en una de esas juntas tempraneras a las que todos saben que no pueden faltar.

—¿Dónde andabas, idiota? —lo intercepto, aún a tiempo para evitar el drama.

—¿Te digo la verdad? —sonríe, como un pícaro atrapado en la suerte—. Salí en la mañanita de mi casa y tomé un taxi para llegar a tiempo, sólo que en el camino me fui haciendo amiguito del chofer, hasta que terminamos fumándonos un gallo frente al parque, y todavía no acaba de bajárseme...

—¿Vienes hasta la madre, pinche Romualdo? —no sé si regañarlo o aplaudirle, es la mejor excusa que he escuchado en mi vida.

—Un poquito —repara el mariguano, con el gesto de un niño—. ¿Qué? ¿Me van a correr?

—No sé, de ti depende. ¿Vas a querer que te salve el pellejo? Tengo una buena idea, pero no puedes ser supersticioso. ¿Cómo ves si le digo a José Juan que se enfermó tu niño y hasta ahorita saliste del hospital?

—No la jodas, me voy a ir al infierno.

—Es mejor que la calle, ¿no se te hace?

"¿Cómo está tu bebé?", se acerca José Juan a preguntar, una vez que he cumplido con sensibilizarlo a este respecto. Y como todo ha sido una simple diarrea "que a Dios gracias está bajo control", no tardan en volver las risotadas. Pero no somos niños, ni nos engañamos. Romualdo es ambicioso, necesita un ascenso y ya quisiera estar en mi lugar. Yo me divierto mucho y tengo una clienta que me enloquece (ya nos dimos dos besos arrebatadores) aunque ni así quisiera eternizarme aquí.

Nadie, pues, se interesa más que yo en que Romualdo acabe por ocupar mi puesto. Lo que para él es un porvenir fantástico, para mí no ha dejado de ser un calvario. Me tratan bien y no me pagan mal, sólo que nada de eso me compensa, redime o satisface. Sigo siendo esa furcia remolona e ingrata que sueña con dormir en otros brazos. No se lo cuento tal cual a Romualdo, basta con que le entregue los secretos que según yo son útiles para sobrevivir en el cómodo ergástulo que nos cobija. Me escucha muy atento (juraría que toma apuntes mentales) y añade algunas bromas para restarle peso a la situación. Es como si me fuera a morir pronto y día a día dictara el testamento del que él es heredero universal.

La llamada del Cielo llega una semana antes de que la agencia gane una nueva cuenta. Un famoso aristócrata, según me dicen, anda buscando un editor en jefe para cierta revista dedicada a la crónica social-y-cultural. No parece el trabajo de mis sueños, pero está un poco menos lejos de ahí. Tampoco es que me crea demasiado la bonita coartada de la cultura, sólo sé que sería un salto hacia adelante en mi proyecto. Cuando José Juan llega con sus grandes noticias, apenas me molesto en fingir entusiasmo. He estado ya en la casa del dueño de la empresa que edita la revista, como parte de un plan que incluye la apertura de tres clubes privados en los próximos meses. Más que empresario, el tipo es un famoso jugador de polo que lleva adonde va su arrolladora fama de *socialité*, y de ella es permanente beneficiario. "¡Vamos a ser los árbitros de la vida social de este país!", me hizo saber, henchido de entusiasmo, tras subrayar su profundo interés en el asunto aquél de la cultura y recordarme que el dinero no es problema. Pueden pagarme un sueldo que luce suculento y todavía aumentarlo al tercer mes. ¿Qué más puedo pedir?

Digo que no me creo "demasiado" las promesas de Pablo —cuarenta años, simpático, elegante, mujeriego— porque desde el principio todo suena increíblemente bien. ¿Estoy seguro de que es lo que quiero? Basta y sobra, me digo, con escapar de la publicidad. Ya me harté de engañarme, no imagina el Garoto cuánto me gustaría contarle lo que estoy a un tris de hacer. Y tampoco Romualdo debe de figurarse la carota de director creativo que a cada día se le está poniendo. Ya me he comprometido con el polista cuando en la agencia se corre la voz de que estoy descuidando mi trabajo. No lo pienso dos veces y escupo la verdad, para gran desazón de José Juan. Me viene a la cabeza el impulso fugaz de echarle en cara unas cuantas promesas incumplidas, pero es muy tarde para hacer reclamos. No quiero que me den lo que llegué a creer que me correspondía, pueden doblarme el sueldo o ascenderme que de todas maneras ya me voy. Además, José Juan me simpatiza. Le he contado a Romualdo que es el único entre los directivos a quien respeto y a mi modo aprecio. "Perdóname", repito, a lo largo de la primera y última comida que compartimos solos él y yo. "¡Íbamos a empezar a divertirnos!", alcanza a lamentarse, a la hora del postre, y yo le ahorro la pena de enterarse cómo y cuánto aborrezco eso que a él le divierte. No debería preocuparse tanto, Romualdo va a encargarse de hacerlo tan feliz que de aquí a fin de mes enterrará mi bonito recuerdo. Putas, ya lo sabemos, van y vienen.

Club de Clubes, se llama la empresa que publica la revista *Quetzal*. Ya he dejado bien claro el escaso interés que me despierta formar parte de un club, y éste no tardará en corroborarlo. Soy otra vez fuereño y para colmo aquí todo va mal. Dos de los clubes fueron clausurados a media construcción y en el tercero no se paran ni las moscas. "Es que está en Cuernavaca", ya me explican mis nuevas compañeras, plenas de ese sarcasmo resignado que suele acompañar a quienes se acostumbran a las malas noticias. Ninguna de ellas necesita el sueldo, son hijas de familias muy bien acomodadas que están aquí para matar el tedio. Por donde se les vea, me dan tres vueltas como *socialités*: otro más de los rubros que sólo me interesan para la taxidermia. Algún día, con suerte, escribiré una historia cuyos protagonistas le deberán a Pablo su carácter, soltura y apostura, y a mis compañeritas el porte de princesas desdeñosas. Por lo pronto, me aplico a conservar un optimismo que nadie más parece compartir. La empresa está a la orilla de la quiebra y la revista no tiene anunciantes, por lo que nadie sabe cómo ni cuándo volverá a publicarse.

El tiempo pasa lento para el desocupado. Soy otra vez el dueño de mis ocurrencias, podría pasarme el día trabajando en la novela aquélla de la que últimamente apenas hablo, si no me carcomiera la sensación incómoda de ser un vividor desfachatado. Una vez que la crisis le ha pegado a la empresa, mis compañeras ya no vienen más. Soy una de las pocas almas en pena que deambulan por estas oficinas, el único a quien nadie pide cuentas porque teóricamente se ocupa de preparar el porvenir radiante de una revista impresa en un papel tan fino que cada tercer día llama el impresor, obstinado en cobrar el dineral que por ahora nadie pagará. Me piden que de pronto ayude en otras cosas, como ir a recoger un cheque tres cuadras más acá del fin del mundo. Salgo entonces temprano y no regreso por el resto del día. Si de lo que se trata es de matar el tiempo, lo hago mejor encerrado en mi casa. Y esa es la otra jodienda, que estamos a unos meses de quedarnos sin casa, después de un par de malos negocios tras los cuales mi familia también ha ido a parar al borde de la ruina. ¿Sirve de algo añadir que el peso mexicano se devalúa a galope y mi sueldo se va haciendo chiquito?

Supongo que esto es lo que tanto querían hacerme comprender quienes profetizaron que iba a morirme de hambre como escritor, y eso que ni siquiera estoy escribiendo. Semana tras semana me crece la certeza de que soy sólo un paria. Para que no haya dudas, paso tardes y noches jugando al *Supermario* en la televisión. No es la primera vez que el mundo se me cae. Abro los ojos, miro la tormenta y de golpe los cierro. Si preguntan por mí, estoy muy ocupado rescatando princesas electrónicas en castillos ignotos. Como quien dice, esperando el colapso. "¡Ya va a arreglarse todo!", reitera Pablo, con los pulgares apuntando al cielo y una sonrisa que a ratos le copio, con tal de no asumir la decadencia. No deja de causarme alguna gracia que algunos conocidos jueguen con la idea de que me he vendido a los intereses de la oligarquía. ¿Y yo qué voy a hacer, contarles la verdad? Sólo eso me faltaba, ir por la vida vestido de víctima. Ya se compondrá todo, me repito, aunque en el fondo tema que la compostura va a acabar siendo peor que la calamidad. Pero eso qué más da, si en el fondo ya sé que tanto el triunfalismo como la paranoia son fantasías estúpidas y de las dos soy cliente regular.

Cuando el colapso llega, me agarra con el coche cargado de equipaje. Es medianoche, estoy parado afuera de la casa de Morris, que ayer mismo ofreciera darme asilo, y nadie abre la puerta. Un par de horas más tarde, me regreso a la casa totalmente vacía donde ya sólo queda el bueno de Lancelot, el cachorro de pastor alemán blanco que me acompañará a llorar sobre el piso de la que ayer aún era mi recámara. Me abrazo de él, como si fuera niño, y recuerdo que aquí, hace un par de años, se fue mi querido Argos: un afgano al que quise desde el fondo de mi alma y una noche murió de neumonía. Nunca me he perdonado haberme simplemente recostado a dormir mientras él —hoy lo sé, entonces me hice tonto— agonizaba al lado de mi cama. Argos, hijo de Tazi, cuyo fantasma habrá de perseguirme al paso de los años, me recuerda ahora mismo, en mitad del colapso, que soy ese traidor inconsecuente al que sólo le importa la quimera —ingrávida, fantástica, a saber si posible— de hacerse novelista. ¿O no es verdad que mi único consuelo descansa en paladear la hiel de este momento y saber que algún día será literatura?

De muy niño aprendí a dar la espalda a lo que me lastima, nada más sale el Sol y toca pretender que nada pasa. ¿Triste yo? ¿Cómo creen? ¿No he dicho ya que soy de esos payasos que se rompen con toda pulcritud? La parranda de Morris termina al día siguiente y llegada la noche aterrizo en su casa. Vive solo —entre una multitud de monstruos y fantasmas que ya iré conociendo— con dos perritos de la calle y a merced de una tribu de trasnochadores, acostumbrados a entrar y salir cual si fuese un tugurio sin horarios. Alguna vez, en años escolares, fuimos vecinos. Hasta que otra debacle terminó por sacar a mi familia de la colonia Club de Golf México, en el extremo sur de la ciudad. Regresar a estas calles y en estas circunstancias parece un disparate que me produce a un tiempo tristeza y alegría. Vengo, según he dicho, por un lapso de dos o tres semanas, mientras Xavier y Alicia se acomodan en una casa a medias restaurada donde ya duerme Lancelot. Me niego, por lo pronto, a dar por hecho que esta situación se va a alargar indefinidamente. Como Pablo el polista, mis pulgares apuntan hacia el techo y las peores noticias no alcanzan para cambiarme el humor. ¿Y cómo, pues, si Morris es igual? Todavía no bajo mi equipaje del coche y ya nos carcajeamos a todo volumen. Como no lo ignoraba el director de prepa, cada uno alimenta la inconsciencia del otro.

No es fácil ni barato mantener una mansión de cuatro mil quinientos metros cuadrados, a menos que lo tuyo sea la decadencia y en ella te recrees a toda hora. Es decir que por más que en la oficina la situación parezca componerse, el resto de mi vida ha entrado oficialmente en la bohemia. Morris es enemigo de tender las camas, un vaso sucio puede cumplir tres meses sin moverse de la sala de música y en la enorme cocina hay legiones de hormigas que nos preocuparían si no hubiera crecido últimamente la población de ratas en todas las recámaras. Nada de ello es razón para apagar la música, que suena a toda hora y a volumen máximo, hasta que una mañana se aparece la hermana de Morris y nos encuentra acampando en la sala. Vive atrás, en la casa contigua, con hijas y marido, y es a ella a quien debemos el escaso decoro que le queda a este hogar. Por lo pronto ya vienen los fumigadores, y para celebrarlo Morris ha decidido que es momento de armar una gran fiesta. Toca llamar a nuestro amigo Danny.

Danny solía tener un tugurio rockero en Lindavista —el siempre concurrido Tutti Frutti— cuyo reciente cierre sumió a sus *habitués*, Morris entre ellos, en una pesadumbre para la que esta casa será de vez en vez compensación extrema. Lejos de ser el hombre de negocios que soñó, el anfitrión no le cobra un centavo a cambio de reabrir el Tutti Frutti en San Buenaventura 181. Podemos, eso sí, invitar a decenas de amistades, entre los cientos de hijos de vecino que van del interior inmenso de la casa al foro abierto en la parte trasera. Una noche llegaron mil seiscientos, según cuentas de Danny y sus empleados, atraídos por la ausencia total de restricciones. En vez de preocuparse por los desconocidos inconscientes cuyos cuerpos había que ir saltando madrugada adentro, Morris se toma todo como una nueva hazaña del desenfreno, si hasta los vigilantes que contrata terminan derrumbados por los tragos que a nadie se le niegan. ¿Y no es un privilegio insustituible tener una recámara privada en medio de tan amplia bacanal? Por eso decía yo que nunca —o rara vez, si acaso— los acontecimientos se parecen a lo que se temía el paranoico. Para no tener casa y ser un vividor, estoy pasando tiempos esplendorosos.

Entre semana como con Alicia y Xavier, que por ahora viven con un tío paterno a cuya sombra no quise asilarme. El tipo es buena gente —cosa muy rara entre esa patulea cuya sangre comparto de mala gana— aunque dudo que pensaría igual tras algunas semanas de convivencia. ¿Quién me asegura, aparte, que yo soy buena gente? Alicia, en todo caso, la pasa mal. No tener casa le duele en el alma, sólo que ella no sabe mentirse como yo. ¿Exagero si digo que es la mejor persona que conozco? A veces, cuando está de humor para bromear, dice que todo es fruto de un error y no es posible que yo sea su hijo. Menos mal que no puede verme allá en Club de Golf México, fumando mariguana de viernes a domingo sin más preocupación que el regreso del *dealer* o el final de la fiesta. ¿Qué pensaría Pablo, por ejemplo, del editor que vino a contratar? ¿Será con sus estándares que pretende ser árbitro de los *socialités* de este país?

Bien visto, Club de Clubes no es menos decadente que el resto de mi entorno. La membresía se cotiza en mil dólares —a menos que edite uno la revista y la reciba entre sus prestaciones— pero a ratos me queda la impresión de que los acreedores son más que los socios. Como todos los que viven del *bluff,* la empresa en que trabajo gasta más en fachada que en contenido y la revista no ha de ser la excepción. Tengo en muy poco aprecio la mal llamada crónica social, usualmente ejercida por varios de los grandes parásitos del periodismo, cuyas palabras son puro relleno y solamente valen —es un decir— por los nombres y apellidos de quienes se pelean por imantar la cámara: un desfile de cortesanos, farsantes y arribistas entre los que me cuento, por ahora, con la coartada vieja de que estoy absorbiendo sus costumbres en bien de mi futuro como novelista. "¿Sigues sin darte cuenta de que el futuro es hoy?", me regaña el Alfombras, últimamente imbuido en su papel de productor de comerciales de televisión. Ya sé que no parece, pero tengo mi plan y de alguna manera me le aferro, a pesar de lo poco que coopera el entorno.

Una de las ventajas de obligarse a escribir basura por motivos estrictamente alimenticios es la necesidad —creciente, cosquilleante, culposa, pudibunda— de redimirse a fuerza de contradecir todas esas mentiras mercenarias, y en mi caso baratas porque tampoco es que me saquen de pobre. ¿Podría cuando menos cubrir con mis ingresos la renta de algún techo decoroso? Me niego a entretenerme en esas cuentas y aprovecho el momento para escribir cuentos escatológicos que ni siquiera Morris tolera de buen grado, aunque tal vez comprenda el sentimiento de compensación y revancha que los acompaña. Supongo que no soy todo lo abominable que esas historias dejan entrever, aunque más repugnantes parecen mis reportes de la inauguración del vistoso congal que en adelante costeará mi sueldo. Una vez más, mi única intención es dejar al cliente satisfecho. Cada vez que el polista sugiere alguna muda en la redacción o la inclusión de un nombre resonante, me veo en el pellejo de la hetaira que ha de contorsionarse así o asá para acabar de merecer la paga. Me da lo mismo, al cabo, con tal de dar el texto por concluido y volver a mi tren de pensamiento, donde nadie me dice lo que tengo que hacer y tampoco hace falta el colorete.

No hay dinero para hacer la revista. En su lugar aparece un folleto con la noticia de la gran apertura y un racimo de fotos alegóricas, no en el mejor sentido de la palabra. Lo celebro, eso sí, por cuanto ello confirma que no soy el parásito que me he sentido en los últimos meses. Una tarde me piden que ayude a organizar cierto evento social en Cuernavaca y unas horas más tarde, mientras cuento de nuevo los boletos —lo único que haré en toda la noche— me topo a un compañero de la primaria que se extraña de verme detrás del mostrador y lanza una pregunta que me hace picadillo en ese instante:

—¿Tú no eras escritor?

¿Sirve de algo aclararle que soy el editor de una revista en estado de coma? En todo caso, sirve de acicate. Necesito cambiar mi situación, aunque sea en apariencia. Reinventarme, tal vez, dentro de mis modestas posibilidades. ¿Qué haría un novelista en mi lugar? Tirar los dados, claro. Luego de masticar por varios meses la pregunta letal del excondiscípulo, un nuevo desperfecto de lo que queda de mi viejo Chrysler lleva la crisis al último extremo. No tengo casa, odio mi trabajo, ¿qué espero, pues, para vender el coche y pintar una raya entre quien soy y el idiota editor de la revista etérea? No pienso renunciar, ni salir a buscar otro trabajo, ni volver a la agencia de publicidad, así que lo más digno en este caso sería armarme de una moto nueva. Kawasaki 500, blanca con franjas rojas, porque a veces la opción menos cuerda de todas es la única que alcanza para rescatarte.

No dudo que sea éste un autoengaño más, y sin embargo luce tan convincente que creo haber tomado al destino en mis manos. Casi todos se ríen cuando me ven llegar montado en el juguete. Sólo falta que digan que no tengo remedio, y esa es precisamente la opinión que yo espero. Cada día está lleno de aventuras, vivo con la emoción a flor de piel y escucho sin perder un gajo de sonrisa las historias siniestras que la gente relata a los motociclistas para hacerles conscientes del peligro que corren. Mutilados, tullidos y cadáveres no hacen sino afirmarme en la certeza de que tomé la decisión correcta. Ha llegado el momento de volver a sacarle la lengua a la señora de la túnica negra con la guadaña en alto, por si no estaba claro que la vida social me deja frío y necesito de otra clase de estímulos para certificar que por mis venas corre algo más que leche condensada.

XXVI. Amuleto para armar

No es mística, es maña. No es suerte, es persistencia.
No es cáliz, es un whisky en las rocas.

¿Que por qué escribo a mano?

Porque es una manera de escapar del deber y entregarme al ritual, aunque a veces me pese más que cualquier deber y me intimide como el instante previo a un primer beso.

Porque esto siempre ha sido una forma de escape. De estar en otro lado y vivir otra vida y viajar a otros tiempos y olvidar que soy yo el que sangra tinta.

Por el olor a tinta, la mancha en el papel, la anotación al margen, los taches y las flechas, la expresión de sorpresa de quienes me preguntan: "¿Cómo? ¿Escribes a mano?".

Por la letra espantosa que nada más yo entiendo y me devuelve al juego secreto de la infancia donde lo interesante se escondía en las últimas hojas del cuaderno.

Porque es una locura en estos tiempos tan llenos de razones para usarse y tirarse, y un oficio como éste nunca es cuerdo.

Porque el avance apenas si se nota y en todo caso nunca parece suficiente, hasta que se vacía el tanque de la pluma y eso quiere decir que escribiste seis páginas.

Para evitarle a la computadora la tentación pueril de la soberbia y darle vida a un trozo de papel, y a otro más, y a otros muchos.

Por el placer de transcribir lo escrito y comprobar que está vivo el bebé.

Porque tengo el jardín por oficina, el Sol por candelabro y los eclipses son poco frecuentes.

Porque al llenar el tanque uso mi mano izquierda para limpiar el punto de la pluma y me quedo manchado por el resto del día con el color del cuerpo del delito.

Por la ampolla en el dedo corazón, una deformidad que por sí sola me endereza el rumbo.

Porque escribir y amar son dos verbos afines —tienen que ver con fluidos, delirios, terquedades— y temo que la asepsia no sepa conjugarlos.

Porque esto no es teléfono, ni *laptop*, ni tableta, ni sabe lo que es *bluetooth* o *wi-fi*. Aquí nadie me encuentra ni puede interrumpirme.

Porque poseo un atril donde planto el cuaderno y me siento a teclear con la ilusión de que interpreto a Bach al clavicordio.

Porque me encuentro algún cuaderno viejo y veo pasar de vuelta las mañanas tortuosas en que me preguntaba qué diablos iba a hacer con aquella novela cuchipanda que sólo yo podía enderezar, y recuerdo de paso que escribir es nadar contra la corriente, que la zozobra es una resaca pasajera y que antes de flotar hay que bucear.

Porque los atentados se traman en secreto y los *hackers* tampoco le entienden a mi letra.

Porque la buena suerte, si existe, es hecha a mano.

Son las dos de la tarde en el jardín y atravieso el undécimo renglón de la última página del cuaderno naranja. Es decir el primero, pues hace tres semanas que me compré otro igual y ya espera su turno para entrar en el juego. Será también por eso que experimento ahora la sensación de triunfo que por aquellas épocas con trabajos lograba imaginar. Hojeo una vez más el cuaderno cuajado de garrapatas rojas, igual que una baraja de la que espero un *full* de ases y reyes, y paladeo el alivio del tahúr que al final de la noche recupera las fichas y el aliento. Reaparecen, al paso de las hojas, los manchones causados por las gotas de lluvia intempestiva y las babas intrusas de Cassandra, Gerónimo y sus hijos, mi querida jauría que toma turnos para acompañarme y acaso comprobar que no me he vuelto loco, a lo largo de las cinco o seis horas que permanezco quieto, con la pluma en la mano y los ojos saltando entre el papel y un horizonte íntimo que suele estar muy lejos del que tengo delante.

Nunca estoy muy seguro de que habré de cumplir la encomienda del día, quizá porque el trabajo de los novelistas marcha a contracorriente de las certidumbres. Pelear, perseverar, prevalecer, de eso se trata el juego. Miro la sombra que la enredadera proyecta sobre el pasto y respiro pensando que aún me quedan tres horas para alcanzar la meta. Por lo pronto he cruzado la mitad del camino, señal de que es momento de recompensarme con el whisky en las rocas que escoltará mi avance por las próximas líneas y me verá hoy llegar a la primera página del segundo cuaderno. Sólo un vaso, no más. Es parte del ritual y a él me someto como quien se guarece del granizo bajo el único sauce que encontró. Antes del whisky bebo una Coca-Cola, y antes un *cappuccino* con crema irlandesa (azúcar extrafina, la llamamos aquí). Otra materia básica en el Liceo de la Novela tendría que ser Administración del Tiempo. ¿Qué más riqueza existe, finalmente, para quienes tenemos un propósito y no queremos llegar al panteón con el álbum a medio llenar? Si alguna vez creí que esta pelea tenía que ver con el fantasma de la esterilidad, hoy despierto y me acuesto en la inferencia —angustiosa, instintiva, desafiante— de que peleo a muerte contra el tiempo: mi capital, mi límite, mi capataz y al cabo mi verdugo.

Philip Glass, *Changing Opinion*. Si me diera por la superstición, diría que es la música perfecta, obra de algún espíritu chocarrero, para saltar del primero al segundo cuaderno, de forma que el final se hace principio y la pelea sigue como si nada. ¿Por qué entonces me trabo, si en un sentido estricto no ha pasado nada? ¿A qué le tira esta ridiculez —el terror a la página vacía— que mi madre tal vez habría tildado de "salida de pata de banco"? Me viene a la cabeza la novela que estaba escribiendo cuando llegó este libro a hacerle sombra, donde el peor adversario del tenista es la red y se eleva al parejo de sus miedos. No dudo que ésta sea otra razón para escribir a mano y no en pantalla: una vez que manchaste la hoja blanca, no hay modo de limpiarla de regreso. Pasó lo que pasó, y aún si lo tachas con enjundia y esmero quedará allí la sangre por testigo. Cuando vuelvas al párrafo de marras, la huella persistente del error —¿y quién sabe si no el error comenzó con los tachones?— apuntará a un conflicto no del todo resuelto que muy probablemente requiere tu atención. ¿Ya me entiendes, Alicia? Sigo, pues, adelante, una vez conjurado el fantasma cobarde al que dejé inmiscuirse en este párrafo.

Fue mi mamá quien a temprana edad me hizo saber que el Coco —ese demonio infame con el que ciertos padres asustan a sus críos— es una fantasía sin sustento. ¿Cómo es que con el tiempo le di ciudadanía, cada vez que un renglón se me atoraba y concedía al asunto dimensiones idiotamente sobrenaturales? Parecería una broma pero es verdad que ahora, al tiempo que me burlo de estas cosas, me esfuerzo en terminar de convencerme de que el Coco no existe. Solía decir Borges que su amigazo Adolfo Bioy Casares era el escritor menos supersticioso que conocía. Desde que me enteré, persigo con envidia esa cualidad rara. Nada es más fácil que mistificar aquello que no acabas de entender. ¿Y para qué iba yo a escribir este libro sino para explicarme el germen del oficio, sus misterios e intríngulis, la maraña de creencias y contradicciones que empujan al ingenuo novelista a revivir al Coco y usurpar la montura del caballero andante para darle sentido a una misión suprema que en resumidas cuentas no sirve para nada?

Al diablo con la mística, también. Los aspectos sagrados de este oficio son cosa tan privada y personal que no encuentro sentido en ventilarlos. Nunca faltan los cursis que imaginan "sublime" la chamba cotidiana del narrador, ni el oficiante cándido presto a dar por veraces tales supercherías. Suena bonito, claro, igual que los poemas en honor a La Madre, pero mi madre y yo supimos muy a tiempo que su encomienda era una chingadera plena de sinsabores e ingratitudes, donde una bofetada a tiempo y en su sitio podía hacer milagros que el meloso poeta no quiso acreditar por no perder el aplauso del público. Perdona, Alicia, por las palabrotas, pero me es necesario prescindir del ornato. He sido fugazmente budista, harekrishna, crítico, presidiario, *taekwondoin*, actor, paracaidista, bolichista, estafador, comunista, fullero, farmacodependiente y cosas peores por saciar a la golfa voluntariosa que como ya se ha visto llevo dentro. Más que romántico, soy tratante de musas. Les hablaría bonito, si no fuera porque se acaba el tiempo y tengo esta ansiedad de que la casa pierde.

Ya se termina el whisky, y de paso la página. La carrera del Coco, allá a lo lejos, me distrae de la sombra de la enredadera, que a estas alturas cubre el prado entero, al tiempo que Teodoro se acerca a recordarme que hoy, miércoles, le toca ir de paseo. Hora de convocar a los demonios que intervinieron en las últimas líneas y trazar un principio de estrategia para volver mañana a este jardín y continuar la guerra que de cualquier manera no me dejará en paz, aun en sueños. ¿O es que busco otra cosa, en realidad? Si alguien quiere joderme jueves, viernes y el resto de mi vida, arrebáteme ya el cuaderno y la pluma y llévese la tinta para siempre, pero igual considere que pelearé con uñas, dientes y cuchillos por recobrar el único quehacer que estaría dispuesto a morir ejerciendo.

XXVII. Un perro arrellanado en un Frans Hals

Cuando la decadencia consigue confundirse con el esplendor, la golfería parece literatura.

Se dice que hay dos tipos de motociclistas: los que ya se cayeron y los que van a caerse. Tengo el reciente honor de pasar lista en el primer grupo. Nada realmente muy aparatoso, a no ser por la sangre que escurrió piernas y brazos abajo, no bien hube rodado por el pavimento sin que un hueso se diera por aludido. La casa, en cambio, ha perdido apostura desde que Morris se decidió a bajar de la pared la pintura flamenca de tres por cuatro metros que daba majestad a nuestro hábitat. Piensa venderla en un dineral, pero antes de sacarla del país debe, según le han dicho, devolverle la flexibilidad al lienzo. Lo ha tendido en el piso de la sala, cada noche le aplica una capa de aceite y reacomoda muebles a sus cuatro costados para evitar que cualquiera la pise, pero ni así consigue que el Negrito, simpático e intrépido cuadrúpedo, renuncie al privilegio de tirarse a dormir encima de los graves caballeros de lechuguillas blancas y mirada serena que son protagonistas del cuadro majestuoso. "¡Es un Frans Hals, carajo!", regaña mi anfitrión al chucho confianzudo que con seguridad nunca puso una pata en un museo, y yo me esmero en vano por hacerle apreciar que el Negrito es el único perro de este mundo, y puede que en el curso de la Historia, que duerme encaramado en un Frans Hals.

En el lugar del cuadro ha quedado un rectángulo de madera que ahora ostenta los nombres, tachados uno a uno por orden de festejo, de quienes celebraron su cumpleaños aquí, precedidos por un "Felicidades" que sigue en su lugar. Aunque nada, no obstante, me regocija tanto como salir en mi vieja Benotto y pedalear al lado de Michelle, la sobrina y vecina de Morris que a sus nueve años se ha hecho mi gran amiga. Vamos juntos por esas mismas calles que alguna vez llenaron mi adolescencia de aventuras gamberras y enamoriscamientos pasajeros, y es como si me diera a presumir la calidad de aliada que hoy día me acompaña. Es decir que a la bacanal del sábado la seguirá el paseo matinal del domingo, y al cabo no me privo de ninguno porque éste es el hogar del vive-como-quieras. Rezongamos a veces de madrugada por efecto de alguna visita abusadora —borrachos que te llegan a las tres y se van a las ocho de la mañana— pero al final son todas bienvenidas. A descansar los muertos, no faltaría más.

Entre Club de Golf México y Lomas de Reforma —mi oficina, junto a casa de Pablo— debe de haber más de veinte kilómetros, que gracias a la moto recorro en otros tantos minutos, un poco menos sobrio de lo recomendable porque desayunamos humo y vodkatonic, mientras vemos programas para niños. *Los Snorkels, Los Pitufos, Benji*. No hay prisa en la oficina, por fortuna, ni parece importarles que llegue uno a las once a trabajar. "Adelanto la chamba en la casa", aclaro sin que nadie me pregunte, de modo que otros días, cuando llego a la una, no vayan a pensar que holgazaneo. ¿Y quién va a pensar nada, si el dueño de la empresa solamente madruga para calzarse botas de jinete y largarse a jugar con sus amigos? Es un mundo rarísimo el de los polistas, entre los cuales nunca faltan los condes, duques y marqueses que a menudo se llaman por su título y arrugan la nariz ante cualquier resabio de costumbres autóctonas. Me hacen reír de lejos, con sus rancias usanzas y unas ínfulas a tal grado excesivas que me temo que en una novela resultarían totalmente increíbles.

—¿Vendrías a jugar golf el fin de semana? —inquiere, ilusionado, un visitante del polista en jefe.

—¿Infantería? No, gracias —sonríe Pablo, con ademán de noble comprensivo—. Acuérdate que yo soy de caballería…

Vivo, pues, en dos mundos contrapuestos e irreales donde nada parece funcionar, como no sea el gusto por el destrampe y la creencia en que Dios proveerá. Comparado con Morris y Pablo debo de ser un tipo muy formal, y para demostrarlo he ido a comprarme una computadora. Es modesta y pequeña, tanto que ni siquiera tiene un disco duro y funciona a partir de un par de *floppies*, uno para el sistema operativo y el otro con espacio apenas necesario para guardar dos docenas de archivos y un arcaico procesador de textos. La pantalla es apenas más grande que una tarjeta postal, con letras verdes sobre fondo negro y un cursor cintilante que alebresta los nervios y jode la retina, pero eso es preferible a tener que esperar un turno en la oficina para sacarle jugo al único aparato que han comprado y es patrimonio de los contadores. Salgo también más tarde y vuelvo más temprano, aunque de todos modos, como señala Morris, no haga nada. Claro que eso no es cierto, o no del todo, porque a ratos —en un descuido, noches enteras— me entretengo escribiendo capítulos de libros que nunca existirán y cuentos que no espero publicar porque son *rounds* de sombra y nadie más que yo los necesita. Por gracioso que suene, me hace falta un respiro más allá de este caos. Quiero creer que no soy un inútil total y esa computadora va a terminar por producir un libro, aunque sea pequeñito, insulso e inservible. Hay semanas que Morris pasa de viaje y me toca lidiar con su casa embrujada, entre techos altísimos e inmensos ventanales que te hacen sentir una cucaracha. Otras veces regresa y se encierra con su amante de turno y una garrafa de Bacardí blanco, de modo que me sobran los minutos para mortificarme con preguntas del tipo *¿qué hago aquí?* y *¿qué diablos me propongo?* Hace ya más de un año que vivo en esta casa y algunas noches temo que me va a devorar.

"¿Decadencia? ¡Qué va! ¡Vivís en medio de un gran esplendor!", opinó fascinado Joaquín Sabina, cuando al fin de un concierto conseguí sonsacarlo con todo su *entourage* a gozar de la fiesta que organizamos para agasajarlos, convencidos de que el Negrito y él debían conocerse y congeniar. Lo había entrevistado días antes y esa noche entendí, ante su sorpresa por mirar el Frans Hals en el suelo, que era hora de moverme en otra dirección. Lo pienso cada noche, especialmente cuando me veo obligado a huir a mi recámara con tal de no tener que soportar a los "socios" del dueño de la casa: una caterva de gorrones de alta escuela resueltos a estafarlo hasta el final, contra cuyas promesas de cartón no hay modo de alertarle. Son fatuos, arribistas, gritones, zalameros, soberbios y desde luego todo menos cándidos. Se les llena la boca al pronunciar los apellidos de uno y otro político encumbrado, que según sus alardes y jactancias se pondrá de su lado en cuanto lo requieran.

"¡Vamos a ser los dueños de Acapulco!", se vanagloria Morris en un tono travieso que me suena ominosamente similar al del hombre que sueña con ser árbitro de la vida social de este país. Ninguno de los dos quisiera tocar tierra en un mundo que mira con desdén a quienes edifican castillos en el aire. Puedo ver a lo lejos en el tiempo, con certeza tristona y fatalista, a los "socios" de Morris repartirse uno a uno los terrenos donde supuestamente construirán desarrollos turísticos a gran escala. ¿Y no es revelador que sean los mismos pícaros quienes le han prometido colocar el Frans Hals en el mercado de arte neoyorkino? Si me lo pregunta alguien opino que ese cuadro estaría más seguro bajo las fieras garras del Negrito, pero aquí no soy más que un arrimado cuyas aspiraciones literarias no alcanzan para darle el menor crédito. Es por eso que prefiero esconderme, si a toda esa gentuza sólo podría llegar a impresionarla con mi estúpido puesto en Club de Clubes. Porque si de una cosa estoy seguro es que cualquiera de ellos se sentiría tocado por los dioses si un día viera su foto en la revista. Cuando hubiera revista.

Cada día que pasa, Alicia me recuerda de una u otra manera que la casa no está lo que se dice lista, aunque sí mi recámara. Me gustaría saber cómo explicarle que recién toqué fondo y prefiero empezar desde cero en cualquier otro lado, pero entonces tendría que explicarme yo solo de dónde va a salir el presupuesto para pagarme casa, comida y parranda. Estoy tan habituado a los subsidios que no puedo hacer planes sin mirar hacia el cielo. Trabajar para un dueño en bancarrota es irte acostumbrando a ver tu sueldo como gracia especial. Si otros piden aumentos y promociones, uno se felicita por no estar en la calle, aunque en su fuero interno sospeche que incluso eso sería preferible a estirar la manita como un niño. ¿Y es que alguna otra cosa ve en mí Alicia, a estas alturas del despeñadero? Pero si yo no sé para dónde moverme, ya imagino qué tal se mira ella, luego de tantos tumbos y amarguras. Los hijos únicos somos un poco padres de quienes una vez nos trajeron al mundo y esperan demasiado de nosotros. Tiene ya algunos años mi mamá (diría que peina canas, si no se las tiñera escrupulosamente), y pese a eso goza como niña cuando vamos a dar una vuelta en la moto y acelero más allá de los ciento cincuenta kilómetros por hora. "¡Qué emocionante, hijo!", me grita en el oído y recuerdo sus días al volante. Le gustaba correr como una endemoniada, ella y Xavier echaban carreritas de casa de mi abuelo hasta la nuestra (sospecho que nomás por divertirme).

"¿Te quedas a dormir?", me pregunta una u otro cuando voy de visita y me entretengo viendo con ellos el beisbol, y la verdad es que lo hago con gusto, tanto así que termino por largarme de San Buenaventura a tomar posesión de mi recámara. ¿Qué es mejor, en resumen, jugar con ellos dos al hijo de familia o al arrimado en la casa de Morris? Si lo miro con calma (o será que es el ángulo que me acomoda) mi único vestigio de independencia está en el interior de la computadora. Allí sí que me valgo por mí mismo, y si existe un futuro al que pueda apelar tiene que estar guardado entre sus *floppies*. Pues la pregunta no es dónde hay que buscar chamba para armarme de alguna dignidad, como a partir de cuándo voy a atreverme a apostar por lo mío. Muy pocas cosas me quedan tan claras como que los caminos posibles para Pablo y su empresa de caudales etéreos no tienen más destino que el naufragio, y sin embargo sigo en ese barco. Aun suponiendo que les fuera bien, ¿qué tengo yo que ver con sus mamarrachadas? ¿No es obvio que los socios se caen con sus mil dólares por un mero desplante de esnobismo? ¿De cuándo acá tienen los trepadores, cortesanos y siervos de postín algo lejanamente parecido a los pomposos "intereses culturales" que ni siquiera a Pablo le preocupan, como no sea para darse un barniz digno de una tertulia pueblerina? Hace falta ser cínico para no sentir náuseas delante del espejo, pero la integridad es otro de los lujos que por ahora no podría pagarme. O no me da la gana, que es igual.

Van dos veces que Pablo me invita a acompañarlo a las fiestas de su grupo de amigos, donde abundan cumplidos y caravanas tan sinceros como mis intenciones de hacerme alguna vez —horror de los horrores— cronista de sociales. ¿Qué espera que le diga yo a esa gente cuyas conversaciones me aburren como misa de tres padres? ¿"Qué tal, muy buenas noches, yo soy el cagatintas que alguna vez soñó en ser novelista"? Para evitarnos esos despropósitos es que escapo hacia el baño, el jardín o dondequiera que nadie me vea. Prefiero eso a ponerme un antifaz que me haría sentir apache con bombín, cuando lo que me va son el casco y los guantes. Vale decir que una motocicleta no es el mejor vehículo para enriquecer tus contactos sociales. Si el tráfico pesado llega a hacer envidiable tu intrepidez, cualquier leve tormenta te convierte en rata de alcantarilla, blanco de tantas lástimas que nadie querría estar en tu lugar. ¿Cómo entonces me puede la ilusión de comprarme una moto más grande? ¿Cómo la pagaría? Me caen de cuando en cuando trabajos de ocasión, algunos bien pagados; luego compro unas cuantas revistas de motos, acaricio el papel y me digo sólo por complacerme que una Suzuki Katana 1100 sería un paso más hacia afuera de este triste papel de *socialité*. Supongo que Xavier detestaría la idea, pero si he regresado al seno familiar es a partir de un pacto más o menos tácito donde, como en la casa de San Buenaventura, cumplo mi voluntad sin preguntar.

No es del todo verdad que sea un antisocial. Desde que, con quince años, agoté mis ahorros para comprar una guitarra eléctrica, siento la comezón de rodearme de bohemios y melenudos. Nunca compré, a todo esto, el amplificador —me enteré en realidad de que era necesario cuando quise estrenar la guitarra de marras—, lo cual subraya al cabo mi escasa vocación de *guitar hero*. Escribo acerca de algo que nunca supe hacer, y ahora que surgen grupos de rock por todas partes me resisto a quedarme fuera de ese circo. Tengo algunos amigos con madera de *rock stars* —Paco, Saúl, José Manuel, por riguroso orden de aparición— que a diferencia mía apuestan por sí mismos y ya se han ido haciendo de un culto cada noche menos marginal. Fobia, Caifanes, Sangre Asteka: motivos más que buenos para trasnochar y dejarme crecer la clase de colmillos que en Club de Clubes nadie me conoce. Escribo acerca de ellos, más ocupado en sumarme a su causa que preocupado por ser imparcial. Hace unos cuantos meses, a bordo del tremendo Porsche rojo que Morris consiguió gracias a su doble ciudadanía (nadie trae uno así, los coches importados son hoy por hoy una quimera exótica), me vino a la cabeza la idea de escribir un libro sobre rock —concretamente acerca de los Caifanes— que no sería novela pero me ayudaría a creerla posible. No necesito un Porsche, y ni siquiera una hermosa Suzuki, si soy capaz de terminar un libro. Es por eso que me armo de osadía y una tarde le llamo a Saúl, cuyo nombre aún figura entre los cumpleañeros que agasajamos en la casa de Club de Golf México. Unos días más tarde ya me he comprometido con los tres otros miembros del grupo y el editor, que a todo esto será mi viejo aliado Lalo, todos listos para unirse a mi apuesta. ¿Cómo iría a defraudarlos, ahora que me han creído y dan por cierto que de aquí a pocos meses habré escrito por fin mi primer libro? ¿De qué se va a tratar, por dónde empiezo, cómo voy a llenarlo? Mierda, no tengo idea, como tampoco sé qué demonios haría con los cuatro cilindros de una gloriosa Katana 1100, pero hay cosas que vienen sin reversa. Te toca acelerar, y luego a ver qué pasa.

XXVIII. Cosas sucias y saladas

No todo lo que tiene uno adentro le sirve a la novela.
Ejercer este oficio despiadado es enseñarse a jalar la
cadena.

Lesson number two: don't get high on your
own supply.

MICHELLE PFEIFFER /
ELVIRA HANCOCK, *Scarface*.

A veces lo que cuenta no es ya tanto lo que uno le
pone a la novela, como lo que le quita. Duele la amputación, y sin embargo a nadie le hacen falta tres brazos.
Dar con lo que le sobra al manuscrito —un capítulo,
un párrafo, una línea— puede ser tan incómodo como
reconocer algún defecto de la propia conducta. Sabemos que está ahí, pero nos defendemos clamando "así
soy yo", cual si ese desperfecto fuera ya indisociable de
nuestra persona. Vale decir que nos encariñamos con
ciertas torceduras que no ayudan a hacernos soporta-
bles, como los padres de aquel niño mimado que escupe
a las visitas y no hay quien lo reprenda porque así es
su carácter y qué se le va a hacer. No deja el adefesio
de ser tal porque fuera producto de mis entrañas, ¿o es
que quizá conservo, colecciono y ensalzo todo cuanto
de ellas ha salido?

Hay un problema de ego en este entuerto. Cree el
novelista tierno que el manuscrito es de su propiedad
y en sus páginas se hace estrictamente lo que le viene
en gana, cuando lo cierto es todo lo contrario. Sirve
uno al manuscrito como a un amo del que se sabe indigno y al cual ha de entregar el tributo de sus mejores

pensamientos. ¿Qué pensarán de mí cuando lo lean? He ahí la reina de las preguntas tontas. Si el novelista cumple a cabalidad con su misión, no será en él sino en sus personajes que sus lectores se entretengan pensando. La gente se da cuenta siempre que el ego del fabulador pesa más que su historia, y rara vez lo bajan de farsante. Esto es, mal mentiroso: un defecto que invita a abandonar el libro y buscar otra forma de aprovechar el tiempo. Escribimos novelas para que sean ellas, nunca nosotros, las que atraigan, seduzcan y engatusen a quienes caigan en su sortilegio. ¿Quién, que disfrute una función de títeres, querría distraerse mirándole las manos al titiritero? ¿Esperan los maleantes que se les reconozca por sus fechorías, o encuentran que pasar inadvertidos es mérito imperioso de su oficio? ¿Quiere el mago que piensen que hace magia, o ventila sus trucos para ganarse fama de charlatán?

Me muevo por el texto igual que el tramoyista detrás del escenario. No se supone que alguien deba verme, ni al público le importa lo que pueda antojárseme mientras hago mi parte en el montaje. Sería por supuesto una cosa fantástica que se me apareciera el fantasma de Bowie en este instante, mas ello no es motivo suficiente para abrirle la puerta que lleva al escenario, donde nada tendría que estar haciendo. *Sorry, David, but you are not allowed.* Y lo mismo sucede sobre el escenario del cuaderno naranja, donde las peripecias —o mejor: los pininos— del novelista en ciernes que en otro tiempo fui parecen buen pretexto para contar el resto de mi vida y convocar de paso a amistades y amores cuyos nombres he debido omitir porque así lo exigía el manuscrito: quiero pero no puedo, no soy quien manda aquí. Recuerdo que en el cine, cuando algo así ocurría, Alicia daba un manotazo en el aire y opinaba que aquello era ya "una pachanga", indigna a todas luces de ser tomada en serio.

Hace unos pocos años que tomé clases de ventriloquía. Sammy King, mi maestro, cuyo muñeco, el perico mexicano Francisco Jones, hizo historia y leyenda en el sufrido gremio, me enseñó entre otras cosas la importancia de situarse unas cuantas pulgadas atrás de la estrella del *show*, que en ningún caso podrá ser el ventrílocuo. ¿Y no ocurre lo mismo con los protagonistas de una novela? ¿Qué clase de pelmazo pretendería opacar a sus personajes o endilgarle a la historia situaciones que nada tienen que ver con ella, sólo porque le duele deshacerse de unas líneas bonitas y, ay, improcedentes? Tengo un cajón repleto de páginas que en su momento me satisficieron hasta el extremo del narcisismo, y no obstante hoy las veo con el orgullo muerto que merecerían mis mayores hazañas en los videojuegos. No tienen la menor utilidad, por más que me costaran desvelos indecibles, y no pienso enmarcarlas ni postrármeles. Hago bastante con no echarlas al bote de basura al que indudablemente pertenecen.

No suele ser por falta de inspiración, ni por el desfavor de las mentadas musas, que el texto se me atora de sopetón. Situación muy penosa, hay que decir, equivalente a un cielo inexplicablemente encapotado, misma que uno procede a exagerar cual si fuera el final de su carrera. Unos días después —ojalá no semanas— salta a la vista cierto paso en falso que echó a perder el flujo de la narración, y al cual hay que volver a fuerza de tachones y recortes, sin el menor resquicio de misericordia. Afortunadamente nadie más se ha enterado y estoy a tiempo de enmendar el rumbo, tras lo cual volveré a respirar como si nunca hubiérame atorado. Quiero decir con esto que las llamadas de un despacho de cobranzas, por groseras e impertinentes que parezcan, no me quitan el sueño y el sosiego como el feroz agobio de ver el manuscrito detenido sin otra explicación que la incapacidad del narrador. ¿Qué he de poner, quitar o destrozar para salir del marasmo maldito? ¿Qué hago para evitarme la pena de saltar de la azotea?

Ya he dicho que abomino la palabra *bloqueo*, tanto o más que de niño las jeringas. Dije también que veo el texto cucho o contrahecho como una fuga de agua que vine a reparar con base en mi experiencia. ¿Cómo voy a explicarle a mi cliente que esta noche se va a inundar su casa porque yo estoy "bloqueado"? ¿Serviría esta coartada para que mi familia se quedara contenta sin cenar? Me lo decía Alicia, con la preocupación de quien se teme haber traído al mundo a un haragán: "El problema con esa chamba que escogiste es que si no trabajas, no comes". Tal como consta en las páginas previas, sobreviví a la vida de oficina sin trabajar gran cosa, y no obstante prefiero esclavizarme en lo que más disfruto —aunque me haga sufrir, y puede que por eso— que hacer a cuentagotas lo que me repugna.

Pasar el día entero fingiendo que trabajas es un quehacer de por sí agotador. Se cansa uno de estar sin hacer nada, más todavía si le abruman los pendientes y los va postergando por desidia. ¿Y a quién estafo ahora que me he vuelto patrón, empleado y capataz, si acepto que el bloqueo puede más que yo? Sacudía la testa mi mamá cada vez que aplicábame a explicarle que no es uno el que escoge un oficio como éste, sino que se resigna a obedecerle, como el fauno que corre tras la ninfa porque fue ella quien decidió imantarlo.

Cada vez que algún alma fervorosa se acerca a confesarme sus deseos de hacerse novelista, reprimo los impulsos de brindarle mi más sentido pésame. Quien no tenga el estómago para aguantar de pie durante veinte años fracasos y fracasos, desaire tras desaire, frustraciones sin fin, bien haría en buscarse alguna ocupación menos ingrata. Novelistas son quienes no han podido evitarlo. Sueña uno, por supuesto, con el triunfo, y éste consiste al cabo en no hacer otra cosa que escribir. Seis o siete horas diarias de enfocar las ideas hacia un solo propósito es un trabajo arduo y absorbente —el mejor de este mundo, decía Carlos Fuentes— que tampoco termina al soltar el cuaderno, puesto que hacer novela es mirarse poseso de un trance paralelo al enamoramiento, que te persigue incluso a lo largo del sueño y cuyas recompensas jamás están exentas de penurias. Nadie puede ayudarte, ni mostrarte el camino, ni hacerte la tarea, y ello quizás explique el alivio profundo que se experimenta cuando la trama avanza, pese a todo. El tachón, el revés, el traspié traicionero: tales son los maestros de quienes cada día nos lanzamos al abismo sin fondo de este oficio.

"La verdad del amor es que es sucio y salado", alerta con justicia la canción de Pink, y pese a ello el trabajo de los enamorados consiste en verlo con las alas puestas y pretender que surcan el firmamento hasta cuando se arrastran por el fango, puesto que ya malician que cualquier otra opción sería miserable comparada con esta plenitud. Mucho se habla, en el caso de los novelistas, del papel del talento y la inspiración, cuando lo que hace falta es terquedad. Sudor. Tenacidad fanática. Fe irracional en la supervivencia. Se cuenta que James Joyce debió encajar dieciocho rechazos al hilo antes de que el primero de sus libros —*Dublineses*— fuera aceptado por un editor. ¿Cuántos desprecios más tendría que aguantar un hijo de vecino cuyo talento es presumiblemente inferior al de Joyce? ¿Cómo sé que la historia que estoy escribiendo no es una porquería impublicable? Tampoco termina uno de tener claro que la persona amada le hará caso algún día, ni si esa sería buena o pésima noticia, ya en los terrenos de lo sucio y salado, y no obstante persiste en apostarlo todo, sin importarle mucho lo que digan los momios. Cierto, lo más probable es que fracase, pero entonces lo volverá a intentar, calculando quizá que una nueva derrota será ligeramente menos factible. No pretendo ocultar, en todo caso, que el manuscrito que ahora mismo emborrono es el feliz recuento de las derrotas que me han hecho novelista. A saber cuántas vengan en camino.

XXIX. Esta sed de hemoglobina

Porque ciertas materias se cursan de noche, a alta
velocidad y preferentemente en sentido contrario.

No fue fácil lograr que Pablo aceptara a esa tal Miss Hoyuelos de incierto pedigrí como la *cover girl* de la revista, y menos lo será convencerla de que vaya conmigo al lanzamiento de la segunda época. Es arisca, orgullosa y petulante, más por defensa que por convicción. Puesto a elegir, al fin, prefiero verla en la presentación del libro, dos días antes del evento en el congal mayor de Club de Clubes. Le he suplicado a Lalo que me evite el bochorno de subir al estrado y a la hora buena no me deja opción: estoy entre mis dos presentadores, dando la cara al público del teatro, todavía resuelto a no abrir la boca. ¿Qué quieren que les diga, me carga la chingada? Me tomó cuatro meses rehacer las entrevistas que les hice a los músicos, de forma que parezcan una historia, o tal vez una fábula porque lo teñí todo de irrealidad. Me pregunto de pronto si he contado lo que a ellos les pasó o lo que habría querido que a mí, el músico frustrado, me ocurriera. Lo escribí en mi pequeña computadora, igual que una descarga de bilis y estamina que como bien dirá el presentador que cinco años atrás me daba clases, pudo haberse tratado de cualquier cosa. Fueron tardes intensas, de fruición y revancha, en las cuales me dediqué a exhibir sin mucho disimulo la desesperación del novelista-sin-novela que se empeña en gritar que no lo den por muerto.

—¿Escribiste una crónica, un ensayo, un testimonio… tal vez una novela? —pregunta un periodista, cuando llega mi turno en el micrófono.

—La verdad, no sé qué hice —esquivo el bulto, aterrado e incómodo. Se oyen algunas risas, incluyendo las mías, y no abro más la boca.

Me queda la impresión de que soy un farsante, como en esos exámenes de la preparatoria que resolvía a golpe de bla bla bla. Se me da tirar rollo, sólo que ahora no se me dio la gana. Miss Hoyuelos opina que he hecho mal y yo me digo que salí del paso. Empujé un coche ajeno, una vez más, ¿quién dice que merezco una ovación? Noventa páginas no necesariamente hacen un libro, ni acaban de quitarme lo miedoso. Me defiendo, eso sí, de quienes aún me insultan tildándome de *crítico*. Prefiero que otros juzguen lo que yo hago a sentarme en la silla del putito juez. ¿Pero qué es lo que hice en realidad? Nada de lo que esté muy satisfecho, por más que Lalo me hable de virtudes que encuentro relativas y tramposas. ¿Me estaré boicoteando, por recato ranchero? La idea se me ocurre un par de días más tarde, una vez que he subido al podio donde presento la nueva época de *Quetzal* y despliego una paja tan fluida que se diría que estoy muy orgulloso de ser el editor de esa revista hueca y aburrida cuyo único mérito está en el par de hoyuelos impreso en la portada. Si la rorra de marras me hubiera acompañado a la presentación de una revista que es más suya que mía, le daría por pensar que estoy más a mis anchas como *socialité* que en plan de autor. ¿Y qué dirían los fans de los Caifanes, de haberme visto con mi traje Armani delante de ese público al que nada parece ilusionarle más que topar con su jeta en la revista?

Mentiría, sin embargo, si dijera que nada gané con ese libro. Hace ya varios meses que trasnocho con mis nuevos amigos. Saúl es popular entre la tropa, me presenta como el autor del libro y pasamos las noches carcajeándonos igual que dos alumnos de preparatoria. Todo empezó una tarde de sábado en su casa. Me había contado varios episodios tormentosos de su infancia, no muy distantes de mi propia niñez, tras lo cual procedimos a intoxicarnos con presteza espontánea y acabamos cantando a coro disparejo un disco entero: *The Rise and Fall of Ziggy Stardust and the Spiders from Mars*. Los dos nos lo sabíamos, del primero hasta el último pujido, y eso nos hizo aliados instantáneos.

Cuando menos lo pienso, ya soy parte de la forma de vida que he contado en el libro. Un *nosotros* que se irá haciendo grande al paso de las noches —martes, sábados, jueves, da lo mismo— mientras cambio de piel, sin advertirlo. No hay planes ni programa, es como ir en la cresta de una ola donde lo inesperado es lo único esperable y nadie se detiene a hacer preguntas. Tugurios, auditorios, covachas, callejones, sótanos, palacetes, azoteas, vestíbulos, leoneros y mansiones se suceden hasta el amanecer, como en un videoclip interminable que hace de todas una misma parranda, llena de personajes que aparecen aquí y allá como el gato de *Alicia en el país de las maravillas*. Supongo que es normal que traiga, como todos, una sonrisa fija de Cheshire Cat que no se borra ni al llegar a mi casa. Nunca, que yo recuerde, fui tan golfo. El aquí y el ahora son mi dónde y mi cuándo, lo demás de la vida me tiene sin cuidado, si bien me las arreglo para funcionar del mediodía hasta el anochecer sin extrañar demasiado el sarcófago.

Necesito dinero, eso es verdad, aunque no exactamente para hacer ahorros. A mis demonios les corre la prisa por radicalizar este proceso y alejarme volando de la caricatura de editor de sociales que nadie me ha acabado de creer. Volando, he dicho, y para eso hace falta la Suzuki Katana que me estoy aburriendo de mirar de lejos. Un animal salvaje que va de cero a cien kilómetros por hora en poco menos de tres segundos, cuyo precio sería razonable si no hubiera además que pagar los impuestos. Antes de hacer más números, tomo la decisión de viajar a Houston, con el pretexto de ir a un concierto de Bowie, y embarcarme de una vez con el gasto. Vendí la Kawasaki, cobré un par de *freelances*, ya veré cómo saco lo que falte. ¿Quién va a quitarme el gusto, en todo caso, de abrazarme con Paco y lloriquear cantando *Life on Mars* al unísono con el *Thin White Duke*?

Nunca serví para coleccionista. Siempre llega el momento en que la colección empieza a poseerte y dejas de saber qué exactamente tienes. ¿De qué diablos me sirven los mil trescientos discos LP que dejé de escuchar hace un par de años, cuando se descompuso el tocadiscos? Según me han dicho en la agencia aduanal, la moto tardará no más de dos semanas en pasar por sus manos y sigo sin saber qué hacer con los impuestos. De estas dos situaciones se desprende la urgencia de plantarme este sábado en el tianguis del Chopo y rematar toda mi colección. Una masacre, según observa Tommy, que se adelanta a la barata de verano y de golpe me compra un centenar de discos por un precio ridículo, pero ya qué más da. Si alguna vez Sid Vicious pagó un trayecto en taxi con su bajo eléctrico, no seré yo quien llore por unos cuantos discos empolvados. ¿Y cómo iba a llorar, si tras un par de sábados tengo entre manos los billetes bastantes para armarme con esa viuda negra? No espero que me entienda Miss Hoyuelos, el *socialité* Pablo o la gente juiciosa a la que igual jamás convenceré de que tengo los pies sobre la tierra. Sigo mi propia trama, obedezco a un instinto que hasta la fecha nunca me ha fallado, por más que me empujara a cometer errores que eran de todas formas necesarios. La experiencia se gana, el precio es lo de menos. Mientes, pinche James Bond: nadie vive dos veces.

Consuela, ciertamente, vivir más de una vida. Ser varios y distintos personajes, y pese a todo la misma persona. Cambiar de teatro, de obra y de papel igual que de camisa o de opinión. Reírte imaginando el escándalo de unos si te escucharan hablar con los otros.

Y viceversa, no faltaría más. No ser parte de nada, en realidad, y estar en todo. Pasar la noche oyendo a Ministry y Jane's Addiction, entregar las mañanas a Jobim y los Gershwin. Anestesiar el tedio de un partido de polo con cierto *brownie* verde en el estómago. Huir de la oficina a mediodía y asilarte en la risa de una niña que aprende las palabras mientras juega contigo a la comidita. Mandar al diablo amigos y deberes por encerrarte a escribir unas líneas sin orden ni concierto que nadie te ha pedido. Consumar el milagro de que ni un solo día se asemeje a los otros y las noches sean todas una sola. Engañarlos a todos sin defraudar a nadie. Al paso de los años habré de preguntarme cómo contar estos tiempos febriles y me diré que la pasé tan bien que no recuerdo nada, cuantimenos el orden de los factores, aunque entre fiesta y fiesta salvaguarde una pizca de sobriedad mediante un viejo truco de fichera: en el tiempo que toma a mis compinches beberse tres tequilas, me aplico a administrar una cerveza. ¿Cómo, si no, iba a darme el gustazo de ir por las avenidas a media madrugada en mi Suzi nueva, certificando el dicho de que la vida empieza a los ciento noventa kilómetros por hora?

Me gustan las mujeres fugitivas. Yo mismo lo sería, de estar en su pellejo. Saúl suele imantarlas por decenas y a la Katana nunca le van mal. Naturalmente, Miss Hoyuelos mira mi moto por encima del hombro y nunca ha de treparse atrás de mí. ¿Por qué sigo perdiendo el tiempo junto a ella, si de antemano sé que somos divas de distinto escenario? Por eso, a lo mejor. La ventaja de los amores imposibles es que no alcanzan para estropear la *party*. Matamos el hastío, nunca con demasiada asiduidad, y el resto de las noches me porto del carajo, ante el aplauso unánime de la pandilla. Morris, Saúl, Alfonso, Paco, Bola, Claudio, el *Frutilupis*, Del Garfio e incontables faroles de la calle en cuya compañía no soy más extranjero aunque sí de repente extraterrestre, a juzgar por la cápsula invisible que el creciente estrellato nos reserva. No dudo que sea duro y agresivo tener que soportar a tanta gente extraña peleando tu atención —asumo que será una de las razones por las que Saúl carga con nosotros—, de modo que agradezco ser un feliz apéndice de su celebridad. Mi papel no es brillar bajo los reflectores, sino asistir al circo desde la sombra, confundido con esas chicas veloces que como yo han tomado distancia cautelosa de la monotonía cotidiana. Es verdad que la cabra tira al monte y yo no he renunciado a perseguir lo mío. Puede que no esté listo para hacer la novela de la que tanto hablé, en años más ingenuos, mas nada de eso evita que la siga mirando allá a lo lejos, donde otros imaginan que estará Miss Hoyuelos, vestidita de blanco y bañada de arroces. Uno a veces se miente con fantasías idiotas para que sus demonios trabajen a placer.

Ahora bien, hago números. Soy un irresponsable, ni para qué negarlo, pero eso no me impide llevar mis propias cuentas en secreto. Cuando estaba en la agencia de publicidad, calculaba mi entrega a esos quehaceres en un quince por ciento. Y si con eso me daban un sueldo que hoy encuentro añorable y suficiente, ¿qué debería obtener a cambio del total de mis pasiones? Suena etéreo, lo sé, por eso me lo guardo entre los planes que a nadie más tendrían que importarle. Según la directora de Recursos Humanos de la empresa de Pablo el caballista, mi trabajo no vale más de lo que me pagan. No me lo tomo a drama, es sólo una opinión, y si he de dar la mía diré que esa señora es una imbécil útil, pues sus palabras sirven de acicate para quien como yo está más que podrido de vivir como puta malpagada.

Me queda la impresión desoladora, aunque a ratos también reconfortante, de ir saltando entre grandes monumentos que de aquí a poco tiempo serán ruinas. La última gran fiesta en la casa de San Buenaventura tuvo como atracción principal un zapapico. Mientras unos cantaban, bebían o bailaban, otros nos íbamos turnando la herramienta para atacar paredes y columnas. Abrimos un tremendo boquete en la pared, pero ya qué más daba si en unos pocos días llegarían los *bulldozers* a hacer polvo la construcción entera, donde los truculentos "socios" de Morris construirán siete casas que luego venderán, estoy seguro, sin que el dueño se gane diez centavos. Es mi más grande amigo, pero hace ya un par de años que dejé de entenderlo. Mejor dicho, lo entiendo solamente después de recordar a un personaje de Kundera: Paul, el "ingenioso aliado de sus sepultureros". ¿Y no es obvio también que los sueños guajiros del polista Pablo terminarán por ser puros escombros? Hay quienes se empecinan en edificar tumbas para sus ilusiones. ¿Piensa casarse el Quiquis con la novia que hace unos pocos meses sacó de no sé dónde? Desde niño me embarra que estoy loco y no sé adónde voy, sólo que ahora me sale con que sí, se va a casar con ella "si en medio año no encuentra algo mejor". *Algo*, ni siquiera *alguien*. ¿Y yo soy el demente?

A veces, en las noches, me da por apartarme. Dejo la zona VIP donde mis amiguitos se emborrachan sin pagar un centavo, y vaso en mano me acomodo en un rincón vacío, desde el cual puedo ver con toda calma lo que la gente hace por divertirse. Ya sé que es la mejor manera de amargarse, pero qué quieren que haga si es también eso lo que más me entretiene. Creo saber lo que hago entre la tropa de mis amigos vampiros. Soy novelista, ando de cacería. Entiendo que Saúl salga de noche a mezclar el placer con los negocios, lo que no sé es qué diablos hacen los demás. ¿Qué se va a ganar Morris, que tantos años lleva de anunciar su dudoso porvenir de magnate? ¿Alguien aquí supone que vengo a trabajar de cronista de rock, biógrafo de los músicos, infiltrado de la opinión pública? Si algo celebro de mi tribu bohemia es que sepan que no soy un soplón, con lo que me costó que dejaran de verme el gafete de prensa. Soy uno de ellos, para efectos prácticos. Paso mucho más tiempo en los camerinos que en los palcos, salones y demás áreas acordonadas para los medios de comunicación, donde apenas me paro a saludar y hacerme un poco más de mala fama. Incluso cuando llego con alguna encomienda reporteril, elijo el bando de los criticados por sobre el club de los criticones. No juzgo lo que veo, me limito a vivirlo. Más que la información, me interesa la experimentación.

—¿Qué haces ahí, pendejo? ¿No ves que ya nos vamos? —llega Morris a rescatarme de mis lucubraciones solitarias—. ¿Puedes andar o va a haber que cargarte?

—Mejor invítate algo, que me está dando sueño —vuelvo en mí, veo la hora, calculo que estaré de regreso en mi casa de aquí a dos fiestas más.

Esto de ser perdido de medio tiempo te exige sacrificios admirables, como el de abrir el ojo a las diez, disfrazarte de persona de bien y correr a una junta donde te toca hablar con propiedad de cosas que ojalá te importaran medio pito, a ver si así te alcanza el dinero. Es como si tuviera un hijo perdulario y camellara sólo para pagarle el *lifestyle*. Ya no voy diariamente a Club de Clubes, hago lo que me toca en mi computadora y lo mando por fax. Luego, según el día y las urgencias, me transformo en cronista musical, publicista *freelance* o columnista multiusos. Me ha calado muy hondo el desdén de la bruja de Recursos Humanos, ya es hora de salir de la miseria. ¿O es que voy a pasarme el resto de mi vida comiendo frijoles y eructando pollo? Por lo pronto, me he hecho de un aliado que se empeña en cambiarme la existencia. Se llama José Luis, lo apodan "el Abad" y es editor de una sección de espectáculos donde me hace jugar en varias posiciones. No le puedo fallar, es un profesional y ha apostado por mí.

—Te tengo una perversión a tu medida —masculla en el teléfono el Abad, juraría que se aguanta la risa—. ¿Me harías una crónica de un recital de Julio Iglesias?

—No me chingues —respingo, automáticamente—. ¿Es broma?

—En Las Vegas. Va a estar el sábado en el Caesar's Palace —lo dice despacito, paladeando las sílabas.

—Listo —recapacito, otra vez automáticamente—. ¿Cuándo vuelo?

Tengo un lado muy serio y el Abad lo conoce. Me ha advertido que, al menos en sus dominios, no estoy autorizado a hacer los desfiguros que prodigo en el suplemento de Bauche, pero ni falta que hace. Tampoco me interesa jugarle al exquisito, voy con el mismo gusto a reseñar el Señorita México que a un jodido desfile de lencería. Me gusta ser novato y escribir sobre asuntos que nunca imaginé que tocaría, escapar del capullo que me protege del resto del mundo y salpicarme de esas aguas puercas que otros más pretenciosos ven con el asco de un señoritingo. ¿No es por eso, de paso, que me gusta la moto, donde me pega el viento y me empapa la lluvia y hay que plantar los pies sobre el asfalto? Si me viera en la ñoña necesidad de cuidar un presunto prestigio culterano, alguien dentro de mí —el novelista en ciernes, por supuesto— rebotaría de risa, porque eso es justamente lo que estorba a mis planes futuros. No quiero protegerme, busco tirar los dados hasta probar que sirvo o que soy una mierda. Todo lo que haya en medio me sale sobrando.

A la boda del Quiquis iré en moto. Se casará en Querétaro, ya que no se ha encontrado *algo* mejor. ¿Debería alertar al viejo amigo o a la ingenuaza que va a ser su esposa? Por lo pronto, me tomo el viaje en serio. Es mi oportunidad para probar que a estas alturas sigo sin temerle a la muerte. Aun a doscientos veinte kilómetros por hora —rebasando los coches que van a ciento veinte como si estuvieran estacionados— me siento desafiado por mi Suzi, que insiste en darme más de lo que pido. Es un poquito arriba de los doscientos treinta que el paisaje se vuelve un videojuego donde ya no soy yo sino árboles y cerros los que se mueven. Veinte kilómetros por hora más y el viento entra en el casco huracanadamente. La mera distracción de convertir las millas a kilómetros —tras el vistazo raudo al velocímetro que me hace abrir los ojos a un paisaje de súbito distinto— es como dar el paso de la muerte. Momento más que bueno para reflexionar en la lección de Hamlet: ¡Alerta, el narrador no se puede morir! ¿Quién va a contar la historia, si eso pasa?

—Hice una hora con siete minutos —le presumiré al Quiquis, con vanidad idiota.

—¿Desde la caseta? —pela los ojos, entre cálculos prontos.

—Desde mi casa —fanfarroneo de vuelta, con aires de Steve McQueen.

—Tú sí estás bien pendejo —menea la cabeza, con cara de papá.

Lo que no le he contado es que es la última vez. Me niego a ser un *crack* de la ruleta rusa. De regreso, un diluvio de cuatro horas hará de mí un cagueta entumecido, pero a ver quién me quita lo volado. ¿Habría preferido —hipotéticamente, ya se entiende— llegar al casamiento en un buen coche, tomado de la mano de Miss Hoyuelos, y una vez allí verla cachar el ramo lanzado por la novia? Yo calculo que no, y hasta me temo que un suceso así sería más peligroso que otro lance suicida en la Katana. Cada vez que hago o digo algo que desconcierta a Miss Hoyuelos, el novelista oculto alza los brazos en señal de victoria. Aun suponiendo que la ilusionara la estrambótica idea de casarse conmigo, no me veo capaz de ponerme a la altura de esas expectativas sin buscarme una chamba de publicista *full time* y declarar difunto mi proyecto. Por suerte no me quiere, ni le importa lo que yo me proponga, y así me lo demuestra cada vez que salimos. Soy ese amigo incauto, útil y complaciente que está ahí para sacarla del aburrimiento siempre que no le quede un plan mejor, y ella es la chica guapa a la que llevo y traigo como quien se pasea en un Ferrari ajeno sin tener que ponerle gasolina. Se sabe hermosa y no lo disimula, menos ahora que aspira a ser modelo y gana bien como edecán de lujo. ¿Cómo le digo que me da escalofríos pensar que en una de éstas su soberbia podría convertirla en otra de esas ruinas que uno termina viendo por el retrovisor? ¿Y cómo me confieso que voy por ella a casa del carajo y pretendo que soy inmune a sus desdenes de infanta suburbial para no resignarme a perder la ilusión de algún día ser la persona normal que tanto querrían ver Alicia y Xavier? Qué le vamos hacer, la gente es muy idiota y yo soy gente.

Botas altas, pantalones negros, chamarra de cuero, casco multicolor. No siempre me acomodo al personaje que soñé desde niño, tal vez porque no imaginaba entonces que ese perfil es el de un solitario. Llegué con esta facha a una comida en el departamento de los recién casados y fue como si entrara un extraterrestre. Están presentes dos amigos del Quiquis y un par de familiares de su esposa, todos acompañados por sus cónyuges. Muy amables, no me atrevo a quejarme, aunque tampoco sé de qué diablos hablar para encajar en esta comilona que más parece un picnic de Los Picapiedra. Súbitamente soy uno de esos prepúberes que sólo esperan la llegada del postre para pedir permiso y largarse a jugar con sus iguales, pero aquí no hay iguales y hasta el más excitante de los temas me parece impostado y anodino. Las señoras platican, como diría Alicia, de ajos y de hijos, y los maridos tratan de aprovechar sus distracciones para hablarse en voz baja, entre codazos y risas ahogadas, de esta o aquella diva de la televisión cuyas piernas o nalgas o tetas les soliviantan el pájaro tuerto. Para colmo, ya el Quiquis va a ser padre y llegamos a la hora de los tips. ¿Cuál será la terapia psicoprofiláctica que me libre de aullar a mitad del tormento? "Tengo otro compromiso", se dice en estos casos, antes de huir corriendo hasta la calle y tomar una inmensa bocanada de oxígeno. Naturalmente, nunca volverán a invitarme.

El problema soy yo, eso es lo que más temo y en ciertas situaciones más me tranquiliza. Hay quienes, pese a todo, hacen milagros para soportarme y eso me da esperanzas de cambiar. Quién diría que el *Motorcycle Madman* tiene preocupaciones de solterona, pero si Miss Hoyuelos no guarda para mí más que desaires, hay por ahí otra niña buena a la que no parece incomodar la posibilidad de meterme en cintura. Vive treinta kilómetros más cerca, tiene ochenta por ciento menos ínfulas y ya perdí la cuenta de las veces que ha sonreído sólo para mí. Una temeridad, si tomamos en cuenta que es estudiante de Administración de Empresas y no tiene experiencia en convivir con *weirdos*. ¿Qué espero? No lo sé. Terminar de engañarme, a lo mejor. Así como me digo que ha llegado el momento de sentar cabeza y abrir mi propia agencia de publicidad, trato de dar por buena la creencia infundada de que puedo encajar en un mundo similar al del Quiquis. Tendría que irme al infierno por comparar a tamaño pelmazo con la administradora de sonrisas, y sin embargo me es algo más fácil imaginarla junto a él que conmigo. Trabaja en la oficina del polista optimista, aunque sus credenciales no le bastan para codearse con la casta divina. Nos vemos a escondidas, por mutua conveniencia, y ello me la hace aún más atractiva. Lorna, se llama, y se deja llevar por la Katana sin el menor reparo. No respinga ni por mis salvajadas cuando siembro el terror entre coches, peatones y camiones. Tiembla, se aferra a mí y suelta la risa, como si fuera a bordo de una montaña rusa. ¿Sabe en la que se mete? De ninguna manera, y yo tampoco. Le ha dado por creer que soy buena persona y me falta tupé para desengañarla.

Ni para qué negarlo, me pierden las piernudas. Basta con que unos muslos bien plantados se aparezcan en el horizonte para que se me quiebre la brújula. ¿Quién le dijo, por cierto, a Miss Hoyuelos, que es la única piernuda de este mundo? Después de un par de brindis atrevidos, me he convertido en el novio de Lorna. Ya sé que mis historias le parecen "marcianas", pero esas extrañezas en vez de disuadirme terminan atrayéndome. Soy el protagonista de otra de esas películas donde la chica dulce y cariñosa puede más que los hábitos del farol de la calle, aunque esa convicción rara vez sobrevive a media hora de insomnio retador. El sabor de sus besos deleitosos derrite en un hervor mis dudas al respecto, bullen las certidumbres hormonales y reniego de los escepticismos que delatan mi pobreza de espíritu. ¿Qué me cuesta tratar de pasar por encima de lo que creo saber, en nombre de los pálpitos que no quiero advertir? ¿Voy a ser ahora yo Mister Hoyuelos? Puta madre, me encariñé con ella y sería una traición dejarme encandilar por sus piernotas, cuando ya quedó claro que soy un vil marciano y no voy a adaptarme a esas normas terrícolas de las que no me canso de renegar. La Katana lo sabe: es hora de moverme de la escena.

Algo me dice que si Miss Hoyuelos fuera tan cariñosa como Lorna, ya me le habría escapado por la puerta trasera. Hay un gran despeñadero entre lo que uno quiere y lo que quiere creer. Nunca abriré una agencia de publicidad, ni me pondré la capa de aquel príncipe azul que obedece al libreto sin chistar. Nada de lo que digo que me interesa, y que en el fondo sé que es imposible, sirve para otra cosa que este ritual de prueba-y-error cuyo móvil mayor es la curiosidad. Que me perdone Lorna por chuparle la sangre de este modo, pero no conozco otro y no puedo llevarla a mi sarcófago. ¿"Prueba-y-error", he dicho? ¿Cuánto de eso me falta todavía antes de darme entera la confianza que sigo repartiendo entre quienes me quieren para empujar sus coches? ¿No debería quitarme de una vez este signo de pesos de la frente?

XXX. Arriba el telón

Si va uno a "presentar" la historia que hace tiempo dejó
de obsesionarle, no estaría de más también representarla.

And it was cold and it rained so I felt
like an actor.

DAVID BOWIE, *Five Years*

Se espera que el amigo hable bien de uno, pero no
veo la necesidad de que los míos tengan que hacerlo justo a mis costados, y todavía menos con el público enfrente. Poco les falta a algunos precavidos para invitar
a hablar a su mamá, de modo que no se oigan más que
elogios a su vida y obra. Como mero asistente, encuentro
las presentaciones literarias no sólo pueblerinas sino —el
colmo, hablando de ficción— inverosímiles. Y si ocurre
que estoy en el estrado y es un trabajo mío el que resulta
objeto de este horrendo ritual, experimento un rubor
progresivo que me incomoda al punto de sopesar una
graciosa huida. ¿Será mucho pedir que esperen hasta la
hora de mi muerte para echarme esas flores tan coquetas?

Acepté, en un principio, las reglas de este juego, por
las mismas razones que tiene el invitado para comerse
todo cuanto le sirven. "Gracias, tía, todo estuvo muy
rico", decía yo, adiestrado por Alicia, no bien me levantaba de la mesa, aun si la anfitriona no era de mi
familia o su comida me sabía a vómito. Con tan pocos
amigos entre los escritores, debía yo encajar la presencia formal de perfectos extraños, algunos de ellos sabios
e ingeniosos aunque otros aburridos, cuando no francamente improcedentes. Con tanto tiempo, pues, para
la introspección, poníame en el lugar de los asistentes

y no podía entender que siguieran ahí. Cierto es que me iba bien por esos días, y ese era otro motivo para asumir una humildad forzada por lo que Mario Vargas Llosa ha atinado a llamar *la servidumbre del éxito*. Me sonreía el hada de los novelistas y no quería portarme como un divo, ni podía darme el lujo de ser aquel rufián a quien solían correr de los restoranes, pero toda paciencia tiene un límite y me temo que el mío es algo estrecho.

Al igual que no pocos miembros del público, me indigesta ese rito profiláctico del mantel verde y la jarrita de agua, cuando una buena ronda de tequilas puede hacer maravillas por el relajamiento del ambiente. Lo supe al fin de aquel año voraginoso, en compañía de Arturo Pérez-Reverte —lo apodaré más tarde "el navegante", al dedicarle la más querida de mis novelas— que en lugar de cubrirme de piropos se entregó a sonsacarme las palabras con la astucia de un detective alerta, el oficio de un juglar colmilludo y el poder de dos vasos de tequila. ¿Cómo es que en las presentaciones literarias se sirve vino sólo hasta el final? ¿Es tan difícil dar a los asistentes tan siquiera una copa por adelantado, o puede más el miedo a que se duerman? Recuerdo a un personaje incorruptible —la Gabriela de Jorge Amado— cuya más señalada irreverencia consiste en confesar que se aburre como un chamaco castigado en las presentaciones literarias, mientras otros dormitan intermitentemente y aplauden a rabiar cuando vuelven en sí. Nadie te va a decir que tu presentación, tu libro o tu persona le provocan efectos comparables al de una bocanada de cloroformo, porque eso sería tanto como poner en duda su lustroso apetito cultural, y sin embargo es cierto que entre los cultivados asistentes hay más de uno que nunca va a leerte, por mucho que te cubra de alabanzas. Menudean los políticos pomposos proclives a esta clase de generosidad.

Otro de los frecuentes despropósitos en la organización de las presentaciones consiste en invitar a los presentadores antes de preocuparse por permitirles que lean el libro. ¿Qué hago si no me gusta la tal novela, y de hecho no consigo terminar de leerla? ¿Esperan que comparta mi genuina opinión o me han visto la cara de palero? ¿Quedaré condenado al ostracismo si confieso que el manual de instrucciones de mi lavadora me ha apasionado más que el libraco de porra? Algo me dice que en casos como estos, editores y autor esperan más de mis buenos modales que de mi juicio auténtico, no necesariamente bienvenido. Ahora que si se trata de exhibir mi correcta educación, hace falta ser un perfecto majadero, además de un ingrato y un traidor, para recomendar ante quien me ha leído, o acaso me leerá, un libro que yo mismo considero infumable, sólo porque no tuve la entereza de negarme a tiempo, o siquiera la astucia de hacerme el enfermo. Cualquier cosa menos sumarme cortésmente al cacareo hueco de una tertulia dominguera más.

Elijo las palabras casi tanto por su significado, como por su color y su sonoridad. Buena línea es aquella que se deja leer en voz alta sin sufrir menoscabo, revelando quizá virtudes y matices que al lector silencioso pudieron escapársele. Y en vista de que tales aficiones tienden a hacerse mañas recurrentes, termina uno buscando el ritmo del lenguaje más allá de la página, cuando ha de hacerse cargo del escenario y se lanza a "escribir" delante del micrófono. Una labor vehemente y adictiva para quien como yo que creció habituado a vibrar en el teatro, frente a monstruos sagrados como Ofelia Guilmáin y José Gálvez, de la mano de Alicia, Xavier y Celita, que rara vez dejaban pasar un santo o un cumpleaños sin armarse con unos buenos boletucos. Me hechiza el escenario, aunque no sea un actor ni pretenda emular a aquellos astros, y una vez allá arriba nada hay que me distraiga del trance fascinado del *performance*. Nunca es igual, ni lo sería incluso si hablara de lo mismo ante idéntico público, puesto que el intercambio de fluidos —valga la alegoría— supone una constante retroalimentación, ojalá comparable a aquella que mis heptadecabuelos, los juglares, debían poner en marcha para aspirar a llenar de monedas el sombrero que les mataba el hambre. Sucede algunas veces que una edecán atenta o un gestor despistado se trepa al escenario sin que yo me dé cuenta porque estoy en lo mío, y una vez que me entero (de pronto por las risas desfasadas del público) debo hacer un esfuerzo para no estrangular a esa persona, como si en vez de subir al estrado irrumpiera en el baño, donde uno suele estar a buen resguardo de abusos semejantes. Es un momento íntimo, similar a una entrega amorosa o una conversación con el psiquiatra. Quién pudiera sacar una escopeta.

Decidí tomar clases de ventriloquía con tal de habilitar al más infame de los presentadores. Su nombre es Enedino Godínez, un policía metido a crítico literario —oficios, a todo esto, emparentados— que jamás lee mis libros y se aplica al quehacer de desvirtuar todo aquello que digo ante el micrófono, cuando no manifiesta que ya se aburrió o de plano le da por soltarse roncando. Pensé en principio que sería sencillo, hasta que enfrenté el brete demencial de partir el cerebro en sendos personajes y pensar por los dos al mismo tiempo. *Anodino Jodínez*, lo he apodado, pero entiendo que llevo las de perder y el muñeco perverso ha de hacerme pedazos por el bien ulterior de nuestra causa. Todavía no olvido la tarde del debut, en la Feria del Libro de Guadalajara. Había anunciado el nombre de Godínez, no así su procedencia ni su naturaleza. Pensaba sorprender a los asistentes, pasada la mitad de la presentación, y nada más subir al escenario vi que en primera fila estaban Laura Restrepo y Fernando Vallejo, novelistas que respeto y admiro, ante los cuales iba ahora a estrenarme como espurio ventrílocuo. Aplaudieron al fin, seguramente sin haber advertido la terca temblorina de mis rodillas. ¿Pero qué otra obsesión pesa sobre la espalda de quien teje novelas sino tratar de hacer, de la primera a la última línea, el ridículo más pequeño posible?

No siempre tiene uno la fortuna de que el público sea numeroso. Alguna vez en Rosario, Argentina, llegaron nada más que cuatro personas. Me gusta hablar de pie, recorrer una y otra vez el escenario, bajar a los pasillos, moverme en medio de los asistentes, pero esa vez optamos por sentarnos los cinco a dar cuenta de unas buenas y empáticas cervezas. Otro día me topé con una audiencia no sólo reducida, sino en tal modo joven que el más viejo rozaba los doce años. ¿Qué se hace en esos casos? Como siempre, la idea es entenderse con el público, así que aquella tarde no tuve más que hablar de mis primeros años, cuando escribir era un juego de niños y había que esconderlo de los grandes, igual que esos amores infantiles que no aspiran a ser comprendidos por nadie. Cualquiera que sea el caso, el público es un premio, más todavía para quienes solemos trabajar en perfecto aislamiento y no somos capaces de imaginar lo que sucede al otro lado de la barda, donde están los lectores que juegan nuestro juego y terminan de dar forma a la historia.

Alguna vez, en una escuela jalisciense, tuve a bien confesar que cuando niño fui cazador de autógrafos. En el tramo final de la presentación, una alumna sagaz se interesó en saber cuándo y a quién había yo pedido la última firma. Un tanto intimidado, le confesé que aquello había ocurrido algo menos de tres meses atrás, al concluir un partido de Roger Federer. ¿Y por qué no mentirle, si a fin de cuentas a eso me dedico? Porque lo interesante es quitarte la máscara, dejarte involucrar por lo que cuentas y hacerlo a su manera peligroso. El arte, según Juan García Ponce, "no es más que una intensificación de las emociones a la que no tiene ningún derecho a entrar nadie que pretenda preservarse". Tendría veinti-pocos años cuando lo entrevisté y desde entonces guardo esas palabras como quien atesora un precepto de vida. Subir a un escenario y volcar las entrañas ante el micrófono es una forma de evitar preservarse, como el tahúr dispuesto a poner en la mesa todo cuanto posee, y si fuera preciso, endeudarse sin límite.

Para quien ha vencido los temores del niño tímido que un día fue (y que en la pubertad serían aún mayores), entendérselas con un escenario supone cada vez una revolución de mariposas al centro del estómago, y enseguida un festín de adrenalina. "El día que no sientas esos nervios, dedícate a otra cosa", me dijo Sammy King, en cuyo palmarés figuran veinticinco mil presentaciones, doce años como ventrílocuo de planta en el Crazy Horse de París y el potencial horror de abrir el *show* de gente como Tony Bennett y Frank Sinatra. Si de mí dependiera me haría acompañar de una *big band* que en el mero principio del espectáculo se arrancaría tocando *My Funny Valentine*, así nada más fuera por meterme presión y obligarme a sacarlo todo de las vísceras. Pues si cuando estudiante pretendía que la vida pareciera ficción, hoy que a ella me dedico busco que sea idéntica a la vida, hasta el punto de confundirse entre ellas y tornarse un peligro verdadero.

Denme un teatro y haré mío el compromiso de sacudir las almas ahí presentes. Necesito los ecos, las risas, las miradas absortas, el impulso creciente hacia un abismo que no sé cómo se convierte en cima y trae consigo un viento inusitado, al modo de una rara recompensa que se asemeja al punto final de una novela, cuando uno experimenta la sensación triunfal de que puede morirse en este instante porque pagó el boleto y no ha dejado deudas onerosas. Ahora que alguien me diga, si fuera tan amable, cómo voy a hacer eso sentadote delante de un mantel y una jarra con agua, escoltado por sendos camaradas prestos a preservarme y preservarse, como tres sacerdotes intocables. Uno se aboca, sí, a evitar el ridículo, pero no a fuerza de tratar de huirle (que es la mejor manera de llamarlo) sino aceptando el reto de plantársele enfrente. No es la vuelta, por fin, sino la lengua lo que toca sacarle a ese bravucón. Mírame, ma-marracho: ya no te tengo miedo.

XXXI. *Thunder Rat*

*Divas, clientes, asaltantes, músicos, desnudistas,
cadáveres, amores imposibles: todos son sinodales.*

    ¿Qué decir de un señor que va al volante de un auto deportivo, viste un bonito traje Ermenegildo Zegna e ignora a todo el mundo igual que un lord afectado y flemático? La verdad, me conformo con que los policías me confundan con otro mamón más, con tal de que deduzcan que esta elegante pipa tiene tabaco adentro. Entre la directora de Recursos Humanos que me sentenció a ser por siempre un miserable y el temor a matarme en la Katana, llegué ya hace unos meses a la conclusión de que urgía cambiar de personaje y me embarqué con un Thunderbird rojo. Lo debo casi todo, pero ya descubrí que al cliente le cobras según tu pinta. Algunos asaltantes salen a trabajar con pasamontañas, otros lo hacemos con un traje costoso. Siempre sentí que el coche debía ser una prolongación de mi recámara y ahora que he vendido la moto no echo mucho de menos sus rugidos. Caen las primeras gotas del próximo aguacero y levanto la pipa, como quien hace un brindis a la salud de su buena fortuna. "¡Nunca pude con él, no me hacía caso!", se quejó la señora de Recursos Humanos, luego de que a mitad de una junta con Pablo me levanté y pedí que fueran preparando mi liquidación. La escuché, de camino a la calle, y corrí a celebrarlo con la pipa en alto. Jamás había ganado tanto dinero, pueden quedarse con su chamba de mierda.

    El traje es un disfraz que me combina bien con un frasco de gotas para los ojos. Miss Hoyuelos me ve hoy con mayor indulgencia, aunque no la bastante para que nos lancemos a preservar la especie. Por lo demás, un *Thunder* nuevo ayuda enormidades a mitigar la vieja soledad. Soy dueño de mi horario, invento las campañas en la cama y me curo de las parrandas tumultuosas escuchando cantar a Sarah Vaughan, Astrud Gilberto, Chet Baker y otras deidades que he ido descubriendo, harto del puerco grunge a toda hora. Busco música vieja, y sin embargo nueva para mí. Me da grima la idea de envejecer echándole monedas a la misma rocola, y de paso me asustan los jipis apestosos que con la edad se han vuelto más intransigentes que el mundo contra el cual se rebelaron. Detesto la nostalgia, igual que las reuniones de exalumnos y las ideas fijas. Con tantas novedades en el parabrisas, yo no sé qué le ven al retrovisor. Hoy estoy demostrando que puedo hacer dinero, si me aplico, aunque sé que no tardo en aburrirme del papel de creativo diligente. Ser útil a otras causas que en el fondo desprecias te llena los bolsillos a la velocidad que te vacía el alma. No por nada escribió Fernando Savater que Luzbel es el santo patrón de los creadores. Menos mal que entre tantas incongruencias me paso el día leyendo y escribiendo. Lo demás lo hago rápido, como si terminando de lavar el retrete me aguardara otra monja como yo, sedienta de placeres execrables.

Martirios y plegarias, he bautizado el libro de relatos que tampoco terminaré de hacer. Uno de ellos, *Cecilia*, aspira a ser una novela corta donde el villano es un famoso nazareno y el héroe un triste santo devaluado, al interior de una iglesia de pueblo cuyas estatuas cobran vida de noche y dos en un descuido escapan a la playa, urgidas de pasiones incompatibles con la santidad. Disfruto lo escabroso, también porque es mi forma de negar esta facha de gente de provecho que me ayuda a cobrar el triple por la chamba. Hay entre los apóstoles de Ruperto un par de diletantes que se disfrazan de poetas malditos y escriben parrafadas cuchipandas con la clara intención de espantar viejecitas. Sus vidas, por lo visto, son tan truculentas que no les queda tiempo para cuidar los textos, y la verdad es que me aburren mucho. No me interesa unirme a su pandilla ni competir por ser el más malcriado. Por otra parte, Ruperto es explosivo. No suele tratar bien a sus aduladores y yo sé que si un día osa pegarme un grito voy a mandarlo corriendo al carajo, así que rara vez me entretengo más de cinco minutos en su oficina. Está siempre rodeado de admiradores a los que hace reír con la misma facilidad que los insulta, ya sea de frente o luego, a sus espaldas, y como yo no soy menos mamón le guardo una distancia tan prudente como la que me impone Miss Hoyuelos cuando me da por ponerme romántico. Nos queremos de lejos, para no hacernos daño, aunque a veces me quedo un rato más porque en últimas fechas le gusta la novela por entregas que le he venido dando, sin hacer mucho ruido. La escribo toda en verso y es en tal modo obscena que nadie más me la publicaría. Cada nuevo capítulo me toma siete, ocho horas de trabajo, y en ellos cuento exageradamente las aventuras de mi gavilla nocturna, con los nombres y roles cambiados de manera que ni siquiera ellos sabrían quién es quién.

"Begoña le dijo a Toño / yo a tu leña la desdeño. / Llégale mejor al baño / y deposita en el caño / los venenos de tu sueño / porque lo que es a mi coño / no le tocarás ni un moño", lee Ruperto con afán declamatorio delante de unos cuantos colaboradores y yo me encojo con la timidez de un malhechor atrapado en flagrancia. Escucho carcajadas y con ellas compenso la mierda que nos pagan en el suplemento. Según mis cuentas, gano allí poco menos del cinco por ciento del costo mínimo de lo que me publican, es decir que subsidio ese proyecto con el noventa y seis por ciento de su importe. Son números ociosos, fantasiosos quizá, pero también muy útiles para calcular que si hoy por hoy quisiera vivir únicamente de lo que escribo, es probable que ya no me muriera de hambre, así tuviera que vender el Thunderbird, porque en el fondo no dejo de ser la puta soñadora que acaricia un futuro más allá de su esquina. En números redondos, lo que me pagan por un guión corporativo que me toma dos horas fabricar equivale al ingreso por cuarenta capítulos de *Los hijos de Ziggy Stardust*, que es el título de la novela por entregas, mismos que escribiría a lo largo de unas trescientas horas de labor. Pero eso qué más da, si es un experimento y además lo disfruto como un viaje en ácido. El Abad, por fortuna, paga mucho mejor y sus encargos piden esfuerzos especiales con los que experimento de otras formas. Es todavía temprano para dar el gran salto. Quedan varios retretes sin lavar y dudo que esté listo para intentar de nuevo la novela que me persigue desde el viaje a Atlanta. Ya la aborté tres veces y ahora le doy la espalda mientras sigo las huellas de otra historia cuya protagonista es una niña que se llama Dalila. No sé mucho más que eso, y mientras lo averiguo me doy vuelo jugando con la inefable Kukis, que ya cumplió cinco años y sigue siendo mi mejor amiga. Ella y el Volován, su hermano de tres años, están entre los pocos seres vivientes en cuya compañía no tengo que fingir, ni protegerme. Su madre me los presta porque piensa que soy buena persona, y lo cierto es que antes me dejaría desollar que defraudar tantito esa confianza (menos mal que no lee lo que Ruperto publica con mi nombre). Soy golfo, publicista, escritor o niñero, según la hora del día. Escarbo tanto en el coco de Kukis como en los de las chicas que llegan con la noche a exigir el tributo de nuestros colmillos. Insisto: yo no sé qué hagan ahí los otros, mi trabajo es planear una novela —un par, en realidad— por más que no me atreva a figurarme cómo ni cuándo voy a pinche empezar.

Uno de tantos sábados azarosos, hace ya varias horas convertido en domingo, terminamos bebiendo cervezas y Martell con Coca-Cola —París de noche, llámase el sacrilegio— en un tugurio bravo al cual nos ha llevado Paquita la del Barrio, la diva de arrabal que comúnmente llora y hace llorar a quien tiene la suerte de oírla desgarrarse ante el micrófono. Buena parte de nuestros contertulios —bailan, beben o vagan entre las mesas, para ellos no termina el carnaval— son transformistas de alma femenina y pelo en pecho para quienes Paquita es diosa, soberana e inspiración profunda, ya que pocos como ellas padecen los desaires de tirios y troyanas. No es el club Spartacus la clase de lugar donde la gente aspira a preservarse, de modo que tolero que me llamen "güerito" merced a la ilusión de aprobar el examen y volver a mi cama sin el inconveniente de traer un picahielos encajado en las nalgas. Disfruto de esta atmósfera, por más que me espeluzne y a lo mejor por eso, en realidad. Hace un rato que amaneció en las calles, mas el Sol no se atreve a importunarnos y la música estalla como si nunca fuera a llegar el domingo. Cuando suena la hora de emigrar, me acerco a la mujer del látigo cantante y dejo que su mano se pose sobre el dorso de la mía, como quien halla asilo al calor de un cariño inesperado.

—Sigue escribiendo, m'hijo, vas bien —dictamina la diva, y es como si viniera el deán mayor de Oxford a entregarme mi título de novelista.

¿Podría escribir su vida, por lo tanto? ¿Puedo contar lo que me dé la gana, libre de aquel complejo de niño bien que tanto me ha pesado desde que era un alumno de la Ibero? ¿He logrado por fin desaprender toda aquella bazofia culterana que en mala hora di por necesaria? Dado el penoso estado en que me encuentro, estas estimaciones seguramente pecan de excesivas, y no obstante en los días que sigan a la farra conservaré aún fresca la impresión de haber cumplido con un viejo requisito académico del Liceo de la Novela, donde en tiempos recientes he cursado materias tan disímbolas como Música y Letra, Magnicidio y Robo a Mano Armada.

La noche en que llegaron los ladrones, pensé que el delincuente era yo. Recién había bajado del Thunderbird, acompañado por dos de esas chicas que detestan viajar en coches feos, cuando se aparecieron dos extraños, armados de pistolas elocuentes y sendas credenciales de policía que me faltó coraje para revisar. Para mayor desgracia, veníamos hablando mal de la cocaína, de modo que los tipos se interesaron vivamente en registrar el coche en busca de esa u otra substancia capaz de incriminarnos. La pipa, por ejemplo, debajo del asiento. "Revise lo que guste, oficial", invité cortésmente al de la voz farsante y le entregué las llaves del coche que ya nunca volvería a ver; así probé el alivio relativo de verlos alejarse en el que fue mi Thunderbird. Unas horas más tarde ya buscaba consuelo en una agencia Ford, como quien saca un clavo encajando otro, aunque al fin el reembolso del seguro, un nuevo Thunderbird color plateado y una flamante pipa de repuesto no bastarían ya para quitarme trauma y paranoia.

Desde entonces soy presa de la sensación de que alguien me persigue y va a encontrar el modo de alcanzarme. ¿Será por eso que he venido corriendo, otra vez disfrazado de gente de provecho, al funeral del candidato a presidente de la República que ayer mismo mataron en Tijuana? Hay algo en ese mundo de hampones y matones que me hechiza y me empuja a husmear entre la mierda. ¿Cuántos de estos señores compungidos, de fachas impecables y modales untuosos, no son colegas viles de esa gente? Llevo tres horas solo entre las butacas del auditorio del partido oficial —del que tal vez sería ahora miembro, de haber seguido en mi primera carrera— y si bien nada tengo que estar haciendo aquí me mueve un sentimiento que bien podría llamar *pulsión narrativa*. Veo la Historia pasar delante de mis ojos y me digo que no puedo faltar a la lección. No lo voy a escribir hoy en la tarde, ni mañana, ni el mes o el año próximo, y sin embargo absorbo cuanto puedo. Gritos, chillidos, pésames, consignas, gestos habilidosos y cariacontecidos, un guiñol estrambótico en torno a un ataúd a cuyo lado paso dos, cuatro, siete veces, no acabo de entender por qué ni para qué. ¿Y no era eso también lo que solía hacer cuando pasaba cerca del escenario de un accidente y me bajaba a ver a los accidentados? Toparse con la muerte, beberse la expresión de los sobrevivientes, esperar a que llegue un familiar del atropellado, le destape la cara cubierta con un saco, una manta o un simple trapo sucio, le registre bolsillo tras bolsillo y entre lágrimas saque la cartera, la credencial, las monedas que unas horas atrás el todavía vivo guardó allí, lejos de imaginar cuán breve ya sería su destino. ¿Pero quién que pretenda vivir de escribir no debería codearse con médicos forenses, policías, hampones y asesinos, o siquiera seguir sus huellas frescas? No busco relatar lo que ahora miro, cautivo de un horror fascinado y voraz, sino apenas llenarme de sensaciones raras y grotescas que por instinto encuentro indispensables. ¿Que si soy un morboso? Pues claro, es mi trabajo. ¿Que no dormiré hoy, ni mañana quizá? ¿Y quién querría siquiera pestañear, con tamaña función transcurriendo en el coco? La muerte, el miedo, la crueldad, el llanto, el rechinar de dientes, sin esos materiales ya me veo escribiendo cuentos de hadas o libros de autoayuda. ¿Qué haría un novelista delante de un cadáver sino, precisamente, autoayudarse?

Un par de días después del funeral, tengo listo el encargo de la Chiquis: baterista, bajista, compositor y entrañable amigote para quien hago letras de canciones. No conozco una chamba más remuneradora, terminas con la letra y te pasas las horas que siguen canturreándola a solas, como un premio especial y hasta ese instante único en el mundo. Es posible que luego se grabe, o hasta que nadie más vuelva a cantarla, pero ya he dicho que soy músico frustrado y este deleite a nada se parece. Son tres canciones, entre ellas un rap sarcástico y romántico donde vacié unas cuantas obsesiones relativas al tema recurrente: la mujerología. Parece que las tres lo han convencido, aunque al rap le va un poco mejor porque encima de todo lo hace reír. Tiene que ver con uno de esos faunos intensos y aferrados, dispuestos a seguir el rastro de la ninfa hasta el infierno mismo. *Mírame bien, no soy Supermán; óyeme, mujer, yo soy tu Diablo Guardián.* Nadie la va a grabar, por el momento. Es una apuesta más, de las tantas que uno hace y deja como minas a media carretera. Si nunca pasa nada, queda el consuelo de seguir cantándola. *Ya sé lo que dicen si me ven pasar: tengo cola que me pisen y no sé rezar…*

Lo malo de la mujerología es el precio de la colegiatura. Termina uno pagando cada curso con pedazos de corazón quemado, porque el diploma es casi siempre un fracaso. Yo no quería que el Thunderbird plateado fuera otro imán para atraer ingratas, así que al día siguiente de estrenarlo decido que ya es hora de enderezar el rumbo con Miss Hoyuelos. Como el diablo ganoso de mi rap, asumo que esa presa vendrá a dar a mis garras antes o después. En una de éstas ya se ha hecho a la idea y espera nada más que yo me lance al ruedo, de modo que le llamo en la mañanita para irnos a pasear en nuestro nuevo bólido. Vestiduras de cuero, quemacocos, *cd changer*, ande, Su Majestad, démosle el estrenón a su carruaje. ¿Le importa si le veo cara de consorte?

"Estúpido", me gustaría gritarme, si solamente conservara el habla al momento de despedirme de ella, pero el tema no es aún mi estupidez, que ya habrá tiempo para lamentar, sino que anoche mismo se le mató el hermano en la carretera y ahora lo están velando. Un tipo encantador, que a su modo me daba trato de cuñado.

"Voy para allá", anuncié, como si ya asumiera ese papel, luego de consolarla con el alma de repente encogida y las palabras menos gastadas que encontré. Fue entonces que paró de sollozar, tomó aire y me informó de la presencia de *su prometido*. Su. Pro. Me. Ti. Do. ¿Qué iba a decir? ¿"Y a mí me mee un perro"? Por meado que estuviera, tenía que volver a darle el pésame, ponerme amablemente a sus eventuales pero improbables órdenes e irme discretamente por donde vine. Me quedo tieso, boca arriba en la cama, con la vista en el techo y adentro la sospecha de que sencillamente nací para estar solo. ¿Qué fue lo que hice mal? Todo, desde el principio y de algún modo adrede, aunque me tardaré en reconocerlo. Pasado el mediodía, me salgo a caminar sin rumbo fijo.

Thank you, Mario! But our princess is in another castle! No sé por qué pensaba, pese a las evidencias en sentido contrario, que mi futuro no era sino una línea previamente trazada. Que Miss Hoyuelos era mi parte buena y acabaría por adecentarme. Que podía vivir sin escribir novelas, aunque nunca sin ella, por más que no la amara con locura ni en realidad quisiera ser parte de su mundo, que ni de lejos se parecía al mío. ¿Esperaba tal vez —como el Quiquis, que está por divorciarse— que viniera en camino "algo mejor", y le he llamado para resignarme? ¿Qué hago aquí, a media tarde, en la tercera fila del Teatro Garibaldi, contemplando a una horda de calientes que se turnan para lamerle la entrepierna a cada una de las encueratrices? ¿Es que me reprobaron en Mujerología y me castigo con este espectáculo? ¿Por qué no me caliento, cuando menos, si estoy igual de solo que estos encimosos? ¿Me haría sentir mejor que fuera Miss Hoyuelos quien se arrastrara sobre la pasarela, con las piernas abiertas y el cuero ensalivado por diez docenas de hijos de vecino? ¿Soy yo el diablo del rap o una rata en el caño? Y si me estafé solo, ¿por qué no habría de castigarme solo? Termina la función y me agazapo a un lado del teatro, hasta que veo salir a Gina D'Liz, que es la estrella del *show*. Luego de contemplarla descalza hasta los hombros, montada en una fila de cachondos sucesivos y sentada en las caras de otros tantos, voy tras ella sin saber para qué. Mírame, encueratriz, soy uno de los tuyos. ¿Te gustaría tener un diablo de la guarda? Me le voy acercando, más allá de la plaza. Minifalda, tacones altos, medias de encaje, blusa de escote largo, pero es domingo y hay tan poca gente que sólo yo la observo. La he visto entrar en una lonchería, de donde sale dos minutos más tarde, mordisqueando una torta sobrada de lechuga. Me mira al fin de frente, de seguro no soy el primer piradito que la persigue después del *performance*.

—¿Qué? ¿Soy o me parezco? —me desafía, masticando el bocado, como si así redondeara el desprecio que se esmera en mostrarme.

—Te pareces a la madre de mis hijos —disparo y se me escapa una risilla cuyo destinatario soy yo mismo, aunque ella no lo pueda adivinar.

—¡No me digas, pendejo! —vuelve a hablar con la boca desbordante de carne, huevo, frijoles, requesón y otros ricos ingredientes que un instante más tarde me escupe entre cabeza, cara, pecho y dignidad—. ¡Órale, pinche chango, a chingar a su madre!

Ya tengo lo que quiero, ¿no es verdad? Si esto no es tocar fondo, yo soy Gina D'Liz, así que en vez de reclamarle nada me escurro calladito al callejón de al lado. "Aquí no pasó nada", murmuro para mí, al tiempo que me limpio con las manos los restos de la torta y respiro tan hondo como puedo. Escucho a unos mariachis destemplados entonar el principio de una canción que no logro reconocer y vuelvo a preguntarme: "¿Qué estás haciendo aquí, pinche rata pringosa, en vez de ir a dar vueltas en tu coche nuevo y celebrar que acabas de perder otra oportunidad de joderte la vida alimentando sueños irrealizables, es decir pesadillas en potencia frente a las cuales un escupitajo es regalo del Cielo?".

Qué remedio, no entiendo por las buenas. Necesito fallar estrepitosamente, recogerme del suelo en pedacitos y empezar otra vez, como si nada. Mañana que sea lunes recordaré esta noche como un sueño difuso, incierto y delirante cuyo protagonista debió de haber sido otro, nunca yo. Encenderé así el Thunderbird, la pipa, el *cd changer* y dejaré que el dúo de Milton Nascimento y Sarah Vaughan me convenza de que el placer siempre sigue al dolor, quién va a acordarse de él de aquí a mañana.

XXXII. Tufo de pólvora fría

Paciente como es, elige el zopilote hacerse preceder por las culebras.

Para que un libro valga la pena,
el escritor debe siempre correr
más riesgos que sus personajes.

Marçal Aquino

¿Cómo sabe uno que el libro está listo? Si me esforzara en racionalizarlo terminaría fraguando una fórmula inútil. La cabeza es tramposa, puede probar lo que a uno se le dé la gana, llegar a conclusiones diametralmente opuestas a partir de los mismos argumentos. Si estuviera ya cerca del final de este libro y de golpe quisiera prolongarlo otro tanto, o reducirlo a menos de la mitad, encontraría sin duda motivos racionales y concretos para llevar a cabo cualquiera de las dos aberraciones. Los políticos hacen eso y más, para que hasta la decisión más arbitraria, descabellada o contraproducente dé la impresión de estar fundada en una ruta crítica impecable, pero aun cuando esto llega a ser verdad se asoman las rebabas de una trampa tan burda como cualquier mentira mal improvisada. Los publicistas se apoyan en estudios, unos cuantitativos y otros cualitativos, para fundamentar sus estrategias, si bien ninguna de ellas garantiza un efecto a la exacta medida de sus planes. Delusiones aparte, uno sabe que llega al fin de la aventura cuando empieza a escasear el combustible que le daba flama. Algo así les ocurre a las pasiones, cuya ausencia o presencia es innegable, sólo que en nuestro caso hay un dato tan sólido como el altero de hojas emborronadas cuya prolongación ya se

297

delata ociosa, postiza o redundante. Lo percibe el instinto, no pocas veces desde que uno atraviesa la mitad de la historia y lo que era un avance cuesta arriba se va haciendo descenso inexorable.

¿Quiero decir con esto que es más fácil el cierre que el comienzo? Ojalá fuera así. Cualquiera que una vez haya subido por un monte escarpado sabe que la bajada —con vida, cuando menos— puede ser tanto o más peliaguda. Consta al restaurantero que la satisfacción final de sus clientes depende menos de la sopa que del postre, y uno como lector aprecia una novela cuya resolución no queda por debajo de su planteamiento. Basta un final enclenque para derruir la historia más plantada. Queda la sensación de que perdió uno el tiempo en la lectura, pues si el engaño ha sido insuficiente, barato o defectuoso, no hay motivo a la vista para otorgarle crédito. Un final mal construido, fruto quizá de prisa o impaciencia, es una invitación al desengaño. "La novela se cae en las últimas páginas", lamentamos ante quien nos pregunta si su lectura vale la pena, y a una novela caída no la levanta ni la caridad. Es un amor fallido, y como tal se esfuma del recuerdo.

A medida que siento que se acerca el final, los demonios que me soliviantaban vienen a pedir cuentas igual que un acreedor inmisericorde. ¿Qué me hace presumir que cuanto he escrito conducirá por fuerza a alguna conclusión, y que yo he de encontrarla a como dé lugar? ¿Qué tal si me desvié en alguna parte, o si faltan o sobran ingredientes y en este aturdimiento no alcanzo a discernirlo? Puesto que a estas alturas me pregunto qué exactamente hice con la historia, qué va antes, qué después, dónde me he repetido y cuáles omisiones harán trastabillar la narración, desviarla de su curso, quebrarle la columna vertebral que unos meses atrás llegué a suponer sólida y flexible. Es justo en este punto cuando me interrogo, pleno de patetismo y próximo a la histeria, si no estaré sufriendo de lo que Martin Amis llama *ansiedad a niveles purulentos*. Hay, eso sí, un resabio de optimismo aun en semejantes desmesuras, pues si tanto le temo al manuscrito algún poder mayor le estaré atribuyendo.

Recurrí a la metáfora del alpinismo en recuerdo de un viaje por el sertón bahiano. Era el mero principio de 2006 y había decidido recorrer, a solas y en un coche de alquiler, los quinientos kilómetros que separan Salvador de Bahía del legendario pueblo de Canudos, con el puro propósito de seguir la ruta del coronel Moreira César en *La guerra del fin del mundo* de Mario Vargas Llosa. Tras leer siete veces la novela y llorar como un niño al fin de las primeras tres lecturas, me resistía a la idea de alguna vez morirme sin haber visto aquel cielo estrellado por el cual los yagunzos de la novela no tenían empacho en morir con las tripas cundidas de metralla. ¿Dónde encontrar las reservas de fe que una resolución así les exigía? Rayaba una canícula asesina cuando llegué hasta el pueblo de Monte Santo, bautizado así en los años setenta del siglo XVIII por el fraile Apolônio de Todi, quien halló una curiosa semejanza entre el Gólgota y esas tierras agrestes, yermas y escarpadas. Hay, entre el pueblo y el templo construido en la cima, un camino formado por escalones de piedra viva: la Vía Sacra, algo así como cuatro kilómetros tortuosos, sembrados de capillas diminutas, veinticinco en total, que entonces recorrí presa de un ímpetu entre fanatizado y desfalleciente. Ya entrado en taquicardia, iba alcanzando al fin las puertas de la iglesia, en el pico más alto del sertón, cuando una ventolera intempestiva amenazó con alzarme del suelo, cual si llegaran los mismísimos ángeles a premiar mi osadía. ¿Cómo no iba a esperar Fray Apolônio que cada penitente volviera de aquel templo en la certeza de que una Instancia Sobrenatural habíale rozado y bendecido? Mas no sería, a todo esto, el Buen Jesús quien me librara durante la bajada de tropezar con varias serpientes vacilonas que me hicieron correr con los pelos de punta.

Y allí está la cuestión. Vengo bajando hacia el final del libro y aparecen las víboras, para quienes mi fe no vale nada, ni acaso servirá de antídoto divino contra sus mordeduras. No es que quiera inventar el hilo negro, ni imponerle a la historia un curso diferente del que a gritos me pide, aunque no siempre sepa descifrar sus señales. Pero de eso se trata, cómo no. Si uno supiera siempre lo que sigue y no hubiera lugar a dudas ni desvelos, le tocaría cambiar de ocupación. Cuando era prostituto y cometía guiones corporativos, el camino era recto, diáfano e inequívoco, si es que había sabido leer en labios del cliente su exacta expectativa. Salía del pendiente como quien carga piedras de un rincón al otro, viendo las manecillas del reloj a intervalos no menos ansiosos y monótonos que el pequeño viacrucis del encierro escolar. Regresando a Camus, si supiera el sentido de mi vida, tendría grilletes en lugar de alas.

Anoche se colaron las serpientes. Recién habíamos visto una película y ya nos preparábamos para dormir cuando sentí llegar la incertidumbre. En realidad tenía horas de perseguirme, bajo la forma de un desasosiego disfrazado de malestar orgánico. Duele la espalda, punzan las costillas, no hay postura que ayude a relajarse una vez que los huesos se amotinan y los músculos se unen a la revuelta. Visto desde esta zanja, provoca risa el mito del novelista todopoderoso que hace la luz a fuerza de tronar los dedos. Una novela es una criatura provista de creencias, deseos y veleidades que no obedecen más que a su carácter, mismo que con la edad tiende a fortalecerse. Uno puede imponerle un par de situaciones al comienzo, con suerte a la mitad, pero intentarlo cerca del final es echarla a los brazos de la demencia. A nadie extrañará que se desquicie uno por su culpa, mientras no ocurra la desgracia opuesta. Hay jerarquías, claro, y ella va por delante.

Nunca entendí, de niño y todavía de adolescente, por qué Alicia solía reservar la rebanada grande, el mango más sabroso, el mejor de los dulces para su hijo. Por qué me prefería a mí sobre sí misma. Llegué a sentirme incómodo por ese acto de amor, lejos de imaginar que tal era su lujo, su placer, su atributo, y que eso para ella era mayor que la más grande de las rebanadas. Minimizarse en nombre de la propia misión —sea ésta criar un hijo, escribir un libro o alegrarle los días a quien duerme con uno— supone recompensas intangibles que dan sentido a cada pequeño sacrificio, y si éste fuera grande lo empequeñecen inmediatamente. No amas este trabajo porque te traiga sólo satisfacciones, sino porque hasta cuando te tortura —y sobre todo entonces— estás feliz de darle todo cuanto tienes. ¿O será que hace tiempo que se lo diste y es por eso que ya no titubeas?

Hace unos pocos días que encontré en un portal de internet un regalo sorpresa para Adriana. Tentado a revelarlo a mitad de la espera, le pregunté si prefería, en efecto, enterarse en el último momento, o deleitarse en la anticipación. Acostumbrada a adivinar secretos a partir de uno o dos datos inofensivos, eligió la sorpresa. ¿Y no es eso, de paso, lo que espera quien lee? Conforme el novelista se va acercando al fin de su maquinación, entiende que el lector le pisa los talones, y como ocurre que esto es un atentado, no para en todo el día de adelantar las vísperas. Son en más de un sentido ladrón y policía, han estado en idénticos lugares, pierden el sueño por adivinarse y cuando todo acabe se añorarán irremediablemente. Y si resulta al fin que yo soy el primer maleante de esta historia y trabajo en trazar la última emboscada, ¿por qué iba a tener tiempo para mimar escrúpulos? Mi amigo el novelista Marçal Aquino lo explica todo en un plumazo incompasivo: "Hoy comí platicando con los personajes del libro que estoy terminando. Nada hay de loco en eso: es la última vez que están todos vivos".

XXXIII. *Escoge a tus amistades*

Cuando el señor del trinche pregunte qué te lleva a sus dominios, recuérdale que es una visita de negocios.

Kukis recién cumplió los siete años y es la única persona en este mundo a quien le consta que estoy trabajando. Otros corren detrás de especialistas, empresarios, políticos, atletas y otra gente importante para hacerles preguntas acuciantes; nosotros no tenemos la menor prisa en llevar a buen puerto esta entrevista. Hace ya media hora que flotamos sobre una lancha de alquiler a la mitad del Lago de Chapultepec, sin una grabadora ni un cuaderno de notas que den cuenta de nuestra conversación. Hablamos de las cosas que le gustan, así como de aquello que le avergüenza, espanta, atrae, sorprende, obsesiona, divierte. Nos reímos con ganas, síntoma de que todo sigue sobre remos. Se trata de entender eso que los adultos dan por nimio, pequeño o fantasioso y en la infancia, su infancia, es espectacular. Le he contado que quiero escribir una historia, aunque no sé ni cuándo empezaré, y por ahora reúno datos sueltos sobre la forma que el universo tiene desde los ojos de una niña como ella. Es, por supuesto, un juego, pero asimismo es un asunto serio y eso explica que le pague un salario. Cuando llegue la hora de volver a su casa, echaré mano de un bloc de recibos descontinuados y ella llenará uno con sus datos para que yo le entregue su dinero. No es la primera vez que la entrevisto, de modo que los dos estamos muy de acuerdo en que la nuestra es una chamba envidiable.

Poco es lo que le enseño, si se compara con lo que aprendo de ella. Es como si llegara hasta la ventanilla de objetos perdidos a reclamar retazos de un candor sin el cual hoy me descubro estúpido. "¿Tienes poderes?", me pregunta Kukis y yo no sé explicarle que es ella a quien le abunda ese producto. Canjearía con gusto diez señoras parrandas por una tarde mágica a su lado. Nada más me interesa, ni preocupa, ni en realidad existe mientras jugamos a ensanchar el mundo igual que una pelota de plastilina. No hay mañana ni ayer, todo es aquí y ahora. Ocurrencias y anhelos son al instante planes, no existen los cumplidos ni los trámites y siempre hay un aplauso para la impertinencia. "Perdón, pero tengo otro compromiso", le informé justo ayer a la ejecutiva de una casa productora cuyo mayor cliente —un mercadólogo de Coca-Cola demasiado consciente de su propia importancia— le exigió mi presencia para esta misma tarde, so pena de vetarme para siempre de su selecta lista de proveedores. ¿Qué iba yo a hacer, al fin, sino vetarlo por adelantado? Más fácil era eso que cancelar la cita con mi más grande aliada, quien como Celia cree, a ojos cerrados, que un día voy a hacer esa novela y es por eso que se ha aprendido el título. "Ya quiero leer *Dalila o el amor*", me dice al despedirse, y es como si de golpe me hiciera propietario de la Coca-Cola. Pobre de mí si llegada esta altura del campeonato no sé dar prioridad a lo importante.

Parte del juego está en nunca dar por hecho que anda uno trabajando. El Abad lo comprende y una noche me llama para darme dos grandes noticias. La primera es que estoy despedido de la sección de rock del periódico, básicamente porque no consigo ocultar la pereza que últimamente me da escribir esa columna insulsa. Se pasa uno la adolescencia entera soñando con poner un pie en el *backstage*, y el día que lo logra la magia se disipa como un manto de bruma artificial. La segunda noticia, lo sé apenas oírla, me cambiará la vida: quedo recontratado, sólo que en plan de cronista nocturno. Me da una plana entera para llenar de lo que se me ocurra y una paga tres veces más jugosa. Podría armar un libro a partir de esas crónicas. No necesito fe ni disciplina, basta con asumir la obligación de irme de farra una vez por semana y construir una historia a partir de ese evento. Puedo y debo meterme en los peores tugurios que me encuentre, así como en aquellos a los que de otro modo jamás iría, y en vez de estructurar mi sesuda opinión tendría que exponerme al parecer ajeno. Convertirme de pronto en otros tarambanas. Ser personaje, luego narrador. Meterme irremediablemente en los asuntos que la gente sensata eludiría. Desprotegerme por obligación y volver de la juerga no únicamente lejos del arrepentimiento, sino encima arropado por la satisfacción del deber cumplido.

Pronto descubriré que a mi nuevo trabajo le estorban los amigos. Valdrá más llegar solo, llevando a cuestas dos pavores paralelos: el de no encontrar nada que narrar y el de poner en riesgo la propia integridad. Cabe decir, por tanto, que uno y otro peligro resultarán inversamente proporcionales, ya que entre más punzantes sean las amenazas del ambiente reinante, menos serán los riesgos de acabar aburriendo al público lector. Antes querría salir en ambulancia que volver a la casa con el morral vacío. Mejor incriminarse, revolcarse, perderse, podrirse, precipitarse a lo hondo del despeñadero, si a cambio de ello hay algo que contar. Para quien se ha propuesto hacer novela, los mejores trabajos son aquellos de los que nadie vuelve tal como se fue. Encomiendas malditas, si se les juzga desde la comodidad, de modo que ni falta habrá de hacer la decisión de ir solo, pues la gran mayoría de mis amistades dará por descontada la idea de buscarse junto a mí esa a la que por algo llamamos mala muerte (y en las fábulas de los recatados suele ser el epílogo de la no siempre bien llamada mala vida).

No sé si sea empatía, morbo o provocación, pero desde muy niño encontré irresistible ir tras la huella de los malvivientes. Entender al villano, sopesar sus motivos, meterme en el pellejo de quien ve por encima del hombro los miramientos y juzga natural lo que para nosotros es monstruoso. Me recuerdo, a los seis o siete años, devorando a escondidas de Celita las truculencias de la página roja que según ella estaba fuera de mi alcance. Luego, cuando el destino me llevó a conocer algunas cuantas cárceles, iría perdiendo el miedo que comúnmente inspiran sus inquilinos en quienes poco entienden de esos temas. Tal vez fuera por eso que, una vez imantado por los tugurios menos encomiables, pronto me dio por meterme en la cárcel, sin sueldo ni encomienda de por medio, como otros van al teatro, hacen turismo o toman algún curso.

No es difícil entrar, basta con que te acerques a los custodios que revisan las listas y te digas pariente de cualquiera con quien compartas uno de tus apellidos. "Es mi primo", le miento al de uniforme y en un par de minutos ya cumplo con los trámites de entrada. Les doy mi pasaporte, hago la fila, permito dócilmente que me esculquen. Cuando al fin haya entrado al purgatorio y se me arremolinen los penitentes, ansiosos de ganarse una moneda por traer a "mi" preso, elegiré a uno de ellos para darle un billete a cambio de su historia. No es que vaya a escribirla, y menos todavía con pelos y señales. No busco un argumento, una denuncia ni un gran reportaje. Quiero ser uno de ellos, por un rato. Necesito salir de la zona segura donde un hecho violento es cosa excepcional y el buen gusto aconseja pretender que no adviertes los propósitos chuecos de tu prójimo. Vengo a hurgar en los ojos del monstruo abominable, al tiempo que me explica cómo descuartizó a aquella pareja que nada le debía, ni merecía morir entre gritos de horror, ni podía esperarse que quien había llegado a cambiarles el tanque de gas trajera tan gratuitas intenciones.

Suelo escoger algunas de mis amistades entre la gente menos presentable y la cárcel tampoco es la excepción. Me lo advierte el "Abuelo", que lleva siete ingresos por asaltar farmacias y tiendas de abarrotes: "No te juntes con esos pinches lacras, güero". Pero qué voy a hacerle si son el otro extremo de los clientes cautivos de este *resort*. El Abuelo, en el fondo, es un buen tipo. Tiene una esposa, una hija y dos padres que a menudo le causan remordimientos. "Se lo dije a mi tata", me ha confiado, "¿cómo voy a cambiar, si yo ya salí malo?". Cierto es que lo lamenta y se regaña solo, como el adolescente que a sus cuarenta y tantos años no ha dejado de ser, pero al final ya sabe que cuando salga no tardará en volver a las andadas. El "Diablo", en cambio, poco se arrepiente. Su negocio aquí dentro es revender roipnoles, carga veinticuatro años de condena, no recibe visitas y duda que algún día vuelva a pisar la calle. Vendía mariguana, fue su hermana mayor la que lo denunció. Luego de haber comido con el Abuelo, su mujer y su hijita, me escurro a platicar un rato con el Diablo.

—¿Me invitas una reina? —abre la mano, me enseña una bolsita transparente repleta de roipnoles—. Ya sé que aquí las traigo, pero todavía tengo que pagarlas.

—Échesela, mi Diablo —le palmeo la espalda, igual que un viejo amigo, y le doy los seis pesos que cuesta la pastilla.

—Órale, güero —no lo piensa dos veces para embucharcársela, pela los dientes como un niño travieso—. ¿Y tú qué? ¿Vas a dejarme solo?

—¿Por qué solo? ¡Aquí estoy! —me hago el ingenuo. No sé si estoy seguro de acompañarlo porque nunca antes he probado un roipnol, pero ya me pregunto cómo se mira el mundo, el encierro, el peligro, desde la nube donde flota el Diablo.

—¡Tómate una, güerito, no le saques! —le brilla la mirada, debe de traer dentro al menos otra *reina*.

—¡Ora, pues! —ya me animo, no quiero ver los toros desde la barrera. Toca tirar los dados, ¿no es verdad? Es mi trabajo, claro, y ya en última instancia, me da la gana. Venga la adrenalina, no faltaba más.

No es la primera vez que estoy por aquí. Llevo tres, cuatro meses viniendo los domingos. Soy, por así decirlo, un *habitué*, sólo que antes de hoy no conocía la sensación picante, agridulce y eléctrica de verme de este lado de las rejas, convertido de pronto en un pícaro más y bajo los efectos de una substancia nueva y misteriosa. Nos carcajeamos juntos, el Diablo y yo, como si en vez de estar contándome sus gracias en pleno comedor del Reclusorio Sur anduviéramos juntos por la senda del mal. Vamos en la segunda *reina* al hilo y mi ánimo no puede ser mejor, tanto así que ya empiezo a preguntarme si no estaré un poquito demasiado contento para mi conveniencia. Me hierve la saliva, se enciman las palabras, hablo entre balbuceos que ya controlo mal. "Hora de huir de aquí", diría el narrador, que como hemos quedado puede hacer lo que guste menos cruzar la línea de la supervivencia. Me despido del Diablo, que a todo esto me ha dicho la marca y el color de mi coche —no exactamente porque sea adivino—, lo cual enciende otra de mis alarmas. Aquí todo se sabe, hasta lo que hay afuera, me repito, trastabillando por el patio, y en una de esas me topo al Abuelo, cuya pura mirada hace honor a su apodo.

—¡Mira nomás cómo andas, pinche güero! —me toma de los hombros, me sacude, no oculta el sobresalto que le causo—. Te fuiste con el Diablo a poner bien pendejo, ¿verdad?

—Un ratito —concedo, sin decir otra cosa porque tengo un estanque de saliva en la boca. Temo que se desborde si separo los labios.

—¿No te dije que no te le acercaras al pinche trampa ese? —sólo falta que me agarre a nalgadas.

—No encuentro la salida —murmuro, escupo, tengo la sensación de flotar a dos palmos del suelo.

—Yo te llevo, amiguito, a ver si no te agarran y te quedas aquí de vacaciones —oigo su voz con ecos, como si hablara en una caja de cartón—. No abras mucho los ojos, que se te va a notar.

Siento un miedo profundo que de alguna manera me recompensa. Esto es lo que buscaba, ahora lo entiendo. ¿Qué es lo que entiendo? Nada, la verdad. Reclamo el pasaporte, con los párpados a medio cerrar, y me voy caminando como creo que lo haría un fulano de bien en mi lugar. Subo las escaleras pretendiendo que todavía no he visto a los dos policías allá arriba, y en ese esfuerzo olvido calcular la altura exacta del siguiente escalón. Tropiezo a la mitad, me voy de bruces y alcanzo apenas a meter las manos. Ahora sí, ya me miran. Recobro como puedo la vertical, subo seis escalones impecablemente y vuelvo a tropezarme, con la destreza propia de un bebé que anteayer aprendió a caminar. Alcanzo a oír sus risas y agito la cabeza, como quien se lamenta de seguir siendo el bobo de toda la vida. Paso al fin junto a ellos, enfilo hacia la puerta donde están otros dos, con la vista en el piso que imagino será característica de infinidad de lacras principiantes. "Buenas tardes", murmuro, y un instante más tarde piso la calle. Doy unos pocos pasos, vuelvo la espalda como jugando al distraído y experimento el alivio triunfante de comprobar que nadie viene tras de mí. Una vez en el coche, enciendo el motor y me dirijo ¿adónde? Seguramente nunca lo sabré. Cuando me mire a salvo, a unos veinte kilómetros del reclusorio, trataré inútilmente de explicarle a Morris cómo fue que llegué a la puerta de la casa que recién alquiló, camino a Cuernavaca, o por lo menos en qué tienda y momento compré la Coca-Cola que traigo en una mano. Nada. Apagón total. Podría estar en la cárcel. Accidentado. Muerto. Se me ocurren algunos chistes al respecto, aunque nada hay más serio que mi resolución de dar vuelta a la página y olvidarme de los buenos amigos del Reclusorio Sur. Me da un poco de pena por el Abuelo, pero seguro que él comprenderá. Idiotas como yo tendrá que haber de sobra, sólo que el novelista no se puede morir. Necesito cuidarlo, a mi pesar. Convencerlo, tal vez, de que está listo y es hora de arriesgar algo más que el pellejo. ¿No es verdad que la idea de sentarme a escribir una novela me intimida aún más que cafiches, policías y maleantes juntos? ¿Qué opinarían Kukis, el Abad, el Diablo y el Abuelo si supieran la clase de miedoso que soy?

XXXIV. Algunas certidumbres sobrenaturales

Afortunadamente los perros no escriben novelas. En cuyo
caso, los novelistas no tendríamos la menor oportunidad.

Al bueno de Gerónimo le hemos colgado decenas de
apodos, seguramente a causa de su conspicua persona-
lidad. Es un can testarudo e idiosincrásico, más todavía
que sus hijos y su cónyuge —todos al fin gigantes de los
Pirineos, raza de por sí terca y reacia a la obediencia—,
motivos por los cuales mi carácter y el suyo se atraen
y se repelen con alguna frecuencia patológica. Opina
Adriana que somos iguales, y ello quizás explica que
ahora mismo dormite al lado mío. "El Coautor", lo llamamos, y ya hemos aceptado que nunca va a cambiar, ni
a obedecer, ni a dejar de saltarnos a los hombros con la
insistencia de un amante carente. Mas para ser un perro
malmandado, el Coautor hace gala de férrea disciplina.
Al igual que Cassandra, la matriarca, y los tres vástagos
que viven con nosotros, Gerónimo conoce su misión y a
este respecto es insobornable. Lo que a mí me ha tomado
varias vidas perrunas a medias aprender, en ellos es innato y a prueba de flaquezas del carácter. En ese orden de
cosas se entiende que sean ellos los diestros y maestros.

Al igual que Gerónimo, escucho mal órdenes y re-
gaños, y para colmo pronto se me olvidan. Odio la disciplina, si no viene de adentro y responde a una urgencia
tan profunda como la del Coautor a la hora en que me
desobedece para poder seguir sus propias instrucciones.
Presumo de saber lo que tengo que hacer, especialmente
cuando albergo dudas, de manera que vivo batallando
para disciplinarme de cualquier manera y uno de esos

intentos lo tengo ahora mismo entre las manos. Nadie puede saber si lo que escribe hoy es mejor que lo que hizo el año anterior, pero queda el consuelo de administrar algo mejor su tiempo. Hoy, por ejemplo, es día de pasear con Ludovico, y él lo recuerda mucho mejor que yo. No siempre tengo ganas de salir, pero tampoco me concedo alternativa. Terminado el paseo, experimento una satisfacción no muy distinta a la de haber cumplido con la cuota de líneas de cada día —noventa, cuando menos, se muera quien se muera—, puesto que ambos quehaceres son piezas esenciales de una misma misión y contienen su propia recompensa. No es una disciplina muy severa, de modo que la cumplo sin chistar y acabo disfrutándola como un salvoconducto hacia la libertad. Puedo aceptar la idea de vivir entregado a este trabajo, en la medida en que ello no suponga transformar inquietudes en grilletes y convertir a Adriana en viuda recurrente de la novela en curso.

Fui esclavo de este oficio mientras estuve solo y no tuve un espejo —es decir, unos ojos femeninos— para hacerme una idea de mis despropósitos. Todavía hace un par de años era uno de esos novelistas neuróticos a los que nadie puede interrumpir, ni llamar a comer, ni invitar a salir en horas hábiles —o sea a cualquier hora— sin llevarse un reproche destemplado. Hasta que descubrí que con esos horarios infinitos no era ya un siervo de la literatura, como de mi maldita dispersión. La tiranía de la indisciplina, con su escasez de planes y exigencias, termina por ser peor que un orden draconiano, por cuanto de éste hay forma de escapar y de la manga ancha no hay siquiera consciencia de perjuicio. Puedo hacer lo que guste cuando guste, ¿qué de raro tendrá que al final no haga nada, o que en hacer un poco se me vaya la vida?

Estima mi psiquiatra (lo veo más como un *coach* literario) que al decirme éstas cosas —rumiarlas, repetirlas, explicarlas— fortalezco mis planes y resoluciones. A él le robé la idea de los premios, como el whisky y el paseo perruno, y por él también supe que el abuso de cualquier enervante contribuye a destruir el sistema de recompensas del cerebro. Soy libre, por supuesto, de escribir estas líneas y las que vengan flotando en una nube de mariguana, y sin embargo echo la vista atrás, cuando solía fumar a toda hora, y veo a un pobre esclavo de sus antojos sometido al temor de no poder seguir con la novela si no le da unos cuantos chupetones a la pipa que un día lo liberó, sólo para más tarde someterlo a una servidumbre ilimitada. Alguna vez me lo dijo Joe Perry, el guitarrista de Aerosmith que llegó a ser famoso por toxicómano, durante una entrevista en el estudio de grabación: "Nadie vuela de gratis, y yo ya me cansé de estar pagando el precio del boleto".

Lo que García Márquez llamaba "agonía matinal" —esas horas estériles que preceden a las primeras líneas— viene a ser una prueba más de resistencia. No es fácil soportar el peso del silencio. Puede que ni siquiera dure horas, pero es así como uno lo percibe. Lento, amargo, tortuoso. Como si alguna bruja te hubiera engarrotado las neuronas y fuera necesario cambiar de posición, de lugar, de bebida, de estado emocional para escribir unas cuantas palabras. Sacaba yo la pipa en estas circunstancias, aunque al cabo su efecto era menos estimulante que anestésico. Tardaba más en retomar el hilo de lo narrado en la sesión anterior, pero no me desesperaba tanto. Una pura terapia de autoengaño que hacía llevadera la pachorra, al precio de invertir el doble de las horas que en mis cinco sentidos habría requerido con sólo darle un poco de paciencia al silencio.

Sabe uno que es esclavo de una substancia cuando comienza a usarla como anestésico. Lo aburrido, lo odioso, lo irritante se vuelve soportable. Cuando ejercí de publicista *freelance*, no llegaba a una junta sin antes agarrar la pipa de *aqualung*. Y si la junta osaba prolongarse, me excusaba para ir deprisa al baño y reforzar ahí dentro el estadazo. ¿Que si se daban cuenta? Yo supongo que sí, pero el vicioso percibe estas cosas en la exacta medida del antojo y según yo bastaba con succionar un dulce mentolado para pasar por sobrio irreprochable. Nadie abría la boca, por supuesto, pues yo era un proveedor y no un empleado, aunque ahora estoy seguro de que más de un cliente tuvo que habérseme ido por culpa de la pipa. ¿Me arrepiento? No mucho. Odiaba ese trabajo, lo hacía bajo protesta del espíritu y a contracorriente de mi sangre. ¿Y por qué todavía años después le daba al manuscrito trato de calvario? Por idiota, supongo. Pues no es por la substancia, sino a pesar de ella que el manuscrito logra florecer, y es enfrentando al diablo, no eludiéndolo, que uno vence al silencio y da cuenta del miedo que éste engendra. ¿Escribiría acaso más o mejor si bebiera tres whiskies en vez de uno? Ya quisiera encontrar algún elíxir que hiciera eso posible, pero hasta ahora el abuso de las pociones mágicas sólo ha servido para entorpecerme.

Todas y cada una de las supersticiones que oscurecen el juicio del novelista en torno a su trabajo parten de la creencia pusilánime de que la gasolina viene de fuera. Drogas, inspiración, suerte, milagros, iluminaciones: paparruchas sacadas de la manga para explicarse una esterilidad a menudo nacida del desasosiego. ¿De dónde más, si no de mi conciencia atormentada, podía venir aquel consejo redundante que me dieron los hongos alucinógenos en las cuatro sesiones que organicé en mi casa, antes de decidirme a escribir de verdad mi primera novela? Terminaba chillando en un rincón, tras escuchar de nuevo las palabras de Celia, que si por ahí andaba tendría que estar harta de mis vacilaciones. "Escribe ya esa historia", gritaban al unísono los hongos y mi abuela, entre humos de copal, mirra e inciensos varios que daban a la escena aires de misticismo artificioso. Lo que no me llegó, a pesar de todo, fue la trama, el tono, la estructura o siquiera los nombres de los personajes. Si los hongos, la mota o el alcohol hicieran el trabajo por nosotros, habría centenares de novelas magníficas e incontables laureados toxicómanos, pero hasta donde sé no se conoce aún el atajo que evite al novelista pelear a cuchilladas contra su insuficiencia, sin la menor ayuda del exterior.

Cierto es que tengo aliados, además del Coautor y su familia de sabios cuadrúpedos, pero aun así soy yo quien echa mano de ellos y les permite venir en mi auxilio. Un beso, una canción, un libro, un lengüetazo, una película, un acontecimiento inesperado son combustible útil si uno así lo decide. "¡Ya se fastidió el día!", maldecía mi suerte en otros tiempos —no muy lejanos, debo reconocer— si alguna distracción me estropeaba el humor. ¿Es decir que si vengo huyendo de la ley y un gato negro cruza la avenida me toca resignarme a pasar diez cumpleaños en la cárcel? Uno se rinde sólo cuando se lo permite, y si escribo este libro es justamente para plantarle cara al desaliento, el fetichismo y la superchería. Es posible escribir a pesar de ellos, pero se escribe más y mejor en su ausencia. ¡Fuera, bestias malditas! ¿Quién les dijo que existen?

Un autor derrotista se parece a un amante celoso. Sus inseguridades son bastantes para destruir aquello que más ama. Nunca falta un culpable de sus errores, ni una conspiración más poderosa que él. Y aquí es donde interviene la fuerza del Coautor. Nunca lo he visto titubear ni flaquear a la hora de cumplir con su misión, menos aún rendirse cuando un cierto propósito le inquieta. Si lo que necesito es inspiración, su ejemplo me la brinda a toda hora. Puedo ofrecerle la mejor golosina o reprenderlo a fuerza de gritos y ademanes, que si en ese momento le toca ir a ladrarle al perro del vecino nada lo detendrá para ignorarme y correr a cumplir con su encomienda. "Amen a la literatura sobre todas las cosas y hagan lo que les dé la gana", son los dos mandamientos que una vez sugirió Mario Vargas Llosa para quienes pretenden hacerse novelistas. Me pregunto qué perro se los enseñaría.

XXXV. Cuando todo falló

Aun en lo más hondo del agujero, sobrevive el consuelo
de tener unos cuantos fracasos pendientes.

El problema de hacerse personaje y empeñarse en vivir dentro de una película es que tarde o temprano la función se termina y dejas la butaca y sales a la calle y te sientes más hueco y más inútil que una guitarra con las cuerdas rotas. Son las diez de otra noche del miserable invierno en el '97 y hace frío en la casa que renté hace unos meses, aferrado a una trama con ínfulas de fábula que yo mismo inventé para hacer realidad aquel sueño mafufo de convertirme en Pedro Picapiedra y ganarme el trofeo de persona normal que según el librito me tocaba. Nunca supe seguir ese libro de mierda y alguien que no soy yo, aunque de eso se jacta, vuelve de cuando en cuando a reprochármelo. ¿Qué me costaba acabar la carrera, conseguirme un trabajo de verdad, trepar pacientemente por el escalafón, tomar el troncomóvil y asistir con orgullo, año con año, a la Gran Convención del Club de los Búfalos Mojados? Tendría que reírme, si no estuviera en medio de este teatro de sombras donde no hay presupuesto ni para comprar leña y he de lanzar pelotas y pelotas y pelotas de papel periódico a la chimenea para que no me llegue la estación a los huesos. Odio las moralejas, de cualquier manera. La autopiedad apesta, no seré yo quien le componga un tango.

Vivo con Don Vittorio, un cachorro de gigante de los Pirineos que me regaló Morris hace ya varios meses, cuando aún me engañaba con un romance más de utilería, aunque esta vez llegara lo bastante lejos para barrer

317

con todos mis hábitos previos. Ha pasado un par de años desde que me envolví en el pellejo del narrador noctámbulo, de cuyos desvaríos ahora pago los réditos. Podría irme de farra hoy y mañana y de aquí a final de año, pero estoy aburrido del traje de vampiro y lo que menos quiero es perseguir quimeras como las que me tienen a media resaca. "No te castigues", me han aconsejado, "una desilusión cualquiera la tiene", pero yo sé que es hora de empezar de cero y nada de lo de antes me acomoda. Necesito parirme, reinventarme, y eso nadie lo entiende mejor que Don Vittorio, quien todavía no cumple su primer año y ya me da consejos con la pura mirada.

La semana pasada se descompuso el Thunderbird. No lo llevo al taller porque tengo la cuenta del banco vacía y hace dos o tres meses que estoy en catatonia emocional. Una tarde me animo a tomar la industriosa decisión de ir a cobrar un par de colaboraciones en el suplemento de Ruperto, aprovechando los últimos pesos que hay en el buró y alcanzarán apenas para pagar el taxi. Nada más presentarme ante la ventanilla, la cajera me informa que han cambiado los trámites, dejaron de pagar en efectivo y en sólo dos semanas me entregarán el cheque. Reviso mis bolsillos y encuentro dos monedas que no son suficientes para volver en camión a la casa. Camino algunas cuadras y se me ocurre entrar al único almacén en donde tengo crédito. Sugiero a tres, seis, diez clientes que me den el dinero de su próxima compra, a cambio de pagar con mi tarjeta, pero me ven con tanta desconfianza que dan un paso atrás y apergollan la bolsa o la cartera, con la cara de súbito arrugada. Voy a la dulcería, donde las cuentas son lo bastante modestas para no despertar mayor sospecha, y en un rato junto lo necesario para pagarme un taxi y aun atesorar algunos pesos. De vuelta en la montaña donde vivo, descubro con inmenso desconsuelo que abandoné mi cuaderno en el taxi. Ocurrencias, fragmentos, citas, listas, proyectos, un centenar de páginas garabateadas en el último año, todo se ha ido al carajo. ¿Tiene algo de especial que me hunda entre las sábanas con la esperanza de no despertar, una vez que recuerdo la cantidad de hojas donde había pedazos de esa novela idiota que de seguro nunca escribiré?

"¡Tu maldito cuaderno!", solía rabiar Jessica, la mujer que vivió conmigo por tres meses, tiempo sin duda más que suficiente para asumirnos perfectos extraños. ¿Diría el doctor Freud que lo perdí a propósito, por darle la revancha al fantasma de Jessie? "Lo que pasa, mi hijito, es que al perro más flaco se le cargan las pulgas", me ha consolado Alicia en el teléfono. Una tarde, la miro aparecer al lado de Xavier, con el coche cargado de víveres diversos. Vivo muy lejos de su casa céntrica, ya nada más por eso me enternecen, pero igual he entendido que de este desgraciado agujero me toca salir solo, y eso queda bien claro la tarde en que revienta mi computadora. ¿Qué hacer para olvidarte del pasado y mirar nada más que hacia el mañana? Fácil: firmas un crédito. La marca es Olivetti, tiene 1.6 gigas en el disco duro, ranura para discos interactivos y un módem para conectarse a internet. Nadie que esté en el hoyo puede pasar por alto esas facilidades. Don Vittorio lo sabe: llegó el momento de resucitar.

Nunca fui bueno para hacer ahorros. Denme una deuda hoy y moveré mañana mismo al mundo. Mis amigos faroles de la calle no se explican cómo puedo vivir lejos del reventón, y yo invento pretextos de baja calidad para ver si así se hacen a la idea de que han perdido a un miembro de la tropa. Necesito estar solo, aunque se rían de mí e intenten provocarme con apodos como *The Fool on the Hill*. Déjenme que sea ingenuo, iluso, tontarrón, alunado, quimérico. Por una vez no siento la comezón de escaparme de mí, y la verdad es que empiezo a aburrirme de recorrer leoneros donde las novedades son cada noche menos. Suena una alarma dentro del libertino cuando asiste a un ritual de sexo en vivo y se queda dormido a la mitad. ¿Qué sigue? ¿Ver tormentos, latigazos, harakiris, autopsias? Supe desde el principio del proyecto que una vez pervertido el narrador, llegaría la hora de jubilarlo. Nada le asombra ya, por más que se desviva acicateando el morbo que en otro tiempo le enchinaba la piel. Lo sé porque de paso me entretengo escogiendo las crónicas que harán parte del libro y la comparación entre nuevas y viejas es tan reveladora como el contraste entre simpatía y deseo. Puede que el narrador viva un par de años más en la columna semanal del periódico, pero se ha hecho mañoso y no lo oculta. Sabe medir los riesgos, es un sobreviviente con los colmillos demasiado largos para seguir creyendo en su candor. Por otra parte, ya cumplió su misión. Prueba de ello sería el millar de páginas que he ido almacenando con sus correrías, de las cuales calculo que una quinta parte servirá para el libro. Diría que está listo, si no faltara hacer la selección final. Perdí, de paso, los archivos electrónicos. Hay que comprar un scanner. Capturarlo todo. Corregirlo completo, a saber cuántas veces.

—¿Cuándo me lo darías? —se rasca la barbilla Gildardo, el editor que me ha buscado a través del Abad y ya me pone enfrente nuestro guapo contrato.

—Dos meses, quizá tres —hago cuentas alegres, al calor del momento y el lugar. ¿Soy yo el que está firmando este papel, justo en las oficinas de una editorial?

Aprendí de Arthur Koestler que un virtuoso es lo opuesto de un entusiasta. Por eso voy bailando por la calle, abrazando el contrato como a un niño de pecho, y unas horas más tarde mi tren de pensamiento habrá vuelto a la vía de la que últimamente muy rara vez se aparta. "Dos meses, quizá tres", he prometido. ¿Cuántas horas tendría que arrebatar, en el nombre de la literatura, a la monomanía que hoy por hoy me posee? ¿Diez, veinte por semana? ¿Cinco siquiera? Pienso en un personaje de Wim Wenders: la Claire de *Hasta el fin del mundo*, cuya adicción a contemplar sus sueños en pequeñas pantallas portátiles la convierte en un zombi sin voluntad. Algo que no le dije al crédulo Gildardo es que llevo ya un mes de vivir como zombi. Paso noches enteras con la vista clavada en el monitor de la Olivetti, desde que me rendí a la tentación de entrar en internet. Me he asomado al futuro, según yo, y desde entonces no hablo de otra cosa.

Tampoco es que hable mucho o me interese en ver a mis semejantes. Desde que caí presa de esta comezón, recibo a mis amigos en la computadora. Revisamos un rato mis recientes hallazgos y en seguida brincamos a mis engendros. Nada muy relevante, en realidad, pero es que yo lo encuentro todo espectacular. Desde que me entrené, de la mano de un tutorial en línea, para hacer mis primeras páginas web, cada paso adelante me hace sentir pionero de la nueva era. Debe de haber millones como yo, y sin embargo tengo la certeza —tramposa, facilona, primitiva— de encabezar mi propia rebelión. Una travesía sorda, díscola, envolvente, donde las horas se van encogiendo y una noche completa es apenas un rato de los muchos que faltan para alcanzar el próximo nivel. ¿Cuál es ese nivel? Ni idea tengo. Tantas cosas aprendo cada noche que tengo la impresión de ir tras un blanco móvil. En un par de semanas fundé mi propia página y desde entonces no hago más que alimentar unas expectativas que nadie entendería. Pensé al principio en un muestrario personal donde estarían varios de mis escritos, pero conforme el monstruo fue creciendo llegué a la conclusión de que ya nada volverá a ser igual. Hace falta inventarme desde cero y eso empieza por enseñarme a programar. No sabría explicarlo, por ahora. Voy tras la huella de un deslumbramiento que ha rendido mi instinto a su servicio. Ser a un tiempo escritor, editor, programador, diseñador e inventor de un futuro hasta ahora nebuloso supone una obsesión terca e inexpugnable. Nada, fuera ni dentro de estos muros, me moverá de allí.

Me he mudado a un departamento con jardín, o mejor: a un enorme jardín con un pequeño departamento adjunto. Don Vittorio no para de celebrarlo, patrulla a toda hora sus nuevos territorios: él sí que ha conseguido reinventarse. El nuevo hogar está a cinco kilómetros del anterior, montaña abajo, y otros tantos centígrados arriba. Para ser una ermita se pasa de accesible, pero el proyecto sigue y las visitas son cada vez menos. Según decía Platón, los amigos se vuelven ladrones de tu tiempo y eso hoy por hoy no puedo permitirlo. Miro el reloj con celos y avaricia, duermo de mala gana, catorce horas delante de la pantalla son apenas un rato cuya fugacidad me quita el hambre, el sueño, el interés en cualquier otra cosa. Devoro libros de ochocientas páginas relativos a temas tan apasionantes como HTML, JavaScript, Perl o Lingo, cual si viviese ahora en un país exótico cuya lengua me urge dominar para sobrevivir. Tomo además varios cursos en línea y le he encontrado el gusto a arrancarme los pelos cuando pasan dos días y no consigo hacer funcionar un CGI. "¿Qué es eso?", me preguntan a menudo, no sé si interesados en el tema o solamente incrédulos ante el animal raro en que me he convertido, cuyo lenguaje cargado de acrónimos y jerga cibernética parecería recrearse en la perplejidad de quien lo escucha.

Me topo a veces con obsesos afines. Curiosos, estudiantes, *hackers*, *crackers*, *webmasters*, ingenieros en sistemas a los que lanzo ráfagas de preguntas, con la avidez fanática de quien sueña con códigos y habla solo al respecto por las calles. Pienso en un laberinto de capítulos, operado por un mecanismo electrónico capaz de acomodarlos al azar y hacer de la lectura una experiencia entre disparatada y azarosa, pero no bien avanzo con la programación mi cabeza se aparta de la escritura. Algo así pasa con los videojuegos y los libros, que son incompatibles entre sí. La parte del cerebro que lidia con los números no es la misma que se entrega a la lírica, ni es común que se presten a hacer coro. Hay que elegir alguna y prescindir de la otra, por lo pronto, aunque esta prontitud sea tan mentirosa como la elección, pues aquí manda el vicio y no puedo ni quiero controlarlo. Digo que experimento con el lenguaje, pero es una coartada vestida de propósito porque lo que me ocupa no son las palabras, sino las puras órdenes que recibe el robot. Cosas rudimentarias, si bien ya lo bastante complicadas para tenerme en vilo porque no las acabo de entender y la comezón crece día tras día.

No hay mucha gente aún que haga páginas web. Un trabajo sencillo, aunque intimidatorio para la mayoría, que lo supone algo más complicado que estudiar lenguas muertas por correspondencia. A como están las cosas, basta con aprenderse una docena de *marcas* en HTML para hacerse pasar por diseñador. No da para ufanarse, pero hace varios meses que la página web habla por mí. Es fea, no lo dudo, y de mal gusto —menudean colores, animaciones y fuentes variopintas— pero hay que ver la cantidad de bodrios que se escudan con éxito tras la etiqueta de "experimental". Supongo que es por eso que me llegan clientes, de modo que lo que era experimentación se convierte en trabajo remunerado. Es decir, prostichambas. *And there we go again...* No sé qué gusto le hallo a empujar otros coches en lugar del mío.

De un día para otro me sobra el dinero, y como es de esperarse me lo gasto en juguetes. Cámara digital. Nueva computadora. Quemador de *cds*. Un ayudante. Manejamos el sitio web de una revista de cine, otra de música y dos o tres proyectos paralelos. A este paso, me digo, voy a iniciar una pequeña empresa, cuyo mayor proyecto será una colección de hiperficciones.

Acostumbrado ya a pasarme la vida frente a la pantalla, no me parece raro ni difícil que a la gente le atraiga la idea de leer novelas en *cd-rom*. ¿Pero entonces por qué yo mismo no he leído, ni comprado siquiera, alguno de esos discos que me parecen tan interesantes? Están ahí, en la red. Los más recomendados llevan la firma de Michael Joyce, el campeón de los hiperficcionantes. ¿No debería leer cuando menos un par? Una parte de mí, poco más que simbólica, conserva todavía los pies sobre la tierra. A ella le deberé que a doce largos meses de firmar el contrato tenga a bien entregar el libro prometido. Tardará en publicarse, lo cual en cierto modo me tranquiliza porque me he hecho el propósito de mandar todo al diablo y sentarme a escribir mi novela, a partir del momento en que lo vea en una librería. Sé que me contradigo, quizá porque estoy harto de malgastar la vida frente a una pantalla y al mismo tiempo siento frío en los huesos de imaginarme a solas con la novela. Una tarde regreso bailando de optimismo, tras haber invitado a comer a un prospecto de socio para mi fábrica de hiperficciones. Una suerte de agencia publicitaria para medios electrónicos con una división editorial. "¿Cómo me veo de hombre de negocios?", pregunto a mi ayudante, que es muy mal mentiroso y levanta el pulgar con el convencimiento de un sonámbulo.

Hay fracasos que bien valen un brindis, y éste será uno de esos. Cuando todo se caiga y despierte en el suelo del delirio insensato que insistí en confundir con proyecto esencial, no habrá en el horizonte más que el viejo tablero con el juego de siempre. Pluma, tinta, papel. ¿No era yo acaso quien, como Luzbel, se negaba a servir para otra cosa? ¿Por qué no de una vez echar al publicista en la fosa donde voy a enterrar al programador? ¿Quién va a quitarme el gusto de contradecirme y volver a los brazos del amor de mi vida?

XXXVI. Palabra de tramposo

Cada novela es un tejido de calumnias y éstas siempre superan a la realidad.

¿Que si mis libros se hablan? Yo diría que a ratos cuchichean, no necesariamente a mis espaldas. Son todos, por decirlo de algún modo, ramas de un mismo árbol narrativo, pero creció cada uno por separado y así también saben sobrevivir. Quiero creer que son distintos entre sí, e incluso muy distintos, pero lo que yo quiera les tiene sin cuidado porque hace tiempo que cualquier curioso los entretiene más y mejor que yo. Y de eso se trataba, ¿no es verdad?, pero parte del juego entre lo verdadero y lo inventado está en hacer borrosas sus fronteras, de modo que jamás quede muy claro qué en realidad pasó y qué fue imaginado, torcido o remendado por la mano embustera de un profesional.

Casi todos creemos desenvolvernos como profesionales en el traicionero arte de adulterar los hechos, hasta que el impensado resbalón nos exhibe como unos aficionados. No es un trabajo simple, ni rápido, ni burdo, si bien eso lo entienden sólo quienes apuestan su resto en la pirueta. No sabe uno qué tan ducho resulte para enterrar un muerto en su jardín, pero si alguna noche llega a ser necesario lo hará con un esmero minucioso. Borrará cada huella delatora, esparcirá hojas secas sobre el pasto, se deshará en un tris de la pala y la ropa que trae puesta, tratará de hacer suyo el desparpajo de quienes nada deben. Será, además, un crítico tan duro de sus métodos que hasta durante el sueño seguirá examinándolos.

Si he de dar mi opinión a este respecto, no estaría de sobra sobornar a los destinatarios del engaño. Gente que de antemano conoce nuestra fama de embusteros, pero con mucho gusto la pasará por alto si mostramos un poco de ese esmero metódico que busca hacer posible el crimen perfecto. A diferencia de jueces, fiscales, jurados y testigos, los lectores estamos del lado del tramposo, siempre y cuando nos tenga el respeto bastante para no confundirnos con idiotas. ¿Y de qué más están llenas las cárceles, amén de gente floja y descuidada? Antes cree el detective que el pájaro de cuentas se ha transformado en blanca palomita a que el lector conceda una segunda oportunidad a quien no le engañó con pulcritud. Uno como lector se deja sobornar por la voz insidiosa de quien se juega todo en el intento, de modo que lo propiamente falso luzca aún más evidente que lo cierto y sea inútil tratar de separarlos.

Si allá en la vida real, tiempo y memoria se encargan de empañar los hechos y distorsionarlos hasta volverlos irrecuperables, en las novelas está todo escrito. Más le vale al autor que no haya una rendija capaz de delatar su desaseo, porque entonces será como si el perro desenterrara al muerto a mitad de una fiesta en el jardín. Puede uno acostumbrarse a llevar una vida disfuncional, en la medida en que sea capaz de guardar la congruencia en lo que escribe. De otro modo se mirará orillado a maldecir su suerte como el preso que morirá en la cárcel por no haber sido un poco más meticuloso. Ya sea, pues, que escribas o delincas, hay dos grandes errores a evitarse: no te puedes morir, no te pueden pescar. El juego sólo dura mientras los sinvergüenzas se salen con la suya.

Todo retrato, dicen, es un autorretrato. Si la escritura fuese religión y replicara los sacramentos católicos, a la pregunta "¿hace cuánto que no te confiesas?" respondería uno que desde la última vez que escribió.

Las líneas nos exhiben, irremediablemente. Cuenta uno lo que es suyo, todo lo que le falta, le lastima, le mueve, le desvela o le subleva. Cosas que has traído años en la cabeza y han cambiado contigo. Sentimientos afines a los de unos y otros personajes cuya ropa, ¡sorpresa!, es de tu misma talla. Crees saber, por supuesto, dónde quedan las líneas fronterizas entre tu vida y las que has inventado, pero si ya enterraste al muerto en el jardín no veo la razón para sacarlo de su santa paz. Dejo, eso sí, la trama rebosando de huellas dactilares y una que otra mancha sanguinolenta que a ojos distraídos podrá pasar por *lipstick*. Claro que no escribe uno para los distraídos.

Siempre que alguien pregunta si una novela mía está inspirada en la vida real, me quedo con las ganas de decirle que comúnmente encuentro inspiración en las costumbres de los extraterrestres. Habré tenido trece, catorce años cuando descubrí una saga de libros del caricaturista Al Jaffee, editados por la revista *Mad*: *Snappy Answers to Stupid Questions*. De la primera a la cuarta de forros, el libro matachácharas por excelencia estaba lleno de dibujos que incluían justamente una pregunta estúpida y tres respuestas prontas y sardónicas. La magia del asunto era que nada más empezar a leerlo, el volumen malvado se apoderaba de uno. Durante un par de semanas, me deleitaba haciendo rabiar a quien tenía cerca —Celia, Alicia y Xavier, en especial— con toda clase de respuestas abusivas a sus preguntas obvias. "¿Es ésta la contraportada del libro?", dubita un personaje en la cuarta de forros, a lo cual le responde el aludido: "No… Es la portada de la edición israelí". "¿Estás cocinando?", interpela el marido a la mujer, una vez que la ve frente a la estufa, envuelta en una nube de vapor. "No…", puntualiza la esposa, "le estoy preparando un sauna al pollo". De entonces para acá, debo al ingenio crudo de Al Jaffee haber perdido varias simpatías entre quienes se toman a pecho el humor ácido. Una vez que la broma infumable se me ocurre, encuentro muy difícil reprimirla. A menos que me guste para colgársela a uno de mis personajes, y entonces la almacene con la codicia propia de un pepenador. La gran ventaja de ser personaje es que puedes soltar cuantas barbaridades se te antoje, sin que por ello tengas que soportar las regañinas que antiguamente sólo daban las beatas.

Rara vez una sola persona conocida me alcanza para armar un personaje. La mayoría son híbridos, obtenidos de dos o más sujetos de la vida real cuya amalgama es, ya de entrada, un chiste ácido. Isaías Balboa, el gurú de *Puedo explicarlo todo*, es una combinación de Xavier y el que algún día fuera su peor enemigo, aunque no sólo ellos. Dalila, de la misma novela, es a un tiempo Michelle, Karina y mi entrañable Kukis: las tres grandes amigas menudas de mi vida. Rubén y Lamberto de *Los años sabandijas* son descendientes directos de Tommy, Alejo, Morris y algunos otros amiguillos de Indias. La Violetta de *Diablo Guardián* es un coctel que incluye decenas de mujeres, entre ellas una rusa que apenas tardará en llegar hasta estas páginas. El engendro, no obstante, difícilmente movería un dedo si no estuviera yo dentro de su pellejo. Soy esa rata blanca cuya vida se mide por los experimentos en que ha participado. Incluso si descubro que algún cierto mortal encaja al cien por ciento en mi personaje, tendré de todos modos que entrometerme y ocupar su lugar, de rato en rato.

Si ahora mismo escapara de este párrafo y corriera a seguir escribiendo mi novela en proceso, tendría que decidir entre ser Jeremías, Samantha, Perseo, Magdalena o Nepomuceno, por nombrar sólo cinco entre los personajes que hoy se mueven por ella con la arbitrariedad, soltura e inconsciencia de quien es consecuente con todos sus impulsos. Sólo que en ese caso tendría que dejar aquí colgado a este protagonista que soy y no soy yo, o fui y dejé de ser y quién sabe hasta dónde lo reinvento: otra rara amalgama cuya solución acostumbro dejar a los engranes de la máquina del tiempo, capaces de rastrear entre mis más antiguas cicatrices y convertirlas en heridas frescas.

Hacer una novela a partir de una cierta temporada de tu vida exige cuando menos dos saltos mortales: uno cuando transformas tus recuerdos en trama y el otro al convertir a tu persona en personaje. A partir de ese punto, la novela se lanza a saquear tus recuerdos sin el menor escrúpulo, como si se tratara del armario de un muerto. Y si la narración no se detiene para exhibir tus secretas miserias, menos tendrá piedad con otros integrantes del reparto cuyo pecado fue ser emblemáticos. La realidad, es cierto, llega a la fiesta antes que la ficción, pero es ésta quien tiene la última palabra. La realidad es una Cenicienta sin hada madrina: mientras no haya un hechizo que la rescate, su destino será lavar retretes.

Sólo dos de mis libros no se hablan, ni cuchichean, ni se miran siquiera: *Éste que ves* y *La edad de la punzada*. La razón es que tanto el niño tímido como el aprendiz de rufián son la misma persona, pero muy diferentes personajes. Los primeros pudores del adolescente tienen que ver con sepultar al niño que un día fue. Juguetes, gustos, música, todo se va al desván de la memoria. "¡Tómenme en serio!", suplican los dos, y saben de antemano que eso no va a pasar. Y algo no muy distinto pide, por su parte, el personaje que habita estas páginas donde, por una vez, pasa lista el total de mis libros, cual si fuera una suerte de vestíbulo que de alguna manera los une y comunica. ¿Cree acaso nuestro héroe que nada más por eso se merece un respeto especial? Esta tendría que ser una pregunta ideal para Al Jaffee.

No busco fotogenia, sino fidelidad. Puede que me equivoque en algunos detalles, o bien que los retuerza por el bien de la trama, pero antes me verán convertido en piltrafa maloliente que engominado para la ocasión. ¿No he dicho hasta el hartazgo que me gusta creer que la vida cabe en una película? Pues ahí está: ¿no es también este libro una intentona cándida de invadir los dominios del celuloide?

XXXVII. *Póngalo por escrito*

"Lo prometido es deuda", dice el dicho, pero bien sabe
el diablo lo que vale una firma.

Estaba yo muy cerca de cumplir los trece años cuando otra de mis incompatibilidades con la disciplina me sumió en un aprieto que por entonces juzgué tenebroso: a unas pocas semanas de haber entrado al primer año de secundaria en una nueva escuela horrible y antipática, ya estaba interesado el profesor Conejo, maestro titular de mi salón, en tener un encuentro con mis padres. Cosa que, a mi entender, no podía ocurrir sin que se me viniera el mundo encima, de modo que me opuse de inmediato, esgrimiendo para ello mi más terca y abyecta sumisión. ¿Qué podía yo ofrecerle al profesor Conejo —hombre grave, severo y sardónicamente campechano— a cambio de una última oportunidad? Mi palabra, en principio, a sabiendas de que esas solemnidades causaban impresiones favorables entre quienes trataban de educarnos (y más aún en nuestro titular, que era la viva imagen de la propiedad y trataba de usted a sus pupilos). "¡Mírenme, soy maduro!", clama el adolescente que ofrece Su Palabra en prenda —luego entonces, Su Honor— por tal o cual promesa intempestiva.

—Póngalo por escrito —disparó Conejo, sin deshacerse de la sonrisa congelada que le servía igual para felicitarte, reconvenirte o enviarte al paredón—. Haga usted una carta donde me reconozca sus errores y se comprometa a ya no cometerlos. Yo la voy a guardar, para sacarla si llega a hacer falta. Con su autógrafo al calce, si es usted tan amable.

Santo remedio. Nunca, hasta el último día de aquel curso, volvió el profe Conejo a batallar conmigo. En su presencia, al menos, hice todo cuanto estuvo en mis manos por sostener la imagen de estudiante obediente y sosegado a que me reducía nuestro acuerdo-ultimátum. De entonces para acá, si no recuerdo mal, solamente el poder del compromiso escrito ha bastado para meterme en cintura. Supongo que la idea de que exista un papel capaz de señalarme como farsante, para colmo adornado con mi firma, es tan inaceptable como la de invitar a todos a creer que no sirvo para puta la cosa. Me da un poco lo mismo que lo digan ellos, pero no seré yo quien los respalde.

¿Quiénes son "ellos", a estas profundidades? Medio mundo, me da por asumir desde el trono del novelista de mentiras que me he construido a lo largo de todos estos años de hablar y hablar de aquello que sigo sin hacer. "¿Qué es un trono, sino un tablón forrado de terciopelo?", se burlaba Klaus Kinski, en *Aguirre, la ira de Dios*. "Novelista sin novela", llamó hace algunos años Carlos Fuentes al periodista Gastón García Cantú, y de entonces a hoy no he dejado de darme por aludido. Esto es, por insultado, pues en mi caso dudo mucho que exista alguna ofensa más abominable que ésa. Un don nadie pomposo y fraudulento: eso es un novelista sin novela. O sea yo, carajo, y ya no lo soporto, pero tampoco logro comprometerme. Hace falta alguien más. Alguien que apueste fuerte por mi pluma, y a quien luego no pueda defraudar sin perderme el respeto para siempre, porque está visto que no entiendo por las buenas. Necesito un chicote con mi nombre, para que el miedo a hacer lo que me toca sea cosa de nada frente a los chicotazos que en el caso contrario me tocarían.

Cualquiera que una vez haya acabado de escribir un libro sabe que algo ha cambiado para siempre. Como el niño cobarde que inesperadamente noquea al bravucón, te miras al espejo y experimentas algo similar al respeto, aun si en el fondo temes que buena parte de ello fuera obra de la pura chiripa. ¿Qué habría sido del libro de crónicas bohemias que recién ha llegado a las librerías, si el Abad no me hubiera comprometido a entregar una pieza por semana? El asunto es que el libro va y viene por ahí, y es como si el balín saltara todo el tiempo en la ruleta. ¿Quién me dice que no caerá en mi número tan siquiera una vez, y que esa suerte no será suficiente para hacerme firmar un compromiso, como el que alguna vez me dejara a merced del profesor Conejo?

Las grandes amistades de Xavier se remontan a su temprana juventud. Cada pocas semanas caían por la casa los tres más importantes: Federico Patiño, Enrique de la Serna, Adalberto García, tres señores gritones y divertidos que jugaban al póker, al dominó y al backgammon hasta muy altas horas de la madrugada, prodigando argucias y carcajadas de las que me empeñaba en formar parte, casi siempre sin otro éxito que una fugaz palmada sobre el hombro o una mirada no siempre indulgente. Según recuerdo, Enrique era sarcástico, Adalberto risueño y Federico ruidoso y burlón. ¿Necesito decir quién de los tres era mi favorito? Había ya dejado de ser un moco y seguía intentando, cada vez que el destino me lo ponía enfrente, hacer reír a aquel gigantón de uno noventaitantos de estatura a quien los otros tres llamaban *Fede*: un *bon vivant* que apenas tenía tiempo para gastarlo en bobos de mi edad, y aun así sería él quien me recomendara años después en la agencia de publicidad y luego me invitara a ser su publicista. Tiene dos restaurantes y un club de vela, nos entendíamos en un santiamén y me pagaba siempre puntualmente, de modo que solía celebrar sus llamadas igual que una visita de La Providencia. ¿Cuál no fue mi sorpresa, sin embargo, cuando leyó mi libro de crónicas nocturnas y le dio el entusiasmo para comprar diez más y repartirlos entre sus amistades?

Hace pocas semanas que se presentó el libro. Flanqueado por Gildardo, el Abad y Enrique Serna (cuyas novelas acostumbro gozar desde el primer renglón), dejé que un par de osadas bailarinas de mesa se encargaran de lo mejor del *show*, guiadas por la música de José Manuel, otro amigote cuyo trabajo admiro sin reserva. Pero no fue esa noche sino días después, en el transcurso de un desayuno en el *penthouse* de Federico Patiño, que la vida dejó de ser la misma. Por una vez, no eran asuntos suyos sino míos los que nos ocupaban. Toda esa idea de las novelas interactivas y la fabricación de *cd-roms* le sonaba estrambótica, gaseosa y muy probablemente destinada al fracaso. ¿Quería yo en verdad ser empresario, y al propio tiempo hacerla de escritor? ¿Tenía alguna idea de las dificultades que todo eso implicaba, entre inversiones, sueldo y administración? ¿Por qué no, en lugar de eso, me concretaba a hacer lo que sabía (y que a él, cuando menos, le gustaba)?

—Tú sabes que me llaman los negocios, pero no todo está en hacer fortuna. A veces el dinero también sirve para ponerte un clavel en la solapa. Preséntame un proyecto por escrito —deslizó al fin, y fue como si todos mis demonios corearan *Aleluya*—. Si está bien, si es factible, yo te apoyo en todo lo necesario.

No lo pensé dos veces. Una hora más tarde, ya Don Vittorio me miraba escribir el manuscrito de un contrato insólito. Encontré, haciendo números, que me bastaba un salario mensual apenas superior a los mil dólares, más los ingresos por mi columna semanal en un nuevo periódico —*Milenio*, al cual llegué con el Abad— y los del también nuevo programa de radio —*Lógica Pretzel*, de Martín Hernández— donde voy cada jueves a hacerla de guionista y locutor, para al fin entregarme a hacer esa novela que hace años me cansé de cacarear. Con el mayor descaro fui escribiendo las cláusulas de un contrato leonino a mi favor, según el cual al cabo de dieciocho meses quedará terminada la novela, de cuyas regalías me valdré para liquidar el saldo pendiente. Algo así como hacerme con un altero de billetes de lotería y esperar a ganarme el premio mayor para pagar el dinero invertido.

La verdad, sin embargo, es que lo creo posible. No falta quien opine, aunque no me lo diga, que soy iluso, pícaro o megalómano, y esa es otra razón para intentarlo. Ya puedo imaginar las carcajadas de mis menospreciados malquerientes si pudieran leer el contrato completo, o tan sólo la línea que señala: "Editor proyectado: Alfaguara". Juar, juar, juar, ¿no? Nadie, entre los escépticos, imagina la inmensa libertad que experimenta quien se mira tildado de loco. Lo dice el mismo diablo, en labios de Al Pacino, al momento de aconsejar a Keanu Reeves: "Nunca permitas que te vean venir". Si a algunos coleguitas les urge destacar y significarse, yo me siento mejor escondido e inocuo. *I'm the fool on the hill, get the fuck out of here.*

El mecenas, al cabo, ha aceptado los términos (en tal modo optimistas que contemplan el pago de intereses). En unos cuantos días me daría el primer cheque, a partir de ese punto ya no habrá vuelta atrás. Solamente escribiendo esa novela tendré alguna esperanza de evitar consagrarme como estafador. "¡No escribas nada y gástate el dinero!", me aconsejó Ruperto, que desde joven carga con el fardo de haberse resignado a no escribir novela, tras dar por buenos los desahucios sucesivos de Alfonso Reyes y Antonio Alatorre. Con perdón, sin embargo, yo en su lugar los habría mandado al carajo. Nada hay como el rechazo y el desdén para empujarlo a uno a seguir escribiendo, así que por mi parte hago lo propio y pretendo que no oí lo que oí. Ya bastante me angustia saber que por ahora no tengo ni un capítulo completo, para considerar la posibilidad de inscribirme en el club de los gallinas. Si todo sale mal, no será por haber apostado al fracaso.

Hay en el Evangelio de San Mateo una expresión terrible: "hombre de poca fe", aplicada a los titubeos de Simón Pedro una vez que ha logrado, como Jesús, caminar sobre el agua. No es al fin por las leyes de la física que el apóstol termina zambullido, como por culpa de sus propias dudas. Y si eso le sucede en no más que un intento, imaginemos cuál sería su suerte si hubiera de lanzarse a andar sobre las olas día tras día, a lo largo de dos o más años. Más que fe, harían falta dosis inagotables de fanatismo: creerte cada día capaz de aquello que por años has temido improbable equivale a plantarte ante la realidad y decirle: *No existes*.

Afortunadamente a uno, que no es apóstol ni dispone de instancias sobrenaturales, le basta con haber aprendido a nadar. Hacerlo entre las olas resulta de por sí complicado y tortuoso, pero igual la otra opción es ir a dar al fondo del océano con la medalla de *hombre de poca fe*. Cada uno de los meses que vienen, a medida que pase por mis manos el dinero del hombre del clavel en la solapa, el abismo se hará algo más profundo. ¿Y cómo no, si crecerá la apuesta a todo-o-nada? No hay regreso posible, deseable o soportable. Firmar aquel contrato fue aceptar que mi vida se parta en dos pedazos. Que nada nunca vuelva a ser igual. Por eso me he propuesto, al modo de un vicioso empedernido, no volver a escribir un miserable eslogan. No es que sea esto un acto de contrición, ni que haya decidido purificarme. Al contrario, más bien. Sé de sobra la clase de puta que soy, nada me aterra tanto como que venga el diablo a hacerme alguna oferta y acabe reclutándome para su causa. Ya puedo oír sus risas: "¡Caíste una vez más, hombre de poca fe!".

No entiendo por la buena, ya quedamos. Necesito endeudarme, orillarme, arrinconarme para reunir la fe del novelista. Que en mi caso no es otra que la de quien no tiene más salidas. Lo supo muy a tiempo el profesor Conejo, aunque su escuela fuera detestable y yo hasta hoy insista en que nada me gusta más que la escritura. ¿Me gusta, en realidad, o digo eso por no reconocer que en el fondo le temo como a una bruja infame que conoce de cerca mis flaquezas? Lo dice Werner Herzog, verdugo de Klaus Kinski, cuando habla de la selva como un lugar atroz donde la muerte ocurre a cada instante y ni por eso pierde su magnetismo. Amo profundamente a la escritura, pero lo hago contra mi buen juicio.

¿O es que es posible amar de otra manera?

XXXVIII. Acordonando el área

Todo juego comienza por un reglamento: hace falta una
puerta que no debas abrir.

"¡No tienes límites!", disparó alguna vez cierta novia imposible, tras comprobar mi nunca suficiente pasión por su persona y buscar algún modo de recriminármelo. No negaré que lo más razonable habría sido prestar oídos sordos al que evidentemente era un infundio, pero hay embustes ciegos que dan en el blanco y aquél era uno de esos. Puesto que un novelista que carece de límites tiene que ser el tipo más tedioso del mundo, ya sea porque escribe pura palabrería sin sentido o porque ni siquiera se plantea llegar a cualquier cosa similar a una meta. No es, por lo demás, uno mismo quien decide sus límites, pero si ha de imponérselos más le valdrá cumplirlos escrupulosamente, so pena de perderse entre sus propios meandros y volver a la nada de la que en una de éstas jamás debió salir. Igual que al texto lo hace el detector de mierda que se le aplica, el novelista se hace a partir de sus límites. Somos, sí, lo que somos, pero sólo hasta donde y cuando podemos.

Me acomodan la deuda y el compromiso porque me imponen límites que no me atrevería a traspasar. Alicia era una dura fiscal de sí misma, virtud algo costosa y aguafiestas que en alguna medida me heredó. Hay cosas que nadie hace sin perderse el respeto, y enseguida la fe. Y si los personajes han de seguir patrones de conducta creíbles para que la novela no vaya a derrumbarse, no menos quisquillosa resulta ésta cuando quien la corteja peca de inconsecuente. Al igual que una amante recelosa y tiránica, la novela en proceso no pretende ser justa ni razonable al imponerte normas abusivas que has de seguir como un criado solícito. ¿Pues cómo, de otro modo, podrías aspirar a obtener algún día su favor?

Este libro arrancó a partir de dos límites: el tiempo y el papel. Calculé, en un principio, que el proyecto completo se llevaría algo así como 240 cuartillas —a razón de 28 renglones a 65 golpes, 1820 caracteres o 325 palabras cada una—, resuelto a vigilar día tras día el cumplimiento de estas proyecciones, como manda el prurito pitagórico. Y en vista de que tales eran los límites del juego, me dispuse a observarlos a sabiendas de que una sola falla sin enmendar me haría acreedor a la clase de juicio con que Alicia solía flagelarse. *Bruto, estúpido, idiota, apenas puede creerse tamaña babosada.* Suelo añadir, aparte, otros términos menos indulgentes y concluyo que soy una pobre piltrafa que jamás ha servido para nada. Un tratamiento lo bastante infumable para intentar ahorrárselo hasta el último límite de lo posible. De modo que cumplí del principio al final, y encontré que en lugar de 240 llevaba ya 261 cuartillas terminadas. "¡Un 8.8 por ciento más!", celebré, presa ya de un triunfalismo que dejaba de lado el dato preocupante: estaba todavía lejos de terminar, y lo sé porque aquí, ahora mismo, nos acercamos a las trescientas cuartillas y no le veo la cola a la culebra. Ahora bien, si comparo mi rendimiento a lo largo de las últimas 30 cuartillas con el del primer cuarto de millar, encuentro que cayó por debajo del 20%. Consulto el calendario donde registro mis avances cotidianos y confirmo que he estado incluso más perdido de lo que me temía. ¿Me ha faltado la fe, o nada más los límites?

Miro hacia atrás, regreso a los zapatos del que fui en otros tiempos y encuentro desde ahí que estas cuentas tendrían que escandalizarme. ¿No se supone que el trabajo novelístico ha de respirar libre de cronómetros, a espaldas del deber y sus apremios? Pues no, no se supone. Varios de los autores a quienes más debemos publicaron sus obras en folletines, al tiempo que las iban escribiendo. ¿Qué tendría de antinatural que uno, igual que en otro tiempo Balzac, Flaubert, Dickens o Dostoievski, aceptara el indeclinable compromiso de escribir quince páginas a la semana? Es decir, tres al día, entre lunes y viernes. Límites, plazos, frenos, compromisos: así ha de ser el juego para quienes pretenden llegar hasta el final. Si no fallan mis cálculos (que en todo caso sería lo más posible) debo de haber escrito hasta el momento algo así como cuatro quintos de este libro. Necesito acabarlo de aquí a no mucho tiempo, pues cada día que pasa me vuelven las cosquillas por la novela que dejé esperándome. Claro que no hay dos páginas iguales y por algún motivo, de muy probable origen patológico, a uno le es más sencillo relatar sus fracasos que sus éxitos. ¿Y no es verdad que incluso esa palabra, *éxito*, suena un tanto chirriante cuando va uno a aplicarla a su persona, tanto así que termina por buscarse un sinónimo o una figura de lenguaje que le ponga a resguardo de la jactancia repelente y barata?

El éxito, en rigor, ocurre cada vez que alguien pone los ojos en tu historia y algo en ella le impide retirarlos. "Si alguien juega mi juego", te dirás al saberlo, "entonces es posible que no sea yo un inútil tan perfecto". Pero lo cierto es que uno muy rara vez se entera de esas cosas. Aun si quien leyó te expresa su opinión, nunca podrás saber cuántas y cuáles fueron sus reacciones durante la lectura. Si sonrieron, lloraron, temblaron, maldijeron o se carcajearon, sólo ellos lo sabrán con toda precisión, y tal vez ello alcance para explicar cómo es que te han tratado como si fueras otro de sus amigos. Uno tiende a amistarse unilateralmente con la voz que le tiene prendido del papel, pero cuando resulta que esa voz es la suya, cuesta mucho otorgarse el mismo crédito.

¿A cuántos atorrantes y pelmazos hemos oído autoglorificarse, para envidia de varios sinvergüenzas afines y repulsa de la gente decente para la que *alabanza en boca propia es vituperio*? Tampoco es que suscriba o de menos soporte las cantaletas del humilde ufano, porque al fin la ufanía es veneno en el coco del narrador. Tratamos de escribir algo que de algún modo mejore la porquería imperfecta que sabemos que somos; en la medida que esto se dificulta, nuestro propio trabajo se encarga de humillarnos. Y si al fin todo sale mejor de lo temido, quedará por ahí cierto residuo de incredulidad en quien no está seguro de saber bien lo que hizo, puesto que le rebasa, le supera y en alguna medida le es ajeno, como un hijo sabihondo y desafiante. "*¿Esto* salió de mí?", vacilará ante el libro publicado y volverá la vista al futuro inmediato, donde ya se agazapa aquel nuevo proyecto por el cual hace tiempo come ansias.

"Cuando hablo de un lugar es porque ya no existe, cuando hablo de un tiempo es porque ya pasó, cuando hablo de una persona es porque la deseo", escribió Carlos Fuentes en su *Terra Nostra*. Algo por el estilo le sucede al autor una vez que su libro ha sido publicado: pasó, no existe más entre sus intereses, caducó la pasión, mientras que el manuscrito es fuego vivo, lujuria desbocada, principio y fin de todo lo que cuenta y preocupa y pone en marcha al mundo. Algo tiene la obsesión literaria que la emparenta con la pasión romántica y más de uno confunde con posesión satánica. Puesto que no se puede ni se quiere pensar en otra cosa. Si, como decía Hemingway, una novela terminada es un león muerto, la gesta de escribirla ha de ser un mero acto de supervivencia. El trabajo y el éxito de quien hace novela está en sobrevivir, igual que esos vaqueros de película que no han visto siquiera al villano enterrado y ya van cabalgando en busca del siguiente. Que otros sueñen con la jubilación, para nosotros eso equivale a la muerte.

XXXIX. El ángel tentador

Si tengo que escoger entre la mafia rusa y la nada, elijo ir
a meterme en la ratonera.

"Ten cuidado", nos dicen desde niños, "no vaya a pasarte algo". Luché, mientras crecía, por seguir el consejo, pero como ya he dicho suelo ser minoría en el poder. Me basta con reunir los mejores propósitos para probar la tentación creciente de echarlos abajo, porque en el fondo entiendo que un novelista al que nada le pasa es como el dueño de una funeraria en cuyo pueblo no se muere nadie. Perdón, pero no vivo de la estabilidad. Si el universo entero está derecho, mi chamba es encontrarle el lado chueco. Por eso es que esta vez no me ha dado la gana volver a mi guarida. Sería medianoche cuando salí de casa de mi compinche Paco, traigo un paquete gordo de materia enervante debajo del asiento y ninguna intención de recluirme a soñar con los angelitos.

Me hacen falta demasiadas respuestas, lo cual es doblemente preocupante si tomamos en cuenta que tampoco han llegado muchas preguntas. O será que las traigo todas atoradas detrás de la que ahora me desvela: "¿Deveras estás listo para sentarte a escribir esa historia?". Tengo al respecto dos respuestas distintas, que en esencia conducen a lo mismo:

1. Aventurero al fin, un novelista, o quien pretenda serlo, tendría que estar listo para cualquier cosa.

2. Nunca nadie está listo para nada. Lista no es la que estaba, sino la que se puso.

¿De quién hablo? No sé, no tiene nombre. Ya he dicho que es mujer. Ignoro dónde viva, qué le guste o qué quiera en esta vida. Sé que es joven y necesita huir, sabrá el diablo hacia dónde. Resumiendo, ni yo ni mi protagonista estamos propiamente listos para empezar, pero hace ya tres días que cobré el primer cheque y me siento un bandido. Necesito de un plan que me ayude a salir de las tinieblas, para que ese dinero no me dé picazón en la conciencia. Soy como aquel ladrón desesperado que patrulla las calles en busca de cualquier prospecto de botín. Si quisiera ponerme misticoide, diría que he salido a atrapar las señales del destino, pero aquí no hay más entes sobrenaturales que los monstruos, demonios y alimañas mentales que yo mismo engendré, y ahora me toca arrearlos a como dé lugar. Porque son animales, eso salta a la vista, y ellos tampoco entienden por las buenas, pero una cosa es que los tenga en mi rancho y otra que sea yo quien ocupe el corral. ¿Cómo arrearlos, no obstante, sin darles de comer? Si alguien nota que vengo hablando solo, debería saber que tienen hambre y es este soliloquio el que los alimenta. Necesito que el miedo se haga grande, tanto que no lo pueda soportar y me obligue a hacer algo para sacudírmelo. ¿Qué esperan, esperpentos, para manifestarse?

Quienes caímos víctimas de una obsesión tendemos a encontrar en el camino toda suerte de raras coincidencias a las que concedemos cierta causalidad reveladora. Por algo, nos decimos, pasan las cosas. Nos llenamos el coco de "pruebas contundentes" que hemos falsificado con distraído esmero y palpitante anhelo. ¿Pero dónde, si no en una novela, queda lugar para esas delusiones? Algún día dirá Javier Marías, a través de su agudo Bertram Tupra, que "todo tiene su tiempo para ser creído", y ya que me he entregado a la arbitrariedad opino que ese tiempo es el de la novela, pero como esto es junio del año 2000 me limito a pensar que sigo aquí en las calles no a pesar de que puede "pasarme algo", sino rogando al cielo que me pase. ¿Qué otra cosa es la vida para un novelista, sino un laboratorio de ficción?

"Ten cuidado", advertían las abuelas, "porque el que busca, encuentra". ¿Y cómo no, si lo hace dentro de su cabeza? Pero la gracia de esto no es ensimismarse, sino tender los cables necesarios para que lo ocurrido resulte consecuente con lo imaginado. Quiero decir que son las tres de la mañana y estoy listo para creer fervientemente lo que se me antoje, me da igual si es mentira o exageración. Es la hora en que el borracho santifica a la puta, por más que ésta le escupa, le robe la cartera o aproveche a su vez para invocar a otro príncipe azul menos maltrecho. La peor hora, tal vez, para buscar amor, aunque el amor sea siempre de los frágiles y le cuadre mejor lo que no le conviene. ¿Pero qué es el amor, sino lo que uno quiere y le acomoda y le empuja a creer en Cupido, el zodiaco, Zeus o San Antonio? Perdóname, pues, Celia, por esta impertinencia, pero insisto en saber si fuiste tú quien me puso esta musa en media calle. Tiene el pelo ondulado, la figura curveada y unos ojos profundos que es demasiado tarde para ignorar. En lo que toca al tema de las concomitancias, resuena en la cabina del traqueteado Thunderbird una canción de Jamiroquai que empiezo a sospechar premonitoria. *And I'm thinking what a mess we're in, hard to know where to begin.*

Es verdad que a estas horas he encontrado decenas, centenares quizá, de mujeres tan guapas como la que me acaba de sonreír y agitar una mano, pero debo aceptar que nunca hasta hoy había sucedido fuera de mis sueños. La melena castaña, los pantalones rojo refulgente ajustados del muslo a la pantorrilla, la blusa que entre holanes y encajes color negro reproduce y expande el vaivén de sus hombros cuando detengo el coche al lado de ella y da un paso hacia mí:

—*Do you speak english?* —¿*Swedish*, dijo? También, si hiciera falta.

—*Where are you from?* —indago, por hacer de una vez el solo trámite que encuentro necesario para rendirme a sus tacones rascacielos.

—*Russia* —jala el gatillo, al amparo de una voz cavernosa que dice sin decirlo ven acá, adónde crees que ibas, bájate de ese coche, cántame una canción, hijo de puta.

Estas cosas no pasan, me deleito pensando porque en unos instantes la vida se ha insertado en la pantalla, tal como Mia Farrow en *La rosa púrpura del Cairo*. ¿Debería sospechar, antes que entusiasmarme? ¿Salvarme de mí mismo, y quizá de los socios de esta chica, que en una de éstas me estarán espiando desde algún otro coche? Perdóname otra vez, Celia de mi alma, pero aun si ahora mismo te materializaras en esta banqueta, decidida a impedir que vaya adonde iré, encontraría yo el modo de escaparme de regreso al problema. Y ahora volvamos a las coincidencias: ¿Cómo es que de su bolso sacó una manzana y extendió la manita para ofrecérmela? La primera mujer, el primer hombre, las tres de la mañana, ni que estuviera muerto para ignorar el guiño de la serpiente bíblica.

Quiero creer que la hechicera moscovita se ha subido a mi Thunderbird porque no consiguió resistirse al poder corruptor de la caballerosidad, pero es verdad también que accedió a la primera. Miro por el espejo cada pocos segundos, empeñado en saber si estamos solos o quizás en la atenta compañía de unos miembros insignes de la mafia rusa. ¿Quién me dice que no despertaré mañana con un riñón de menos o diez gramos de plomo de más? ¿Y cómo niego que estas fantasías incrementan, potencian, subliman, viralizan el *sex appeal* de la desconocida? Vamos, cuadra tras cuadra, atravesando el trecho que separa Insurgentes de Avenida Cuauhtémoc, y un demonio interior se regocija cuando dejamos la colonia Roma para ir a sumergirnos en la Doctores: territorio comanche, a mi entender. Si estuviera rezando un Padre Nuestro, terminaría diciendo *no nos libres del mal, amén.*

Justo antes de bajarse, delante de una mole de cemento que lleva el nombre de Hotel Andrade, me hace saber la rusa que tiene algo de vino en su habitación. "*Well, you know, I like wine!*", le he informado enseguida y al instante siguiente ya me bajo del Thunderbird, jugando a imaginar que lo mismo habría dicho de saber que en su cuarto tenía gasolina, desinfectante o insecticida. Todo me gusta, si te quedas conmigo. ¿Quién no promete el cielo y las estrellas con tal de no tener que despertar a solas? Más que estar listo para hacer la novela, aspiro a merecerla y eso no va a ocurrir si no me pasa nada. Por otra parte, abundan los impulsos de origen animal. "Quiero ser novelista" es la mejor coartada para experimentar con aquello que temes indebido y se hace urgente. Y a todo esto, ¿qué está haciendo la rusa así, sin pantalones? Dudo que no se entere del efecto inmediato que semejantes piernas surten a cada instante sobre mis hormonas, aunque tampoco se entretenga mucho en seguir otra pista que la de sus caprichos. ¿Tendría que decirlo sin admiración?

No habíamos llegado al cuarto beso cuando se le antojó una sopa ramen. La traía en el bolso, faltaba nada más el agua caliente. Fue con ese pretexto que me dejó en su cuarto y bajó, según dijo, a la cafetería del hotel. Buena oportunidad para largarme, antes de que me caiga la mafia rusa, pero igual prefiero eso a la certeza de ser un cobarde. "¡Que estúpido!", dirán, si me pasa algo, pero si sobrevivo tendré algo que contar. Seguramente a la protagonista de mi novela le tiene sin cuidado si estoy listo para ella, pues lo que le divierte es verme torpe y saberme extraviado entre sus trampas. ¿Quiere ponerme a prueba, a ver si saco el queso de la ratonera?

Está de vuelta, no encontró agua caliente. Le queda todavía la llave del lavabo, de donde el agua sale no exactamente lista para hacer una sopa, pero la lucha se hace y mi anfitriona no piensa rendirse. Una vez sumergidos los tallarines en un caldo sin vapor ni burbujas, la cocinera saca dos pedazos de queso Filadelfia y los deja caer en la poción. Se ha puesto otra vez cómoda, viene a mí con la sopa entre las manos y yo pretendo que no me hago cargo de los muslos desnudos, el calzón pequeñito, la sonrisa burlona, el calor del instante, por más que la tiesura de mis músculos delate a un solitario mendicante. Haré lo que ella quiera, por supuesto, y ello incluye mirarla como un bembo mientras deglute la primera cucharada. ¡Alto ahí! No la traga, y al contrario: se me arrima, conecta su boca con la mía y en un beso caliente me transmite el bocado. ¿Necesito añadir que es delicioso? ¿Por qué no he de imitarla de inmediato, embuchacándome otra cucharada y vaciándola toda dentro de ella? ¿Estoy mal si permito que estas líneas se llenen de gerundios tan sólo porque sigo besando, acariciando, sorbiendo, alimentando, babeando, acometiendo, mordisqueando, apretando y embistiendo a una perfecta extraña que ahora mismo lo es todo en esta vida? ¿Quién de los dos al fin es juguete, instrumento, golosina del otro? ¿Ayudaría preguntarle su nombre?

Me ha dado algunos datos que a estas alturas serían desechables si no contribuyeran a engolosinarme. Trabaja en un tugurio más o menos famoso: el Solid Gold. Su quehacer es bailar en poca ropa, de repente ninguna, y a ratos cabalgar sobre la humanidad de los clientes prestos a desprenderse de un billete mediano. ¿Me incomoda tal vez saber que cualquier hijo de vecino puede tenerla encima por quince dólares? *No way, baby*, respondo y me pregunto si me embarra estos datos a sabiendas de su inminente impacto, y ya esa sola idea me pone otro poquito ponzoñoso. Saberla inconveniente, impresentable, irredimible y de cualquier manera digna de un altar es ahuyentar el fuego con gasolina. Que se salven los tibios y los bobos, yo quiero condenarme aquí y ahora, a cualquier precio y sin motivo alguno. Lo dice la canción de los Wallflowers que ahora mismo resuena en mi cabeza: *Tiene que haber algo mejor que la medianía*. Anda, pues, Mata Hari, Acid Queen, Vampirella, llévame ya al infierno y haz de mí un novelista.

XL. *Wasabi Time*

Juro que en ese beso abrasador le entregué el alma entera,
pero cómo negar que estaba trabajando.

Una vez le hice el amor a un drácula con
tacones.

INDIO SOLARI/SKAY BEILINSON,
Preso en mi ciudad

No siempre sabe uno de lo que se enamora, ni imagina las fuerzas que desatará cuando sea consecuente
con sus recién llegados sentimientos. Proliferan los que
aman al amor y en su nombre se lanzan a adorar a quien-
quiera que en un momento dado lo represente, aunque
no haya cubierto el menor requisito ni quizá se interese
en ser objeto de esa distinción. Pues si, efectivamente,
aquel que busca encuentra, el idilio está en manos de
quien lo ha concebido y crecerá según le dé la gana,
por más que lo atribuya a factores etéreos como magia,
destino, conjunción esotérica o designio celestial. ¿Cae
del cielo el amor, o hacia allá lo empujamos a como dé
lugar? ¿Viene de fuera, como los huracanes, o nace y
crece adentro, donde hace tanta falta desde hace tanto
tiempo? ¿Y no amamos también a nuestra suerte, ya que
su intercesión —milagrosa, seráfica— ha otorgado sentido a todo cuanto ahora nos ocurre?

No es en la realidad, sino en la voluntad, donde la
vida encuentra algún sentido. Es por eso que toda historia de amor quisiera parecerse a una novela, donde
nada hay que falte, sobre o desentone. Escribimos, leemos o nos enamoramos para creer que el mundo está en
su sitio y la vida transcurre de acuerdo a alguna lógica

"evidente". Nada más despertar, pasado el veintidós de junio del dos mil —primer día del verano, esa era otra señal— di por hecho que estaba viviendo una novela. Pensé: Nadie en el mundo sabe dónde estoy. Y deja eso, con quién. Nadie lo habría creído, de cualquier manera, y como yo tampoco acababa de creerlo, apelé una vez más a la vieja coartada celestial.

—*Are you there, Angel?* —grité casi, no bien dejé de oír el chorro de agua caliente sobre el mosaico.

—*Good morning, crazy man!* —atravesó mis tímpanos, como un salvoconducto de vuelta al paraíso terrenal, la voz entre festiva y truculenta de la protagonista a la que horas atrás había yo equipado con aureola y alas.

¿O es que existía alguna explicación mejor? ¿Y no era claro que ángeles como ella habrían hecho creíbles las promesas del Reino de los Cielos? Le gustaba el apodo, en todo caso. Se había puesto unos pantalones negros untados como mallas en muslos y caderas y acampanados en la pantorrilla, donde unas cuantas plumas colgaban de la tela, a modo de vestigio de su origen angélico. Una blusa escotada del mismo color y la aureola escondida bajo la boina roja redondeaban el *look* agitanado de la que al dar la una de la tarde ya me había aceptado como novio, si prometía a cambio que no sería celoso.

"¿Celoso yo?", dice uno en estos casos y descarta la idea con un fugaz amago de risotada, pero a juzgar por el *modus vivendi* de la rusa rumbosa me esperaba una hilera de pruebas de templanza y desapego. Trepábamos apenas a mi Thunderbird y ya habían entrado tres llamadas a su celular. Fulanos al instante aborrecibles, eunucos del espíritu, putañeros de mierda seguramente viejos, obesos y halitosos, qué ganas de volverme justiciero serial para echarlos a todos en una misma fosa, pensaba yo al volante, aferrado a una mueca congelada que pujaba por parecer sonrisa. Hablaban de tarifas, condiciones y espacios en la agenda de mi novia, los muy jijos de su reputa. Ya había, pues, conflicto, villanos y un ángel en picada al que era indispensable rescatar porque así lo quería el narrador. *"I'm hungry!"*, rezongaba la chica de la boina, pero igual nos desviamos unos pocos kilómetros para ir a presentarle a Don Vittorio. Lo cual era un intento desesperado por alargar el tiempo de estar juntos, pues ya me había advertido que más tarde tendría que trabajar. ¿Qué podía yo oponer al ominoso curso de la historia, si no la intervención de otro angelito menos extraviado? Mi novia, mi perrote, mi jardín: les tomé un par de fotos abrazándose, como si ya supiera que muy pronto no quedaría otro rastro del paso de la rusa por mi vida.

Por lo pronto, seguía yo buscando (porque "el que busca, encuentra") pruebas que acreditaran la predestinación de nuestro encontronazo. ¿No le parecía raro, por decir lo menos, que trajera debajo de mi asiento una bolsa del *Duty Free* de Moscú, ahora que disfrutábamos su contenido en mi elegante pipa de señorón? Mas, pensándolo bien, no era a ella sino a mí que estaba persuadiendo, si ya la sola posibilidad de que aquella semilla de locura pudiera florecer me invitaba a retar al mundo que hasta entonces había conocido. Por eso celebré como un milagro aparte los besos que nos dimos a medio restaurante, cada uno relleno del sushi de cangrejo que fue y vino entre su boca y la mía (los arroces cayendo por su escote, mis labios recogiéndolos devotamente) mientras en torno nuestro crecían las miradas —atónitas, vibrantes, regañonas— de madres de familia furibundas y niños deslumbrados por nuestra intrepidez. Poco sabrían, no obstante, todos esos testigos del incendio privado que nos consumiría después de que mi novia se puso entre los labios un trozo de wasabi del tamaño de una buena cereza. Súbitamente nuestro idilio improbable prendía fuego a la bóveda palatina. Por mucho que me ardiera, no me atrevía a parar; por más que me gustara, no aguantaba seguir. Es decir que pensaba ir adelante hasta escaldarme boca, lengua y corazón, pues además del flujo de testosterona de por sí involucrado en tales menesteres, un grito del instinto me había puesto delante del único botín que en realidad cabía en mi equipaje. ¿Qué era esa gula ardiente y refrescante, tóxica y deleitosa, demoníaca y querúbica, sino el alma de aquella chica fugitiva, ficticia y todavía borrosa por cuya causa había pasado todo? ¿Y no era eso también lo que salí a buscar?

Lo dicho, este trabajo no respeta nada. A la mitad del beso más candente, la conciencia se ausenta para atender a un amo menos consentidor. Puede uno resistir toda la incomprensión humana imaginable, mientras tenga el favor de la novela en curso. Detesto, por ejemplo, la perspectiva de acabar con el sushi, volver juntos al Thunderbird y tener que llevarla a su oficina. Me siento desde ya un pobre pendejo, y al mismo tiempo encuentro algún consuelo —un secreto entusiasmo, francamente— en poder ver las cosas desde ese ángulo. A una mujer no basta con amarla, es preciso sufrirla para entrar en sus meandros e iluminar de paso los propios escondrijos. Cuando pagué la cuenta por el sushi más rico de mi vida, ya sabía del tormento que me esperaba al final del trayecto entre San Ángel y la Zona Rosa. ¿Celoso yo? ¡Qué va! Soy el mayor misántropo que alguna vez dejó escapar un ángel a las puertas del reputo infierno. Jodida humanidad, qué poco vales.

(¡Alto ahí! ¿Qué te crees, narrador zamacuco? ¿Piensas tal vez que no se transparenta tu utilitarismo? *Remember Tina Turner*, ¿qué tendría que ver con todo esto el amor? Claro que se parece, porque así lo has querido y requerido, pero tiene que haber un ancho trecho entre idilio y pulsión narrativa, puesto que en esta última no hacen falta segundas opiniones. Si el enamoramiento suele incluir cierta empatía pronta con el resto del mundo, la urgencia de sentarse a contar una historia supone una cosquilla por escapar de él. Te gusta —y hasta peor, te conviene— que la rusa haga lo que hace porque eso te condena a seguir solo y padecer feliz la incomprensión de aquellos bichos raros a los que por estricta pereza mental continúas llamando "semejantes". Si de eso se tratara, en resumidas cuentas, nada habrías querido más que asemejarte a la rusa correosa que sin imaginarlo te estaba regalando un personaje, y de hecho una novela, y en un descuido el resto de tu vida.)

Ah, la modestia, siempre tan dos caras. Lo cierto es que aquel ángel tentador no me había dado un carajo. Era yo quien a fuerza la saqueaba, sobre todo en su ausencia porque después de nuestra primera despedida me había ya embarcado en el proceso de idealización que hace de los románticos farsantes sin remedio. Sufre uno porque quiere y se recrea en sus penas igual que un proxeneta en sus conquistas. Cierto es que pude usar palabras menos duras —fanfarrón, seductor— sin siquiera quebrar el ritmo de la frase, sólo que en este oficio se llora por negocio. Como en esas *churrascarias* brasileñas donde la gente come todo cuanto le cabe en la caja torácica por un mismo boleto, el narrador aprende a muy temprana edad que en este oficio el dolor se atesora, y si fuera preciso se roba o se fabrica. La gula del autor se llama morbo y no sabe lo que es la indigestión. Ahora bien, por entonces nada me habría indigestado tanto como el cinismo petulante que transpira este párrafo, aunque en algo quizás estemos aún de acuerdo el que escribe estas líneas y el novio de la rusa: estaba decidido a joderme la vida en unos cuantos días. Otra vez abusando de Faulkner, entre la trama y la vida me iba a tocar quedarme con la primera. Lo demás, ya lo he dicho, no entraba en mi maleta.

XLI. Que comience el saqueo

Enterrado el idilio, toca dar de comer al manuscrito y eventualmente probarte la ropa de toda esa gentuza que fuiste a inventar.

There's a shadow in everybody's front door and I am her.

Shea Diamond, *I Am Her*

Recién amaneció y me da lo mismo. He pasado las primeras siete horas de hoy y las últimas dos de ayer sin moverme de aquí, con la vista perdida entre el gran ventanal que da al jardín, el monitor encima del escritorio y la cartografía infinita del techo. Antes de que les dé por compadecerme, confieso que no es rabia ni tristeza, sino un pasmo babeante lo que me tiene así. Al diablo la piedad. La canción de Morcheeba que suena en mi cabeza considera que es todo parte del proceso, así que si me empujan a que enseñe la herida confesaré que lo que más me duele no es saber que nueve horas atrás la musa rusa me mandó a la mierda, ni escuchar todavía los ecos de su voz en el teléfono profiriendo un podrido *forget-about-me*, y ni siquiera el papelón de idiota que habré hecho ante Xavier, Alicia y los varios amigos a quienes informé de casi todo sobre mi novia rusa (menos, naturalmente, su negocio), sino el convencimiento de que yo no había sido más que otro vividor en su camino. Nunca antes conseguí, en tan poco tiempo, llevar a cabo atraco semejante, con tan buena coartada y en la más absoluta impunidad. Perdóname, Violetta, si es que así te llamabas en efecto, por saquearte en el nombre del amor, pero es que no conozco otra manera. ¿Sirve de algo ponerle tu nombre al personaje? Ya sé que estoy robando, pero quisiera al menos ser amable.

El truco está en creerse que estas cosas suceden más allá de la propia voluntad, aunque no sé bien si este comentario nace de una conciencia pestilente. Puedo seguir llamando a su celular, pero eso me haría parte de un rebaño asqueroso al que me enorgullezco de no pertenecer. ¿Será que ellos pagaron y yo no? ¿En qué me separa eso de mis congéneres? ¿Cómo es que me he pasado la noche completa masticando la misma mengambrea? Nos encontramos a las seis de la tarde, venía de hacer compras y traía una bolsa con sendos perfumes. Quise abrir uno de ellos y me detuvo: esa botella era para el trabajo, la otra sería toda para mí. ¿Cómo era, sin embargo, que me había tomado la llamada hasta dos días después de habernos despedido en su oficina? Mucho trabajo, claro. Era seguro que el otro perfume le duraría menos que el mío, pero eso qué importaba si nuestro único triunfo era el de lo fugaz sobre lo permanente.

—*Let's go to the beach... you, me and your dog!*—disparó de la nada, apenas arrancamos en el Thunderbird.

Playa, perro, tú y yo: sonaba tan perfecto que algo crujía detrás. Tiene ya varios meses que al coche se le enciende una luz del tablero, antes era amarilla y ahora roja. ¿Quién me decía que no iba a reventar en medio de la sierra, a media madrugada? ¿Qué iba a hacer con mi Vito en esas circunstancias? Daba mi mente vueltas a estos y otros imponderables mientras mi compañera de aventura se maquillaba ante el espejo de su cuarto en el *good ol' Andrade Hotel*. Recién se había bañado y estaba todavía totalmente desnuda frente a mí. ¿Qué me tocaba hacer? ¿Ceder a mis instintos primitivos, arrodillarme ante ese mujerón o mantenerme *cool*, como un hombre de mundo? Había aprendido de la publicidad a nunca parecerme a mis competidores, de manera que no moví ni un pelo (en la esperanza de ponernos a mano más tarde, frente al mar). ¿Pero quién mejor que ella podía deducir que estaba yo ocultando mis carencias? ¿O acaso iba a espantarla una erección?

Entre las fantasías más robustecidas tiene que estar la de entablar una relación íntima con gente a la que nunca antes has visto, ni muy probablemente volverás a ver. Yo, al menos, la alimento con frecuencia. Imaginar a Fulana o Mengana súbitamente en brazos de uno o varios o demasiados hijos de vecino es por supuesto un modo de hacer literatura, pero una vez que la quimera ardiente se ha materializado en un maldito teléfono móvil del que brotan las voces de sabrá el carajo cuántos batracios en celo, poco he podido hacer para eludir ciertas miradas lánguidas de mi yo narrador, que a todo esto no tenía la menor intención de ir a dar a la playa, con o sin Don Vittorio. ¿Se habría percatado de esto la moscovita, de paso por mi casa, mientras me iba tomando veinte, treinta minutos en hacer mi maleta? El punto es que salió azotando puertas, lo cual no exactamente me sedujo, de modo que al segundo kilómetro avanzado me exigió detenerme en el semáforo, donde ya había un par de taxis en espera de cliente. Mis disculpas se fueron velozmente a la mierda, y así saqué su disco de Savage Garden de mi *cd changer*, a la velocidad con que mi *no-more-girlfriend* se desharía de mí, alzando el dedo largo igual que un crucifijo medieval.

Claro que a medieval poca gente me gana, pero hasta en la Edad Media —y sobre todo entonces— había prioridades. Tieso ante la mirada zen de Don Vittorio, me digo que no hay sino dos opciones:

1. Ir detrás de la rusa a como dé lugar, aun y sobre todo si eso incluye cavar mi propia tumba.

2. Ir detrás de la pura huella de la rusa. Saquearla. Reinventarla. Usurparla. Entrar en su epidermis, compartir sus hervores, robarme la memoria de tesoros como su guardarropa —me lo enseñó, orgullosa, con

todo y sus diez, doce tacones de metal— o el *cd player* con foquitos de colores y pinta de platillo volador del que tan tiernamente se ufanaba.

Podría seguir nutriendo la opción dos a lo largo de un demonial de líneas, porque ya quedó claro que la primera nunca va a funcionar. Insisto en que por eso me siento cucaracha: soy el chulo de mierda de esta historia. Ni siquiera me arriesgo, para colmo. Quiero decir, no arriesgo la supervivencia. En mi cabeza, los primeros en salir de peligro son por fuerza mujeres, niños y narradores, no necesariamente en ese orden. Los novelistas somos cajas negras de la catástrofe cotidiana, y es en esa medida que tratamos de ser indestructibles. ¿Verdad que se oye bien, decirme "novelista" con este desenfado? Ya sé que el asesino sólo puede llamarse de ese modo después de haber matado a su primera víctima, pero si he de estirar un poco la metáfora diré también que tengo sed de sangre, de modo que si alguien me viera aproximarme haría bien cambiando de banqueta.

Una vez que el amante fue corrido a patadas de esta historia, no queda vivo más que el novelista. Miro el Sol de las ocho de la mañana y corrijo: *novelista en potencia*. Amante imaginario de la ninfa volátil. Quiero ser ese obseso transilvano que va jadeando a medio palmo de su nuca, ebrio de sus olores, ávido de contagio, lunático automático. Quiero además que no me vean venir, y aquí es donde entra la Beca Patiño, que equivale a un subsidio a la doble vida.

Sonaría muy lindo decir que ha sido una mujer quien "inspiró" el arranque del manuscrito, pero tampoco es la primera vez, ni siquiera la decimonovena, que me enamoro totalmente a lo imbécil, y hasta ahora no se ha visto que uno solo de estos alelamientos tuviera consecuencias literarias. Usaré una vez más el verbo chapucero: me parece que nada "inspira" más que la necesidad. Que en este caso tiene la forma de una deuda que crece cada mes y me permite disfrutar de una estabilidad tan falsa como la de mi protagonista. ¿Pero por qué mentimos las personas supuestamente honestas sino precisamente por necesidad? Inclusive tramposos y mitómanos lo hacen porque suponen, a menudo con mucha razón, que será la salida menos costosa.

Una de las mayores alevosías de quienes nos metemos a narradores consiste en casi siempre estar al tanto de las mentiras de los personajes. Nos pasa a veces con ciertas personas. Sabemos que sabemos demasiado de alguien cuando le descubrimos dos, tres, cuatro mentiras, hasta que establecemos un patrón que nos deja observarle desde arriba, como un dios fariseo que sonríe para fingirse crédulo, magnánimo, piadoso, mientras acaba de tumbarle de su gracia. Sabemos, desde luego, más de lo que contamos, aunque jamás todo cuanto quisiéramos. Pues de los personajes nos atrae más lo que aún ignoramos. Pienso, no sé si ya haciéndome trampa, en la rusa y su *discman* de carrusel de pueblo. ¿Pero quién dice que una baratija no basta y sobra para almacenar el combustible de tus sueños recónditos?

Quienes hemos llevado alguna vez audífonos por la calle conocemos de cerca las ventajas de cambiarle al paisaje la señal de audio. Parece baladí, pero hay que ver lo que hacen, por ejemplo, unos grandes audífonos para sobrellevar una endodoncia. A mi protagonista, por otra parte, los escenarios de su vida familiar, así como cualquiera de sus consanguíneos, le son tan entrañables como la maquinaria del endodoncista. Por eso siempre lleva los audífonos puestos, para que al menos una parte de ella pueda vivir donde, como y con quien le dé la gana. Y porque tiene prisa a toda hora, y la prisa es mandona como la comezón. ¿A partir de qué instante, día o semana la ansiedad por volver a verme con la rusa se volverá la prisa vital del personaje? No lo sé ahora, ni lo sabré después, y si una vez me diera por contarlo tendría que sacármelo de la manga. ¿Y por qué no, ya entrados en quimera, decir que cierto día, de madrugada casi, desperté convertido en Vampirella?

Siempre tiene sus riesgos intimar con la gente del trabajo, pero algunos oficios lo hacen inevitable. Especialmente aquellos donde te toca dar la cara por más de un pronombre. Ya alguna vez hablé de cómo terminé peleado con mi madre por defender las libertades personales de la hermana que nunca iba a tener, y aquí estamos de vuelta: si yo fuera la chica de mi historia, estaría dispuesta a convertirme en monstruo por salir de mi jaula. Cuenta uno con que las barbaridades a las que se ha atrevido por defensa propia nunca serán tan dignas de respeto como las de una turba con bandera. No es desde luego la primera vez, y ni siquiera la nonagésima, que me entretengo haciendo gimnasia neuronal bajo el supuesto de que soy esa hermana que, según mi opinión aún vigente, habría sido enemiga natural de sus progenitores.

Es seguro que Alicia se enterará en un tris del origen auténtico de los padres de mi protagonista. Pichicatos, mediocres, topilleros, baratos, ¿no son acaso un tanto parecidos a una pareja a la que desde niño trato de *tía* y *tío*? ¿Y qué decir de esa familia cínica y tracalera que, según mi amiga Emma, estafaba a la causa de los damnificados del momento, a partir de su fama de buenos católicos? ¿Quién no sintió terror, desde muy niño, ante la idea de ser hijo de otros, acaso más estrictos o menos dadivosos o tal vez malolientes, y no poder siquiera hacerse cargo de eso porque son uno de ellos y en lugar de juzgarlos tienen que defenderlos? ¿Se dan cuenta esos niños que te ven con envidia de la piedad miedosa que te inspiran? ¿Será que mis amigos nunca sabrán quién fui —luego entonces quién soy— hasta que se descubran en uno de mis libros? ¿Se imaginan que un día, si tengo que elegir, salvaré antes mis líneas que su reputación?

Nadie que no sea yo querrá perder su tiempo imaginando sandeces megalómanas como éstas, por eso me las guardo para consumo interno. Tiene uno que saber que nada hay más ridículo que el trecho que separa a la épica secreta del humor involuntario. Basta una indiscreción de la autoestima para ponerse el traje del payaso. Tampoco, finalmente, ando por ahí contando los escenarios postapocalípticos que imagino en la tarde de un domingo cualquiera, no bien mis convicciones languidecen bajo la maquinaria del *bulldozer* del miedo. De poco o nada sirve la modestia cuando tienes enfrente a un adversario así. ¿Enfrente, dije? ¡Pero si ese farsante se mete hasta los huesos! ¿Cómo va uno a sacarlo de tan hondo, sino echándole encima a un bravucón aún más agresivo, y si fuera preciso menos escrupuloso? Ese es mi lado B, y en realidad el A desde que *cobro un sueldo* por llevar otra vida: la única que importa. En cuentas resumidas, ocupo los domingos por la tarde en sacar a los monstruos de paseo, pero el lunes temprano vuelvo a ser el fanático que los mete en el sótano a golpe de machete. A la mierda, parásitos, tráguense unos a otros si tanta hambre tienen.

¿Dónde estoy? ¿Qué me pasa? Semana tras semana, compruebo que sólo hay una manera de conciliar el hambre del cruzado con la del pusilánime, y ésta consiste en darle de comer al manuscrito. Una teoría seguramente productiva, hasta que en un descuido se te escapan los monstruos y pasas tres semanas persiguiéndolos. Encogido. Amargado. Aterrado. Intratable. Miras el calendario y certificas que se te ha ido ya un mes sin escribir un puñetero renglón. Parte de esa neurosis la desahogas tratando de inventar nuevas teorías para que no te pasen estas cosas. Autoayuda fallida, casi siempre. Ahora bien, el fanático tiene sus herramientas. Nadie puede juzgar a simple vista si un manuscrito de setenta páginas no tendrá en realidad sesenta y cinco, o hasta unas cuantas más. Es decir que si escribo dos, tres o cinco páginas no se verá más gordo un manuscrito de ¿cien, trescientas, cuatrocientas hojas? Pero si cuando nada uno en el mar tiene pocas y muy lejanas referencias que midan y comprueben su avance sobre el mapa, el calendario que he clavado en la pared, precisamente enfrente de mi cama, me permite saber hasta el último dígito cuál es mi rendimiento de la semana, el mes o lo que va del año. Luego de muchos cálculos en gran medida ociosos, he concluido que de un mes productivo debe salir un mínimo de cuarenta y tres páginas. La Historia nos demuestra, en todo caso, que al calendario nadie puede engañarlo.

La cabeza, eso sí, jamás descansa, y ni falta que le hace. Así como estos párrafos van y vienen de la noche del 24 de junio a los seis, ocho meses que han seguido, no encuentro diferencia interesante entre los días y semanas que pasan, más allá de la cuenta en el calendario. He comprado unos cuantos paquetes de pegotes con números del cero al nueve. Al terminar la tarde, pego en el cuadro de ese día del mes el número de páginas que conseguí escribir. Autoindulgencia, *maybe*. Autoengaño jamás.

Sospecho que mi vida quedó en pausa desde el amanecer en que acepté que la rusa ya no iba a regresar y decidí seguir su huella en la novela. Como si su fantasma hubiera agonizado entre mis brazos hasta arrancarme la promesa solemne de relatar su vida. Y entre tanto, se entiende, renunciar a la mía. ¿Cómo contar aquello que nadie te ha contado? Se empieza, por lo visto, exagerando. No me consta que el personaje mienta, pero su situación en esta historia sólo puede expresarse con exactitud desde una perspectiva desmesurada. El ángulo especial y retorcido que te deja ver ciertas aristas impensadas. Un cambio de valores infinitesimales que modifica la ecuación entera, de modo que harán falta unos cuantos capítulos para al menos entrar en preguntas complejas del tipo: ¿Cree usted que esa muchacha es una mala mujer?

Fue en aquel viaje a Europa con el Quiquis que aprendí a relativizar los malos hábitos. Agotados los viáticos provistos por mi abuela, sobrevivía yo engañando turistas en algunos hoteles de postín. "Perdí a mi hermano la semana pasada en Barcelona, él traía mis cheques de viajero, sólo tengo el boleto para volver de Londres a mi país", iba yo masajeándoles los bolsillos, hasta al fin ablandarlos con unas cuantas salvas de falsa vergüenza. Yo nunca había hecho esto, qué pena, bla bla bla. Asombradas por mis buenos ingresos, dos amigas también pobres y mexicanas —a la sazón novia y hermana del Quiquis— se interesaron en mi *modus operandi*.

Una vez entrenadas y entusiastas, partieron juntas a la mañana siguiente, convencidas por mí de que como mujeres encontrarían menos difícil el camino. Y así fue, pero no sin condiciones. Mismas que ambas amigas encontraron no sólo irrespetuosas sino abusivas, crueles y aberrantes, pero a mí todo aquello me echó a andar el cerebro. Les dije, en son de broma, que habían dejado ir un gran negocio, muy lejos todavía de figurarme que llegado el momento habría yo mismo de poner mi tiendita.

Me divierte decir que nací hombre por la misma razón que *Dios no da alas a los alacranes*. ¿Qué otra cosa buscaba cortejando a la rusa, sino plantar las consabidas alas a ambos lados de nuestros aguijones? Y lo cierto es que sigo preguntándome qué tal les habría ido a esas dos que volvieron llorando del lobby del hotel Intercontinental, en caso de plegarse a las expectativas del cliente. No porque, como tantos impotentes suponen, pudieran disfrutarlo, sino por la canija necesidad. O el morbo, o la codicia, o el escaso amor propio. O, por qué no, la pura vanidad. "No todo va tan mal", se felicita o se consuela uno cuando logró llenarse los bolsillos trapeando el piso con su dignidad. Una vergüenza que se esfuma pronto, pues no has llegado aún al quinto trapazo cuando esa dignidad ya no parece más que un trozo de jerga remojada, ni te preocupa mucho porque en el fondo crees que nada hay más indigno que la miseria, y ese asunto por ahora lo tienes controlado. La adrenalina de los buscavidas fluye desde el instante en que se preguntan dónde van a dormir hoy en la noche y en un tris se descubren a merced de su ingenio. Viven por eso alertas a los cambios sutiles del paisaje y no pueden pagarse lujos tan onerosos como las convicciones, los principios o la conciencia limpia. Sus triunfos son a ratos resonantes, pero a menudo tienen que lidiar con la aritmética de la supervivencia. Y si yo, como mero pedigüeño, había dormido una noche en una suite del Sheraton de París por cortesía de una gentil familia mexicana, y las cuatro siguientes tumbado en un andén de la Gare du Nord, ¿qué no le ocurriría a una visitadora de turistas calentones, aplanacalles y trotalobbies, resuelta a darse vida de mesalina a costillas de cuanto pitoloco ose inmiscuirse en su campo magnético? Igual que a Bob Saint-Clair —aquel James Bond patético de Jean Paul Belmondo— le bastaban dos balas para que tres docenas de enemigos cayeran como cocos de las palmeras, la bruja de esta historia aprenderá a moverse por los lobbies de modo que le baste un caderazo para hacer de los hombres cerdos en el pantano. Puercos pero solventes, como quien dice bien equilibrados. Porque no es don Cliente sino don Dinero quien siempre tiene toda la razón. Son las reglas del juego, nadie se hace puta ni publicista sin pretender al menos que sabe obedecerlas. Si quieres la banana, date la marometa.

Cuesta menos trabajo ser puta de mentiras cuando ya te has rentado para sobrevivir. Sabe uno de qué va ese desafío de encontrarle al cliente el punto G, y cómo hacer después para no atormentarse con reflexiones improductivas al estilo dios-mío-qué-estoy-haciendo-con-mi-vida.

Por otra parte, el horizonte de los buscavidas nunca llega a pasado mañana. Para quien vive de ordeñar el momento, las horas y los días llegan de uno en uno, como manos de póker o pelotas en zona de *strike*. Aunque tampoco es que seamos iguales. Una cosa es que sienta, porque así lo he querido y me conviene, empatía con mi protagonista, y otra muy diferente que me atreva a llamarme su colega, más allá del terreno de la metáfora. Puesto que si hay aquí una puta realmente peligrosa, indigna de confianza y dada a la traición, esa es la que se dice novelista y teme que un día de estos se le aparezca algún cliente potencial con una oferta sucia y opulenta, porque entonces ya no estaría segura de querer seguir siendo hetaira de mentiras y la novela entera se iría a la basura. ¿Cómo sé que no soy esa ramera infiel, capaz de poner precio al amor de su vida y por si fuera mucho dejarse regatear? ¿Y si fuera el momento de llamar al fanático?

XLII. Carantoñas del demonio

Está bien que yo sea lo que sabes que soy, pero eso no te da derecho a regatear.

"Autoengaño jamás", escribí no hace mucho en estas páginas, con el ímpetu de un regenerado, pero la verdad es que lo hago a diario por estrictos motivos laborales. ¿O debería llamarle autopersuasión? Como los casaderos fantasiosos se entretienen tomando providencias para un futuro meramente imaginario, suelo valerme de abstracciones embusteras para que el libro avance, pese a las tentaciones circundantes. Quiero decir que nunca sabe uno cuándo vendrán los demonios ajenos a emboscarle con otra propuesta indecorosa, inmunda y a la larga insolvente. No siempre es el dinero la carnada (¿qué es el ego sino nuestro gran corruptor?) pero en aquellos tiempos, cuando era un novelista sin novela, cualquier rufián con la cartera gorda podía hacerme mudar de religión. Seguía gobernado por una minoría, y fue así que llegué a la conclusión de que necesitaba corromperme yo mismo, antes de que otra rata se me adelantara. Me hacía falta al menos medio millón de dólares en papel moneda cuyo único defecto, y asimismo virtud, estaría en ser completamente imaginario.

Supongo que más de uno se habría preocupado por mi salud mental, de enterarse que al fin de cada día me pagaba mil dólares abstractos por cada nueva página del manuscrito. ¿Y de qué iba a servirme la jodida modestia a la hora de evaluar un proyecto adversario por el que me ofrecieran, digamos, diez mil dólares? Guardando las distancias, no había yo dejado de ser un buscavidas, y como tal había que tratarme. "Ten cuidado", diría quien ya me conociera, "esa putita se le cuadra al primero que le ofrece quince centavos más". Y nadie, por supuesto, me iba a pagar mil dólares por página, a lo largo de medio millar de ellas. Verdad que era mentira, pero si algo sé hacer es, como el viejo Gepetto, dar vida a la ilusión y carne al sinsentido. Al cabo la cordura del novelista se mide según su capacidad de saber que se engaña por negocio. Bastaba con que yo me creyera ese cuento de los mil dólares para plantarle cara a Satanás y dedicarle el mismo menosprecio que las putas de lujo reservan para el pobre diablo en bancarrota.

La primera llamada vino desde la agencia de publicidad donde una vez había trabajado de planta. Querían que volviera, tantos años después, en pos de un sueldo teóricamente bueno y a cambio de venderme entero a su capricho. "Estamos trabajando hasta muy tarde, entramos a las ocho de la mañana y hay días que salimos a medianoche", me explicó un directivo, como el alcaide que te da la bienvenida tras los barrotes de una *supermax*, "hay que venir los sábados, y hasta algunos domingos". Hice cuentas, mientras el hombre hablaba, y concluí que por ese nivel de servidumbre les habría cobrado un mínimo de mil dólares diarios, mismos que ellos ni en sueños pagarían. "Perdón, pero prefiero seguir con mi proyecto", respondí al esclavista, cual si estuviera revirando su apuesta, porque lo cierto era que creía infinitamente más en mi proyecto que en el suyo. ¿Que si estaba yo loco? Lo necesario, apenas, aunque no lo bastante para dejarme arrebatar lo mío por unos pocos billetes podridos. ¿Pensaban mis exdueños que iba yo a ser de nuevo el *ingenioso aliado de mis sepultureros*?

Una vez que atendí la segunda llamada, mi terapia secreta de autopersuasión funcionó una vez más en la oficina de otro publicista, metido por entonces a productor de televisión. Era un hombre ruidoso, dicharachero, presumido y procaz, entre otras cualidades que le ayudaban poco a hacer creíble la empatía forzada de su trato. Vamos, mi personaje lo hace mucho mejor, sin tener que soltar cuarenta veces la palabra "verga". ¿Qué hace uno en esos casos? Se agarra la cartera, cómo no. Sólo que en mi cartera no había *cash*, sino días y horas. "Mi fortuna es mi tiempo", me decía, "y este viejo mamón está perdido si cree que me lo va a comprar al mayoreo, seguramente a cambio de cacahuates". Necesitaba el hombre de unos pocos guionistas —"¡suertudotes!", gritaba su mirada— para armar un programa de una hora diaria. Había que crear personajes, secciones, toneladas de guión a cambio de un probable ingreso mensual que, según mis cálculos, equivalía a entre tres y cinco páginas de mi manuscrito. ¿Qué publicista habría podido ignorar que aquella oferta era ya de por sí un abuso, tomando en cuenta la clase de números que se manejan en su profesión? Conteniendo la risa y un poco por joder, le pregunté al fulano cuánto proyectaba pagar por cada personaje. No había que ser vidente para predecir dónde iban a caerle mis dubitaciones.

—¿No entiendes que de aquí vas a comer? —respingó el majadero, al tiempo que jugaba a imaginármelo gritándole eso mismo a sus tristes empleados.

—Mira, Fulano —extendí la sonrisa, desenvainé el florete—. El problema del hambre ya lo tengo resuelto. Tú, en cambio, tienes otro problema: quieres mucho y das muy poco. Por otra parte, soy novelista y tengo un proyecto andando, o sea que aunque me ofrecieras el triple, yo no podría darte más que las puras sobras de mi tiempo. ¿Me entiendes si te digo, con toda la franqueza, que me conviene más mi negocio que el tuyo?

El embrujo de la autopersuasión está en que nadie quiere bajarse de ese tren. Entre creerle a Fulano Mengánez que iba a pagarme "bien" por ser su esclavo y dar crédito a los cuarenta y tres mil dólares que, según fantaseaba, me ganaría en un mes bien trabajado, la mera duda parecía un autogol del ego. Hasta entonces, mi relación con las prostichambas había seguido patrones similares a los de la heroína sufridora de la radionovela. Porque al fin nada duele tanto a la puta como que se le dé trato de puta. ¿O es que acaso también yo voy por esta vida tratando al mercachifle como mercachifle, al mentiroso como mentiroso y a los hijos de la chingada como tales? "Con toda la franqueza", le había dicho, hinchado de la misma convicción que a otros los tiene en un pabellón psiquiátrico, pero también con *bluff* se ganan las apuestas. Poner algunos de esos dólares imaginarios en la casilla del respeto por mí mismo equivalía a quemármelos en una juerga con mi protagonista. Y en cuanto a don Fulano, ya habría tiempo de darle algún papel en alguna novela del futuro. *Something strictly small time, if you know what I mean.*

Pagarse cada día dinero imaginario a cambio de un trabajo sistemático cuyo fruto probable es totalmente incierto supone convertirse en un becario de la propia fantasía. "Un don nadie pagado de sí mismo", diría el señor Verga, cinco minutos antes de olvidarme, y yo no iba a explicarle que el segundo problema resolvería el primero. Hay que ser arrogante para hacerle esos ascos a la realidad, pero si mi psiquiatra no se equivoca la arrogancia es lo opuesto de la histeria. Una te echa adelante, la otra te paraliza. Por lo demás, era ésta una arrogancia de perfil subterráneo, tanto así que esos mil dólares por cuartilla llegaban totalmente libres de impuestos. Nadie se iba a enterar, de todas formas. Mantener esas cosas en secreto es sentir que haces tierra en la cordura. Sólo un perfecto idiota, me decía, como tantos dementes sentenciosos, es capaz de pensarse perfectamente cuerdo.

Igual que el asesino serial sólo podrá cumplir una de las cadenas perpetuas que le impongan, quien lo ha apostado todo no puede perder más. Cada vez que

llamaba un antiguo cliente, dábame yo el lujillo aristo-
crático de informarle que estaba totalmente metido en
mi novela y nunca más haría publicidad. Es decir que
en su agenda bien podían archivarme entre los jubila-
dos. "Ya se le fue el avión", concluirían algunos, para
mi imaginario beneplácito porque eso haría crecer los
momios en mi contra y tal vez venga al caso repetir que
no soy de esa gente que entiende por las buenas. Respondo a la presión, el desafío o inclusive el desdén con
fanfarronería de tahúr, no porque esté seguro de ganar
sino para prohibirme la derrota. Gasto pródigamente los
dineros que todavía no cobro para torcerle el brazo al
porvenir. Más te vale, cabrón, que te vayas portando a
la altura de nuestras circunstancias, porque estamos los
dos en esta chingadera y si yo me hundo tú te vas conmigo. Perdón, pero él tampoco entiende por las buenas.

A veces el futuro se mira como un mapa: quiere el
turista iluso moverse entre ciudades y países con la facilidad de quien desliza el dedo sobre el atlas. Me ocurrió
cuando Celia me pagó el viaje a Europa: había sacado
una visa para entrar en Turquía y no alcancé siquiera
a moverme diez leguas al este de París. Imaginé, no
obstante, tantas veces mi llegada a Estambul que acabé
en cierto modo desquitando el precio de la visa. ¿No es
también lo que uno hace cuando se enamora, imaginar
mañana, tarde y noche las escenas más cursis e imposibles en compañía de la prenda amada, y es a menudo de
esos melodramas que nacen sus más puros sentimientos? Me tomaría muchos años conocer Estambul, tanto
así que cruzar el estrecho del Bósforo —a bordo de una
scooter de alquiler— sería una suerte de acto de reconocimiento: los sentidos en plena sintonía con la memoria
de la imaginación. Pero estábamos diez años atrás, a
finales del año 2000. Puede que 2001, esas fronteras
pierden claridad cuando se vive para un manuscrito.
¿Y cómo no, si adentro libras una batalla sanguinaria

contra los mismos diablos maníaco-depresivos que ayer te prometían fidelidad a prueba de bloqueos? Sé, en todo caso, que tenía una causa y ella pesaba más que cualquier duda. Una causa del todo individualista —que es la del narrador, naturalmente— mejor relacionada con la supervivencia que con el optimismo, y por tanto optimista insobornable.

Un novelista que se hace la víctima me parece, como diría Pessoa, otro de los que *fingen tan completamente que hasta fingen su dolor.* Esas cosas se guardan bajo llave, pues no es del escribiente sino del personaje que llegan los quejidos en verdad dolorosos. Como lector, me niego a hacerme cargo de las vicisitudes personales del autor. ¿Por qué iba a importarme? Ya hemos quedado aquí en que el primer desafío del novelista es que su obra resulte cuando menos tantito mejor que su persona, misma que honestamente a nadie le preocupa, y menos todavía si así lo pretendiera. El genuino tamaño del narrador resulta inversamente proporcional al de su narración, por eso no hace falta jugar a la humildad: si la novela es buena, lo más probable es que quien la escribió se viera en el espejo como una cucaracha. ¿Quién ha sido el tartufo que le hizo buena fama a la humildad? Nadie que yo conozca la recibe con hurras y bendiciones, hace falta un hipócrita para glorificarla. ¿Por qué iba a emocionarme sintetizar la suma de mis insuficiencias en una actitud mustia y pusilánime? Si todo sale tal como lo espero, seré muy poca cosa delante de mi texto, y en realidad será él quien me posea. Y si fuera yo víctima, lo sería de esas insuficiencias. ¿Haría falta jactarse del fiasco?

Por más que me forzara, no lograría traer de vuelta el sentimiento exacto de esos meses, más allá de la vida monacal que había conseguido asumir por completo. ¿No es eso, suprimirse, borrarse del paisaje, el mayor privilegio del novelista? Moverse de la escena justo a tiempo para evitar salir en la fotografía, decir "no estuve allí, pero lo supe", aun sabiendo que fuiste instigador y cómplice, autor intelectual y material, soplón y encubridor por el mismo boleto. Todo lo cual entonces me parecía tan serio como un juego de niños llevado impunemente hasta la edad adulta, donde quien pierde, pierde, y los que mueren se quedan cadáveres. Si algo salía mal, no habría forma de echar el tiempo atrás ni darme una segunda oportunidad. ¿De qué podía quejarme, si como novelista era un aventurero y los aventureros entienden que sólo hay dos opciones: todo o nada?

XLIII. Juguemos al juglar

Escupir. Confesar. Despepitar. Cantar. Desembuchar.
Rajar. Soltar la sopa. Y esa noche, por fin, dormir
tranquilo.

Don Juan, el jardinero, es un señor hosco y mal-
humorado pero hace su trabajo sin chistar. Todo un logro, si tomamos en cuenta que el jardín es enorme y el
hombre ya cumplió los noventa y cuatro años. Lo veo
ir y venir de orilla a orilla, empujando una antigua po-
dadora a lo largo de tres horas completas, desde la silla
verde acolchonada donde he llenado media página de
tachones. Podría ser mi abuelo, me digo, acongojado, y
echo un ojo discreto a su frente empapada de sudor. ¿Debería quizá darme vergüenza? Es como si viniera en un
vagón del Metro, apoltronado ante una viejecilla que se
está desarmando con todo y muletas. Y el colmo es que
no avanzo en el papel, así que al dar la una de la tarde
tengo delante un prado esplendoroso y ni una nueva línea en el cuaderno. ¿Serviría chillar, en mi defensa, por
la honda fatiga moral y espiritual que supone esta doble
frustración? Al contrario, más bien. Me toca atormen-
tarme como un filicida, hasta que la metáfora se estire lo
bastante para poder decir que enjardiné tres páginas de-
siertas como el *Cantor de oficio* de Mercedes Sosa. Llevo
toda la vida pujando, según yo, por transformar la afi-
ción en oficio, y sospecho que nunca acabaré. De repente
los confundo a propósito y vuelvo a ser el estudiante disperso y pirado que entendía la escritura como acto terro-
rista, y me lanzo a abusar del oficio como el médico loco
que experimenta a costa de sus pacientes, con la ventaja
de que a los novelistas rara vez se nos mueren las cobayas.

Ellos, los novelistas. Yo soy un aspirante que hace tiempo cruzó las cien cuartillas. Hasta el año pasado, mi barrera mental eran sesenta. He abortado unos cuantos embriones de novela sin pasar de ese tope. Las quería, sin duda, pero seguramente no las necesitaba. Quienes somos llevados por la mala tenemos que asomarnos al abismo para empezar a tejer una cuerda. Veinte sustos más tarde no nos han crecido alas, pero somos muy rápidos para tejer. Si esta novela avanza (no necesariamente cada día, y a veces ni siquiera cada semana, aunque trata de hacerlo mes con mes) es porque de ahí depende mi supervivencia. Puesto que si me muero sin haber terminado cuando menos una, más habría valido que naciera muerto. Incluso un novelista fracasado tiene un rango más alto que el triste novelista sin novela. Cada nuevo pegote sobre el calendario son dos, tres, cuatro pasos hacia afuera de aquel destino repugnante donde, como en el mundo de Zavalita, vocación es igual a frustración.

Pasan los meses y el manuscrito crece, aunque nunca tan rápido como la deuda. ¿De qué sirve hacer cuentas y comprobar ahora que he cruzado la muralla de las doscientas páginas, si veo que no voy ni a la mitad? Cobré ya quince cheques de los dieciocho que abarca el contrato: llegando a enero voy a ser un paria. Peor todavía, 1 paria + ½ de novela. Un pobre novelista fraccionario. Acaricio la idea de ir a ver al mecenas para solicitarle seis meses más de vida contractual, pero como estoy lejos aún del acabose me digo que en enero ya el Señor proveerá. Tengo de aquí hasta entonces para avanzar con el manuscrito y endurecer mi cara de artista pedigüeño. ¿Ya dije que no suelo mirar hacia el futuro más allá de mañana a mediodía? Pues es lo mismo que hace mi protagonista, que ha tomado la vida como un videojuego y apenas tiene tiempo para otra cosa que esquivar los barriles que le lanza el gorila desde las alturas. Ay, mi protagonista.

Somos uno en la noche y una durante el día, por eso mis humores cuelgan de los suyos. Si ella logró vender toda la coca que traía en el bolso, o le vació la casa a un amante confiado, o simplemente se levanta de buenas, experimento un ánimo estupendo por el resto del día, pero la paso mal cada vez que su chulo le seca un poco más el alma a cachetadas. ¿Quién se murió?, tendrían que preguntarme. Pero incluso esas tardes penumbrosas, con sus correspondientes veladas nihilistas, son motivo de un júbilo especial. "Duele, luego funciona", trato de reanimarme al día siguiente, mientras doy nuevos tragos a la misma pócima. "¿Me consta que funciona, en realidad?", dudaré no sé cuántas veces más. Y un día, porque sí, como esos sospechosos que intempestivamente se derrumban y confiesan su crimen con pelos y señales, me sentaré a contárselo a quien me quiera oír.

Mi amigo Paco y yo nos llamamos "comadre", no porque amadrináramos a niño alguno sino porque ocupamos la tarde del domingo —por todos tan llorada— en compartir avances, hallazgos y amarguras. Decimos que es la hora del tejido, así que hablamos de canciones y capítulos como nuestras abuelas lo habrían hecho sobre estambres, ganchillos y punto de cruz. No le cuento mi historia, y ni siquiera el nombre de la protagonista, básicamente porque no me atrevo, pero él sí que engalana la hora del tejido con las últimas muestras de su chamba, a las que he de decir que mi protagonista es muy afecta porque al fin nadie sabe para quién trabaja. Estamos en el hoyo, según más de uno entre nuestros amigos. ¿Pero no dice acaso Umberto Eco que *crecer entre las sombras es privilegio de quienes se disponen a conquistar el mundo*? Déjennos divagar, en todo caso. ¿Desde cuándo los chismes de comadres son asunto del resto de la gente?

La familia de Paco suele soltarse el chongo en Navidad. Por ahí de las dos de la mañana, la casa se convierte en un tugurio alegre y multitudinario, donde lo menos que hacen entre hijos e invitados es quebrar las esferas, pisotear los foquitos y prender fuego al árbol navideño. Una vez contagiado del *modus malvivendi* de otros tiempos, salí de ese festín en dirección a otro, no muy lejos de ahí, como también lo hicieron unos cuantos murciélagos afines. Tito, Gonzo, Mike, Kit-Kat, gente con la que he visto demasiadas albas para salir ahora con que ya me voy.

—¿Y qué has andado haciendo? —se interesa Gonzo, a las puertas de un cuarto que varios desvelados apenas invadimos.

—Depende —hago una pausa, súbitamente listo para irme de la lengua ante mi amigo—. ¿Prefieres la respuesta larga o la concisa?

—Pues... son las seis de la mañana —consulta teatralmente su reloj—. No estoy muy ocupado, que digamos.

Despego sin pensármelo. A alguien dentro de mí se le queman las habas por desembuchar, aunque sólo sirviera para corroborar que no me he vuelto loco. ¿Tengo una historia en forma o apenas un altero de hojas inconexas? ¿No será que la anécdota hace agua acá y allá y acabará por hundirse completa? ¿Flota aunque sea un poquito, por casualidad? No pienso por ahora en estas y otras dudas acuciantes porque estoy demasiado entretenido en sostener el *show*. Han pasado no más de diez minutos y ya no hablo para uno, tres ni cinco. Serán diez, doce, quince los trasnochadores que escuchan el relato, y lo cierto es que apenas terminé de empezar. Puede que siga siendo un pobre novelista sin novela, pero ya no un juglar sin auditorio. Si cada día peleo por mantener el capítulo a flote, hoy toca patalear y manotear hasta el último límite de mis capacidades para no ahogarme con todo y mi trama. Es decir, para hacerla cosa nuestra. Soy capaz de gritar, bailar o lloriquear con tal de no perder la atención de este público repentino, pero ni falta que hace porque estoy poseído por la historia y la cuento con los brazos templeques y los ojos supongo que desorbitados. Abundo en los detalles, sin miedo ya a sonar tedioso o redundante porque siguen llegando los curiosos y sólo falta que me trepe a una silla para hacer más dramático el momento. Por las caras que plantan, se diría que cuento algún suceso real. ¿Y cómo diablos no, si es lo más verdadero de mi vida?

Han dado ya las ocho de la mañana cuando llego a un final que en realidad será un incierto intermedio. "Y hasta ahí voy", he dicho ante las treinta y tantas almas que al cabo abarrotaron la recámara. No falta quien se queje por esta interrupción abrupta, anticlimática. ¿Cuándo voy a acabar? En seis meses, les digo, con la cabeza puesta en mi mecenas y la prórroga que en dos semanas iré a proponerle. Debería decir "a suplicarle", pero lo que ha ocurrido en este cuarto me hizo flotar en nubes desconocidas. No acabo de creérmelo, es como si viniera en bicicleta y cerrara los ojos ante un choque inminente, sólo para reabrirlos un instante más tarde y descubrir, atónito, que he salvado el pellejo. Celita, en mi lugar, ya estaría de hinojos ante el Sagrado Corazón de Jesús, pero yo me conformo con volver a las calles y dar vueltas sin rumbo hasta el medio día. Presumiéndole al mundo la más dichosa de las caras de imbécil. Si por mí fuera repartiría besos en un parque público. He inventado una trama que funciona, y aunque sé que de aquí a unos pocos días esto me pesará lo suficiente para volver a atascarme de dudas, porque al cabo nadie me garantiza que el artefacto siga funcionando, creo haber acopiado la fuerza indispensable para plantarme enfrente del querido mecenas y echarle encima algo de la vehemencia que hoy por hoy me hace bulla en las arterias. ¿Cómo es que sostiene uno semejante confianza argentina en sí mismo? Avanzando otra vez, y otra, y otras muchas, con los ojos cerrados al mal fario y adoptando el estilo del forajido que ha resuelto no morir en la horca. Vengan por mí, espantajos chocarreros, ya veremos a cómo nos tocan los plomazos.

XLIV. *Tough Enough*

*A veces, en el nombre de la supervivencia, hay que
creer improbable lo inminente y dar por indudable lo
imposible.*

Otra ventaja de escribir a mano es que no mira uno
para atrás. Se pierde mucho tiempo escudriñando entre
cientos de miles de patas de araña, cuando lo más urgente está adelante y lo menos deseable es que se ato-
re el flujo de la tinta. Un cuaderno repleto de palabras
que todavía no han sido transcritas se parece a una bóveda secreta donde podría esconderse cualquier cosa.
Entre cuanto uno cree, recuerda o quizá duda que escribió existe un sedimento incontrolable, que es el paso
del tiempo sobre el manuscrito. "¿Servirá todavía?", te
atormentas en perfecto silencio, como tantos se temen
que un reencuentro por años acariciado termine en una
inmensa decepción. Cambia la gente porque cambian
los tiempos, no hace falta mover una sola palabra para
que lo que dije hace dos años signifique otra cosa a estas alturas, como los besos que una vez fueron dulces y
al paso del despecho se hacen insoportables, insípidos
o insulsos. La diferencia es que esto tiene arreglo, no
bien el manuscrito se transforma en archivo electrónico
y el engendro comienza a menear las piernitas. Puede
que sea monstruoso, de repente, aunque ya hablando en
plata lo será mucho menos de cuanto imaginabas, porque lo tuyo es temerte lo peor hasta cuando la trama te
sonríe. Fue por eso que en los primeros días del año dos
mil dos entreví que hacía falta otra mujer y entreabrí las
compuertas de la bóveda ignota para armarme con una
transcriptora.

Apenas conocía a Jaquelina cuando la vi llegar a mi departamento, lista para arrancar con un trabajo del cual sabía aún menos que yo de ella. La había visto algunas cuantas veces en la oficina de Ruperto, de quien era asistente por las tardes, y encontré la manera de contratarla sin tener que enterarlo, puesto que sus reacciones eran impredecibles, tal como Jaquelina me lo confirmaría durante nuestra primera mañana de trabajo. Era en cierto sentido un alivio conocerla tan poco, igual que a una enfermera que ha de verte en pelota y hurgar en tus entrañas sin saber mucho más que tu nombre de pila. Peor todavía, en mi caso, si al fin iba a mostrarle secretos tan secretos como mis más hondas insuficiencias, que a buen seguro se manifestarían en cuanto le dictara el primer párrafo.

Es un pudor la mar de raro el que te martiriza cuando llega la hora de pasar en limpio tus garabatos feos y emborronados, pero si la miraba fríamente no era más que otra etapa —apenas la segunda— en el proceso de corrección. Usé, por tanto, un par de monitores: el de la *laptop* donde ella escribía y otro exclusivamente para mis ojos, con un teclado extra para satisfacer al *control freak* que todo novelista lleva dentro. Una vez instalados y con la chamba en marcha, me descubrí atareado en vigilar no sólo manuscrito y monitor, sino asimismo el rictus de la transcriptora. No era igual, por supuesto, contar en una fiesta las aventuras de mi protagonista, a hacerla hablar sin pelos en la lengua —a ella, la deslenguada— delante de una chica de carne y hueso.

Solamente cuando narra en voz alta puede el autor gozar o padecer la reacción de su público. A unos días del comienzo, Jaquelina seguía sin hacer comentarios, si bien de pronto levantaba una ceja, meneaba la sesera o soltaba un bufido de sorpresa que de alguna manera me devolvía algún aire a los pulmones, y así lo que en principio era suplicio se fue haciendo consuelo, revelación, ardor. Los hombres, ya se sabe, nos creemos cualquier habladuría en torno al sexo opuesto, pero embaucar a una mujer auténtica tiene que ser trabajo refinado. Me tomó muchos años lograr que Alicia se tragara mis patrañas, y aun así moriré sin saber si lo hacía por puro amor materno. ¿Pues quién, sino la madre de quien alguna vez hará novela, se encarga de impartirle las primeras lecciones de ficción, a fuerza de atraparle en cada intento rengo de mentira?

Sabes que te graduaste de mentiroso cuando ni confesando la verdad logras echar abajo tus patrañas previas. No era un secreto para Jaquelina que nadie sino yo hacía hablar a la protagonista, y aun así la oía resoplar, unas veces de risa y otras de indignación por su palabrería desatada. Pensé, muy al principio, que era en mi contra que se malquistaba, hasta que vi crecer entre ellas dos una conexión rara que me excluía por completo. Habría jurado incluso que me daban la espalda, y con ella un sosiego deleitoso que me dejaba en plan de entrometido impune. Una tarde, mientras tomábamos la sopa, se enfrascó Jaquelina en una discusión con doña Eutimia, que iba todos los martes a diferir el colapso de mi hábitat, en torno a "esa muchacha" que según Jaquelina era "una cabroncita", y a decir de la otra necesitaba ir a ver a un doctor porque estaba "muy mal de su cabeza". Es decir, no era yo, allí sentadote, sino ella desde el limbo quien suplicaba a gritos un psiquiatra. ¿Y qué era eso, sino salirme con la mía: esfumarme del sitio a media confusión y escapar por la ruta del superviviente?

Vi partir para siempre a Jaquelina con el alma encogida del náufrago que ve zarpar el barco. Estaba otra vez solo con mi monomanía, faltaban cuando menos cien páginas más que habría de transcribir sin otra ayuda que el sentido de urgencia adquirido a lo largo de los últimos meses. ¿Qué cuernos iba a hacer cuando la terminara? ¿Cuándo sería eso, a todo esto? Responder a estas dos preguntas terroríficas podía ser un empeño tan sinuoso como sentarme a hacer una lista de editores probables, o una osadía tan cándida como lanzarme ya a buscar las bases de los más grandes premios literarios. Sonaba desmedida esta última opción, tanto así que debieron pasar meses antes de permitirme delirios al respecto. ¿Cuántos pelmazos no andarían por ahí alimentando idénticas quimeras, para piedad callada de sus seres queridos y jolgorio instantáneo de sus malquerientes? ¿Y no son éstas las tribulaciones de las que se deshace el corazón osado cuando va y se enamora de quien no debe? No se vuelve uno loco de un día para otro, hace falta el trabajo pacienzudo de sus demonios más empecinados para al fin despegar las suelas de la tierra y apostar cuerpo y alma por el caballo flaco.

—Por cierto, ¿a qué vinimos tan temprano? —se interesó en saber mi amiga Elliane, que había accedido a ciegas a acompañarme a la presentación del nuevo libro de Tomás Eloy Martínez, reciente ganador del Premio Alfaguara que sostendría una conversación con Héctor Aguilar Camín en el museo Tamayo de Chapultepec. Eran las cuatro y media de la tarde, media hora antes del inicio programado, y ya estábamos en primera fila.

—Digamos que venimos en misión de espionaje —me hice el interesante, por pura timidez.

—¿Vas a buscar trabajo? —bromeó ella, esperando quizá que no hablara yo en serio.

—No exactamente, pero puede que sí —sopesé, tomando aire para ponerme la camisa de fuerza sin perder el estilo en su totalidad—. Quiero ver cómo se arma esto del premio, porque el año que viene tengo que estar allá arriba.

—¿Cómo? ¿Vas a ganar... con tu novela? —la sonrisa creció, como esperando que fuera una broma.

—No he dicho que la vaya yo a ganar, ni que estuviera loco —me defendí, sin verdaderas ganas de parecerle cuerdo—. Lo que dije es que *tengo* que estar ahí, si pretendo salir del agujero en el que estoy metido.

Luego entonces me lo estaba creyendo. ¿Pero de qué otro modo iba a intentarlo? ¿No decía el contrato de la Beca Patiño que mi primera opción era Alfaguara? ¿Y no había en las bases de ese premio una fecha de entrega impostergable, misma que yo podía usar para mis fines, ahora que se agotaba el plazo de la beca y no tenía bastante desvergüenza para pedir una segunda prórroga? ¿No era esa fecha límite —diciembre 15, 23:59— equivalente al editor ansioso que te llama día y noche para que ya le entregues la jodida novela? ¿Y qué tal si al final no salía tan jodida?

Quise poner a prueba mis esperanzas al final de un evento literario que acabó en borrachera de cantina. Conocía a muy pocos de los beodos presentes, entre ellos el famoso "Borgesillo", quien debía su apodo a que, como el autor de *El Aleph*, se decía que estaba enterrado en ginebra. Borgesillo era un crítico amigable y de ello daban fe sucesivas reseñas elogiosas de los libros escritos por sus amistades (entre las cuales yo no me contaba, más allá del saludo afable que nos dábamos cada docena y media de equinoccios). Armado de valor, y al propio tiempo dizque despreocupado, le confié a Borgesillo que estaba terminando mi primera novela, por lo que había pensado que en principio podía optar por un premio literario. Salvo, eso sí, su mejor opinión.

—Esos premios están previamente arreglados en España, ningún desconocido se los va a ganar —me sonrió Borgesillo gentilmente, como quien tiene que explicarle a un niño por qué nunca se queda a cenar a Santa Claus.

—¿Cuáles serían los que están arreglados? —trastabillé, con la ilusión de súbito resquebrajada.

—Déjame que te explique —chasqueó los labios, acopiando paciencia cual si fuese momento de sentarme en sus piernas y hablar de conejitos y borreguitas—.

Ninguna editorial de ese tamaño va a arriesgar su dinero y su marca premiando a cualquier hijo de vecino. Necesitan de un nombre prestigiado, sobre todo en España, para recuperar lo que invirtieron.

Seguí asintiendo mientras duró la explicación, pero ya había dejado de escuchar porque me entretenía preguntándome si acaso Borgesillo gozaría de algún prestigio en La Península o sería, igual que yo, un hijo de vecino sacando conjeturas al chilazo. ¿Era aquella cantina pringosa y periférica un oráculo ideal o siquiera aceptable para familiarizarse con el funcionamiento de las editoriales españolas? Uno cree lo que quiere, a fin de cuentas, y por lo pronto no me daba la gana dar por bueno el análisis de un sabihondo no menos periférico. Cierto, tenía mis dudas y eventualmente me las sacudiría, así fuera por mis puras pistolas, aunque en casos como el que nos ocupa suelo acudir a voces tan elocuentes como la del *Boss* Springsteen, que en una sola línea me puso entre la espada y la pared: *Are you tough enough to play the game?*

Nadie sabe si es lo bastante duro para jugar el juego de sus demonios. En todo caso no me iba a quebrar. Si puedes aguantar la humillación que día a día te inflige la escritura y has logrado reírte a la distancia de cuantos menosprecios recibiste, lo de menos será lidiar con el nublado escepticismo de quienes nada saben de tus planes. "¡Que no te vean venir!", me regañé más tarde por mi indiscreción. ¿Qué me habría costado decir que era "un amigo" quien buscaba meter su novela a concurso? De una u otra manera, poca mella había hecho en mi estado de ánimo la amable perorata de Borgesillo, pues de mí dependía decidir quién de los dos estaba totalmente pendejo, y como es natural ese no iba a ser yo. Si sus respuestas no servían de estímulo, ¿por qué entonces no usarlas de acicate? Somos ingratos con quienes nos desairan, habría que ver qué haríamos sin ellos.

XLV. Toing, toing, toing

Si no lograba ser un autor consumado, jactaríame al menos de consumido.

Si el amor era rojo, ella era daltónica. Lo dice la canción de Savage Garden que alguna vez la rusa hizo sonar dentro del viejo Thunderbird. A dos años y varios meses de distancia, voy y vengo en una camionetita que Don Vittorio aprecia como una limusina y todavía no logro curar del daltonismo a mi protagonista. Ya sé que tiene nombre y no hay razón para disimularlo, pero así son las reglas de mi juego. A veces, en la calle, oigo al pasar el nombre de una de sus tocayas y pego un brinco de maleante atrapado. ¿Cuál Violetta?, respingo con la boca cerrada y en seguida me digo que a la aludida debe de faltarle una T. Hay quien dice que en estos menesteres soy como los conejos ("misteriosos y pendejos"), sólo que últimamente pocas cosas me halagan y satisfacen tanto como gozar de un ínfimo perfil. Me acuesto y me levanto con la sensación de estar dándole forma a un atentado. A Celia le gustaba recordarme que *el que solo se ríe, de sus maldades se acuerda.* No me canso de darle la razón.

Vittorio y yo dedicamos las tardes a aplanar las banquetas de la ciudad. Caminamos sin rumbo, al tiempo que alimento la expectativa de hallar en el paisaje respuestas a las dudas que más cosquillas me hacen. Porque *el que busca, encuentra,* ¿no es verdad? Soy ese enamorado que encuentra el mundo lleno de coincidencias, tal como otros se obstinan en probarse que están rodeados de extraterrestres. Sólo que a estos marcianos yo los traje y en nada me sorprende que estacionen sus ovnis acá y allá. Ayer mismo dimos con un panteón pequeño y solitario, una de cuyas tumbas ostentaba, empotrada en la lápida, cierta armazón de hierro que sostenía una caja de acrílico transparente, donde para mi espeluznada fascinación había una veintena de carritos metálicos: los juguetes del niño allí enterrado. Una historia terrible, a buen seguro, de esas que se te instalan en la imaginación hasta enfermarte el alma, como si hiciera falta. Hoy nos hemos metido en el Panteón Jardín para fisgar tumbas y mausoleos porque al fin sí, señoras y señores, me hace una falta enorme torturarme hurgando en la desgracia de los otros hasta encontrar el modo de expropiarla. Ya mero cae la noche cuando corremos juntos hacia la camioneta, perseguidos por una furibunda jauría de perros panteoneros que ven con malos ojos a los entrometidos. Se diría que vengo despavorido, mas antes que pavor experimento la emoción triunfante del ladrón que logró ganar la calle con el botín metido en el costal.

De niño me gustaba coleccionar estampas, aunque nunca lograra llenar un solo álbum. Hoy me toca suplir esa carencia. Tengo una gran carpeta, equipada con tres argollas de metal, donde se apilan todos los capítulos —truncos, algunos de ellos— que hasta ahora escribí. Dondequiera que falta un tramo de la historia he insertado un separador de hule, no exactamente para tranquilizarme. Hago cuentas y me empeño en creer que los dieciocho días que aún quedan para la fecha límite de entrega serán bastantes para terminar, a un ritmo incompasivo que no obstante es el único que alcanza. Para colmo, hace un mes que me crece un dolor de espalda abominable. Desde entonces no escribo en el jardín, sino tumbado en un monte de almohadas que atino a acomodar sobre la cama, pero igual el dolor no acaba de irse ni con un bombardeo de analgésicos. ¿Ya habré dado el viejazo tan temprano, o tal vez la novela va a terminar conmigo antes que yo con ella?

No está bien que rezongue. Aquí y ahora, al menos, soy un sobreviviente. Trato de no pensar en los seis meses que debo de renta, los saldos sin pagar de las tarjetas o la cuenta de cheques sin un peso. Me he propuesto que apenas acabe la novela me buscaré unas cuantas chambas alimenticias, como si en mi cabeza hubiera un *switch* que me convierte en puta o novelista, según llegue a ofrecerse. Lo digo, en realidad, para no entretenerme pensando en un futuro que de cualquier manera no logro imaginar, ni se supone que debería importarme. Sé enfrentar los problemas cinco minutos antes de que estallen, cualquier otra estrategia termina por topar con el muro de piedra de mi puto carácter. Me hace falta presión y la procuro, como el asaltabancos que en mitad de la huida se detiene a comprar un chocolate. Bienvenida la lumbre, no faltaría más.

Hace unos pocos días que hablé con mi casera. "Espartano", me llama con su acento teutón cuando me ve sentado sobre el pasto, recargado en un ídolo de piedra. Le consta que trabajo a toda hora, de modo que no ha sido tan difícil explicarle el entuerto de la novela. Voy a pagarle todo lo que debo, se lo he dicho con tanta seguridad que no le quedó más que preguntarme el título del mamotreto. Nadie más lo sabía, hasta esa tarde, pero ni modo de ponerme misterioso con mi segundo más grande acreedor.

—*Schutzteufel* —escupí, con un nudo en la garganta, y enseguida traduje, con la cortedad propia de quien se apresta a hacer su primera declaración de amor—: *Diablo Guardián.*

—Mmmh... —dudó, miró hacia el cielo, fue asintiendo despacio la bondadosa Annette—. Puede ser, sí, como *Schutzengel.*

—Ya voy a terminar. No voy a defraudarte, si me tienes paciencia.

Muy bien, sigue creando —"krrreando", dijo, y esbozó una sonrisa que habría sido digna de Lorenzo de Médici.

Había pasado antes por varios títulos, pero el del viejo rap le ajusta a la medida. Mimaba por entonces —hace algo más de ocho años— las mismas obsesiones con las que ahora he cruzado la frontera de las quinientas páginas. ¿Medio millón de dólares? Parece un chiste, claro. La verdad, me conformo con liquidar mis deudas, pero hasta eso parece un sueño de opio. Para llegar allá, según mis cuentas, tendrían que venderse poco menos de treinta mil ejemplares. ¿En qué cabeza caben tamañas desmesuras, si del libro de crónicas se han vendido ochocientas pinches copias? ¿Se imaginará Annette que mis promesas son tan verosímiles como la posibilidad de encontrarme por ahí un portafolio lleno de billetes? Debe de haber miles de merolicos más serios y confiables que yo, y sin embargo no me siento un charlatán. Tengo esta extraña fe en los imponderables, soy todavía aquel niño empeñoso que llegaba a la Copa Davis sin boletos y terminaba adentro de cualquier manera, casi siempre sentado en la primera fila. Sobre la marcha todo puede arreglarse, más aún si es la vida lo que te estás jugando. Si algún amigo estuviera en mis huesos y viniera a pedirme un buen consejo, le diría que hace falta un milagro para salir del hoyo donde se fue a meter, pero como soy yo el autor hambreado no es tan raro que encuentre natural lo sobrenatural.

"¿Cómo va esa novela?", se interesa Xavier, de cuando en cuando. Me gustaría decirle que muy bien, sólo que no me acaba de constar, y además quién soy yo para calificarla. "Me gusta lo que llevo", digo para zafarme del aprieto y me apuro a mudar de conversación, como si el tema me diera vergüenza. ¿Qué quiere que le diga? ¿"Todo va del carajo pero voy a arreglarlo en quince días"? ¿"Lo que llevo me gusta apenas lo bastante para no quemarlo"? ¿"No confío en mi opinión, a estas alturas"? Puedo saltar de gusto o hundirme en el horror, dependiendo del momento del día. Si recién revisé un par de capítulos y les quité su buena cantidad de paja, será como volar a lomos de la trama, pero si algo se atora y por más que retuerzo las palabras no quedo satisfecho, temo que el mundo se va a derrumbar y caigo en un estado de ansiedad del que a veces, con suerte, me rescatan los números. Páginas, porcentajes, caracteres, capítulos, si Violetta va y viene como un Pac-Man trepado en drogas duras, sin reparar de más en los obstáculos que le salen al paso, yo avanzo por los días igual que un fugitivo, sin mirar a los lados ni hacerle caso al pánico latente que supone estar cerca de un final que no alcanzo a vislumbrar, y que si sale mal acabará con todo.

De modo que acelero, igual que haría mi protagonista porque si algo sabemos es improvisar. No se nos dan los planes, ni medimos gran cosa las consecuencias de nuestros actos reflejos, aunque generalmente nos salen bien. Somos sobrevivientes de nosotros mismos, como me dijo un día Juan Villoro, pero entonces no estaba más que yo y ahora somos los dos, por más que sea un secreto y ahora mismo me arriesgue con estos pensamientos a atravesar los límites de la cordura, pero esa es una apuesta que prefiero perder a retirar. Cualquiera que me mire caminar por las calles —con el semblante pálido, la mirada perdida, varios kilos de menos— tendría que elegir entre compadecerme y cambiarse de acera, pero igual yo ni de eso me enteraría. Sólo el dolor de espalda me distrae, y sin embargo acaba por ganar la inercia: esa velocidad horizontal que hace de los obstáculos trampolines como en el juego de *Sonic the Hedgehog*. Toing, toing, toing.

"¿Cómo puedes vivir de esa manera?", se animó a comentarme una vecina, más o menos ahogada en cuba libre, cuando me vio llegar a mi guarida. Llevaría ya tiempo de compadecerme, no bastaron cinco minutos de argumentos para hacerle entender que estoy así de solo porque hoy por hoy el resto de la especie me resulta estorboso, porque estoy menos solo de lo que se imagina y porque a fin de cuentas se me ha dado la gana y entre más la horrorice mejor me sentiré. No se lo he dicho todo, pero poco faltó. ¿Quién, que ose regañar a una mujer con ocho meses de embarazo por no hacer algo mejor con su vida está a salvo de ser enviado hacia el carajo por la ruta más corta? Me da igual si me excedo con la metáfora, paso los días escuchando clarines y cañones en mi cabeza, y cuando menos pienso ya corre la sangre.

Son las seis de la tarde en mi cocina y me acabo de hacer una cortada que rebanó la yema del dedo corazón de la mano izquierda. Llevaba todo el día en la novela, me paré a cortar queso para matar el hambre y ahora maldigo a gritos este instante no tanto porque me arde la cortada, sino porque ya es martes y el plazo va a agotarse este domingo. Si tecleo con sólo cuatro dedos, este accidente viene a reducirme al 75% de mi capacidad. Lo repito de broma, ya en el área de urgencias del hospital, en compañía de Kukis que pronto cumplirá los catorce años y no entiende cómo es que en mi guarida no hay un pinche pedazo de algodón para lidiar con estas eventualidades. Ni modo de explicarle que a mi parte más terca, fanática y ardiente le complace esta épica, y que incluso la peor contrariedad no hará sino emperrarme en la misión. ¿Será que la película me parece mejor si llego hasta las últimas escenas con la espalda tullida y el dedo como momia en miniatura, o es sólo que me gusta la presión y encuentro *sex appeal* en los respingos de la adversidad?

Ya es viernes y me quedan pocas horas. Llamé a la editorial, una voz muy amable o muy piadosa me confirmó que tengo hasta la medianoche del domingo para poner el manuscrito en las manos del policía de guardia. Por otra parte, los encuadernadores sólo trabajan hasta el mediodía del sábado. Si me espero al domingo, tendría que engargolarlo y quedaría en dos tomos. ¿Quién me asegura que esa pura apariencia, la del doble ladrillo, no operará en contra de la novela? Hablo como un miedoso, y cómo no si tengo un miedo del carajo, que al paso de las horas crecerá y se irá haciendo combustible. ¿Y si meto la pata en las últimas líneas y me doy cuenta hasta el próximo lunes? Al igual que los galos de Astérix, solamente me atrevo a albergar un temor, y éste es que el cielo caiga sobre mi cabeza. Si tal cosa no ocurre entre hoy y mañana, llegaré hasta el final en el justo momento de asesinar al novelista-sin-novela.

Me levanto de un salto, nada más comprobar que son las nueve y media del sábado catorce de diciembre. Terminé ya pasadas las dos de la mañana, di un grito tarzanesco y corrí a revolcarme con Vittorio en el pasto. Releo varias veces las últimas tres páginas, hago las correcciones pertinentes y echo a andar la impresora a todo tren. Si, según el manual, debe imprimir catorce páginas por minuto, calculo que en dos horas tendré las cuatro copias que necesito. Dos para mis probables editores, otra para Xavier y Alicia y una más para mí, que todavía no lo sé pero de aquí a dos meses no haré otra cosa que releerla y corregirla, más como un paramédico en apuros que a modo de terapia ocupacional. Dan las doce del día, me falta la mitad y el encuadernador va a cerrar a las dos. Tomo el teléfono dispuesto a arrodillarme por unas pocas horas más de gracia. Luego de un forcejeo que se va transformando en regateo —los mexicanos somos buenos para eso, siempre hay una rendija para negociar—, el empleado ha aceptado trabajar en la tarde, a cambio de un aumento en la tarifa. El cien por ciento más, por tratarse de mí, sin la incomodidad de tener que besarle los pies —a lo cual, sin embargo, habría estado dispuesto—. Llamo a mi amigo Paco: ¿me podría prestar un dinerito, para pagar las encuadernaciones?

No está bien insistir en el tema de la maternidad, es sólo que las horas van pasando y al parto le ha seguido un vacío entre triste y cosquilleante. Entregué las dos copias del manuscrito ya cerca de las ocho de la noche, tras soltarle una broma al policía —"¿A qué hora pasaré mañana por mi premio…?"— y pretender que estaba contento y relajado, lo cual pudo ser cierto en alguna medida relativa y modesta, puesto que ya me falta el consuelo que daba pensar que todo estaba nada más que en mis manos y ahora voy resignándome al escenario opuesto, donde nada hay que hacer más que esperar. ¿Esperar qué?, me diré a cada rato, entre anhelos fugaces y dudas testarudas que inevitablemente desembocarán en la más antipática de todas las preguntas: ¿Qué mierda voy a hacer ahora con mi vida?

Dije que iba a buscar chamba en enero, como también he dicho tantas cosas que en su momento me tocaba decir. Nunca estuve tan pobre como ahora, y menos todavía tan endeudado. ¿Cómo es que no me aterro y corro a prostituirme a alguna productora de videos corporativos? Me queda la columna del periódico, supongo que es el último recurso para ahorrarme la pena de pedir limosna, pero igual no me siento miserable. Día y noche releo, escudriño, manoseo, tachonéo el manuscrito para calmar los gritos de tanto monstruo hambriento. "No está mal", rumio de rato en rato y en una de esas me quedo dormido con el libro en las manos. Es toda mi fortuna, por supuesto, y hay mañanas en que me basta con cargarlo para sentir que nunca fui tan rico. Déjenme que sea cursi, al cabo que eso es gratis.

No es un misterio que acabé la novela. Mis amigos lo saben y algunos me aconsejan que la inscriba en un premio literario, a lo cual les objeto más o menos lo mismo que unos meses atrás me dijo Borgesillo: "No creo en esas cosas, está todo arreglado". Perdón, pero esas cosas no se cuentan. Si se han de enterar de algo, que sea por los periódicos, de otro modo aquí no ha pasado nada. Buscaré editoriales, conseguiré otro préstamo, viajaré adonde tenga que viajar hasta que mi novela llegue a las librerías, y en cuanto eso suceda me sentaré a hacer otra. Guárdense sus trabajos, sus consejos, su sentido común. Antes la sepultura que el arrepentimiento.

Han transcurrido ya setenta días con catorce horas y unos pocos minutos desde que fui a entregar el manuscrito cuando suena el teléfono y una voz de mujer pregunta si yo he sido quien firmó una novela bajo el seudónimo de Joaquín Alcalde y la envió a concursar al Premio Alfaguara. Tartamudeo, asiento, alcanzo a oír que el libro es finalista. "¿Entre cuántos?", la interrumpo de golpe, como enfermo a las puertas del quirófano. "Contigo quedan cinco", me informa, y enseguida hago números siniestros. ¿Debería dejarme entusiasmar por una probabilidad del veinte por ciento? ¿Cuáles serían mis momios, en caso de perder, si quisiera publicar mi novela en España, de modo que llegara a toda Hispanoamérica? Hace un par de minutos, esta última pregunta habría sido pura fantasía y ahora resulta que es cosa segura. Gane o no gane el premio, la editorial va a publicar mi novela. Como quien dice, estoy bien preparado para perder, y aun así resiento el hueco en el estómago cuando escucho que a la una de la tarde de España el jurado dará su veredicto. Seis de la mañana en México, a esa hora llamarán a quien haya ganado. ¿Habrá entonces otros cuatro entusiastas que esta noche tampoco van a dormir? ¿Les pedirían también alguna foto, o soy yo el único hijo de vecino?

Llevo desde los días de la universidad concediendo entrevistas imaginarias, según yo preparándome para un día como el que puede ser mañana. ¿Y ahora resulta que no tengo fotos? Claro que estoy contento, seguramente más de lo que parezco porque en el fondo me siento aterrado. En otras circunstancias ya habría dado con un par de fotos más o menos decentes, o buscado a alguien que me las tomara, pero soy incapaz de estarme quieto. Decidí, mientras tanto, no alimentar ninguna expectativa, como si la esperanza desatada fuera un acto consciente y voluntario. Nada sé todavía, sin embargo, de la fruición, las ansias y el desasosiego que al paso de las horas me harán rehén de monstruos y demonios, especialmente luego de haber ido a brindar con Alicia y Xavier. Compré hace un año seis botellas de champaña, calculando que luego ya no tendría dinero ni para cerveza y quizás haría falta celebrar. ¿Pero qué celebramos, todavía en la noche del domingo? Que si bien no he ganado, tampoco ya perdí. Que lo poco que sé debería bastarme para saltar la noche entera de alegría. Que al otro lado del Océano Atlántico hay un cónclave de conocedores que me han leído con mucha atención. Y está todo muy bien, pero no es suficiente para aflojar las cuerdas del suspenso. Por más que intente conciliar el sueño, sé que tengo una noche de brujas por delante.

Es una pena que los moribundos tengan tan poco tiempo para mirar su vida desfilar frente a ellos. No quiero hacerme falsas ilusiones, y sin embargo esta larga película tiene un raro sabor de despedida. Uno por uno pasan delante mío compañeros de escuela, profesores, parientes, jefes, patrones, clientes que al saber de mis planes de hacerme novelista me apodaron "poeta", no exactamente con admiración. Quienes me reprobaron, o me dieron por vago vitalicio, o intentaron plantarme los pies sobre la mierda, o usaron mi trabajo y no me lo pagaron, o incluso me tacharon de mercenario cuando quise cobrárselos porque se suponía que escribir me gustaba, ¿no?

Recorro lentamente fracaso tras fracaso, vergüenza tras vergüenza, trozos de ingenuidad mojada de amargura que de alguna manera logré conservar viva hasta esta noche en que los sentimientos encontrados se suceden —hoy sí, hoy más que nunca— como en una película cuyo final vendrá con el amanecer. Cuenta Arthur Koestler en su autobiografía que cierta madrugada, en su celda española de condenado a muerte, oyó girar la chapa de la puerta… por error. Un instante más tarde los soldados de Franco reculaban y sacaban al preso de la celda contigua. ¿Se imaginan los miembros del jurado cuánto me urge que maten al que he sido para que pueda ser el que inventé? ¿Qué lunes asqueroso va a esperarme ahora si resulta que me quedo en la orilla? No lo puedo evitar: la apuesta va creciendo hora tras hora y lo que era un feliz largometraje se transforma en película de horror. Si creyera en el diablo, lo llamaría en este mismo instante. Anda, señor del trinche, te firmo lo que quieras. ¿O debería rezar, por si las moscas?

A ver, Celia, vamos a negociar. Tú me ayudas con esto y yo cancelo todas las cuentas pendientes hasta el día de hoy. Puñaladas traperas, decepciones, hipocresías, desprecios, menosprecios, estafas, malquerencias, abandonos, insultos y demás incontables agravios: nada de eso pasó, si me preguntan. O en fin, si tú me ayudas. Ya sabes que no creo en los altares y menos en los curas, pero te tengo a ti, como toda la vida y aún en la otra vida. Tengo aquí las historias de tu niñez y de tu juventud y de todos tus años y hasta hoy sigo creyendo que me las diste para que las contara. ¿Crees que es casualidad que mi novela no tenga un héroe sino una heroína? ¿Sabes que aquella huérfana de ojos verde esmeralda que enloquecía a las monjas del internado creció también conmigo, dentro de mí, y que incluso en mis peores mañanas escolares, cuando era el *punchin' bag* de mi salón, miraba yo a esa niña sollozar a mi lado? No me digas que no te has dado cuenta de que sigo peleando contra el silencio helado que tu adiós nos impuso, tantos años atrás. ¿Ya encontraste tu nombre en la dedicatoria de nuestra novela?

XLVI. *Intermezzo*

¿Te importa si me despeino?

Si quisiera mirar las cosas con frialdad, correría en este instante a la tribuna y trataría de ser objetivo. Mentiría, es decir, desde el estilo mismo, para no despeinar al protagonista. Porque claro, soy yo el protagonista y experimento un cierto pudor retrospectivo a la hora de pintarme con todo y un candor que según yo ha dejado de existir, pero evidentemente sigue ahí. Aprendemos de niños a negar nuestras zonas vulnerables, que es donde más riquezas se atesoran. Estúpido sería, sin embargo, si a estas alturas aún quisiera preservarme. No importa cuántos kilos de ficción puedan caber en una sola novela, lo que al final la salva es la verdad. Lo que duele, lo que arde, lo que una vez quisimos sepultar o guardar bajo llaves y candados: eso es lo que le importa a la novela. Un narrador que se avergüenza de sus sentimientos y comete la pifia de ocultarlos valdría más que no contara nada, puesto que es evidente que le preocupa más la opinión del espejo que la de sus lectores.

Le gusta a uno creer que lo recuerda todo milimétricamente. Que nada se le ha ido, ni emborronado, ni tergiversado. Que todo está grabado en su memoria como si hubiera sucedido anteayer, pero ya conocemos a esa embustera, capaz de acomodar y enrevesar los acontecimientos —no necesariamente del pasado remoto— sin tener que movernos de nuestras certidumbres. ¿Pero no es la memoria, finalmente, enemiga mortal de la objetividad (o lo que de ella queda, que es siempre una

401

bicoca)? Leemos las novelas no por lo que nos cuentan, sino por la manera en que lo cuentan. Queremos, y de hecho exigimos, que quien escribe lo haga desde la más vibrante subjetividad, puesto que sólo así se verá precisado a soltar las verdades puntiagudas para las que no existe otra salida. Nada tengo que hacer en la tribuna. Si este papel es una máquina del tiempo, aprieto aquí y ahora los botones precisos para volver allá, donde ruego a mi abuela que le dé la razón a Borgesillo y arregle de una vez la entrega de ese premio que tanto necesito porque ya no es un premio sino un rescate y ni modo que me deje caer.

Al diablo la frialdad. Vámonos de regreso al 2003. Febrero veinticuatro. Seis de la madrugada y un minuto.

XLVII. Esto no está pasando

¿Qué más puedes pedirle a una novela, sino que venga
y parta tu vida en dos mitades?

Según decía Celia, el timbre del teléfono es distinto
cuando te llaman desde otro país, pero esta vez me buscan de otro planeta. O será que ahí estoy desde que ha
retumbado el primer *ring* y salté de la cama donde ya
agonizaba mi autoestima. Levanto el aparato en mitad
del segundo, largo *ring*, que en cuanto a mí respecta
suena muy diferente de todos los timbrazos de mi vida,
tanto como la voz que pregunta de golpe si acaso yo
soy yo, con un acento tan peninsular que disipa las últimas sombras de duda. Y en vista de que mi especiali-
dad consiste en eludir, con tino irregular, la sombra del
ridículo que desde muy pequeño me persigue, basta con
escuchar la perorata juguetona con la que Luis Mateo
Díez me pone al tanto de la gran primicia para activar
el modo de respuesta automática que llevo media vida
de ensayar. ¿Cuántos cientos de veces ha ocurrido algo
así en mi imaginación deschavetada?

—¡Es usted el feliz ganador del Premio Internacional Alfaguara de Novela 2003! —canturrea el presidente
del jurado, impostando la voz del animador de un programa de concurso.

—...

¿Qué se dice? ¿"¡Caramba, muchas gracias!"?

—No sé si te des cuenta de que esto es una broma
que te estamos gastando aquí entre todos —suelta otro
de los jueces, que ya se turnan para tomar el teléfono.

—No sé si te des cuenta de que te estoy siguiendo la corriente —hago un pequeño alarde de cordura. De eso presumo, de eso mismo carezco.

—De una vez te lo digo —me advierte otro, casi paternalmente—: A partir de este día, nunca más volverá tu vida a ser la misma.

¿Qué más quería yo oír, sino que desde hoy mi existencia se parte en dos mitades y la segunda apenas empezó? Hablo como un autómata esmerado, llevo la vida entera esperando este instante y quiero que se note, no faltaba más. Entiendo mi papel de Cenicienta y esa es otra razón para dejar salir mi lado cándido. Estas cosas no pasan, me repito, esto no está pasando. Conforme cambio de interlocutores —ninguno mexicano, sintomáticamente— recibo un demonial de anuncios e instrucciones que en realidad no acabo de entender, pero soy Cenicienta y no tendría por qué guardar la compostura justo cuando mi vida se está partiendo en dos. ¿Y no ya bastante hago con no berrear como una Miss Universo?

Afuera, en el jardín, es todavía de noche y Don Vittorio sigue muy ocupado en sus rondines. Cuando se hace el silencio y cuelgo la bocina, voy tras él y lo alcanzo, lo derribo, lo abrazo, rodamos juntos por el pasto frío y volvemos volando a la recámara. Espero que no sea mucho abuso despertar a estas horas a Alicia y Xavier, pero no sé qué hacer con la noticia. Me tiemblan las rodillas, toso, carraspeo, grazno. Es como si la Tierra se hubiera detenido y yo flotara a tres metros del piso. ¿Qué tanto les he dicho? Lo olvidaré tan pronto como cierre la boca, pero recordaré que lo hice todo a gritos. Alicia, por su parte, me contará después que nada más cortar la llamada conmigo han corrido a abrazarse a media recámara. Como dos noviecitos.

Ya son las seis y media. ¿A quién le llamo ahora? Al Abad, por supuesto, que no sólo acostumbra levantarse temprano sino que me ha llevado con él a tres periódicos y esta noticia es asimismo suya. "¿Estás sentado?", lo prevengo y enseguida disparo. Casi puedo mirarlo aniñado de golpe, saltando de alegría en el teléfono. Tendríamos que estar llorando juntos, pero ocurre que sigo sin darme mucha cuenta de lo que está pasando. Me ha dicho Amaya, quien ahora será mi editora española, que llamarán de nuevo poco antes de las nueve para armar una conferencia de prensa que se escuchará en toda Hispanoamérica. En tantos años de entrevistarme solo nunca se me ocurrió inventarme escenario semejante, y sin embargo creo que estoy listo, o que soy lo bastante irresponsable para dejarme ir sin pensarlo dos veces. Mierda, sería capaz de devorarme un ácido ahora mismo y enfrentar a la prensa en ese estado sin el menor temor a equivocarme, si no tuviera claro que mi cuerpo se encarga por ahora de producir sus propias substancias. Y si tuviera el ácido, se entiende.

Sobra decir que estoy de buen humor, y en estas condiciones tiendo naturalmente a generar humoradas bastantes para hacerme invitar a la próxima fiesta… o vetar para todas las que vengan. Luego de pellizcarme los codos por dos horas, respondo a las preguntas de los periodistas todavía en pijama y escucho en el teléfono coros de carcajadas madrileñas que según yo me ayudan a hacer tierra, aunque no necesite muchos cálculos para saber que de tres horas para acá no he podido pisar más que la estratósfera.

—¿Por qué se prostituye la protagonista? —se interesa en saber un reportero y de algún modo me siento aludido. Porque putas sobramos, lo que falta es dinero.

—Pues como todo el mundo, por necesidad —suelto como si nada y vuelvo a oír las risas. Todavía no sé que en los próximos meses será todos los días mi cumpleaños.

Necesito apurarme. Han dado ya las diez de la mañana y dentro de una hora tengo que estar en la editorial.

Ándale, Cenicienta, báñate y acomódate la crinolina, antes de que el carruaje se te haga calabaza. Supongo que este tiempo debería servirme para asumir que pasa lo que pasa. He sido rescatado a orillas del abismo, muy pronto dejaré de vivir de prestado, viajaré a España a recoger el premio, presentaré mi libro por doquier, me reiré de la pena de haber sido un pobre novelista sin novela. Demasiadas noticias para un solo cerebro, y sin embargo pocas todavía, tomando en cuenta el *shock* que se avecina.

Ya en el coche, me topo con el *Happy CD*. Es una selección de canciones disímbolas que grabé justamente para un día como hoy, y cuyo único rasgo común es la alegría de la que me han provisto en distintos momentos de mi vida. Serviría de consuelo, si perdía, y de fanfarria en caso de ganar. Apenas le hago caso, en realidad, hasta que llego al cruce de dos avenidas y se escurre hacia dentro de mis pensamientos una vieja canción de Víctor Yturbe, el *Pirulí*, que escuchaba de niño y ahora me desarma.

> *Felicidad, hoy te vengo a encontrar.*
> *¡Cuánto tiempo huiste de mí!*

Ya está, no puedo más. Lloro al fin, como un niño, o más exactamente como un náufrago recién devuelto al mundo, besando el suelo de algún muelle pringoso que más parece umbral del Reino de los Cielos. Se amontonan de pronto los fantasmas que hoy en la madrugada me acechaban, sólo que ahora celebran junto a mí y resulta que no sé qué decirles, más allá de este llanto desatado que es sin duda el mejor que alguna vez probé. Sollozaría contento de aquí a la medianoche, si no fuera preciso entrar en personaje y dar la cara por esa novela. Se lo explico así a Celia, que silenciosamente me acompaña y me trata de "niño", como siempre. Basta ya, pues, me digo, sin preocuparme mucho que el policía de la esquina me mire no sé si con alarma o compasión. Me seco ambas mejillas con la palma y el dorso de la mano izquierda, mientras con la derecha meto primera y espero la luz verde para arrancar como un endemoniado. Cien metros más allá, miro hacia el otro lado del camellón y doy por hecho que esas cinco chicas que aguardan en la orilla de la banqueta, justo frente a las puertas de la editorial, son ahora mis secuaces inminentes, de modo que me lanzo a dar la vuelta en U con arrojo de prófugo, mientras dos conductores me sueltan bocinazos regañones que en esta situación funcionan como aplausos. Nunca antes la cordura me pareció tan fuera de lugar.

Me sonríen. Me abrazan. Me llevan por pasillos y oficinas como a un resucitado intempestivo y yo pretendo que es lo más normal, aunque igual me delate la sonrisa de niño que no imagino cuándo se me caerá. Si seis horas atrás puse en ceros la cuenta de mis malquerientes, supongo que me toca plantarle buena cara a cierto canallita conocido que se ha colado a la rueda de prensa y ya viene a abrazarme con ese desparpajo artificial que hace a los zalameros infumables. Anda, pues, comemierda, dime cuánto me quieres, que en un día como hoy soy capaz de dar crédito a la sinceridad de un infomercial. ¿Se pregunta la gente, mientras sueña, por la congruencia de lo que está pasando? Puedo mirar la escena desde afuera, con todo y mi sonrisa de escuincle cumpleañero, y es como si avanzara en cámara lenta, lo que a su vez me dice que no está sucediendo, o que si ocurre lo hace más allá de mi alcance, como los pases mágicos que le cambian la pinta a Cenicienta.

La noticia es que muy pocos en México —y claramente nadie en el resto del mundo— saben de qué accidente geológico salí, y eso genera algunas simpatías automáticas entre quienes albergan fantasías afines y

407

tampoco renuncian a que cualquier día de estos su vida se parezca a una película. Respondo a las preguntas de los reporteros saltando entre la épica y la comedia, pues si otros se pellizcan para dejar constancia de que no están soñando, lo mío es hacer chistes instantáneos, ya sean las noticias grandiosas o terribles. Por eso no me tardo en atribuir el presente fenómeno al mundialmente célebre Síndrome Rocky Balboa. Me presento ante ustedes: soy el menos pensado. ¿Explica eso las risas que se me escapan sin motivo aparente?

Llega la noche y no termino de reírme. Es como si me hubiera mudado a otra existencia y para acreditarlo hiciera falta pasar lista de todos mis fracasos, que a la luz de este día me parecen de pronto muy graciosos. O será que disfruto imaginando el chasco de infinidad de gente en la que llevaba años sin pensar. Prefectos, profesores, compañeros de escuela o de trabajo, guapas que nunca fueron madres de mis hijos e hijos de puta que se las llevaron: ¿cómo ven que no he muerto? Sé el peligro que corro, dudo que medie ahora mucho trecho entre Rocky Balboa y la diva insufrible que sería si olvidara que estoy parado en un ladrillo. Cuando concilie el sueño, que buena falta me hace, será no más que un intermedio largo de la función continua en que se ha transformado mi destino. Me daré cuenta apenas, entre tanto trajín, de lo que en unos años el psiquiatra tildará de escisión entre el tipo que soy y aquél que quiero ser. No es que no se parezcan, si hasta yo los confundo, pero nadie es el mismo bajo los reflectores. La persona es compleja, contradictoria a veces, mientras que al personaje le bastan unos trazos para definirse, pues no hay tiempo ni espacio para más. Entre más gente extraña ronde al personaje, menos se hará presente la persona, pero hoy todavía creo que puedo sustraerme a los efectos de esa ley natural, igual que tantas veces me he librado de pagar consecuencias de actos seguramente no tan decorosos.

Lo divertido, al fin, no es hacerte prudente por decreto sino evitarlo a como dé lugar. Tal como tengo claras las fronteras entre publicidad y literatura —las putas no dan besos en la boca, ni el novelista busca complacer— creo saber distinguir entre desinhibidos y farsantes, y estos últimos me dan repelús.

Al paso de los días no oculto mi sorpresa, soy ese niño atónito que despertó a una vida donde todos los días llega Santa Claus y cada vez le deja media juguetería. No tengo tiempo a veces ni de abrir los paquetes. Me resisto a creer que pueda ser normal levantar el periódico y leer que Carlos Fuentes habla del novelista sin novela que por lo visto ya dejé de ser. No pueden ser verdad los telegramas donde me felicitan los jerarcas del gobierno español por un libro que ninguno ha leído, ni quizá leerá. Y tampoco termino de digerir los parabienes que recibo en la calle, luego de las decenas de entrevistas que la noticia trajo tras de sí. Todo es maravilloso, cómo no, y por nada quisiera que faltara, sólo que no me cabe en la cabeza. Hago, frente a las cámaras, como que no me entero de todo esto, y en privado tampoco sé muy bien qué decir porque noto que algunos se enfadan de escucharme. Voy de la timidez al histrionismo como quien se encarama en su primera tabla de *surf* y descubre que cruza las olas sin caerse, cual si estuviera escrito en algún guión.

"¿No te incomoda tanta atención mediática?", me han preguntado algunos periodistas, a lo cual les he dicho con franqueza absoluta que más me molestaba cuando nadie me hacía el menor caso. ¿Tendría que aclarar que nada me incomoda, por más que en mi recóndito interior malicie que algún día me llegará la cuenta por toda esta dichosa inconsecuencia, según la cual no habrá ya en adelante sino buenas noticias, tal como se supone le ocurrió a Cenicienta desde el día en que el príncipe le acomodó el zapato? Cada mañana llaman de la editorial y me atiborran de otras buenas nuevas que tampoco se dejan digerir, con excepción de aquellas relacionadas con mi manuscrito, de las cuales se encarga Ramón Córdoba: el amigo instantáneo cuya gran zambullida en la novela hizo trizas mis últimos temores. Nadie como él entiende lo que ocurre en el texto, ni me hace reír de tan buena gana. Ya conocía mis dos libritos previos, porque a uno como él no se le escapa nada, así que no exagero si confieso que mis risas más francas y felices brotan en su oficina, pues mientras acá afuera puedo experimentar cientos de sensaciones contradictorias, con Ramón no soy más que un novelista y todos los problemas de este mundo se reducen a puntos, comas y renglones. La edición española. La edición colombiana. La edición argentina. ¿Cómo quieren que uno conserve la cordura, entre tantos milagros consumados?

Cierta noche me invitan a un coctel en casa de un notorio figurón, donde pasará lista buena parte del *Who's Who* nacional. Políticos, periodistas, intelectuales, *socialités* y una fauna sin fin de alpinistas sociales desfilan por el inmenso jardín que hace las veces de sala de fiestas. Lo más raro es que muchos me saluden, nada más enterarse de que yo soy aquella Cenicienta que saltó de la nada a las primeras planas de los periódicos. ¿Debo entender, por tanto, que es mi presentación en sociedad? ¿Tendría que haber traído la crinolina? Resulta de repente que me toca estrechar manos de tipos cuya pésima fama bien conozco y a los que ni de chiste compraría un coche usado, y para mi sorpresa los encuentro simpáticos, o no tan antipáticos como había imaginado mientras los insultaba frente al cinescopio. ¿Me estaré corrompiendo sin darme cuenta? ¿Seré uno de ellos de aquí a pocos meses? Nada más preguntármelo me da la risa y pienso en una vieja canción de Fito Páez. La señora vestida de adelita que me ha obsequiado su mejor sonrisa es otra de esas famas con pose de cronopio que "aunque te inviten a su mesa no estarán de tu lado" (y eso quedará claro cuando vuelva a encontrarla y me dedique la monumental displicencia que guardan los políticos en boga para quien no les rinde réditos patentes). *Gente sin swing*, se llama la canción.

El desafío está en cambiar de vida y seguir siendo el mismo, que equivale a pasar de sapo a príncipe sin salir del pantano. O al revés, yo qué sé dónde está el verdadero lodazal, y eso es lo que en momentos me preocupa. Hay gente que me trata como el que yo jamás querría ser y por acto reflejo respondo con un chiste. Se me dan los sarcasmos, no sé qué haría sin ellos entre tantos elogios sin sustento. ¿Cómo voy a entender que los extraños me hablen tan bonito, cuando el motivo de tanta alharaca es un libro que no se ha publicado? ¿Quién le dice a esta gente tan amable que mi novela no es un pinche fiasco? ¿Alcanzó Cenicienta el éxito social, una vez que adoptó la dieta de perdices? ¿Seré así de simpático, o es que todos me siguen la corriente? La última vez que el universo fue tan obsequioso, andaba yo viajando en LSD.

Algo morrocotudo ocurre dentro de uno cuando su vida se parece a un sueño. Lo supe cuando estaba por treparme a un enorme escenario veracruzano, con varios miles de estudiantes enfrente y todavía sin la menor idea de qué jodidos les iba a decir. Estaba tomando aire, mientras me acomodaban el cable del micrófono y el transmisor, cuando se apareció Marisol, mi editora mexicana, y me puso en las manos la novela apenitas salida de la imprenta. Poderoso enervante, he de reconocer. Según decía Tommy en años escolares, yo era el fulano que vomitaba palabras, sólo que entonces no tenía un micrófono. ¿Qué tanto he dicho ante la joven multitud? Ni cómo recordarlo, una vez que el efecto se esfumó y me vi en un pasillo junto a Marisol, rodeados de estudiantes que se arremolinaban en busca

411

de un autógrafo. "Mierda, esto es demasiado", rumiaba yo, con el libro debajo de la axila izquierda y la mano derecha garabateando a toda velocidad.

—¿Dónde estoy, Marisol? —le pregunté entre dientes a quien más que editora cumplía función de nana.

—En Veracruz, querido —sonrió al tiro mi *nánager*, cuya misión en estas circunstancias es ayudarme a hacer contacto con ese mundo real que de cinco semanas para acá tiene la pinta de una alucinación.

No sé muy bien qué hacer en cada caso. Hace ya varios años que encontré en el exhibicionismo un camino hacia afuera de la timidez, pero esto de repente es *way too much*. Sonrío, ciertamente, porque estoy muy contento a toda hora, pero igual la sonrisa se me ha vuelto un escudo, tras el cual es posible lidiar con toda clase de actitudes, porque tampoco es todo *peace and love*. No falta quien me dé la mano sin mirarme, como a un advenedizo deleznable, y en tal caso me crece la sonrisa, nada más por joder. Hay por ahí quien me cuenta que Mengana y Perengano, rancios intelectuales a quienes no he tenido el susto de conocer, echan pestes de mí gratuitamente, y como en estos días nada me incomoda lo tomo como un reconocimiento. Si nunca antes voltearon hacia mí y de un día para otro me aborrecen, no puedo menos que sentirme halagado, y luego rebasado por ataques de risa con sabor a gloria porque a veces la inquina, con su sinceridad apesadumbrada, rinde mayor tributo que el aplauso.

"Vas a acabar odiando tu novela", me han dicho dos colegas que recién conocí, considerando las vicisitudes que supone viajar por dieciocho países y repetir la misma cantaleta, pero yo sé que están equivocados, y es más: según Ramón, los dos participaron en premios anteriores, ávidos de una joda como la que me espera en los meses que vienen. ¿Y qué decir del editor aquél que me invitó a comer hace tres años —"Ponte de acuerdo con mi secretaria", había sugerido, muy generosamente— y jamás tomó una de mis llamadas, ni hubo en su agenda cupo para mí? ¿Tendría que sentirme afortunado porque estuve anteayer en su oficina, me dio un bonche de libros y los llevó cargando hasta mi coche? De entre tantas reacciones imprevistas, preferiría quedarme con la de Federico, mi querido mecenas. Le había llamado en la mañana misma del suceso para hacerle saber, entre otras cosas, que su inversión había dejado de correr peligro, pero omití el asunto del premio en efectivo. Unas horas más tarde llegó a jugar backgammon con Xavier y fue él quien se encargó de hablarle de los ciento setenta y cinco mil dólares que cobraré, a cuenta de regalías: seis veces el importe de lo que me prestó y del cual no querrá un centavo de los réditos que le prometí. ¿Qué tanto le habrían dicho y tal vez reclamado entre los suyos por esa apuesta loca, que apenas escuchar la cantidad se tumbó en una silla a carcajearse como niño travieso?

Luego de tantos años de afligirse en silencio por causa de mi incierto porvenir, Alicia se pregunta cómo es que no aprovecho esta oportunidad para armarme con un trabajo serio. Como yo, mi mamá no termina de creer lo que me está pasando, ni ha asumido del todo que esto de hacer novelas pueda calificar como un empleo, pero lo cierto es que dejó de preocuparse, prueba de ello es que ahora me da trato de nieto. Nunca, que yo recuerde, se permitió entregarme semejantes reservas de dulzura, como si fueran parte de una herencia secreta que por fin ha quedado a mi disposición. Nada más de escuchar el tono de su voz, la imagino siguiendo un pentagrama. ¿Cómo es que ahora en vez de "hijo" me llama "mi amor"?

Apenas tengo tiempo, en realidad, para hacerme preguntas sobre mi desconcierto. Llevo toda la vida deseando estar aquí, sólo falta que me dé por quejarme. Ni que fuera poeta, carajo. Esos que me auguraron el hartazgo tendrían que enterarse cuánto me divierte esto. No sé si, como dicen, las preguntas sean siempre las mismas, porque al final entiendo que mi trabajo está en que las respuestas no resulten iguales, como si en vez de hablar estuviera escribiendo y el juego consistiera en tomar cada vez un camino distinto.

Echo un ojo a la agenda de los próximos meses y en lugar de aterrarme siento unas prisas locas por volar a Madrid y seguir adelante con el trajín. Tendría que estar cansado, pero ya me envicié. Por eso digo que no tiene caso tratar de averiguar qué puede estar pasando en mi cabeza, si de cualquier manera no pienso detenerme y menos preservarme. Pobre de mí si después de todo esto siguiera en mis cabales, aunque igual lo pretenda y lo parezca y hasta llegue a creérmelo. Son así los idilios: quieres el mundo ahora y no te importa el precio.

XLVIII. Carne de diván

Quienes entienden de estos menesteres opinan que es muy tarde para hacer de éste un libro de autoayuda.

De modo que,
si te empeñas en ser escritor,
aplaza todo lo que puedas el éxito.
JAVIER CERCAS, *La velocidad de la luz*

A Arturo el navegante lo había conocido tres años atrás, al final de una extraña rueda de prensa a bordo de una trajinera en Xochimilco. Solía leer sus libros entre la camaradería y la fruición, que es como uno se amista con algunos autores, y me dio por pensar que simpatizaría con mi libro de aventuras nocturnas. Lo llevaba escondido a media espalda, entre camisa, cinto y pantalón, para que los colegas ahí presentes no me vieran venir. Nada más verlo súbitamente solo, a la salida del embarcadero, me acerqué a saludarlo y regalarle el libro. "¿Ya me lo has dedicado?", inquirió a bote pronto y sonrió de inmediato al ver su nombre escrito en la primera página. "Voy a Guadalajara, no tenía qué leer", agradeció el autor de *La tabla de Flandes* y me escurrí de vuelta hacia el gentío presente, que premió mi sigilo con una generosa indiferencia. ¿Qué esperaba con eso? Nada. Que lo leyera, ya con mucha suerte, aunque como lector tenía la impresión de compartir con él ciertos puntos de vista que a mi chueco entender nos hacían secuaces naturales. Por si quedaban dudas al respecto, remató Arturo aquella conferencia con una aguda línea que asimismo serviría de cierre para mi crónica: "No olvides que fui puta antes que monja".

Igual que tantas putas desveladas, un par de días más tarde roncaba yo en mi cama cuando el teléfono me hizo pegar un salto. Alcancé a distinguir, entre sorpresa, furia y somnolencia, que eran las ocho en punto de la madrugada. ¿Cómo iba a imaginar que me estaban llamando del convento? Nada más descolgar, oír mi nombre y enseguida el de mi interlocutor, volví en un tris del reino de los sueños. El hombre al otro lado de la línea me decía que había leído mi libro, que era tarde para invitarme una cerveza pero ya volvería y nos veríamos, que apuntara el teléfono de su casa, que podía contar con un amigo. ¿Qué más dijimos? Temo que lo olvidé inmediatamente, que es lo que a uno le pasa cuando la realidad confirma las apuestas del instinto. Si yo había hecho un amigo en las últimas horas, él lo tenía en mí desde hacía tiempo. Y si otros acostumbran jactarse de esas cosas sin molestarse en hacerlas verdad, era claro que no sería nuestro caso. Fue por eso que no me sorprendió recibir la segunda llamada del navegante, varios meses más tarde: había vuelto a México y estaba listo para irnos de farra.

Tal como todo parecía indicar, comprobé aquella noche que el tipo era un tipazo. Por eso ni siquiera titubeé cuando llegó el momento de contarle lo que estaba escribiendo. Tendría por entonces algo más de cien páginas garrapateadas y un gran costal de dudas sobre la espalda, material suficiente para explayarme por varios minutos, mientras él me escuchaba con el interés vivo de un centinela. Una vez que el juglar dentro de mí terminó de sacarme del apuro, la sonrisa final de Arturo el navegante me hizo el efecto de un tequila doble. Justo lo indispensable para cambiar papeles y saltar a la historia de Teresa, la mexicana intrépida que protagonizaba su novela en proceso. No seríamos los primeros ni los últimos golfos cuya amistad florece hablando de mujeres, tema frecuentemente más interesante que las vidas de dos monjitas de clausura. Tampoco era mi nuevo compañero de juerga la clase de sujeto que te cuenta su vida a la primera, quinta o centésima vez que te lo topas. En lugar de eso te cuenta un buen chiste, si no para qué mierda están los amigos.

"¿Cómo está tu mujer?", me preguntaba, después de aquella noche de tugurios pesados en Garibaldi, cada vez que el teléfono o sus viajes a México nos ponían en contacto. Como era de esperarse, sin embargo, la chica de mi amigo el navegante estuvo lista varios meses antes que la mía. Pues todavía hoy —dieciocho años después, en las páginas de un cuaderno naranja— peleo por alcanzar su ritmo de trabajo, mientras él me espolea de cuando en cuando con la preocupación de un hermano mayor. Fue así precisamente como me recibió, en un salón del Círculo de Bellas Artes de Madrid, a unos pocos minutos de la presentación de la novela cuya protagonista era mi mujer. Antes que celebrar mi buena suerte, y en realidad antes de saludarnos, levantó cual florete el dedo índice de la mano derecha y lo plantó en mitad de mi entrecejo, martillando con la yema y la voz: *recuerda-que-eres-mortal, recuerda-que-eres-mortal, recuerda-que-eres-mortal, recuerda-que-eres...*

Ignoraba yo entonces cuánta falta me haría esa advertencia. Sesenta días de estupendas noticias llegadas en tropel de sendos continentes y hemisferios me habían habituado a dar por hecho que el día siguiente sería aún mejor. Vivía, desde fines de febrero, con la sensación de haber vuelto a nacer en un lugar donde hasta los perfectos desconocidos —y sobre todo ellos— se dirigían a mí con una ancha sonrisa por delante. Apenas un día antes de escuchar la alerta fraternal del navegante, había recibido el Premio Alfaguara de las manos de don Jesús de Polanco —admirador confeso de los ojos de Alicia— delante de un gentío que incluía a varios autores a los que yo admiraba y respetaba, y al bajar del estrado recibí la felicitación más calurosa y divertida de mi entera existencia. Con la mirada eléctrica y la sonrisa inmensa, se acercó Alicia y susurró en mi oído: "Ya no eres mi vergüenza".

¿Cómo es que hoy todavía no lo puedo contar sin que me ganen la risa y las lágrimas? Nunca, que yo recuerde, hubo en mi vida una mujer tan fácil y difícil de conquistar como ella, y en esos días éramos como novios. ¿Quería que la vida fuera una película? Pues ahí la tenía, con todo y los efectos especiales.

Había invitado a mis papás a Madrid no solamente por la entrega del premio, sino para saldar una deuda moral que contraje cuando tenía quince años. A causa de mi pésimo rendimiento escolar, hubo que posponer un viaje a Europa que después ya no fue posible hacer. Ellos seguramente lo perdonaron, pero yo jamás. Celebrar el cumpleaños de mi madre, a pocos días del periplo madrileño, desde lo alto del Arco del Triunfo, con sus ojos intensamente azules atravesando lentamente el horizonte entre Montmartre, la Torre Eiffel y la Plaza de la Concordia, resultó otra impagable recompensa, como sería todo el mes de mayo en compañía de mis invitados. Viajábamos los tres en una camioneta Opel —Alicia a mi derecha, Xavier atrás— entretenidos en actividades tan absorbentes como contar los túneles entre Génova y Montecarlo, para días después emborracharnos en la Piazza San Marco o perdernos por las calles de Praga, montando cada vez una comedia entre Xavier y yo para hacerla reír, y de pronto enojar porque ninguno de los dos sabe poner límites al *show*. "Par de tarugos", nos reconvenía, y esa era ya una forma de aplaudirnos.

Uno de los momentos que mejor recuerdo de aquella travesía alucinante sucedió todavía en Madrid, luego de compartir entre los tres un cierto malestar estomacal que terminó empujándonos, nada más el empacho se esfumó, a cenar unas sanas hamburguesas en el local enfrente del hotel. Devoraba la mía alegremente cuando, de la nada, me vino un repentino ataque de tos que logré controlar cuando ya era muy tarde y la chica de la mesa contigua chillaba, aún incrédula, con la cabeza entera constelada de trozos de mi incipiente bolo alimenticio.

—¡Me ha llenao de mierda! —repetía, furibunda. Lo cual, a mi precipitado entender, no sólo era inexacto sino calumnioso.

—¡No estoy comiendo mierda! —me defendí, tratando al propio tiempo de ayudarla a sacudirse los trozos de hamburguesa de melena y hombros.

Debió de ser difícil saber a simple vista cuál de los dos se había indignado más. Sobra decir que a mi pobre mamá se le caía la cara de, ay, *vergüenza*, mientras Xavier hacía esfuerzos sobrehumanos por contener la risa. A partir de esa noche, no podía yo ni amagar con toser sin que Xavier reprodujera el grito de la inocente chica y mi madre volviera a mortificarse. "¡Me ha llenao de mierda!", teatralizaba, y yo seguía adelante con el sketch, hasta que éramos tres los regocijados. "Bonito", canturreábamos juntos la canción de moda que iba tras de nosotros de país en país, "todo me parece bonito".

Yo no me daba cuenta, o así lo pretendía de puro comodino, pero había detrás toda una maquinaria para que el mundo siguiera bonito. Decenas de correos electrónicos cruzaban el océano cada día, preparando escenarios y ultimando detalles para la promoción de la novela y mi presencia en cada una de las ciudades donde relataría, entre otras cosas, mi historia con el Ángel de Insurgentes, cada vez rematada con un rap que me las ingeniaba para escenificar con el mayor desparpajo posible. "¡Mírame bien, no soy Supermán!", arrancaba la letra que había escrito nueve años atrás y ahora formaba parte de la novela. Me recuerdo ensayándolo a solas en la calle, ilusionado por la presentación en la ciudad de México, donde habría de rapear acompañado del grupo Los Odio —de mi comadre Paco y sus curtidos socios, Tomás y Jay— sin mayor atributo que mi puro entusiasmo.

Había pasado apenas una semana desde que regresé con Alicia y Xavier cuando ya iba volando hacia Ecuador. De Quito a Guayaquil, de Bogotá a La Paz, de Lima a Buenos Aires, los días se llenaban de entrevistas, comidas, cenas, presentaciones, firmas y traslados, de manera que nunca estaba a solas, como no fuera a bordo de un avión o en las escasas horas que dormía, pero igual lo gozaba como niño encerrado en juguetería. Nada era demasiado, ni las diez entrevistas de cada día ni los cientos de libros que dediqué entre España y Sudamérica. Me había aficionado a los tumultos, tanto que por las noches, en mi cuarto de hotel, caía en un abismo de soledad, tan hondo como altas habían sido las cúspides anímicas alcanzadas a lo largo del día. Me había hecho con una novia en el camino, menos porque tuviera humor para el romance que por la urgencia de una cómplice a modo. Nada más poner pie en otra ciudad, la editora local desplegaba una agenda llena de compromisos, ninguno de los cuales me parecía estorboso porque lo vivía todo como la Cenicienta que no había dejado de ser. Solamente mi Vito, podrido de esperarme semana tras semana tumbado en el jardín del departamento, se dolía por tanta promoción. Mis amigos, mis hábitos, mi mundo, todo eso había ido emborronándose sin que me diera cuenta o me importara. Y de escribir ni hablar, con trabajos lograba mandar cada semana mi columna al periódico. La única cita a la que nunca falto.

En México pasaba los días enclaustrado, supuestamente para recargar pilas, aunque también estaba hasta la coronilla de dar la cara por el personaje que según yo era yo. Un monigote muy parecido a mí, con una salvedad a ratos irritante: no podía enojarse, ni plantar malas caras, ni salirse del guión que él mismo se había impuesto. Tenía el deber de estar siempre feliz y solía cumplirlo a pie juntillas, pero volvía a mi cueva y abrazaba el estado vegetativo como un bebé aferrado al pecho materno. ¿Había acaso que ser adivino para advertir que incluso los amigos estaban aburridos de mis aventuras? ¿Esperaba que todo volviera a su lugar, después de tanto esfuerzo por reinventarme y hacer volar mi vida previa en pedacitos? ¿Quién podía saber en qué diablos me estaba transformando, si yo seguía sonriendo a toda hora y no hallaba razón para quejarme? Fue ya cerca del final de la gira, en San Juan de Puerto Rico, donde estallé en un llanto repentino y fugaz, justo antes de la decimoquinta entrevista del día. ¿Cancelar? Nada de eso, ni muerto. Me había prometido aguantar hasta el fin y éste llegó pocos días después, tras la última entrevista en Santo Domingo. "No estoy cansado", murmuré triunfalmente para mí, en una breve escala camino al aeropuerto que aproveché para quitarme los zapatos, arremangarme los pantalones y dar algunos pasos mar adentro. Recordé en ese instante la entrevista que años atrás le había hecho a la cantante Mónica Naranjo, al final de la cual me hizo una confidencia que en ese entonces entendí sólo a medias: "¿Sabes que es lo difícil de este trabajo? No es cantar, ni grabar, ni componer. Lo duro es dar la cara".

Una cosa, no obstante, es dar la cara y otra muy diferente convertirte en un monstruo protagónico, pagado de sí mismo y acreedor permanente de la atención ajena. Me daba horror la idea de llegar a ese extremo en el que la persona ya no puede zafarse de su personaje y vive nada más que para procurarle notoriedad. Recuerdo que en España habían distribuido cartones y carteles con mi jetota impresa, de manera que entrar en una librería suponía un bochorno que trataba de ahorrarme a toda costa. Verdad es que me gustan los escenarios, y que una vez arriba soy un niño que juega a ser actor, mas no por eso quiero ni soporto que el resto de mi vida tenga que suceder bajo reflectores. Me cuesta respetar a aquellos fanfarrones cuya existencia es siempre un espectáculo del que los demás somos público agradecido, pero más que eso les tengo piedad. Conozco a algunos cuantos —gente de cine, estrellas de la canción, políticos que viven con el antifaz puesto— y de sólo escucharlos hablar dizque en confianza experimento el repelús profundo de quien ya se asomó a su calabozo y descubrió que adentro no hay puertas ni ventanas. Y es por eso que en estas condiciones uno puede entenderse muy bien con el micrófono, pero difícilmente con la pluma.

No podría decir gran cosa de mi gremio, aunque sí de unos cuantos contlapaches que fui coleccionando casi accidentalmente. Rosa Montero con las fotos de sus perros, Mario Delgado Aparáin y su infinito acervo de chistes indecentes, la golfería estruendosa de Antonio García Ángel y hacia el final del año, en la Feria del Libro de Guadalajara, el abrazo de Mario Vargas Llosa, a quien llevaba toda la vida admirando. (¿Exagero al llamar a Mario "contlapache"? Seguramente, pero no he de borrarlo, qué demonios.) Otros, menos simpáticos, me dedicaban vistazos fugaces que yo a mi vez fingía no advertir. Era obvio que encontraban en mí a un advenedizo, tal como yo pensaba y aún pienso en uno que otro de ellos como meros parásitos con buena letra. No suele ser un gremio generoso, y si lo fuera me daría lo mismo porque de todas formas soy animal arisco y eludo a la manada. He hecho varios amigos, de entonces para acá, aunque muy rara vez los veo juntos. Atesoro la tarde que pasé bohemiando con Bryce Echenique, tanto como las farras que repetidamente me corrí con Imma Turbau y Santiago Roncagliolo —tenemos una sociedad secreta—, las canciones horrendas que a veces canto a gritos con David Toscana y la cena gloriosa que compartí con Fuentes y García Márquez, quien nada más llegar me preguntó si acaso tenía yo una pandilla de escritores.

—Pues, de escritores no —repuse a bote pronto—. Mi pandilla solía ser de músicos.

—¡Qué maravilla! —se animó el colombiano—. Y usted, ¿qué instrumento toca?

—Ninguno —me apuré a decepcionarlo—. Yo nada más andaba con ellos.

—¡Mercedes! ¡Éste no es escritor! —volvióse el Nobel del '82 a mirar a su legendaria cónyuge—. ¡Éste es un vago!

¿Qué hacía yo cenando en casa del autor de *Aura* con el autor de *Crónica de una muerte anunciada*? Nada me parecía del todo verosímil, aunque me había ido acostumbrando, tratando de ignorar la timidez que producían en mí semejantes encuentros. No sólo recordaba que soy mortal, sino asimismo el tema del ladrillo donde seguía parado, mientras me lo quitaban. Y tampoco quería vestirme de escritor o convertirme en algo que no hubiera sido antes. ¿Iba acaso a dejar mis tenis rojos para hacerme pasar por el intelectual a quien yo mismo nunca tragaría? Tenía miedo, claro. Era ese alumno nuevo que se aparta del resto para sentirse solo por elección. Seguía siendo el mismo animal raro que pasaba las tardes recorriendo pasillos en la universidad, y sin embargo nada era ya igual. Hoteles y aeropuertos se habían vuelto ya tan familiares que apenas conseguía distinguirlos, pero nunca faltaba el ángel de la guarda —mujeres, casi siempre— que resolviera todo en mi lugar. Luego de tanto tiempo acostumbrado a trabajar en soledad, ser parte de un equipo con filiales en cada país del continente me hacía sentir a salvo del abismo que estaba construyendo. Dejar de ser el que eras, no saber bien a bien lo que serás: tenía que haber un precio por dar tamaño salto hacia el vacío, pero igual Cenicienta no dudaría en pagarlo.

"Hace falta un manual de autoayuda para los ganadores del Premio Alfaguara", bromeaba con mis nanas de la editorial, y quién sabe si no estas mismas páginas sean un mustio intento de escribir ese libro. Pensaba por entonces que al fin todo en mi vida estaba en su lugar, juraba que tenía los pies sobre la tierra y creía que el futuro era cosa resuelta, como si en vez de felicitaciones me hubieran dado un kilo de cocaína. Pero tenía la risa, como tiene la alberca el clavadista, y era gracias a ella que lograba tomar a la ligera temas como mi próxima novela y lo que Vargas Llosa llama "la servidumbre del éxito". ¿Qué escribiría después? No había tiempo para pensar en eso o encajar el pavor que en el fondo entrañaba la cuestión, mismo que yo negaba como a un pariente pobre. "No sé si ustedes todavía se acuerden, pero a mí antes me gustaba escribir", repelaba cuando en la editorial me hablaban de los próximos compromisos. ¿Y no son más graciosos nuestros chistes cuando se basan en la pura verdad? Ciertamente al final del año más feliz de mi vida no llevaba la agenda de un novelista, por más que me paseara con ese sambenito.

"No sé qué me pasó", trata uno de hacerse perdonar cuando se ha comportado inusualmente, aunque en el fondo no le queden dudas de por qué y para qué hizo lo que hizo. ¿Qué me pasaba al fin de 2003? Oficialmente nada. Hacía los mismos chistes, vivía en el mismo departamento y en compañía del mismo perrote. Fue diez años después cuando mi amiga Kukis, para entonces graduada de psicóloga, me contó de un psiquiatra con el que según ella me entendería muy bien. Óscar, era su nombre, y no bien puse un pie en su consultorio supe que estaba allí por cuestión de emergencia. Todavía entonces seguía reprochándome, en el tono inflexible y regañón con que concluye el párrafo anterior, por haberme caído del ladrillo de marras y pretender que nada sucedía. ¿Me había mareado, como tanta gente? No precisamente, pero de ahí a pensarme inmune a lo que Javier Cercas llama "la catástrofe del éxito" había una distancia tan grande como el salto de la cueva al *penthouse*. Nada de extraordinario, según Óscar, tenía que perdiera la cabeza después de un cambio así. A muchos nos seduce la idea de reinventarnos por completo, cambiar de piel, partir la vida en dos, pero una vez que ocurre el cataclismo que hace esto posible, y de hecho necesario, lo normal es que nada parezca ya normal y a menudo te mires a mitad del camino entre el que fuiste y el que crees que serás. Perdido, aunque sonriente. Vacío, mas risueño. Y sobre todo cándido, como correspondía a la reina de belleza con la que mis amigos tanto se divertían comparándome. "¿Cómo le ha ido a Miss Alfaguara?", preguntaban a veces, y yo quería creer que eso era suficiente para ubicarme de vuelta en mis huesos, igual que creo ahora saber qué sucedió a lo largo de aquellos doce meses, solamente porque estoy escribiéndolo en las últimas páginas del segundo cuaderno naranja, algunas de las cuales se quedarán vacías porque estoy a unas líneas de comenzar el último capítulo y no se ve que vaya a ser largo.

¿Cómo sé que la historia no da más? Porque escucho los gritos del narrador, que está cerca de ahogarse y pide auxilio y tiene la encomienda de sobrevivir. ¿Qué va a hacer con la historia de la niña que tantos años antes concibió y desde entonces sigue persiguiéndolo? ¿Dejaría morir la otra novela que desde muy pequeño se prometió escribir? ¿Y aquélla que comienza, a decir suyo, en el salón de actos donde lo proclamaron el peor alumno en toda la historia del colegio? ¿Qué le falta a ese bruto que un año atrás ganó el Premio Alfaguara y a nada teme más, en lo hondo de sus íntimas catacumbas, que a sentarse a escribir otra novela?

"No me puedo quejar", admites, si los contras son menos que los pros, o cuando éstos son tan voluminosos que ya no alcanzas a mirar a aquellos, sólo que es diferente no poder quejarse a no tener motivos para hacerlo. Las aflicciones son como infecciones: si las ocultas, crecen. ¿Por qué no iba a quejarme, si este oficio jamás se facilita y nada hace más daño a un novelista que la estúpida ausencia de conflicto? Ahora y aquí mismo, página 107

425

del segundo cuaderno naranja, se van multiplicando los tachones porque a dieciséis años de distancia no acabo de saber dónde tenía entonces la cabeza. Y tampoco es que sepa muy bien dónde está hoy, pero sí que recuerdo con precisión la tarde del miércoles 20 de abril de 2004 en São Paulo. Estaba frente a un puesto de periódicos en la avenida Faria Lima, justo afuera del Shopping Iguatemí. Me había cumplido el sueño de conocer Brasil, recién volvía de Río de Janeiro y me topé con la primera plana de *El País*, donde estaba la imagen de Laura Restrepo recibiendo el siguiente Premio Alfaguara. "¿Qué esperas?", repetían mis acompañantes, pero yo no hacía caso porque había echado a andar la máquina del tiempo y me veía de vuelta en esa fiesta de la que había dejado de ser parte. No me atrevía a comprar el periódico, ni a parar de mirarlo como un lelo. Abrí la boca, al fin, para soltar lo que estaba en mi mente, y sentí encima dos miradas escépticas y cuasirregañonas. Ni hablar, estaba solo. No podía esperar que ellos o cualquier otro se dignaran ponerse en mi lugar. ¿Les pegaba la inquina, por casualidad? Fue justo en ese instante que entendí la distancia que nos separaba. Ninguno de los tres podía ya decir lo que estaba pensando, yo debía ser modesto y no sincero, pues la sinceridad es para las personas y había que dar la cara por el personaje. ¿Qué otra cosa podía parecer la nostalgia, el extravío o la extrañeza frente a aquel periódico, sino mero esnobismo jactancioso? ¿Qué esperaban, el *show* de la humildad? ¿Y desde cuándo me arrebataba el sueño la opinión ajena? ¿No era esa soledad estratosférica otro recordatorio de que era yo mortal, amén de frágil, cándido y huraño?

Basta ya de lamentos. El narrador ha de sobrevivir, y entre más se complique su encomienda menos lugar habrá para más quejas. Venga, pues, el conflicto. Bienvenidas la duda y la zozobra. Aleluya, demonios chocarreros. Es hora de abordar la máquina del tiempo.

XLIX. ¿Qué más?

Suele ser al principio de la historia cuando el protagonista se define. Aunque también para eso está el final.

—¿Hay una conclusión, señor Faulques?…
En las películas siempre hay alguien que
resume las cosas antes del desenlace.
ARTURO PÉREZ-REVERTE,
El pintor de batallas

Madrid, junio de 2005. Creo haber dicho algunas pocas veces cuánto me gusta meterme en problemas. Dejé claro, además, que a pesar de esa vocación de intrepidez llevo dentro una zorra corrompida y amante del confort. Y bien, hace más de dos años que me dejo querer. La novela se sigue vendiendo, publiqué un libro con los relatos cortos que por un tiempo interpreté en el radio y van a reeditarme el de los tugurios. Como quien dice, vivo del pasado. ¿No será que Violetta finalmente se acomodó en el cuero de Mesalina?

Me mudé con Vittorio a una casa contigua y he vuelto un par de veces a São Paulo, donde tengo un romance intermitente que también es muy cómodo, puesto que ocurre siempre en vacaciones y no se mete con los días hábiles. Que de por sí son torpes, en los últimos tiempos. Mi mayor aventura últimamente es perderme por horas, a lo largo de dos o tres semanas, en las calles repletas de esa ciudad tan necia como la mía. Itaím, Higienópolis, Avenida Paulista, Morumbí, Jardins: me digo que algún día cabrán esas banquetas en una de las tantas excitantes novelas que de todas maneras no estoy escribiendo.

Puede que sea injusto, pero prefiero eso a seguir engañándome con el cuento de soy algo más que un novelista de una sola novela. He de tener ochenta o cien páginas de la nueva, que según yo recién se destrabó, pero eso es porque así me da la gana verla. Quiero decir que ni siquiera sé si ese libro cagón se puede hacer o cualquier día tendré que interrumpirlo, probablemente para siempre, y sentarme a hacer otro menos intrincado. ¿Y no será que lo estoy esperando como a un puto ovni?

—¿Cien páginas… u ochenta? —arruga el entrecejo Arturo el navegante, con la mirada de un sabueso escéptico, en una de las mesas del Café Gijón.

—Ok, ya. Ochenta páginas —concedo, alzo una palma, me declaro culpable de haber hecho un intento barato de engañifa. Así que me río solo, como cualquier ladrón que se mira pescado de las bolas.

—¿Pues tú con quién crees que hablas? —se ríe ya conmigo el navegante, que nunca ha sido cliente de la cháchara y no me preguntó qué tal encuentro el clima.

La verdad es que el clima está infumable. Hoy mismo a media tarde, en la Feria del Libro, pasé un par de horas encerrado en sendas casetas de lámina en el parque del Retiro, firmando algunos libros con la docilidad de un pollo en el horno. Frente a mí, al otro lado, estaba Javier Cercas también rostizándose. Terminé y fui a decirle que *La velocidad de la luz,* su reciente novela, me ha aliviado de una larga parálisis, pero ahora que lo pienso me pregunto quién demonios soy yo para darme de alta por mi cuenta. ¿Quién me dice que pasado mañana, cuando regrese a México, no iré a dar a una zanja más profunda? ¿Quién sería si un día dejara de escribir (si es que ese día no ha llegado ya)? ¿Quién dejaría de ser, en ese caso? Dudas que muy probablemente no ventilaría, ni pensaría en ellas tan siquiera, si no estuviera con el navegante. Y no porque me vaya a compadecer, sino al contrario: tendrá que darle risa que sea yo tan ridículo. ¿No equivaldría eso a ser dado de alta?

Hemos salido del Café Gijón, serán pasadas ya las once de la noche y vamos caminando por Recoletos. Arturo tiene el coche en la Plaza Mayor y mi hotel está cerca de Gran Vía, de modo que me quedan apenas unas cuadras para acabar de maldecir mi suerte, o más exactamente la parte de ella que me estorba para verme al espejo. La que compró mis propias expectativas y las dio por eventos inminentes. La que se acomodó a la idea de evitarse las broncas que en otros tiempos eran su alimento. La que asume que hoy será mejor que ayer, y mañana que hoy, y el lunes que mañana, y así hasta el paraíso terrenal. La que sigue esperando el puto ovni.

—¡Ya no sé ni quién soy! —termino de quejarme de mí mismo, al tiempo que cruzamos la esquina de Gran Vía y Alcalá.

—¿Que no sabes quién eres? —se le arruga la frente al navegante—. ¿Quieres que te lo diga?

—¿Que me digas quién soy? —soy yo ahora quien se extraña, no me esperaba este golpe de astucia.

—Te lo digo aquí mismo, si quieres —nos hemos detenido delante del semáforo, a la orilla del paso de cebra, como si fuéramos a descruzar la calle.

—Ok —alzo las manos y los hombros, como si me apuntara con un revólver—. Dime quién soy.

—Eres un hijo de puta que hace novelas —dispara y calla. Sabe que acertó el tiro.

—¿Y ya?

—Y ya, chaval. ¿Qué más?

¿Qué más? Pues nada más, y ojalá nada menos, pero es obvio que el ovni no va a aterrizar solo. ¿Sabrá Arturo que su rauda respuesta me ha quitado una viga de los hombros? En todo caso, le queda bien claro que éste que hace novelas no cree que exista mejor cosa en el mundo. Mañana a mediodía, cuando ya me prepare para estar en la Feria y presentar el libro, me miraré al espejo y pondré mi mejor cara de hijo de puta. Porque hay que dar la cara y eso a los hideputas nos divierte, ya que usualmente la tenemos de palo. Terminado el evento, se aparecerá Javier Gurruchaga —a quien he conocido hace unos pocos días, en un programa de televisión— e iremos a comer en La panza es primero, un restaurante del barrio de Chueca donde el cantante de la Orquesta Mondragón hará de la comida un gran *performance*. De vuelta en el hotel, encenderé deprisa la televisión y atraparé la final masculina de Roland Garros entre Mariano Puerta y Rafael Nadal en el principio del tercer set: una pelea de tigres que seguiré en el filo de la cama, con esa vocación arrimadiza que distingue a los *freaks* en la tribuna, capaces de hacer suyos por un rato los méritos que nunca reunirán.

Cuando vuelva a la calle me veré fugazmente en las calcetas de Rafael Nadal, que apenas ha cumplido los diecinueve años y ya ganó el torneo más tortuoso del mundo, mientras cientos de miles de madrileños salen a celebrar la candidatura de la ciudad a organizar unos Juegos Olímpicos. Habrá un templete cerca de la Cibeles, donde estará Shakira meneando la ciudad con las caderas, mientras el hidepura de las novelas se pierde entre la turba y se pregunta cuándo dejó de pelear, en qué idiota momento se esfumó de la cancha y encontró un buen asiento en la tribuna. Pelear con todo en contra, perfectamente a solas, sin otra garantía que la pura pulsión de la supervivencia. Pelear contra tus propias criaturas, ya sean éstas monstruos o demonios o ese bobo contento que viaja a España y dice que eres tú. Pelear al tanto de que vas perdiendo y no puedes perder, igual que eres mortal y no debes morirte, cuando menos mientras el juego dure. Pelear por otra vida, otro plan, otra historia, otro amor, otra obsesión. Pelear rabioso, tenso, enardecido, trémulo, a dos palmos del suelo y todavía lejos de caer. Pelear contra ti mismo, aunque ganando pierdas. ¿Hará ya cuánto tiempo que no peleo?

Una vez que el gentío quede atrás, haré tierra en un pequeño restaurante donde cenaré con mi editor-secuaz Ramón Córdoba y la prestigiada canófila Rosa Montero, quien me leerá la mano y verá que me espera un golpe fuerte, del que eventualmente sobreviviré. ¿Y cómo no iría a saber una novelista, estupenda además, que ese divino verbo tendría que bastar para sanar mi alma? No me asustan los golpes, si es que logro vivir para volverlos párrafos. Le contaré, de paso, que le he dado a leer a cierta novia incierta su más reciente libro —*La loca de la casa*, que es un insustituible manual del propietario para quien ha de convivir con un novelista— para que al menos sepa dónde se está metiendo. Querré volver caminando al hotel, como seguramente elegiría cualquier hijo de puta que haga novelas, pero Asun, la editora que invitará la cena, consentirá a la puta que me habita con una deliciosa vuelta por Madrid en su BMW descapotado. Ay, Violetta, no aprendes.

Sintomáticamente, un par de días después llegará a nuestras vidas el que llevará el nombre de Boris, un gigante de los Pirineos de ocho semanas de nacido cuya misión será sacarnos del marasmo a Vittorio y a mí. Treinta libros mordidos y decenas de kilos de mierda después, entenderé que criar a un segundo perrote es también una forma de pelear, como será después resignarme a poner en pausa la novela y escribir aquel viejo proyecto narrativo sobre mi rejodida y muy literaria infancia, a modo de aquelarre-y-exorcismo, y volver otra vez a tejer esa colcha infinita cuyo protagonista será socio secreto de una niña que llevará el nombre de Dalila. Tejer día tras día, año con año, golpe sobre golpe, hasta que el león se rinda y uno prevalezca.

Años más tarde, un cierto atardecer, tal como sólo pasa en las películas, le llamaré a Ramón por *Skype* desde la terracita de mi cuarto de hotel en Estambul, listo para pasarle las nuevas correcciones a las pruebas de imprenta de una novela de novecientas páginas que llevará por título *Puedo explicarlo todo*, y viajarán entonces por la línea los cánticos salidos de la Mezquita Azul llamando a la oración, a no más de cincuenta metros de ahí, y nos carcajearemos como jamás lo haría James Bond delante de un ocaso sobre el Bósforo. Porque claro, James Bond no se despeina y este juego se juega, o termina jugándose, con los pelos de punta. Y porque igual que yo Ramón sabrá que aquellos cánticos no habrán sido accidente, como tampoco la hora de mi llamada. La realidad jamás supera a la ficción, aunque a veces se deja fecundar por ella.

Nunca veré cruzarse, sin embargo, tan descarnadamente realidad y ficción como al amanecer del viernes siete de enero de 2011, a tres meses de haber vuelto de Turquía y ya con unas cuantas páginas escritas de la novela de adolescencia que desde aquellos años empecé a redactar en la cabeza. Será justo ese día, el más negro de todos los que después recuerde, cuando Alicia se vaya para siempre, en otra triste cama de hospital (tal como ella quería: durante el sueño), y me deje agarrado de su personaje como un niño que no quiere ir al kínder. Un consuelo infeliz que habré de rechazar semana tras semana, renuente a continuar escribiendo una historia cuya sola mención dolerá hasta los huesos. "¿Eres hombre o ratón?", solía decir Alicia en estos casos, y yo le respondía que ratón porque tenía la edad para apostar en contra de mí mismo, pero llegando marzo de 2011 me diré que mi madre no crió un cobardón, atascaré de tinta la pluma fuente y tomaré el cuaderno entre mis manos, como quien ya pelea por pescarse del último tablón del barco sumergido. "Ya sé, Alicia", tendré que conceder, "yo no puedo morirme, yo tengo que traerte de regreso, como he traído a Celia tantas veces, y mis únicas armas son la tinta, el papel y la memoria donde tantos surcos dejaste", y entonces saltaré de vuelta al manuscrito, como quien se devuelve a la única tierra donde puede aspirar a la ciudadanía, y de pronto los días serán tan luminosos como el azul profundo de sus ojos y vivirá por mí, respiraré por ella, seré vicariamente la madre atribulada de un novelista que hace sus pininos y maldeciré el día en que lo traje al mundo y me dará la risa y me diré "baboso, nunca serás Alicia", y con alguna suerte la haré reír, y volveré a tramar una novela, y otra, y otra, y otra, porque sin ese juego no le entiendo a este mundo, y como tampoco es que crea en otro, me digo desde ya que el día de mi muerte será probablemente el más feliz de todos, si es que mis personajes se han ido antes que yo.

Te lo dije, Celita: uno es lo que es.

Tetelpan, San Ángel. Verano del 2020.

Epílogo

Dice Ferrand, el director de cine interpretado por François Truffaut mismo en *La noche americana*, que lanzarse a rodar una película es como hacer un viaje en diligencia por el Lejano Oeste. Sales con la esperanza de que la travesía resulte placentera, y al poco rato con trabajos esperas llegar a tu destino.

Este libro llegó a su destino en la tarde del 24 de junio de 2020, 387 días después de haber escrito la primera línea, para un total de 387 cuartillas. Una por día en promedio, más las 156 del diario de cuarentena que he venido escribiendo simultáneamente de marzo para acá, pandemia adentro, arrojaría un total de 543 páginas. Es decir, un promedio de 1.40 por día. Restando 110 sábados y domingos, la cifra sube hasta 1.96. De haber escrito 11 páginas más, llegaría a las dos diarias, pero justo es decir que nunca antes logré producir en un año tantas patas de araña concatenadas. Ya lo decía Toquinho, *artistas do mundo no fundo são sempre aprendizes*.

Apuesta, experimento, novela, autorretrato o testimonio (quiero pensar que todo al mismo tiempo), el presente proyecto nació de una pregunta no sé qué tan ingenua que en cuestión de minutos se tornó desafío.

—Ya no va a haber novela este año, ¿verdad? —preguntó de la nada una mañana Kukis, quien desde hace siete años funge como mi mánager. Recién terminó su formación de psicoanalista y todavía me da consejos literarios.

—Yo supongo que no —respondí, con la daga clavada en pleno pundonor, armado de un cinismo mentiroso que no tardó en podrírseme, conciencia adentro.

Un par de horas más tarde, ya había echado a andar el plan secreto que me tendría en vilo hasta el fin del verano. *"Summer Quest"*, bauticé el operativo, que me exigía escribir un mínimo de tres cuartillas diarias entre lunes y viernes, tomando a mi amor propio por rehén. Cumplido el plazo y alcanzada la meta, me entregué a transcribir el contenido del primer cuaderno, más lo que ya llevaba del segundo. Como suele pasar, la idea original —que había yo estimado en algo menos de un cuarto de millar de páginas— se fue extendiendo inopinadamente y llegó hasta el inicio del verano próximo, como una diligencia en el *Far West*.

Tal cual está a la vista, he cambiado los nombres de algunos personajes de la historia, así como adaptado ciertos hechos y dichos a los requerimientos de la trama. Dejé, también, a tanta gente fuera que se me cae la cara de vergüenza (es un decir, en eso ya quedamos), pero sobra aclarar que complacer a los seres queridos no puede ser tarea de un manuscrito. Como ya lo sugiere la dedicatoria en la primera página, uno da solamente lo que tiene en el pecho, y lo demás es mera coincidencia.

Pasando a otros asuntos, al segundo cuaderno naranja le quedaron 14 páginas en blanco.

Índice

El último en morir de Xavier Velasco
se terminó de imprimir en octubre de 2020
en los talleres de
Litográfica Ingramex, S.A. de C.V.
Centeno 162-1, Col. Granjas Esmeralda, C.P. 09810,
Ciudad de México.